Dein unverkäufliches Leseexemplar

Vielen Dank vorab für eine Rezension und Deine Zustimmung, diese nach Veröffentlichung zitieren zu dürfen.

pinguletta

pinguletta

Ruby und Nick sind das perfekte Paar. Mit Eröffnung des eigenen kleinen Buchladens erfüllen sie sich ihren gemeinsamen Traum. Ihr Glück scheint perfekt, als die Zwillinge Ronja und Lilli geboren werden. Ein tragisches Ereignis verändert alles. Nick sieht sich plötzlich allein mit den Herausforderungen des Alltags, dubiosen Machenschaften und einer verhängnisvollen Intrige konfrontiert.

Da kommt Hilfe von gänzlich unerwarteter Seite …

GERD SCHÄFER (geb. 1974) ist Diplom-Finanzwirt (FH). Seine kreative Ader lebt er als Autor von Büchern und Kurzgeschichten sowie als Fotograf aus. In seinen Texten dreht sich alles darum, wie, wo, wann und mit wem man im Leben Glück und Zufriedenheit findet. Nach seiner humorvollen Erstveröffentlichung »*Mein kleiner Alien – Auf der Suche nach des Pudels Kern*« erschien mit »*Frag nach Mario*« sein zweiter Roman. Nach weiteren drei Veröffentlichungen folgt nun im pinguletta Verlag der Liebesroman »*Ein zarter Hauch vom Himmel*«. Wenn er nicht schreibt, geht er gerne wandern. Am allerliebsten würde er den Sommer auf einer einsamen Alm in den Alpen verbringen – um dort zu schreiben. Gerd Schäfer lebt mit seiner Frau und zwei Kindern im nördlichen Rheinland-Pfalz.

GERD SCHÄFER

EIN ZARTER HAUCH VON HIMMEL

ROMAN

EIN ZARTER HAUCH VON HIMMEL

ROMAN

GERD SCHÄFER

ISBN 978-3-948063-42-9

1. Auflage 2023

Cover Artwork & Layout: © Helmut Speer | pinguletta Verlag
Foto Cover & Buch *Lovers*: © tOzz/shutterstock.com
Foto Cover & Buch *Heart Ballon*: © Olga Max/shutterstock.com
Grafik *Herzwolke*: © bluemarble50/123RF.com
Grafik *Teufelsmaske*: © bjuty/123RF.com
Produktion: Helmut Speer | pinguletta Verlag
Lektorat: Textcheck Agency, Michaela Marwich

Druck: www.druckterminal.de
KDD Kompetenzzentrum Digital-Druck GmbH
D-90439 Nürnberg * Printed in Germany 2023

www.pinguletta-verlag.de

Prolog

Wo blieb die Schlampe nur?

Seit einer Stunde wartete er geduldig am Straßenrand. Die Hände am Lenkrad starrte er unentwegt auf den Eingang des Buchladens. Seinen Blick wandte er nur kurz ab, wenn er einen weiteren Schluck aus der Pulle nahm. Den Alkohol benötigte er, um ruhig zu bleiben. Er betäubte seine Nervosität und verhinderte, dass die Finger zitterten. Gut, dass er drei Flaschen eingepackt hatte. Keinesfalls durfte er seine Konzentration verlieren, schließlich hatte er eine Aufgabe zu erledigen.
Er versuchte, nicht daran zu denken, was geschehen würde, wenn er versagte. Einen Auftrag vom Teufel persönlich sollte man besser nicht versauen. Die Folgen wären entsetzlich.

Voller Grauen erinnerte er sich an die Begegnung mit dem Gehörnten. Er hatte die halbe Nacht in Eddis Bar verbracht und sich gerade auf den Weg nach Hause gemacht. In einer dunklen Gasse war es dann geschehen. Eine ohrenbetäubende Explosion hatte ihn beinahe zu Tode erschreckt. Vor ihm war ein oranges Licht aufgelodert und Rauch aufgestiegen. Eine Gestalt war ihm entgegengetreten, doch nach einem kurzen Blick in die entsetzliche Fratze hatte er schnell die Augen abgewandt.

Der Teufel hatte ihm unmissverständlich klargemacht, was er von ihm erwartete, und er würde den dunklen Herrn nicht enttäuschen.

Endlich öffnete sich die Ladentür und die Verdammte verließ den Laden. Schnell startete er den Motor des Lastwagens und gab langsam Gas. Die Frau betrat die Straße. Um zur Fahrertür zu gelangen, musste sie ihren Wagen umrunden.

Er trat das Gaspedal durch. Der Motor heulte auf. Etwas mehr als zweihundert PS beschleunigten den unbeladenen Lkw in kürzester Zeit auf vierzig Kilometer pro Stunde. Das Gesicht zu einer wilden Grimasse verzerrt hielt er genau auf sein Opfer zu.

Sie konnte ihm nicht entkommen. Der Teufel würde stolz auf ihn sein.

Jemand schrie, die Frau riss den Kopf zu ihm herum. Entsetzte Augen und ein zum Schrei geöffneter Mund starrten ihn an. Dann gab es einen dumpfen Schlag und der Körper flog wie eine Puppe davon.

Er schaute in den Rückspiegel. Volltreffer! Dann krachte es.

Teil Eins
BEGEGNUNG

1 FÜNF JAHRE ZUVOR

Heiß rollten die Tränen über Rubys Wangen und tropften auf ihren Schoß. Warum nur musste einem das Leben derart übel mitspielen? Ihr Blick war starr auf das Buch gerichtet, das vor ihr auf dem Tisch lag. Die Menschen im Café, in dem sie ihre Latte trank, ja die ganze Welt hatte sie verdrängt. Was um sie herum geschah, war ihr vollkommen egal. Stattdessen litt sie mit den Protagonisten Andi und Jenny und wünschte sich nichts sehnlicher, als dass alles ein gutes Ende für die beiden nehmen würde.

Ein Schlag in ihren Nacken riss sie aus ihrer Trance und ein Schwall brauner Brühe ergoss sich über ihr Buch.

»Shit! Was soll das denn?« Erbost drehte sie sich um. »Welcher Idiot …«

Wie vom Donner gerührt verstummte sie. Zwei große haselnussbraune Augen blickten sie erschrocken an. Ein junger Mann mit dunklen wuscheligen Haaren hatte den Mund weit aufgerissen.

»Oh, nein! Entschuldigen Sie bitte vielmals«, stammelte er. »Ich bin gestolpert.«

Ruby starrte immer noch schweigend zu ihm hinauf. Es war, als hätte ihr Gehirn ausgesetzt, als wären alle Synapsen auf einmal durchgeschmort. Ihr Herz pochte und ihr wurde heiß und kalt.

»Es tut mir so unendlich leid. Ihr schönes Buch. Das werde ich Ihnen natürlich ersetzen. Ich … ich besorge erst einmal Servietten.«

Unbeholfen stellte er seine Tasche unter Rubys Tisch und schwankte tapsig zum Tresen, um am Spender eine Handvoll Papierservietten zu holen. Er kam zurück und verteilte die Tücher auf Tisch und Buch. Beinahe hätte er dabei Rubys Tasse umgestoßen.

»Bitte entschuldigen Sie. Normalerweise bin ich nicht so ungeschickt. Ich weiß auch nicht, was mit mir los ist.«

Sein hübsches Gesicht mit diesen wunderschönen braunen Augen war jetzt knallrot. Ruby vermutete, dass ihres eine ähnliche Färbung angenommen hatte.

»Bitte sagen Sie doch etwas. Und bitte seien Sie nicht wütend. Es tut mir so unendlich leid.«

Der arme Kerl war völlig fertig. Wenn sie nicht bald den Mund aufbekäme, würde er vermutlich zu weinen beginnen. Doch was sollte sie sagen? Sollte sie ihn anpflaumen? Das würde er wohl nicht verkraften. Sollte sie ihm antworten, dass es nicht so schlimm war? Langsam öffnete sie den Mund.

»Ich bin Ruby«, hörte sie sich leise sagen.

Sein Gesicht hellte sich auf. Sie konnte seine Erleichterung beinahe spüren.

»Ich heiße Nick. Freut mich sehr, dich kennenzulernen. Auch wenn die Umstände nicht gerade perfekt sind.« Entschuldigend zuckte er mit den Schultern. »Darf ich dich auf ein Getränk und einen Kuchen einladen?«

Ruby nickte lediglich und Nick besorgte zwei Latte macchiato und für jeden ein Stück Erdbeerkuchen mit Sahne. So saßen sie sich bald gegenüber und genossen die süßen Köstlichkeiten. Ruby blickte immer wieder unauffällig zu dem jungen Mann und jedes Mal stahl sich ein Lächeln in ihr

Gesicht. Sie hatte nie an das Prinzip der Liebe auf den ersten Blick geglaubt. Es war ihrer Meinung nach nicht möglich und vollkommen widersinnig, sich in jemanden zu verlieben, den man nicht kannte. Was also geschah gerade mit ihr? Ihr Herz schlug Purzelbäume, sobald sie sein Lächeln sah, sie konnte nicht verhindern, ohne Pause dümmlich zu grinsen, und statt sinnvoller Worte befanden sich nur Luftschlangen und Konfetti in ihrem Kopf.

Nick schien es ähnlich zu gehen. Ohne Punkt und Komma redete er drauflos, aber schon ein kleiner Augenaufschlag von ihr sorgte dafür, dass er sich sofort verhaspelte und wirres Zeug sprach.

Ruby hatte inzwischen ihren Kuchen aufgegessen, während vor Nick immer noch der Großteil seines Stücks lag. Endlich beendete er seinen Monolog, schüttelte den Kopf und verbarg ihn dann in seinen Händen.

»Es tut mir leid, dass ich dich so voll quatsche. Normalerweise bin ich ein eher ruhiger Typ. Wenn ich jedoch aufgeregt bin, plappere ich in einem durch.«

Sie schmunzelte und fragte unschuldig: »Warum bist du denn so nervös?«

Seine leuchtenden Augen und dieses umwerfende Lächeln ließen bei Ruby alle Sicherungen durchbrennen.

»Deinetwegen! Eigentlich war ich nur schnell hier drin, um einen Kaffee zu besorgen, bevor ich zum Zug sprinten wollte. Und nun sitze ich vor dem bezauberndsten Wesen auf diesem Planeten und mache mich mit meinem beschämenden Auftritt zum Affen.« Er zuckte mit den Schultern. »Und weißt du was? Es stört mich nicht. Um mit dir hier sitzen zu dürfen, würde ich noch viel peinlichere Dinge tun.«

Ruby wusste nicht, was sie sagen sollte. Er war ja so süß! Etwas unbeholfen, aber charmant und kein bisschen eingebildet. Ganz anders als all diese Idioten, die versuchten, einander an Coolness zu überbieten.

Wie gerne hätte sie eine witzige Antwort geliefert, doch ihr Kopf war voll rosarotem Nebel, der ihr Sprachzentrum betäubte und ihr Denken verlangsamte. Hoffentlich missverstand er ihr Schweigen nicht. Etwas musste sie doch sagen.

»Du verpasst deinen Zug!«

Na toll! Blöd, blöd, blöd! Was war denn das für eine Entgegnung auf seine Worte? Sie hätte sich ohrfeigen können.

Nick lachte jedoch nur. »Der Zug ist schon lange weg. Und wenn du es erlaubst, verpasse ich deinetwegen auch den nächsten und den übernächsten.«

Wieder dieses Lächeln, das ihr durch Mark und Bein ging.

»Oh, nein!« Er schlug sich mit der Hand gegen die Stirn. »Ich sollte besser meinen Eltern Bescheid sagen, dass ich später komme. Ich möchte sie übers Wochenende besuchen.«

Er kramte nach seinem Smartphone und begann zu tippen. Endlich hatte Ruby die Gelegenheit, ihn genauer zu betrachten.

Seine dunkelbraunen, etwas zu langen Haare standen wirr vom Kopf ab. Eine Locke hing verwegen in die Stirn. Er hatte schöne weiße Zähne, die beim Lächeln perfekt zur Geltung kamen. Genau wie die beiden niedlichen Grübchen. Zu einem T-Shirt in verschiedenen Grüntönen trug er eine beigefarbene Cargohose. Seine Füße steckten in lässigen Turnschuhen. Insgesamt war seine Kleidung sehr auf Bequemlichkeit ausgelegt. Sein schlanker Körper zeigte ihr jedoch, dass Nick sich keinesfalls gehen ließ. Er war kein Muskelpaket, sah aber recht sportlich aus. Wie alt mochte er sein? Ruby schätzte ihn auf Anfang bis Mitte zwanzig. In etwa so wie sie. War er auch Student? Sie hatte ihn noch nie gesehen und seiner Reaktion nach zu schließen, ging es ihm mit ihr genauso.

Als hätte er ihre Gedanken gelesen, steckte er das Handy in eine der großen Hosentaschen und sagte: »Ich habe im letzten Semester meinen Abschluss in BWL gemacht. Bis ich etwas Besseres finde, arbeite ich noch in der Firma, bei der ich im Studium mein Geld verdient habe. Das Gehalt ist zwar nicht üppig, aber so komme ich relativ gut über die Runden.«

»Und was genau suchst du? Was ist für dich *etwas Besseres*?«

Er grinste. »Die meisten meiner Kommilitonen wollen zu großen prestigeträchtigen Firmen und dort dick Karriere machen. Ich interessiere mich für das genaue Gegenteil. Etwas Kleines, Familiäres. Eine Firma oder ein Ladengeschäft, wo ich wirklich was bewirken kann. Etwas, mit dem ich mich identifiziere.« Lächelnd schaute er sie an. »Und was machst du?«

Ruby benötigte wieder ein paar Sekunden, bevor sie zu antworten vermochte. Wie konnten seine wunderschönen Augen sie nur derart verwirren?

»Ich studiere noch. Germanistik und Literaturwissenschaften. Zwei Semester, dann bin ich fertig.«

»Was willst du anschließend machen? Als was möchtest du arbeiten?«

Wie üblich bei dieser Frage erschien ein breites Lächeln in Rubys Gesicht und ihre Augen funkelten. »Mein Traum ist es, einen eigenen Buchladen zu eröffnen. Nicht so einen großen Laden mit hektischer Laufkundschaft. Nein, etwas Beschauliches. Natürlich soll es auch die aktuellen Bestseller geben, aber ich möchte vorwiegend Bücher von kleinen Verlagen und Self-Publishern anbieten. Es gibt so viele unentdeckte Buch-Perlen und ich habe vor, sie dem breiten Publikum bekannt zu machen. Ich möchte einen gemütlichen Verkaufsraum, in dem man gerne verweilt. Regelmäßige Lesungen sollen ein besonderes Verhältnis zwischen Lesern, Autoren und dem Laden aufbauen. Ich will selbst gebackenen Kuchen verkaufen und für alle eine entspannte Wohlfühlatmosphäre schaffen.«

Jedes Mal, wenn sie an ihren Buchladen dachte, kam sie ins Schwärmen. Schon der Gedanke machte sie glücklich.

»Und du? Was ist dein Traum?«

»Mein Traum? Der sitzt mir gerade gegenüber und lässt mein Herz bis zum Hals schlagen.«

2

Noch immer vollkommen verzaubert saß Nick im Zug. Eigentlich hätte er bereits vor drei Stunden fahren sollen, doch er wollte keine Nanosekunde mit Ruby missen.

Wenn er noch länger so breit grinsen würde, bekäme er mit Sicherheit einen Krampf im Kiefer, aber es war unmöglich, nicht zu lächeln.

Nick hatte bislang nie eine feste Beziehung gehabt. Es war nicht so, dass es nicht genügend Kandidatinnen gab, aber mehr als Freundschaft war für ihn bisher nie ein Thema gewesen. Er glaubte ganz fest an die große Liebe und auf diese hatte er immer gewartet.

Als Ruby sich mit wütend funkelnden Augen zu ihm umgedreht hatte, war es, als ob er eine Hochspannungsleitung berührt hätte. Ein Feuerwerk wurde in seinem Kopf abgefeuert, eine Leichtigkeit wie in der Schwerelosigkeit des Alls durchflutete ihn. Vom ersten Augenblick an hatte er gewusst, dass Ruby die Richtige ist. Dieses unbeschreiblich niedliche Lächeln, die leuchtend grünen Augen, schwarze lange Haare, die sie zu einem Zopf gebunden hatte, die dunkle Hornbrille auf der süßen Stupsnase: Das alles hatte sich tief in sein Hirn und sein Herz gebrannt.

Zum wiederholten Mal beglückwünschte er sich für seine Ungeschicklichkeit. Ohne sein Stolpern wäre er achtlos und hektisch an ihr vorbeigelaufen, nur darauf bedacht, seinen Zug zu erwischen. Nick glaubte fest an das Schicksal und war sich sicher, dass alles im Leben vorbestimmt war.

Nicht zu fassen, wie aus einem bis dahin schlechten Tag ein solches Highlight werden konnte. Die Arbeit in der Firma machte ihm keinen Spaß und die Angewohnheit der Vorgesetzten, Besprechungen immer kurz vor den Feierabend zu legen, nervte ihn gewaltig. Daher war er auch viel zu spät aus dem Büro gekommen. Den Kaffee hätte er sich gar nicht erlauben dürfen, wenn er sicher seinen Zug hätte erreichen wollen. Doch etwas hatte ihn dazu getrieben, sich noch schnell ein Getränk zu besorgen. Schicksal!

Obwohl es seine Ungeschicklichkeit war, die ihn Ruby hatte kennenlernen lassen, schämte er sich doch sehr für sein Verhalten. Sie musste ihn für einen ziemlich dämlichen Schwachkopf gehalten haben. Erst hatte er ihr Buch eingesaut und im Anschluss hatte er sie ohne Punkt und Komma vollgelabert. Leider redete er immer drauflos, wenn er nervös war. Allerdings hatte er mit Sicherheit noch nie so viel Blödsinn in so kurzer Zeit von sich gegeben.

Anfangs hatte er befürchtet, Ruby könne ihn nicht leiden. Sie hatte kein Wort gesagt und ihn nur immer wieder angestarrt, wenn sie meinte, er würde es nicht bemerken. Glücklicherweise taute sie dann aber rasch auf. Nachdem das Gespräch auf den Buchladen gekommen war, verschwand ihre Zurückhaltung völlig. Ihre Augen glänzten vor Begeisterung, als sie ihm von ihren Plänen berichtete.

»Es gibt so viele talentierte Autoren und Autorinnen«, hatte sie gesagt. »Nur wenige davon finden einen Verlag und die allerwenigsten werden bekannt. Zum Beispiel dieses Buch …«

Enthusiastisch hatte sie mit den kaffeedurchtränkten Seiten vor seinem Gesicht gewedelt.

»Es hat mich zum Lachen, zum Weinen und zum Nachdenken gebracht. Was will man mehr? Und genau solche Bücher müssen bekannt gemacht werden. Jeder soll die Chance haben, diese wunderbaren Erfahrungen beim Lesen dieses Textes zu machen.«

Sie hatte ihm erzählt, dass sie eine Vielleserin sei.

»Ich lese mindestens drei Bücher pro Woche! Außerdem versuche ich, mit den Autoren, deren Geschichten mich begeistern, in Kontakt zu treten. Das ist in den sozialen Medien recht einfach. Ich gebe ihnen ein Feedback zu ihrem Buch und wenn sie mögen, schreibe ich auch eine Rezension.« Ernst hatte sie ihn angeschaut und den Zeigefinger gehoben. »Das ist unglaublich wichtig für die Autoren. Sie benötigen diese Rückmeldung. Wenn Menschen meine Rezensionen lesen, bekommen sie vielleicht Lust auf das Buch, und so wird der Autor mit der Zeit immer bekannter.«

Er hätte ihr stundenlang zuhören können, doch ein Blick auf die Uhr hatte Ruby aufspringen lassen.

»Jetzt wird es aber Zeit. Ich habe gleich einen wichtigen Termin, zu dem ich nicht zu spät kommen darf.«

»Sehen wir uns wieder?«, hatte er sie ängstlich gefragt.

»Sehr gerne!« Noch immer lief ihm ein wohliger Schauer über den Rücken, wenn er sich an ihre Antwort erinnerte. Und noch immer glühte seine Haut, wo sie ihn an der Hand berührt hatte, um ihm in letzter Sekunde ihre Handynummer auf den Handrücken zu schreiben.

Zwar hatte er vor, sich dort nie wieder zu waschen, aber trotzdem hatte er die Nummer sicherheitshalber gleich gespeichert.

Während die Landschaft draußen wie verwischte Farben an seinem Zugfenster vorbeirauschte, ertappte er sich dabei, dass er darüber nachdachte, wie man am wirtschaftlichsten einen Buchladen führen konnte. Lächelnd schüttelte er den Kopf. *Langsam*, ermahnte er sich, *eins nach dem anderen!*

3 VIER JAHRE ZUVOR

Mit einem breiten Lächeln im Gesicht und ein paar Tränchen in den Augen machte Ruby einen letzten Kontrollgang durch die Räume. Morgen war der große Tag und alles sollte perfekt sein.

Normalerweise war es immer Nick, der vom Schicksal sprach, doch sie kam nicht umhin zuzugeben, dass es das Schicksal gut mit ihr gemeint hatte. Kopfschüttelnd dachte sie an diesen Samstag vor knapp sechs Monaten. Sie waren mit dem Bus unterwegs auf dem Weg zu ihrer neuen gemeinsamen Wohnung. Es gab ein lautes Krachen und der Motor des Busses erstarb. Da der Fahrer das Problem nicht finden konnte, bat er alle Fahrgäste, den Bus zu verlassen und zur nächsten Haltestelle zu gehen. Kaum hatten sie einen Fuß auf den Gehweg gesetzt, als der Himmel seine Pforten öffnete und es wie aus Eimern schüttete. Als es schließlich zu hageln begann, flüchteten sie sich in den erstbesten Laden. Ihre Brille war beschlagen und voller Wassertropfen, sodass sie sie erst reinigen musste, bevor sie sich umschauen konnte. Sie hob ihren Blick und hatte das Gefühl, im Himmel zu sein. Sie standen in einem urigen und wahnsinnig gemütlichen Buchladen. Vom Verkaufstresen lächelte sie eine alte grauhaarige Frau an.

»Entschuldigen Sie bitte, dass wir Ihren Boden nass machen«, sagte Nick. »Aber draußen geht gerade die Welt unter.«

»Macht euch mal keine Sorgen, Kinder. Jetzt seid ihr im Trockenen. Darf ich euch einen Kaffee anbieten? Und ein Stück Schokokuchen? Habe ich heute Morgen frisch gebacken«, antwortete die Dame freundlich.

Ruby war nicht in der Lage zu antworten. Sie hatte das Gefühl, vom Unwetter geradewegs in ihren Traum gespült worden zu sein. Es war, als hätte sie einen Zeitsprung gemacht und wäre aus der hektischen Neuzeit in einem Geschäft des neunzehnten Jahrhunderts gelandet. Die riesige uralte Registrierkasse verstärkte diesen Eindruck, und es würde sie nicht wundern, wenn selbst der Euro hier noch nicht angekommen wäre.

Nick bestellte für sie beide Kaffee und Kuchen und machte es sich anschließend mit der alten Dame, die sich als Hannelore vorstellte, auf einem Sofa gemütlich, während Ruby durch den Laden streifte und sich die Bücher anschaute.

Hannelore erzählte ihnen, dass dieses Gebäude bereits Anfang des zwanzigsten Jahrhunderts erbaut wurde und das Ladenlokal ursprünglich eine Apotheke beherbergt hatte. Nach dem Krieg wurde darin ein Lebensmittelgeschäft eröffnet.

»Inzwischen führe ich hier seit beinahe fünfzig Jahren meinen Buchladen.«

»Seit fünfzig Jahren?« Nick starrte sie mit großen Augen an und auch Ruby versuchte auszurechnen, wie alt Hannelore inzwischen sein musste. »Darf ich fragen, wie alt Sie sind?«

»Aber natürlich, mein Junge. Ich bin im Februar einundachtzig geworden.«

Fast zwei Stunden blieben sie in dem alten Buchladen und unterhielten sich mit der Besitzerin, nur unterbrochen von ein paar Kunden, die Bücher bestellten oder abholten.

Ruby hatte sich unsterblich verliebt, schon wieder. Erst in Nick und jetzt in diesen Laden. In den folgenden drei Wochen besuchte sie Hannelore fast täglich.

Eines Tages fragte Ruby die alte Frau, ob sie sie nicht für ein paar Stunden pro Woche anstellen wolle.

»Ich liebe diesen Laden und es wäre ein unbeschreibliches Glück, Sie hier etwas unterstützen zu dürfen.«

»Ach Kindchen«, antwortete Hannelore mit einem wissenden Grinsen. »Ich dachte schon, du würdest nie fragen.«

Sie nahm Rubys Hand und schaute sie mit einer Wärme im Blick an, dass es der jungen Frau ganz schwummrig wurde.

»Ich bin inzwischen zu alt für diese Arbeit. Würden mir der Laden und die Kundschaft nicht so viel bedeuten, hätte ich mich längst in das gemütliche Seniorenheim zurückgezogen, in dem ich schon vor Jahren einen Platz reserviert habe. Der Laden ist mein Leben, und der Gedanke, ihn aufzugeben und nicht zu wissen, was damit geschieht, tut mir in der Seele weh. In dem Augenblick, als du den Raum betreten hast, habe ich gesehen, dass in dir die gleiche Liebe zu den Büchern schlummert. Ich habe sofort erkannt, dass du dich in diesen Laden verliebt hast. Zwar möchte ich dich nicht anstellen, dir aber ein anderes Angebot machen. Es wäre mir eine große Ehre und eine noch größere Freude, wenn du den Buchladen als Besitzerin übernehmen würdest. Bei dir wäre er in guten Händen und ich könnte mich mit reinem Gewissen zurückziehen.«

Ruby war wie vom Donner gerührt. Natürlich musste sie das mit Nick besprechen, aber sie wusste bereits in diesem Moment, dass sie diesen Weg gehen wollte.

Am selben Tag noch redete sie mit Nick, der sie zu hundert Prozent unterstützte.

»Meinen Traum konnte ich mir bereits erfüllen. Ich habe die wundervollste Frau auf der ganzen Welt bekommen und ich liebe dich über alles. Jetzt werden wir alles dafür tun, dass sich auch dein Traum erfüllen wird.«

Sie hatten sich geküsst und mit einer Flasche Sekt ein sehr privates Fest gefeiert, das letztlich im Schlafzimmer seinen Höhepunkt fand.

Wenige Wochen später war alles beim Notar besiegelt worden. Ruby und Nick waren die Eigentümer des alten Ladens.

Morgen würden sie das ›Buchstübchen‹ wiedereröffnen. Ruby war wahnsinnig nervös, freute sich aber riesig auf dieses Ereignis.

»Lass uns nach Hause fahren. Morgen müssen wir fit und ausgeschlafen sein.«

Nick war leise von hinten an sie herangetreten. Er umarmte sie und küsste sie in den Nacken.

»Ich möchte noch eine letzte Runde drehen. Alles muss perfekt sein.«

»Wenn du da bist, ist automatisch alles perfekt!«

Ruby gab ihm einen Kuss und schaute sich ein letztes Mal um. Viel verändert hatten sie nicht. Hannelores Laden war genauso, wie sie sich ihre eigene Buchstube vorgestellt hatte. Sie hatten die Wände in einem hellen Lindgrün gestrichen und ein paar zusätzliche Regale aufgebaut, um die Bücher unterzubringen, die Ruby unbedingt präsentieren und verkaufen wollte. Bücher, die ihr besonders am Herzen lagen und die bis dahin noch nicht im Angebot des Ladens waren.

Ihr Blick fiel in die Kinderecke. Diese hatten sie erweitert und ein paar gemütliche Sitzsäcke besorgt, um den Kleinen entspanntes Schmökern zu bieten. Die bunten Farben sorgten für eine fröhliche Atmosphäre und passten wunderbar zum heimeligen Ambiente des restlichen Raumes.

Die alte Registrierkasse war weiterhin der zentrale Blickfang auf dem Verkaufstresen. Für die tägliche Arbeit gab es aber jetzt ein elektronisches Kassensystem mit Kartenlesegerät und der Möglichkeit, per Smartphone zu zahlen. Außerdem hatte Nick den Büroraum modernisiert. Hannelore hatte bis zum Ende mit Schreibmaschine, Telefon und Briefen gearbeitet. Jetzt gab es zwei Computer, einen Drucker mit Scanfunktion und eine ordentliche Internetverbindung. Das war vorrangig Nicks Reich, da er das kaufmännische Ressort übernommen hatte. Ruby würde sich um die Kundschaft, den Kontakt zu Verlagen und Autoren sowie die Suche nach neuen empfehlenswerten Büchern kümmern.

Ja, alles war perfekt! Der morgige Tag konnte kommen.

»Guten Morgen, ihr Lieben! Ich freue mich riesig, dass ihr alle zur Eröffnung des ›Buchstübchens‹ gekommen seid.«

Rubys Herz schlug bis zum Hals und ihr Blick wanderte unruhig von einem zum anderen. Sie hasste es, vor Menschen zu reden. Schon in der Schule war ihr das schwergefallen und daran hatte sich bis heute nichts geändert. Unauffällig rieb sie sich die schwitzenden Hände an ihrem Kleid trocken.

»Es war schon immer mein größter Wunsch, einen solchen Buchladen zu führen. Allein der Gedanke an die lieben Menschen, die mir geholfen haben, dass dieser Traum in Erfüllung geht, treibt mir die Tränen in die Augen. Ich danke euch allen von ganzem Herzen für eure Unterstützung.

Nick, ich liebe dich und freue mich jeden Tag aufs Neue, dass du mir zur Seite stehst, für mich da bist und jede Sekunde meines Lebens bereicherst. Du bist das Beste, was mir je passiert ist. Danke für alles!«

Sie nahm Nicks Gesicht in ihre Hände und gab ihm einen zärtlichen Kuss. Die Besucher klatschten und johlten.

»Entschuldigt bitte, da habe ich mich wohl etwas hinreißen lassen. Nochmals herzlich willkommen in unserem ›Buchstübchen‹. Schaut euch um, esst und trinkt.«

Wieder gab es Beifall, dann verteilte sich die Menge, begutachtete den Laden, sah sich Bücher an oder nahm sich ein Stück vom frisch gebackenen Kuchen. Der Duft von Tee und Kaffee erfüllte den Raum. Ohne Vorwarnung schossen die Tränen in Rubys Augen. Völlig überwältigt von diesem Moment sackte sie in Nicks Armen zusammen.

»Ich hoffe, es sind Glückstränen, mit denen du gerade mein Hemd tränkst«, flüsterte er lachend. Sie nickte, unfähig, ein Wort zu sprechen.

Der Tag verging wie im Fluge. Immer wieder kamen neue Gäste und dazu die ersten Kunden. Mehrere Autoren, die Ruby kannte, schauten vorbei und signierten ein paar ihrer Bücher. Sowohl ihre als auch Nicks Eltern waren angereist und machten die Eröffnung nebenbei zu einer kleinen Familienfeier. Jeder sagte ihr, wie wundervoll der Laden sei. Das schönste Lob bekam sie allerdings von Hannelore. Die alte Frau hatte ihre Hände gefasst, sie mit feuchten Augen angeschaut und dann herzlich umarmt.

Überglücklich schloss Ruby am späten Nachmittag die Ladentür. Nick nahm sie in den Arm und küsste sie.

»Ich liebe es, wenn du so strahlst. Ich liebe dich, mein Engel!«

4 DREI JAHRE ZUVOR

Es war zum Verrücktwerden. Rastlos wie ein verwundeter Tiger wanderte Nick durch den sterilen, aber doch freundlich gestalteten Raum. Sein Blick fiel abwechselnd auf Ruby und den großen Monitor, der unübersehbar die nächste heftige Wehe ankündigte. Wo blieb nur diese verflixte Hebamme?

»Ich muss eben zu meiner anderen Patientin«, hatte sie ruhig gesagt. »Sie haben noch Zeit, so schnell passiert hier nichts.«

Das war vor mittlerweile dreißig Minuten. Eine halbe Stunde, die Nick wie eine Ewigkeit erlebt hatte. Die Situation war für ihn kaum zu ertragen. Noch nie in seinem Leben war er so nervös gewesen. Nie war er sich so hilflos vorgekommen. Am liebsten hätte er laut geschrien. Im Gegensatz zu ihm war Ruby die Ruhe in Person. Sie lag im Bett, atmete im gelernten Rhythmus und lächelte selig.

Er dagegen hatte jegliche Informationen vom Vorbereitungskurs vergessen, japste wie ein Fisch an der frischen Luft und konnte keine Minute stillsitzen.

»Nick!« Rubys angespannte Stimme riss ihn aus seinen Gedanken. Ein weiterer Blick auf den Monitor verriet ihm, dass es wieder an der Zeit war, die Qualen seiner Frau zu teilen. Er sprang herbei und reichte ihr seine Hand. Umgehend durchfuhr ihn ein heftiger Schmerz. Ruby lag mit weit aufgerissenen Augen im Bett, atmete hektisch und zerquetschte dabei seine Hand. Als die Wehe nachließ, entspannte sich ihr Griff und Nick konnte unauffällig seine Finger massieren.

Der Abstand zwischen den Wehen wurde rapide kürzer.

»Gleich suche ich die Hebamme und zerre sie hier ins Zimmer!«, presste er zwischen zusammengebissenen Zähnen hervor.

Ruby lachte und ihr Glucksen ließ wie jedes Mal sein Herz höherschlagen. Er konnte nicht in Worte fassen, wie sehr er diese Frau liebte. Zärtlich tupfte er ihr den Schweiß von der Stirn. Selbst mit knallrotem Kopf und zerzausten Haaren war sie das schönste Wesen im Universum. Wie immer, wenn sie ihn anschaute, funkelten ihre grünen Augen und er genoss die Wärme und die Begeisterung, die sie in jedem Moment ausstrahlten.

»Ich liebe dich!«, flüsterte er.

Rubys Gesicht verzerrte sich. »Dann gib mir verdammt noch mal deine Hand!«

Drei Wehen und ein paar lädierte Finger später öffnete sich endlich die Tür zum Kreißsaal und die Hebamme trat ein.

»Alles gut bei euch?«

Nick sagte nichts, da er nicht beleidigend sein wollte. Wo war sie nur so lange geblieben? Bei jeder Wehe hatte er Panik, dass es losgehen würde und er als Geburtshelfer fungieren müsste.

Die junge Frau begutachtete die Daten und lächelte. »Der Muttermund ist jetzt weit genug geöffnet. Ich denke, dass es in absehbarer Zeit losgeht. Die Ärztin müsste ebenfalls jeden Moment hier sein.« Ihr Blick fiel auf Nick. »Die nächsten Minuten werden äußerst schmerzhaft. Ihre Frau ist jetzt auf Ihre Unterstützung angewiesen.«

Nick zwang sich zu einem Lächeln und rieb seine Hand. Dann atmete er entschieden aus, setzte sich wieder neben Ruby und küsste sie auf die Stirn.

»Dann lass uns loslegen.« Sanft nahm er ihre Hand.

»Ich liebe dich!«, stöhnte Ruby und verzog das Gesicht, während eine weitere Wehe ihren Körper verkrampfen ließ.

Jetzt, wo die Hebamme dabei war, wurde Nick ruhiger. Nun musste er sich keine Gedanken mehr machen und konnte sich uneingeschränkt auf Ruby konzentrieren. Liebevoll hielt er ihre Hand, streichelte und küsste sie. Er bekam kaum mit, dass die Ärztin erschien. Nur im Unterbewusstsein hörte er die Worte der Hebamme: »Pressen, pressen!«

Dann vernahm er einen Schrei – und kurz danach einen weiteren. Er sah Tränen des Glücks in den Augen seiner geliebten Frau und eine Woge der Glückseligkeit nahm ihm den Atem.

»Wollen Sie die Nabelschnüre durchschneiden?« Die Stimme der Ärztin holte ihn langsam aus seiner Trance zurück.

Ruby nickte ihm zu und so löste er sich von ihr und drehte sich zu den Geburtshelferinnen. Er war sprachlos. Zwei blutverschmierte, aber wunderschöne Würmchen lagen in den Armen von Ärztin und Hebamme. Eine Schwester drückte ihm eine Schere in die Finger und zeigte ihm, wo er schneiden musste. Weinend und mit zitternden Händen durchtrennte er die Nabelschnüre. Das war viel schwerer als erwartet. Mit leuchtenden Augen beobachtete er, wie seine beiden Töchter gesäubert, gewogen und gemessen wurden. Stolz wie noch nie in seinem Leben wandte er sich Ruby zu.

»Wir haben zwei hinreißend süße Mädchen. Ich danke dir für dieses unglaubliche Geschenk.«

Liebevoll nahm er ihr Gesicht und küsste sie inniglich.

»Wir benötigen mal Ihre Unterstützung«, unterbrach die Hebamme die Küsserei. »Während wir Ihre Frau versorgen, können Sie sich um Ihre Töchter kümmern.«

Nur wenige Augenblicke später saß Nick mit zwei in Tücher gewickelten Babys in einem Stuhl. Die Tränen liefen nun in Strömen über sein Gesicht. Er war völlig überwältigt. In diesem Moment war sein Glück vollkommen.

Die Sonne ging gerade auf, als Ruby endlich auf ihr Zimmer kam. Gleich neben ihr in zwei kleinen Bettchen lagen die Zwillinge. Ronja und Liliane. Namen aus zwei von Rubys Lieblingsbüchern. *Ronja Räubertochter* und *Liliane Susewind.* Sie hatten lange darüber diskutiert. *Hermine* und *Ginny* hatte Nick abgelehnt. Er wollte keine Zauberer in der Familie. Für seinen nicht ganz ernst gemeinten Vorschlag *Bibi und Tina* hatte hingegen seine Frau nur Verachtung übrig. *Ronja* und *Lilli* mochte er in besonderem Maße und beim Blick in die schlafenden Gesichter seiner Töchter dachte er sich, dass nichts passender sein könnte.

»Ich bin müde, mein Schatz. Fahr nach Hause und ruhe dich auch ein wenig aus.«

»Ich bin viel zu aufgedreht, um zu schlafen.« Nick zuckte mit den Schultern. »Ich werde zuerst einmal unsere Eltern informieren und fahre dann ins Geschäft. Heute gibt es zwar keinen Kuchen, aber das mache ich mit meinem überglücklichen Lächeln wett.«

Auf dem Weg zum Laden fuhr Nick kurzerhand beim Bäcker vorbei und kaufte dreißig Muffins. Heute würde er jeden Kunden umarmen und ihm eine der kleinen Köstlichkeiten schenken. Heute war ein Tag zum Feiern. Ruby und die Zwillinge sollten noch drei Tage im Krankenhaus bleiben. Das war genug Zeit für ihn, seine kleine Überraschung fertigzustellen.

Bereits in den vergangenen Tagen war er ohne Ruby im Laden gewesen. Seine Frau hatte bei den sommerlichen Temperaturen das Haus nicht mehr verlassen. Immer wenn sich kein Kunde im Laden befunden hatte, war Nick im Büro verschwunden und hatte Möbel verschoben, Wände angemalt und allmählich den Büroraum in ein kleines Kinderzimmer mit Büroecke verwandelt. Er wusste genau, dass seine Süße niemals für eine so lange Zeit zu Hause bleiben würde, um die Kinder zu versorgen. Eine Nanny war zu teuer und da er sich nicht vorstellen konnte, den Hausmann zu spielen, war er auf die Idee mit dem Umbau gekommen. Heute würde er beginnen, die Möbel aufzubauen. Zwei kleine Bettchen und eine Wickelkommode standen gut verpackt an die Wand gelehnt, von der ihm die gerahmten Poster von *Ronja Räubertochter* und *Liliane Susewind* anschauten.

Für Nick war es immer noch unbegreiflich, dass er jetzt Vater der beiden wundervollsten Töchter auf Erden war. Diesen magischen Moment, als er sie zum ersten Mal sah, würde er für immer in seinem Herzen tragen.

5 EIN JAHR ZUVOR

»Selbstverständlich Frau Mayer, gerne bestelle ich Ihnen das Buch. Ich kenne übrigens den Autor. Wenn Sie das Buch gerne mit Widmung hätten, kann ich das für Sie arrangieren … Prima, dann ein signiertes Exemplar. Sehr gerne! Ich melde mich, sobald ich es habe … Danke, Ihnen ebenfalls einen schönen Tag!« Ruby unterbrach die Verbindung und legte das Mobilteil zur Seite. Sie machte sich eine Notiz, um das Buch nachher beim Autor zu bestellen. Häufig nutzte sie ihre Kontakte zu den Schriftstellern, um ihren Kunden spezielle Exemplare anbieten zu können. Viele wollten unbedingt signierte Ausgaben und sammelten diese regelrecht.

Ruby konnte gar nicht glücklicher sein. Sie hatte das Gefühl, ihr Lächeln hätte sich inzwischen tief in ihr Gesicht eingebrannt. Der Anblick ihrer beiden süßen Mäuse wärmte jedes Mal aufs Neue ihr Herz. Der Tag, an dem Nick seine Familie aus dem Krankenhaus abgeholt hatte, war für sie unbeschreiblich berauschend gewesen. Ihre Töchter nach Hause zu ihrem wundervollen Mann zu bringen, war einer der schönsten Momente, den sie je erlebt hatte. Sie hatte geweint und gelacht, war aufgedreht und gleichzeitig sentimental. Nick ging es ebenfalls so. Er war so niedlich verpeilt wie am Tag ihres Kennenlernens. Er plapperte ununterbrochen und stand vollkommen neben sich.

Sie hatten im Haus alles vorbereitet, und Nick hatte ihrem gemeinsamen Zuhause in den Tagen vor ihrer Rückkehr den letzten Schliff verpasst. Bunte Willkommens-Girlanden, Blumensträuße in allen Ecken und ein Kübel mit alkoholfreiem Sekt.

Die größte Überraschung hatte sie jedoch im Buchladen vorgefunden. Sie hatte ihre Arbeit in den vergangenen Tagen wahnsinnig vermisst, sodass sie noch am gleichen Tag unbedingt mit den Zwillingen einen kleinen Abstecher zum Laden machen wollte. Als sie das umgebaute Büro gesehen hatte, war sie in Tränen ausgebrochen und Nick um den Hals gefallen. Alles war so wunderschön geworden. Die Möbel, die Farben, eine Kuschelecke zum Stillen – einfach perfekt.

Mittlerweile war der Alltag wieder eingekehrt und nach wie vor fühlte es sich gut an, hinter dem Tresen zu stehen, Bücher zu sortieren und ihre lieben Kunden zu bedienen. Die Zwillinge schliefen im Büro und Nick kümmerte sich um die Buchhaltung. Sie dachte an die Wochen, in denen sie zu Hause und im Krankenhaus gelegen hatte. Das musste eine riesige Belastung für ihn gewesen sein. Er hatte sich sowohl um den Verkauf, die Bestellungen als auch um den Verwaltungskram kümmern müssen. Dazu der Umbau des Büros und die gemeinsamen Termine bei Ärzten. Sie war ihm unendlich dankbar für seine Hilfe und seinen Einsatz. Überhaupt hatte er sich gewaltig in das *Projekt Buchladen* reingehängt. Nach dem Kauf des Ladens hatte er seinen Job gekündigt und seine gesamte Energie in ihren Traum gesteckt. Ohne Nick hätte sie das niemals geschafft. Sein Elan hatte sie immer mitgerissen, wenn sie eine Krise hatte. Mit seinem Wirtschaftswissen hatte er sie perfekt ergänzt. Er wusste genau, was gut oder schlecht für ihr Geschäft war, hatte alle Kosten im Blick und immer eine Idee, was zu tun war. Wenn ein bisschen Ruhe in ihr Leben gekommen war, würde sie für einen Abend einen Babysitter organisieren und ihn mit einer schönen gemeinsamen Unternehmung überraschen. Das hatte er sich verdient.

Die Lage des Buchstübchens war perfekt. Genau an der Ecke von zwei belebten Einkaufsstraßen mit kaum Autoverkehr, waren sie im Shopping-Zentrum der kleinen Stadt. Neben den Stammkunden besuchten jeden Tag neue Buchbegeisterte den Laden und schauten sich um. Viele kamen wieder und so vergrößerte sich Rubys Kundschaft täglich. Ganz selten war sie allein im Geschäft. Oft kamen Stammkunden auch nur für ein Stück Kuchen vorbei und unterhielten sich mit ihr über ihre neuesten Errungenschaften. Sie freute sich immer, wenn die Türglocke bimmelte, weil jeder Besucher interessante Gespräche versprach.

Als es diesmal schellte, betrat ein schlanker und recht großer Mann mit grauen Haaren den Laden. Er trug einen wahrscheinlich maßgefertigten anthrazitfarbenen Anzug und machte auf Ruby einen äußerst selbstbewussten Eindruck. Ohne die Regale und Bücher eines Blickes zu würdigen, kam er auf sie zu. Im Schlepptau hatte er einen jungen Mann, der einen schlecht sitzenden braunen Anzug trug und einen Aktenkoffer in den Armen hielt.

Bereits vor seinem ersten Wort hatte Ruby beschlossen, dass sie den grauhaarigen Mann nicht leiden konnte. Er hatte ein hartes Gesicht und unangenehme Züge. Zwar lächelte er, als er ihr die Hand entgegenstreckte, doch erreichte das Lächeln nicht seine Augen.

»Stahl! Franz Stahl«, stellte er sich vor. Seine Stimme war tief, aber ohne jegliche Wärme.

Aus den Augenwinkeln sah Ruby, dass Nick das Büro verlassen hatte und nähergekommen war. Vermutlich war sein natürlicher Beschützerinstinkt aktiviert worden, als Stahl den Raum betreten hatte.

»Wie kann ich Ihnen helfen, Herr Stahl?« Ruby hatte eine neutrale Stimme aufgesetzt und lächelte ihn unverbindlich an.

Auch wenn ihr der Mann hochgradig unsympathisch war, musste sie zuerst herausfinden, was er wollte.

»Liebe Frau Lessing, als Erstes einmal möchte ich Ihnen zu Ihrem wirklich bezaubernden kleinen Buchladen gratulieren. Einfach entzückend!«

Trotz oder gerade wegen der strahlend weißen Zähne, die ihr übertrieben entgegenlächelten, war Ruby auf der Hut. Dies machte nicht den Eindruck eines Freundschaftsbesuches und sein Kompliment war alles andere als ernst gemeint.

»Ich weiß nicht, ob Sie mich kennen, aber ich betreibe hier in der Umgebung mehrere große und äußerst lukrative Einkaufszentren. Mein Firmenimperium umfasst einige der umsatzstärksten Shopping-Malls in ganz Deutschland. Ich bin Investor, Bauunternehmer und Immobilienspekulant in einer Person.«

Wieder dieses Zahnarztlächeln, das bei Ruby für eine Gänsehaut sorgte.

»Sind Sie nicht dieser Typ, dem der riesige Protzbau oben am Stadtberg gehört?« Nick machte aus seiner Verachtung keinen Hehl.

»Sie meinen meine Stadtvilla im Norden? Ja, dieses wundervolle Anwesen darf ich mein Eigen nennen.«

Er wandte sich wieder an Ruby.

»Wie Sie sicher bereits gemerkt haben, befindet sich Ihr Laden an einer vorzüglichen Stelle. Zentraler geht es kaum und zusätzlich zu den beiden Einkaufsstraßen gibt es eine Straßenbahnhaltestelle und zwei Bushaltestellen in unmittelbarer Umgebung. Die perfekte Lage. Gleichzeitig wird dieser Standort jedoch bei Weitem nicht so effektiv genutzt, wie es möglich wäre. Neben Ihnen befinden sich nur noch zwei Läden und ein paar Büros in diesem Gebäudekomplex. Auch in den umliegenden Häusern sieht es nicht besser aus. Der meiste Platz ist für billige Wohnungen verschwendet, die niemandem etwas bringen.«

»Außer den Bewohnern«, erwiderte Ruby sarkastisch.

»Völlig unerheblich.« Stahl schüttelte missbilligend den Kopf. »Hier geht es um mehr als ein paar Sozial- und Studentenwohnungen.«

Er schnippte mit den Fingern und sein Lakai öffnete umgehend den Koffer, aus dem er seinem Chef ein paar Pläne reichte.

Stahl schob ohne Rücksicht die auf dem Tresen liegenden Prospekte und Kugelschreiber zur Seite und breitete einen großen Gebäudeplan aus.

»Das hier, liebe Frau Lessing, ist meine Vision der neuen City-Mall. Ein moderner, wenn nicht sogar futuristisch anmutender Hochglanzbau aus Stahl und Glas. Dieses Meisterwerk wird die gesamte Innenstadt zum Strahlen bringen und massenweise Menschen anlocken. Neben kleinen Geschäften, wie Ihrem, findet sich Platz für große Ketten, edle Designerläden, unzählige Restaurants, Bars und sogar eine Spielhalle.«

Ruby starrte mit Entsetzen auf das Blatt und das darauf gezeichnete Monster. »Das … das sieht ja schrecklich aus«, stotterte sie. »Mit diesem Schandfleck zerstören Sie das gesamte Flair unserer schönen Innenstadt. So etwas werden Sie niemals genehmigt bekommen.«

Der Geschäftsmann setzte ein zufriedenes Lächeln auf. »Das, meine Liebe, ist bereits alles geregelt. Sobald ich Eigentümer der drei Gebäudekomplexe bin, rollt die Abrissbirne an und die Zukunft unserer Stadt wird eingeläutet.«

»Eine düstere Zukunft«, brummte Nick im Hintergrund.

Stahl ignorierte ihn. »In den kommenden Wochen wird jeder Eigentümer ein Angebot meiner Firma erhalten. Wir rechnen damit, innerhalb des nächsten Jahres jede Wohnung und jeden Laden in unseren Besitz zu bringen. Allerspätestens in zwei Jahren werden die Bagger rollen. Ich lasse Ihnen noch in dieser Woche mein großzügiges Angebot zukommen. Ich denke, Sie werden sehr zufrieden sein.«

Ein kurzer Blick zu seinem Assistenten und dieser rollte den Plan zusammen und packte ihn wieder in den Koffer.

»Ich wünsche Ihnen eine angenehme Woche und freue mich auf gute Zusammenarbeit.« Er nickte Nick kurz zu, deutete gegenüber Ruby eine Verbeugung an und verließ den Laden, wobei er eine Kundin anrempelte, die gerade eintreten wollte.

»Was für ein Arschloch«, sagte Nick und stemmte die Hände in die Hüfte. »Was denkt der sich eigentlich?«

Ruby kochte innerlich. Sie atmete tief durch und gab sich alle Mühe, nicht laut loszuschimpfen.

»Würdest du dich bitte um die Kundin kümmern?«, flüsterte sie Nick zu, während ihre Zähne mahlten. Dieser nickte und küsste sie sanft auf die Wange. Dann wandte er sich der Kundin zu. Ruby hingegen lief ins Büro und verschloss die Tür. Sie war so unbeschreiblich wütend, dass sie eine Auszeit benötigte. Sie setzte sich zu ihren beiden Lieblingen auf den Boden und schaute ihnen beim Spielen zu. Langsam beruhigte sich ihr Pulsschlag. Niemals würde sie den Laden verkaufen. Und schon gar nicht an einen solch skrupellosen Geschäftsmann wie Stahl.

Zwei Tage später kam der angekündigte Brief von Stahls Firmenkonsortium. Neben einem Hochglanzprospekt des geplanten Einkaufszentrums gab es ein Schreiben, in dem Ruby ein Angebot für den Laden unterbreitet wurde. Dies bestand aus einem Kaufpreis, der höher lag als der Preis, den Nick und sie an Hannelore gezahlt hatten, und einer Option für die Miete eines Ladenlokals innerhalb der Shopping-Mall zu einem vergünstigten Mietpreis.

»Aus rein wirtschaftlicher Sicht ist das ein sehr anständiges Angebot«, gab Nick zu.

Ruby jedoch funkelte ihn an und stemmte die Hände in die Hüften. »Wirtschaftlich gesehen kann er sich sein Angebot sonst wohin stecken. Du glaubst doch nicht, dass ich mich in einen solchen gläsernen Käfig stelle, um uninteressierten Kunden aktuelle Top-Bestseller zu verkaufen? Mein Buchstübchen ist etwas Besonderes. Der Laden hat Flair und eine wundervolle Atmosphäre. Dort sollen sich die Menschen wohlfühlen, entspannt schmökern und auch gerne über ein Buch diskutieren.«

Nick lächelte sie liebevoll an. »Das weiß ich doch, meine Süße. Ich wollte nur sagen, dass er nicht vorhat, uns über den Tisch zu ziehen.« Er zuckte mit den Schultern.

»Mit allem anderen hast du recht. Das ist in etwa so, als ob man sein uriges Restaurant in einem Gewölbekeller aufgibt, um ein Schnellrestaurant zu eröffnen. Du weißt ja, dass ich dich zu hundert Prozent unterstütze. Ich möchte nicht, dass du deinen Traum hergibst, um diesem Stahl seinen Willen zu lassen. Außerdem halte ich ihn für ein Arschloch. Entschuldige bitte meine Ausdrucksweise. Aber sein Auftreten und auch sein Verhalten gegenüber seinem Assistenten waren unmöglich.«

Nick faltete den Prospekt auseinander. »Und zu guter Letzt möchte ich auch nicht, dass er unsere schöne Innenstadt mit diesem hässlichen Tempel aus Stahl und Glas verunstaltet.«

»Meinst du, dass wir das Angebot so einfach ablehnen können?«

»Natürlich können wir das. Der Laden gehört uns. Wir können damit machen, was wir wollen. Außerdem glaube ich nicht, dass alle anderen Besitzer bereit sind, ihre Wohnungen und Geschäfte zu verkaufen.«

»Danke, dass du mich so sehr unterstützt.« Ruby nahm ihren Mann zärtlich in die Arme.

»Ich liebe dich, mein Engel! Für dich tue ich alles!«

6 WENIGE STUNDEN ZUVOR

»Magst du noch einen Kaffee?« Ruby winkte mit der Kanne, doch ihre Freundin und Nachbarin Hannah schüttelte mit dem Kopf.

»Nein, danke! Ich habe schon zwei. Mein Koffeinpensum für heute habe ich jetzt bereits überschritten.«

Die beiden saßen gemütlich am Frühstückstisch und unterhielten sich über den Nachwuchs und die neuesten Klatschgeschichten aus der Nachbarschaft. Ronja und Lilli wuselten mit Puppenwagen und ihren Babys darin um sie herum. Nick packte gerade seinen Rucksack für die Arbeit.

Ruby drehte sich zu ihm um. »Frau Hansen aus dem Kindergarten möchte gleich noch etwas mit mir besprechen. Ich werde daher heute wohl erst später im Laden sein. Liegt etwas Wichtiges an?«

Nick küsste seine Mädchen zum Abschied. »Nein, mein Liebling. Vermutlich wird Stahl mal wieder auf der Matte stehen und weiter Druck machen. Aber wie jeden ersten Mittwoch im Monat werde ich ihn höflich vor die Tür setzen.«

Ruby lachte. Der Geschäftsmann stattete ihnen seit nunmehr fast drei Jahren monatlich einen Besuch ab, um sie zur Veräußerung des Ladens zu bewegen. Anscheinend hatte er inzwischen von den meisten Besitzern eine schriftliche Zusage für den Immobilienankauf. Nur noch einige wenige weigerten sich, ihre Wohnungen zu veräußern. Allmählich wurde die Luft dünner, aber Stahl konnte nicht viel tun, außer ihnen auf den Wecker zu gehen. Schließlich waren sie die Eigentümer des Ladens und es war allein ihre Entscheidung, ob sie ihn verkaufen würden.

»Bleib freundlich, aber bestimmt. Der Kerl soll sich ruhig die Zähne an uns ausbeißen.«

»Bis nachher, meine Süße! Ich liebe dich!«

Nick beugte sich zu ihr hinunter und gab ihr einen langen und intensiven Kuss.

»Ciao Hannah!« Er winkte der Nachbarin zu und verschwand.

Hannah schaute ihm hinterher und seufzte. »Ach Ruby, wie kommt man bloß an einen so tollen Typen ran?«

Ruby lächelte glücklich. »Ja, Nick ist einfach wundervoll. Ich weiß gar nicht, womit ich einen solchen Mann verdient habe. Ich liebe ihn mit jeder Faser meines Körpers. Allein der Gedanke an ihn bringt mich zum Grinsen. Er ist liebevoll, zuvorkommend, witzig und dazu auch noch unfassbar romantisch. Habe ich dir schon erzählt, wie er letztens mein Bett mit Rosenblättern geschmückt hat?«

»Schon mindestens fünfmal«, lachte Hannah.

»Ich bin unbeschreiblich glücklich mit Nick und meinen zwei Mäusen. Und natürlich mit meiner wunderbaren Nachbarin!«

»Das meine ich aber auch. Und ich bringe gerne meinen Glanz in deine Hütte. Jetzt lasse ich dich aber in Ruhe. Du musst ja gleich schon los zum Kindergarten. Sehen wir uns später?«

»Du kannst ja deinen leckeren Erdbeerkuchen backen. Dann komme ich gerne heute Abend vorbei.«

Nach ein paar Jahren Nachbarschaft waren Ruby und Hannah beste Freundinnen geworden. Anfangs hatte sie mit der forschen Art ihrer Nachbarin einige Probleme gehabt. Ruby war eher zurückhaltend und vorsichtig, während Hannah gerne ihren Worten freien Lauf ließ, bevor sie darüber nachdachte. Aber trotz ihres offenen Wesens und ihrer großen Klappe war ihre Freundin eine Seele von Mensch. Sie war stets gut gelaunt und bot jederzeit ihre Hilfe an. Sie passte gelegentlich auf die Kinder auf und brachte regelmäßig ein paar Stücke ihrer fantastischen Kuchen vorbei. Heute Morgen war sie spontan zum Frühstück herübergekommen und hatte leckere, selbst gebackene Brötchen mitgebracht.

»Ronja! Lilli! Wir müssen los.«

Lachend kamen die beiden angewuselt. Sie hatten sich zu zwei prächtigen Mädchen entwickelt und gingen seit inzwischen zwei Monaten in den Kindergarten. Die Eingewöhnung war kinderleicht gewesen. Die Erzieherinnen hatten die beiden nicht trennen wollen und gemeinsam in die Bärengruppe gesteckt. So gab es kein Vermissen von Mama und Papa. Sie hatten sich und damit automatisch viel Spaß.

Ihre schulterlangen, hellblonden Haare hatten sie sich heute gegenseitig zu sonderbar anmutenden Zöpfen gebunden. Ruby hatte es aufgegeben, die beiden ordentlich zu frisieren. Sie hatten ihren eigenen Kopf und wussten ihn durchzusetzen.

In einem Anflug von überwältigender Zuneigung schnappte sich Ruby ihre beiden Töchter und umarmte sie fest. »Ich liebe euch sooooo sehr.«

»Wir dich doch auch«, erklang es aus zwei Mündern, während die Mädels versuchten, sich aus der Umklammerung ihrer Mutter zu winden.

7 GEGENWART

Nick liebte die gemeinsame Zeit am Morgen. Seine zwei Süßen, die um ihn herumsprangen, Ruby, wie sie ihren Kaffee trank und dabei einen Blick in die Zeitung warf und ihm immer wieder Zitate und Artikel vorlas. Sogar an Hannah hatte er sich inzwischen gewöhnt. Anfangs hatte er das Gefühl, dass seine Nachbarin ihn nicht leiden konnte. Immer wieder war er das Ziel ihrer oft sehr sarkastischen und beleidigenden Bemerkungen. Es hatte gedauert, bis er herausgefunden hatte, dass dies ihre Art war, Zuneigung auszudrücken. Sie war Rubys beste Freundin und gehörte damit gewissermaßen zur Familie. Gelegentlich kam sie zum Frühstück rüber, um mit seiner Frau zu klönen.

Mit zwei kleinen Kindern wie Lilli und Ronja hatte man immer was zu tun. Veranstaltungen, Termine, gemeinsames Spielen oder Lesen – das alles hatten sie sich gut aufgeteilt. Es war ihnen wichtig, dass beide möglichst viel Zeit mit den Zwillingen verbrachten. In dieser Woche fuhr Ruby die Kleinen zum Kindergarten, während er morgens den Laden öffnete.

Dafür war er für die Gute-Nacht-Geschichten zuständig, was ihm jeden Abend eine große Freude bereitete.

Wie immer freute er sich bereits jetzt auf den Moment, wenn Ruby in den Laden kam. Diese Begeisterung, die sie jeden Tag zeigte, erfüllte ihn täglich aufs Neue mit Liebe und Zuneigung. Es war wie eine zweite Ladenöffnung, bei der Ruby die Sonne mit hineinbrachte.

Nick wusste schon immer, dass die Arbeit in einer großen Firma nichts für ihn war. Er benötigte eine gewisse Freiheit bei seinem Schaffen. Er musste seine kreativen Einfälle in die Tat umsetzen und herausfinden, welchen Erfolg sie hatten. In der Firma, in der er früher gearbeitet hatte, war das nicht möglich gewesen. Jede neue Idee wurde von allen Seiten misstrauisch beurteilt. Veränderungen waren nicht gewünscht. Dazu kam, dass von oben ein enges Korsett an Vorschriften und Prozessvorgaben übergestülpt wurde, an das sich jeder zu halten hatte. Eigene Kreativität war auf ein absolutes Minimum begrenzt. Trotz allem hatte er nicht damit gerechnet, dass ihn die Arbeit in diesem kleinen Buchladen so erfüllen würde. Er schätzte den direkten Umgang mit den Kunden, bekam sofort ein Feedback und hatte alle Freiheiten, Neues zu probieren. Der Laden war Rubys Traum, doch gleichzeitig hatte auch er den perfekten Job gefunden.

Dazu kam, dass er jeden Tag an der Seite seiner Traumfrau arbeiten durfte. Besser ging es nicht.

Nick hatte gerade alle Lichter eingeschaltet und den Rechner hochgefahren, als die Glocke der Eingangstür schellte. Es war für ihn keine große Überraschung, Franz Stahl und seinen Adjutanten durch den Laden Richtung Tresen stolzieren zu sehen. Wie immer blitzten die weißen Zähne des Investors in seinem aufgesetzt wirkenden Lächeln.

»Guten Morgen, Herr Lessing. Ich wünsche Ihnen einen wundervollen Tag!«

Nick rollte mit den Augen, ergriff aber trotzdem die von Stahl angebotene Hand. »Guten Morgen, Herr Stahl. Welch unerwarteter Glanz in unserer bescheidenen Hütte.«

»Wenn es Ihnen nichts ausmacht, würde ich gerne Ihre werte Frau Gemahlin sprechen.«

»Es tut mir sehr leid, Herr Stahl«, antwortete Nick. »Meine Frau kommt heute später. Sie müssen notgedrungen mit mir vorliebnehmen.«

»Das macht doch nichts, Herr Lessing. Vielleicht ist es sogar gut, wenn wir mal ohne Ihre Frau über den Verkauf des Ladens reden. Von Geschäftsmann zu Geschäftsmann.« Stahl grinste und boxte Nick freundschaftlich gegen die Schulter.

Am liebsten würde er dem windigen Konzernchef eine reinhauen, aber das verbot ihm seine gute Kinderstube.

»Sie müssen zugeben, dass mein Angebot mehr als fair ist«, fuhr Stahl fort. »Ich werde Ihnen um einiges mehr für den Laden zahlen, als Sie damals investiert haben. Weiterhin bekommen Sie ein Ladenlokal in einem der exklusivsten Gänge des Zentrums zu einem erschwinglichen Mietpreis. Ich gehe davon aus, dass Sie Ihren Umsatz in kürzester Zeit mehr als verdoppeln werden. Denken Sie doch auch an die Zukunft, an Ihre Kinder.«

Nick seufzte. Wie oft hatte er sich das schon durch den Kopf gehen lassen. Jedes Mal kam er zum Ergebnis, dass das Angebot aus wirtschaftlicher Sicht ein Gewinn für sie sein würde. Allerdings gab es genügend Gründe, warum er nicht über den Verkauf diskutieren wollte. Er mochte die Innenstadt und war überzeugt, dass ein solches Einkaufszentrum die komplette Umgebung verschandelte. Vor allem aber war das Rubys Lebenstraum. Niemals würde er diesen zerstören, zumal er sich hier selbst unbeschreiblich wohlfühlte.

»Dieses Gespräch hatten wir doch schon so oft, Herr Stahl. Sie kennen unsere Gründe und daran hat sich nichts geändert. Ich weiß Ihr großzügiges Angebot wirklich sehr zu schätzen, aber das Glück meiner Frau ist mir wichtiger.«

Stahls Lächeln erlosch. Er schloss die Augen und atmete mehrfach tief durch. Als er die Lider wieder hob, funkelten seine eiskalten Augen.

»Schade! Das tut mir leid.« Er nickte Nick kurz zu. »Wir werden uns wiedersehen.«

Ohne ein weiteres Wort drehte er sich um und verließ den Laden.

Nick schaute ihm lange hinterher. Stahls Blick verhieß nichts Gutes, allerdings hatte der Geschäftsmann, außer den regelmäßigen Besuchen, bislang keinerlei Aktionen unternommen, um ihnen zu schaden und den Verkauf zu erzwingen.

Er zuckte mit den Schultern und widmete sich weiter den Vorbereitungen für den Tag. Bald würden die ersten Kunden kommen und sich auf einen frisch gebrühten Kaffee freuen. Die wollte er keinesfalls enttäuschen.

Eine gute Stunde später sah er Ruby in ihrem kleinen Polo vorfahren. Sie parkte gleich vor dem Laden, lief um den Wagen herum und trat strahlend ein.

»Jetzt brauche ich erst einmal einen Kaffee und ein Stück Kuchen.«

Nick servierte ihr das zweite Frühstück und setzte sich zu ihr aufs Sofa. »Was wollte die Kindergärtnerin?«

Ruby schüttelte den Kopf. »Sie hat vorgeschlagen, Ronja und Lilli zu trennen und in zwei verschiedene Gruppen zu stecken. Die beiden würden nur zusammenhängen und sich den anderen gegenüber verschließen.«

»Was hast du gesagt?«

»Ich habe ihr erklärt, dass die beiden schließlich erst wenige Wochen im Kindergarten sind und es eine völlig neue Umgebung für sie ist. Sie soll ihnen Zeit geben. Ich bin mir sicher, sie werden sich bald öffnen und auch mit anderen Kindern spielen.«

»Wir können ja mal mit den beiden reden.«

»Sie hat aber auch viel Positives berichtet. Noch nie hätte sie Kinder gehabt, die in ihrem Alter schon so flüssig reden konnten. Ihr Wortschatz sei überragend.«

Nick grinste. »Dann hat das viele Vorlesen ja was gebracht.«

»Und wie ist es bei dir gelaufen? War Stahl hier?« Ruby verzog den Mund.

»Ja, pünktlich wie ein Uhrwerk. Kaum hatte ich das Licht an, stand er schon vor mir. Das übliche Blabla und wie immer ist er unverrichteter Dinge abgezogen.«

Ruby lachte, doch Nick hatte das Gefühl, dass es nicht echt klang. »Ich mache mir Sorgen, dass er bald härtere Bandagen aufzieht.« Ernst blickte sie ihm in die Augen.

»Falls du der Meinung bist, dass ich einen Fehler mache, wenn ich an meinem Buchstübchen festhalte, dann sag es mir bitte.«

Nick strich zärtlich eine Strähne aus Rubys Gesicht und schob sie hinter ihr Ohr. »Mein süßer Engel, ich liebe dich und ich liebe diesen Laden. Er tut dir gut, er tut mir gut. Alles ist genauso, wie es sein soll.«

Er legte eine Hand in ihren Nacken und zog sie sanft zu sich heran. Der Kuss war atemberaubend, wie jeder Kuss mit dieser Traumfrau.

»Darf ich kurz stören?« Die kratzige Stimme von Frau Unger ließ sie auseinanderfahren. »Ich würde gerne bezahlen.«

»Entschuldigen Sie bitte, liebe Frau Unger«, lachte Ruby. »Kurze Geschäftsbesprechung.«

Den restlichen Morgen verbrachten sie, neben der Betreuung ihrer Kunden, mit der Planung einer Lesung, die in der kommenden Woche im Buchladen stattfinden sollte. Eine Autorin von Fantasy-Romanen, die Ruby schon seit Jahren kannte, brachte in den nächsten Tagen ihr neues Buch auf den Markt. Diesen Anlass wollte sie mit einer kleinen Lesung feiern. ›Book-Release-Party‹ nannten sie das. Nick freute sich jedenfalls sehr auf dieses Event. Sie veranstalteten alle paar Wochen eine solche Lesung und es fanden sich jedes Mal interessante Gäste bei ihnen ein.

Die Vorbereitung war jedoch immer recht aufwändig. Um das leibliche Wohl der Besucher mussten sie sich kümmern und außerdem ausreichend Sitzgelegenheiten organisieren. Es gab nicht genügend Platz, um so viele Stühle zu lagern, also fragten sie regelmäßig bei den Nachbarn und suchten sich auf diese Weise eine bunte Mischung aus Sitzmöbeln zusammen.

»Hast du die Lesung schon auf unserer Webseite eingestellt?«, fragte Ruby.

»Na klar. Homepage, Instagram, Facebook. Das ist bereits alles erledigt. Und am Wochenende erscheint eine Anzeige in der Stadtzeitung.«

»Du bist ein Schatz!« Sie küsste ihn auf die Wange.

»Ich bin sogar noch viel besser!« Nick warf sich in Pose. »Ich habe bereits zwanzig Anmeldungen, unter anderem Reporter und Fotografen von zwei Zeitungen. Das sollte sowohl für uns als auch für die Autorin ordentlich Publicity bringen.«

»Mein Held!« Ruby lachte und umarmte ihn.

Sein Blick fiel auf die große Wanduhr. »Oje, es ist schon nach eins. Ich fürchte, du musst zum Kindergarten und die Mäuse abholen.«

»Ach herrje, schon so spät? Dann werde ich gleich mal losdüsen. Genieß die wenigen ruhigen Minuten, die du noch hast, bevor wir zurück sind.«

Nick seufzte. »Oh, ja, gleich ist es vorbei mit der himmlischen Stille. Ich freue mich auf euch!«

Er liebte diese Abwechslung, die jeder Tag mit sich brachte. Morgens versuchten sie, die Dinge zu erledigen, bei denen es um Planung und Organisation ging. In dieser Zeit war der Laden eine Oase der Ruhe. Viele Kunden kamen vorbei, um ein klein wenig Abstand von der Hektik draußen zu bekommen. Sie entspannten sich mit einem Buch und einem Kaffee auf den Sofas und hatten kein Bedürfnis auf eine Unterhaltung mit ihm oder Ruby. Nachmittags fielen dann die Zwillinge ein und aus dem Haus der Stille wurde ein Gute-Laune-Tempel. Es wurde gelacht und gesungen. Zu dieser Tageszeit war auch die Kundschaft eine andere. Mütter mit ihren Kindern, offene und interessierte Menschen, die sich gerne mal zu einer Diskussion über ein Buch oder einen Autor hinreißen ließen.

Nick brachte Ruby zur Tür. Leidenschaftlich küsste er sie und schaute ihr tief in die Augen.

»Ich liebe dich, Traumfrau!«

»Und ich liebe dich, Traummann!«

Nur widerwillig lösten sie sich voneinander. Ruby winkte ihm noch einmal zu und umrundete langsam ihren Wagen. Wie üblich kramte sie in ihrer Tasche nach dem Autoschlüssel.

Als ein Motor laut aufheulte, fuhr Nick herum. Ein kleiner Lkw beschleunigte, als würde er ein Rennen fahren. Voller Entsetzen erkannte er, dass der Laster geradewegs auf seine Frau zu donnerte.

»RUBY! Vorsicht!«, schrie er aus Leibeskräften, während er wild mit den Armen gestikulierte.

Ruby schaute mit einem Lächeln auf. Dann erkannte sie, dass etwas nicht in Ordnung war und blickte zur Seite. Sie riss die Augen auf und ihr Mund öffnete sich zu einem Schrei.

Es krachte laut.

Teil Zwei
BERUFUNG

8

Ruby sah Nicks entsetztes Gesicht, hörte ihn aus der Ferne brüllen. Ihr Kopf ruckte nach links. Vor sich sah sie eine riesige Kühlerhaube aufragen. Sie wollte schreien, doch schon im nächsten Moment wurde sie von dem gewaltigen Ungetüm gerammt. Ein unbeschreiblicher Schmerz durchzuckte ihren Körper. Nur kurz, denn dann wurde alles schwarz. Auch diese Dunkelheit währte nur einen Augenblick. Langsam klärte sich Rubys Blick. Erst registrierte sie nur Schemen, doch allmählich kamen die Farben zurück. An der Eingangstür sah sie Nick, dessen Gesicht vom Schrecken verzerrt war. Hinter sich erblickte sie einen Lastwagen, der eine Straßenlaterne gerammt hatte. Der Fahrer hatte sich aus der zertrümmerten Kabine befreit und flüchtete zu Fuß. Und dann entdeckte sie sich selbst. Ihren Körper mit grotesk verdrehten Gliedmaßen. Der Stoß des Lkw hatte sie über ihren eigenen Wagen geschleudert, sodass sie jetzt auf dem Bürgersteig lag.

Aber warum sah sie sich selbst? Wieso spürte sie keinerlei Schmerzen? Weshalb lief Nick schreiend und heulend zu ihrem Körper? Verwirrt schaute sie an sich herab und sah nichts.

Sie wollte ihrem Geliebten zurufen, dass sie hier sei und dass es ihr gut gehe, doch kein Ton kam über ihre Lippen. Stattdessen wurde sie von einer mächtigen Kraft erfasst, einem Sog, der an ihr zerrte und sie nach oben riss. Wieder wurde alles schwarz. Ruby sträubte sich, sie widersetzte sich dieser gewaltigen Macht. Sie wollte zu Nick und den Zwillingen.

In der Ferne sah sie ein helles Licht, zu dem sie gezogen wurde.

»Nein!«, sagte sie sich. Niemals würde sie ihre Familie verlassen. Mit aller Macht kämpfte sie gegen den Sog an. Ruby stemmte sich dagegen und dachte dabei pausenlos an ihre Lieben.

Mit einem Mal wurde es ruhig. Nichts zerrte mehr an ihr. Das Licht verschwand und alles war schwarz, eine düstere Leere, die sie umgab.

Hatte sie den Kampf gewonnen? Aber wo war sie? Wie würde sie wieder zu ihren Lieben kommen? Sie spürte, dass sich etwas veränderte. Eine Art Wärme stieg in ihr auf, eine tiefe Glückseligkeit. Bunte Farben fluteten ihre Gedanken.

»Lass los«, säuselten sanfte Stimmen in ihrem Kopf. Eine wohlige Gemütlichkeit erfüllte sie und Ruby war kurz davor, sich fallen zu lassen. Vor ihrem inneren Auge sah sie weiße Strände, grüne Bäume und blaue Seen. Eine unendliche Sehnsucht nach Ruhe und Frieden machte sich in ihr breit. Dann sah sie Nicks Gesicht, nur den Bruchteil einer Sekunde.

»Nein!« Der Gedanke fegte alles andere davon. Wärme und Zufriedenheit verschwanden. Die Schwärze wich einem dämmrigen Weiß.

Erneut schaute sie an sich hinab. Nichts zu sehen, nur dieser helle Nebel. War sie etwa im Himmel? Waren das Wolken? Ruby wollte nicht hier sein. Sie wollte wieder zurück!

»Ist hier jemand?« Zwar hatte sie keine Stimme, doch ihre Gedanken klangen laut in ihrem Kopf wider. Sofern sie denn so etwas wie einen Kopf hatte. Einen Körper gab es schließlich nicht.

»Verdammt! Wo bin ich?«

»Ich nenne es das Wartezimmer im Nirgendwo«, donnerte plötzlich eine fremde Stimme in ihr.

Erschrocken sah sie sich um. Nichts als unendliche Leere.

»Wer bist du? Und was soll das bedeuten? Wartezimmer im Nirgendwo? Was ist mit mir?« Ruby hatte tausend Fragen, doch sie biss sich auf die imaginäre Zunge.

»Ich bin der Wächter des Diesseits und des Jenseits. Du hast dein Leben verloren und warst auf dem Weg ins Jenseits, einem besseren Ort voller Freude und Glückseligkeit. Auf dem Weg ins Licht solltest du vergessen und die vollkommene Freiheit erlangen. Doch du hast dich widersetzt!« Die Stimme wurde plötzlich härter. »Du hast das Leben nicht losgelassen und dich an die Liebe zu deinem Mann und deinen Kindern geklammert.«

Ungläubig hörte Ruby die Worte der Stimme. Jenseits? Tod? Vollkommene Freiheit? Immerhin verstand sie nun einigermaßen, was geschehen war. Dieser Sog, das Gefühl von Wärme und Zufriedenheit. Sie, ihre Seele oder was auch immer sollte ins Jenseits katapultiert werden, um dort in immerwährendem Glück, aber ohne jede Erinnerung zu sein. Doch für sie gab es nichts Schöneres, nichts Glücklicheres und nichts Erfüllenderes als die Liebe von Nick, Ronja und Lilli.

»Diese Liebe hat dich hierhergebracht. Ins Niemandsland zwischen den Lebenden und den Toten. Ich bin der Wächter, der dafür sorgen wird, dass du nicht zurückkehrst.«

»Aber ich will zurück! Ich will zu meiner Familie, will sie sehen, will sie begleiten, will auf sie aufpassen und sie beschützen!«

Die Stimme lachte. »So simpel ist das leider nicht. Du kannst diesen Ort nicht so leicht hinter dir lassen. Es gibt Voraussetzungen, um von diesem Ort fortzukommen. Wenn du dich einfach so auf den Weg zurück zu den Lebenden machst, wird es dich in den Wahnsinn treiben und du wirst als ruheloser Geist auf Erden spuken, ohne jede Erinnerung an deine Lieben und ohne Ziel. Meine Aufgabe ist es, dies zu verhindern.«

Wieder spürte Ruby diese Wärme. Diesmal lockte jedoch nicht das Jenseits, sondern die in ihr aufkeimende Hoffnung. Die Stimme dieses komischen Wächters hatte von Voraussetzungen gesprochen, um wieder auf die Erde zurückkehren zu können. Wie auch immer das funktionieren sollte.

»Was sind das für Anforderungen? Ich werde sie erfüllen!«

»Das hängt bedauerlicherweise nur teilweise von dir ab! Zum einen darfst du nicht durch deine eigene Hand gestorben sein. Diesen Punkt hast du eindeutig erfüllt. Weiterhin muss der Wunsch, auf die Erde zurückzukehren, so groß sein, dass du nicht im Jenseits landest.«

Rubys Hoffnung stieg. Sie würde es schaffen. Sie würde Nick und die Zwillinge wiedersehen. Nichts würde sie daran hindern, auch kein gesichtsloser Wächter.

»Der Grund, warum du unbedingt zurückkehren möchtest, muss die Liebe zu einem anderen Menschen sein.«

»Das ist bei mir der Fall!«, antwortete Ruby schnell. »Es sind sogar drei Menschen. Mein Mann, und meine Töchter Lilli und Ronja.«

»Ja, das stimmt. Bis hierhin hast du alle Voraussetzungen erfüllt. Es ist jedoch die letzte Hürde, an der fast jeder scheitert. Leider hast du keinerlei Einfluss darauf.«

»Was ist es? Und was geschieht, wenn ich diesen Punkt nicht erfüllen kann? Werde ich dann auf ewig hier in diesem Nichts bleiben, voller Verzweiflung, weil ich meine Lieben so sehr vermisse? Eine immerwährende Qual, der ich hilflos ausgeliefert bin?«

Die Stimme war jetzt ruhig und sanft. »Die erste Zeit wird voller Schmerzen sein. Das Gefühl, zu wollen, jedoch nicht zu können, wird grausam sein. Doch wirkt auch hier die Kraft des Vergessens. Zwar langsamer, aber trotzdem stetig werden deine Erinnerungen verblassen, bis du bereit bist, ins Jenseits einzuziehen.«

»Ich werde niemals vergessen!«, brauste Ruby herausfordernd auf. »Nenn mir die letzte Voraussetzung!«

9

Nach unzähligen Befragungen durch die Polizei durfte Nick schließlich den Tatort verlassen. Immer noch vollkommen traumatisiert hängte er ein ›Geschlossen‹-Schild an die Tür und sperrte den Laden ab. Später wusste er nicht einmal, wie er nach Hause gekommen war. Jegliche Erinnerung an die Fahrt war ausgelöscht. Eine unbeschreibliche Leere hatte sich in seinem Kopf ausgebreitet. War das wirklich geschehen? War es möglich, dass alles nur ein schlimmer Albtraum war?

Immer wieder sah er vor seinem inneren Auge die entsetzliche Szene. Ruby, die gerade die Tür ihres Wagens geöffnet hatte. Den beschleunigenden Lkw. Wie von Sinnen hatte er geschrien, aber es war bereits zu spät. Das Letzte, was er von Ruby sah, waren ihre weit aufgerissenen Augen und den Mund, den sie zum Schrei geöffnet hatte. Dann gab es einen dumpfen Knall. Der Lastwagen hatte sie voll mit der rechten Seite erwischt. Ihr Körper wurde mehrere Meter über ihren Wagen geschleudert und sie landete mit schrecklich verdrehten Gliedmaßen und gebrochenem Genick auf dem Bürgersteig vor Nick. Ungläubig war er zu ihr geeilt, hatte geweint, getobt und gebrüllt. Später hatten Passanten ihn von der Leiche weggezerrt. Die Polizei und der Notarzt waren gekommen. Man hatte ihm ein Beruhigungsmittel gegeben und er war erschöpft zusammengebrochen.

In einem lichten Moment rief er bei seiner Nachbarin Hannah an und bat sie mit bebender Stimme, die Kinder abzuholen.

»Ist etwas geschehen?« Ihre Frage hatte er vor lauter Tränen nicht mehr beantworten können.

Nick schloss den Wagen ab und schlich zur Haustür, wo er bereits von Hannah erwartet wurde. Mit großen Augen sah sie ihn an. »Was ist mit Ruby?«

Er senkte den Blick und schüttelte den Kopf.

»Jetzt sag schon!« Die Nachbarin packte ihn an den Schultern und rüttelte ihn. »Wo ist Ruby?«

Es fiel ihm unendlich schwer, ihr zu antworten. Mehrfach atmete er tief ein und aus. »Tot!«, flüsterte er nur. »Überfahren!«

Erst sagte Hannah kein Wort. Mit offenem Mund und leerem Blick starrte sie ihn an. Langsam trat sie einen Schritt vor und nahm ihn in den Arm. Nick sträubte sich kurz, dann ließ er ihre Umarmung zu. Kurze darauf brachen bei ihm alle Dämme und er heulte bittere Tränen. Minutenlang hielten sie sich fest und weinten, vereint in der Trauer um Ruby.

Wie sollte es nur weitergehen? Mit einem Mal fühlte er sich so hilflos. Jeden Schritt, den er in seinem Leben gehen wollte, hatte er mit Ruby gehen wollen. Sie hatte noch so viele Pläne und riss ihn stets mit. Sie war sein Anker, seine Stütze. Jetzt war da nur Leere. Der wichtigste Mensch in seinem Leben war verschwunden, ausgelöscht, einfach so, von einer Sekunde auf die andere.

»Was ist mit den Kindern?«, fragte Hannah.

»Ich muss es ihnen sagen. Muss ihnen erklären, warum ihre Mama nie wieder nach Hause kommt. Es bringt nichts, ihnen Lügen aufzutischen.« Er seufzte. »Ich weiß nicht, wie sie das verkraften sollen.«

Gedankenverloren griff er nach einem Papiertaschentuch und tupfte sich die Tränen ab. Auch Hannah reichte er eins. »Geh nach Hause. Ich danke dir von Herzen für deine Hilfe. Jetzt kümmere ich mich um die Zwillinge.«

»Sag Bescheid, wenn du Unterstützung benötigst. Ruby war die beste Freundin, die ich je hatte. Ich bin immer für euch da. Denk bitte daran. Du bist nicht allein.«

»Danke!« Noch einmal umarmte er sie. Dann schloss er die Tür, zog seine Schuhe aus und stieg die Treppe hinauf.

Wie in Trance betrat er das Zimmer der Zwillinge. Ronja und Lilli saßen auf dem Fußboden und puzzelten an einem großen Bauernhof mit unzähligen Tieren und landwirtschaftlichen Geräten. Nick setzte sich zu den beiden und schaute ihnen eine Weile beim Spielen zu. Sie schienen ihn gar nicht wahrzunehmen. Als das letzte Puzzleteil verbaut war, blickte Lilli auf.

»Warum weinst du, Papa?«

Er versuchte zu antworten, doch seine Stimme versagte. Er räusperte sich und erwiderte den Blick der beiden, die ihn erwartungsvoll anschauten.

»Mami …« Seine Stimme brach und er kniff die Augen zusammen. »Mami hatte einen Unfall. Sie … sie wird nicht mehr zurückkommen.« Er schluchzte und die Tränen liefen wieder in Strömen.

Die Zwillinge robbten ganz nah heran und kuschelten sich in seine Arme.

»Ist Mama jetzt ein Engel?«, fragte Ronja zaghaft.

»Ja, mein Schatz, Mama ist jetzt ein Engel.« Nick konnte kaum sprechen. »Sie liebt euch so unendlich, dass sie ganz bestimmt als Schutzengel auf uns aufpassen wird. Sie wird immer bei euch sein. Überall, zu jeder Zeit. Und wir werden sie stets in unserem Herzen tragen, genau wie sie uns in ihrem trägt.«

Lilli schloss die Augen und hielt sich beide Hände vor ihr Herzchen. »Sei bitte unser Schutzengel, liebe Mama, und pass auf uns auf!«

10

Ein dumpfes Grollen erfüllte Rubys Inneres. Mit einem Schlag lichtete sich der Nebel. Zwar war es immer noch weiß um sie herum, aber etwas hatte sich verändert. Sie hatte das Gefühl, dass alles klarer geworden war. Gäbe es einen sichtbaren Gegenstand, hätte sie ihn jetzt deutlich erkennen können, während er eben noch verschwommen und durchsichtig gewesen wäre. Außerdem kam es ihr vor, als würde sie selbst ein wenig heller leuchten als das umgebende Weiß. Dann bestand sie wohl doch aus mehr als nur ihrem Bewusstsein.

Wieder erfüllte die dunkle Stimme ihren Kopf.

»Das eben war die letzte Voraussetzung. Egal, wie bereit man sich fühlt, es bedarf immer eines Menschen, der sich wünscht, dass der Tote als Schutzengel über ihn wacht. Außerdem muss dieser Wunsch laut ausgesprochen werden.«

Ruby war einen Moment sprachlos. Sie hatte damit gerechnet, dass dieser Kampf viel länger andauern würde. Dass sie versuchen müsste, auch ohne eine erfüllte letzte Voraussetzung zurück zur Erde zu gelangen.

»Du meinst, dass ich zurückgehen darf? Meine Lieben haben sich mich als Schutzengel gewünscht und es laut ausgesprochen?«

Stille.

»Verflixt, ich will eine Antwort haben! Du erlaubst mir, zurückzugehen?«

»Ja, deine Tochter hat soeben die letzte Bedingung erfüllt. Dir wird gewährt, auf die Erde zurückzukehren und fortan deine Familie zu beschützen.«

Hätte Ruby den Wächter sehen können und dazu noch einen richtigen Körper, wäre sie ihm um den Hals gefallen. Anscheinend war es egal, ob man tot aufs Jenseits wartete oder lebendig auf der Erde wandelte, Freude und Begeisterung waren immer und überall berauschend. Sie fühlte sich, als würde ihr Herz vor Glück zerspringen, während in ihrem Kopf ein Zirkus Premiere feierte.

»Bevor du dich jedoch auf den Weg machst, gibt es ein paar Dinge, die du wissen musst.« Die Stimme wurde lauter und der eindringliche Ton forderte Rubys ganze Aufmerksamkeit.

»Dir muss klar sein, dass dich deine Lieben nicht sehen können. Egal, wie real es dir vorkommen mag, wenn dir jemand gegenübersteht, für die Menschen auf der Erde bist du unsichtbar.«

Das hatte sie befürchtet. Trotzdem wäre es viel besser, die Kinder und Nick zu sehen und an ihrem Leben teilzuhaben, als hier gefangen zu sein und sie allmählich zu vergessen. Sie fragte sich jedoch, wie sie ihnen als Schutzengel helfen sollte, wenn sie sie nicht wahrnehmen konnten.

»Heißt das, ich bin völlig hilflos, falls Gefahren auf die drei zukommen? Wie kann ich sie dann beschützen?«

»Es gibt für dich verschiedene Handlungsoptionen, um im Notfall einzugreifen. Sofern eine unmittelbare Gefahr auf Leib und Leben deiner Familie besteht, existiert die Möglichkeit einer sogenannten Ultrakurz-Materialisierung. Zwar bleibst du weiterhin unsichtbar, aber für einen Sekundenbruchteil bist du in der Lage, Dinge zu berühren und zu bewegen. So könntest du etwa einen fallenden Gegenstand ablenken oder einer Person einen Schubs geben. Wie stark ausgeprägt diese Fähigkeit bei dir sein wird, kann ich nicht beurteilen.«

Ruby war erleichtert. Es gab also doch eine Möglichkeit einzuschreiten. Vielleicht konnte sie auf diesem Wege Gefahren von Nick und den Zwillingen abwenden.

»Es gibt noch eine zweite Variante, ins Geschehen einzugreifen. Wenn du in einer Situation zutiefst emotional berührt bist, kann es passieren, dass sich Dinge ereignen, die für die Menschen verstörend wirken könnten. Du bist zum Beispiel in der Lage, Gegenstände zu bewegen, ohne sie zu berühren. Ich muss aber darauf hinweisen, dass du diese Gabe nicht unbedingt in dir tragen musst. Jeder Schutzengel ist anders. Fähigkeiten sind unterschiedlich ausgeprägt und kommen teilweise gar nicht vor. Erwarte nicht zu viel von dir. Manchmal entwickelt sich das erst im Laufe der Zeit.«

Hierüber machte sich Ruby keine Sorgen. Sie war schon immer ein äußerst emotionaler Mensch gewesen. Sowohl positive Emotionen wie Freude und Begeisterung als auch traurige und herzerweichende Situationen fielen bei ihr auf einen guten Nährboden. Sie konnte jauchzen und vor Euphorie zerplatzen und im nächsten Moment heulen wie ein kleines Kind. Nick sagte immer, sie sei Emotion pur.

»Eine äußerst mächtige Möglichkeit der Interaktion ist das Traumwandeln. Viele Schutzengel sind in der Lage, sich in die Träume ihrer Lieben einzuschleichen und ihnen dort in ihrer menschlichen Form zu erscheinen. Das klingt im ersten Moment wie die Lösung vieler Probleme, doch es birgt auch Gefahren. Träume sind Hirngespinste und keine Realität. Der träumende Mensch versteht diese Bilder oft nicht so, wie wir es uns erhoffen. Er weiß, dass die Person, von der er träumt, tot ist und interpretiert Botschaften anders als gedacht. In seltenen Fällen besteht sogar die Möglichkeit, dass er sich dagegen wehrt, depressiv und verrückt wird. Dies kann wiederum negative Auswirkungen auf dich haben und über kurz oder lang dazu führen, dass du dich in einen Geist verwandelst, der die Menschen heimsucht. Gleichzeitig kann das Traumwandeln aber auch Hoffnung und Erlösung schenken.«

Die Stimme war sehr eindringlich.

»Ich weiß, dass die Versuchung, sich seinen Lieben im Traum zu offenbaren, überaus groß ist. Doch bitte sei vorsichtig. Nutze das nur gezielt und mit Fingerspitzengefühl.«

›Überaus groß‹ kam nicht einmal annähernd an die Worte heran, die Ruby benutzt hätte, um ihre Sehnsucht, ihre Familie im Traum zu besuchen, zu beschreiben. Sie wollte ihnen so nah sein, wie nur möglich. Es würde eine unsagbare Qual werden, dem zu widerstehen. Aber natürlich war es nicht in ihrem Sinne, dass Nick oder eines der Mädchen aufgrund ihres selbstsüchtigen Verlangens krank würde.

»Dir stehen nun beide Wege offen. Zurück zu den Deinen oder weiter ins Jenseits. Der Entschluss liegt allein bei dir.«

Könnte der Wächter ihr Gesicht sehen, hätte er ihren entschlossenen Ausdruck bemerkt. Hier gab es nichts zu entscheiden. Ihr Weg war zu hundert Prozent klar.

»Was muss ich tun, um zurückzukehren?«

11

Nick erwachte auf dem Teppichboden des Kinderzimmers. Sein Rücken schmerzte von der harten Unterlage. Stöhnend setzte er sich auf und sah, dass die Zwillinge in ihren Betten lagen. Lilli hielt Rubys Kopfkissen in einer engen Umarmung und Ronja trug Rubys Schlafanzugoberteil, das ihr natürlich viel zu groß war. Nicks Hand lag auf etwas Weichem und er erkannte, dass seine Bettdecke auf ihm ausgebreitet war. Eine Welle der Zuneigung schwappte über ihn hinweg und ihm wurde warm ums Herz. Seine beiden Mäuse mussten sie ihm vor dem Zubettgehen geholt haben.

Gestern Abend hatten sie noch bis weit nach Mitternacht zusammen gekuschelt und Erinnerungen an Ruby ausgetauscht. Keiner von ihnen wollte schlafen. Obwohl die Mädchen todmüde waren, suchten sie seine Nähe, wollten reden und weinen. Dankbar darüber, nicht mit seinen Gedanken allein gelassen zu werden, erzählte er den Kindern von ihrer ersten Begegnung, ihrem ersten Kuss und vielen weiteren wundervollen Momenten. Später musste er eingenickt sein.

Die Leuchtziffern seiner Armbanduhr verrieten ihm, dass es vier Uhr morgens war. Es überraschte ihn, dass er überhaupt geschlafen hatte. Erholsam war die Nacht allerdings nicht gewesen. Unzählige Albträume hatten ihn attackiert, Monster auf vier Rädern, die ihn und Ruby angriffen und unter ihren Reifen zermalmten.

Ruby! Schon der Gedanke an seine Frau trieb ihm Tränen in die Augen. Noch immer konnte er das alles nicht begreifen, wollte er es nicht glauben. Natürlich hatte er ihren toten Körper auf dem Bürgersteig liegen sehen, hatte sie in den Arm genommen und geküsst, hatte geschrien und geheult. Er wusste, dass es real war, und trotzdem wollte sein Herz das nicht hinnehmen. Das konnte nicht passiert sein. Die Stunden danach hatte er wie in einer Art Trance erlebt. Als ob sein Kopf voller Nebel war, verschwommen, unwirklich.

Er fühlte sich vollkommen hilflos. Wie sollte es nun weitergehen? Mit einem Schlag war er allein für die zwei Kinder und den Laden verantwortlich. Schon die Vorstellung, wie er den heutigen Tag überstehen sollte, überforderte ihn. Am liebsten wäre er mit den Zwillingen zu Hause geblieben, doch die Polizei hatte sich angekündigt, um im Laden mit ihm zu reden. Da er aber verhindern wollte, dass die beiden Kleinen das miterlebten, hatte er nicht vor, sie mit ins Geschäft zu nehmen.

Ob er Hannah fragen sollte? Nein, die war bestimmt mit ihrer eigenen Trauer beschäftigt. Auf die Mädchen aufzupassen, würde das wohl nur noch schwieriger machen. Seine und Rubys Eltern wohnten zu weit weg.

Verdammt! Die Eltern! Er musste sie über Rubys Tod informieren! Schon jetzt spürte er, wie ihm das alles über den Kopf wuchs.

»Ach Ruby«, flüsterte er. »Was soll ich nur ohne dich machen?«

Nick vergrub sein Gesicht in der Decke und weinte stille Tränen.

»Nicht weinen, Papa«, hörte er Lillis Stimme. »Wir sind bei dir und helfen dir.«

»Und Mama ist auch immer bei uns. Ich weiß das ganz genau.« Ronja kuschelte sich eng an ihn heran.

Schweigend saßen sie am Küchentisch, jeder in seine eigenen Gedanken versunken. Nick hatte immer noch keine Idee, was er mit den beiden machen sollte.

»Ich möchte heute Erdbeeren mit zum Kindergarten nehmen«, verkündete Ronja strahlend.

»Au ja! Ich auch!« Lilli leckte sich mit der Zunge über die Lippen.

An diese Alternative hatte Nick nicht gedacht. Niemals wäre er auf die Idee gekommen, die Mädchen nach dem Tod ihrer Mutter in den Kindergarten zu schicken. Für die Zwillinge schien es aber das Selbstverständlichste auf der Welt zu sein. Trotzdem hatte er ein schlechtes Gewissen, als er die beiden in ihre Gruppe brachte. Während Ronja und Lilli ihre Schuhe auszogen, redete er mit der Erzieherin.

»Ich habe das Gefühl, dass es am besten ist, wenn Sie mit den beiden wie üblich umgehen. Falls es Probleme geben sollte, können Sie mich jederzeit anrufen. Es tut mir schrecklich leid, dass ich Sie damit belasten muss, aber ohne die Betreuung der beiden schaffe ich es nicht.«

»Das ist doch selbstverständlich, Herr Lessing«, antwortete die Kindergärtnerin mit Tränen in den Augen.

»Es tut mir unendlich leid. Sie hatten eine so wundervolle Frau. Mein aufrichtiges Beileid!«

Trotz der Gewissensbisse war Nick erleichtert, dass er die Zwillinge in guten Händen wusste. Er war dankbar, dass sie es ihm so einfach machten und ihn unwissentlich so sehr unterstützten.

Glücklicherweise wartete noch niemand vor dem Laden und er konnte in Ruhe alles vorbereiten. Ohne den Termin mit der Polizei wäre er heute nicht ins Geschäft gefahren. Da er aber nun mal hier war, konnte er auch öffnen. Er war sich bewusst, dass er es sich nicht leisten konnte, den Laden länger zu schließen, und so würde er jede Gelegenheit nutzen, für die Kunden zur Verfügung zu stehen.

Die Polizei hatte sich erst für zehn Uhr angekündigt. So hatte Nick eine Stunde Zeit, um sich mit den schwierigen Dingen zu beschäftigen, die nicht mehr aufgeschoben werden konnten. Mit zitternden Händen nahm er das Mobilteil des Telefons und wählte die Nummer von Rubys Eltern. Er fühlte sich schrecklich und hatte Bauchschmerzen.

»Meininger!«, meldete sich eine tiefe Stimme.

»Robert, hier ist Nick. Es ist etwas Entsetzliches geschehen. Ruby hatte einen Unfall. Sie ist tot.«

Die Worte schnürten seinen Hals zusammen. Tränen stiegen ihm in die Augen und er musste sich setzen.

Er presste sich das Telefon ans Ohr, er hörte nichts. Stille.

Dann ein Schniefen und schließlich ein leises, kaum hörbares Flüstern. »Unsere Ruby? Tot?«

Gemeinsam weinten sie mit den Hörern in der Hand. Worte waren nicht notwendig. Jeder konnte den Schmerz des anderen fühlen und verstehen.

Sie verständigten sich darauf, dass Rubys Eltern so bald wie möglich anreisten, um Nick in den nächsten Tagen zu unterstützen und die Kinder zu betreuen.

Der Anruf bei seinen eigenen Eltern war nicht weniger emotional. Auch sie liebten ihre Schwiegertochter heiß und innig. Sie versprachen zur Beerdigung zu kommen und im Anschluss noch ein paar Tage zu bleiben.

Dies bedeutete für Nick eine große Erleichterung. So war zumindest eine Weile die Kinderbetreuung abgedeckt. Mit ein bisschen Glück würde er es schaffen, in dieser Zeit die wichtigsten Dinge zu organisieren, damit es anschließend geordnet weitergehen konnte.

»Morgen!« Eine knurrige Stimme riss ihn aus seinen Gedanken.

Erschrocken drehte er sich um und sah in die Augen von Kommissar Huber. Er war so in das Gespräch vertieft gewesen, dass er nicht einmal die Türglocke registriert hatte.

»Entschuldigen Sie bitte, ich war gerade am Telefon und habe Sie nicht gehört.«

»Hm, macht ja nichts.« Der Kommissar war ein schlecht gelaunter, dauergrummeliger Mann, der nach Nicks Schätzung kurz vor der Pensionierung stand.

»Darf ich Ihnen einen Kaffee anbieten? Kuchen gibt es heute leider keinen.«

»Kaffee ist gut.«

Nick versuchte, an Hubers Miene abzulesen, ob er Neuigkeiten hatte, doch das faltige Gesicht war nicht zu deuten. Er schenkte dem Kommissar einen Kaffee ein, den dieser mit einem Nicken entgegennahm.

Erst als er die Tasse beinahe leer getrunken hatte, begann der Polizist zu reden.

»Besonders viel Neues gibt es nicht zu berichten. Das Fahrzeug des Täters gehört einer Umzugsfirma aus der Stadt. Möglicherweise stammt der Täter aus dem Umfeld und konnte sich so recht leicht Zugriff verschaffen. Ein paar Anwohner haben uns eine Beschreibung des Fahrers gegeben. Wir erstellen zurzeit ein Phantombild und schreiben ihn dann zur Fahndung aus. Es hat den Anschein, als wäre er betrunken gewesen. Jedenfalls bestätigten gleich mehrere Zeugen, dass er extrem unsicher gelaufen ist und geschwankt hat. Das kann zwar auf den Unfall zurückzuführen sein, aber es wurde auch von einer Schnapsflasche berichtet, die der Täter in der Hand hatte. Im Lkw fanden wir ebenfalls eine leere Flasche. Leider ist niemand auf die Idee gekommen, ihm zu folgen. Ich bin aber guter Hoffnung, dass wir den Kerl schnappen werden.«

Nick zuckte mit den Schultern. Natürlich wollte er, dass sie den Typen erwischen. Jemand, der betrunken Lastwagen fuhr, gehörte nicht auf die Straße. Aber das würde ihm seine Ruby auch nicht zurückbringen.

»Der Mediziner hat übrigens die Leiche Ihrer Frau freigegeben. Sie können das Bestattungsinstitut beauftragen, alles Weitere zu regeln«, brummte Huber.

Bestattungsinstitut? Musste er sich darum kümmern? Nick erkannte, dass er vollkommen ahnungslos war. Natürlich war er schon auf ein paar Beerdigungen gewesen, jedoch nie direkt betroffen. Um diese organisatorischen Aspekte hatte sich immer jemand anderes gekümmert.

Als er merkte, dass er den Polizisten planlos anstarrte, senkte er schnell den Blick.

»Entschuldigen Sie bitte, Herr Kommissar. Ich bin gerade völlig überfordert.«

Hubers harter Gesichtsausdruck wurde milder und er legte ihm die Hand auf die Schulter.

»In einer solchen Situation sind wir alle überfordert.«

Er zog ein schwarzes Kärtchen aus der Tasche und reichte es Nick.

»Rufen Sie die Nummer auf der Karte an. Der Bestatter wird sich dann um alles kümmern. Sagen Sie ihm, er soll mich anrufen. Ich kläre alles Weitere direkt mit ihm ab. Und dann sehen Sie zu, dass Sie ein bisschen Schlaf bekommen. Sie sehen schrecklich aus.«

Hubers Blick wurde wieder hart.

»Ich muss los. Wenn es Neues gibt, melde ich mich bei Ihnen.«

Das Gespräch mit dem Bestattungsinstitut *Korff & Kastell* war glücklicherweise nur kurz. Sie hatten schon mehrfach mit der Polizei zu tun und versprachen, die Leiche noch heute zu holen. Nick sollte am kommenden Tag um zehn Uhr im Institut erscheinen, damit die notwendigen Details erledigt werden konnten.

»Das auch noch«, murmelte er nach dem Telefonat. »Dann muss ich die Kinder morgen schon wieder in den Kindergarten abschieben.«

So gerne wollte er sich um die Zwillinge kümmern, versuchen, sie und sich abzulenken. Zum Bestatter konnte er sie aber keinesfalls mitnehmen. Hoffentlich reisten Rubys Eltern bald an. Damit wäre er fürs Erste eine große Sorge los. Bis dahin musste er improvisieren.

Ein Blick auf die Uhr verriet ihm, dass bald Mittag war. Er beschloss, die Zwillinge heute früher abzuholen und etwas mit ihnen zu unternehmen. Vielleicht konnten sie im Park die

Enten füttern oder den Abenteuerspielplatz besuchen. Auf dem Rückweg noch ein Eis. Den Rechner im Büro hatte er bereits runtergefahren, als die Tür klingelte und eine schon etwas betagtere Stammkundin den Laden betrat.

»Hallo Nick!«

»Was kann ich für Sie tun, Frau Munk?«

Es hatte sich eingebürgert, dass die meisten Kunden ihn und Ruby mit ihren Vornamen ansprachen. Ruby hatte immer gesagt, dass das zu einer vertrauensvollen Atmosphäre beitragen würde. Er tat sich immer noch schwer damit, was wahrscheinlich an seiner Erziehung lag.

»Ich komme wegen der Lesung nächste Woche. Habt ihr noch ein Plätzchen für mich frei?«

Oh, nein! Die Lesung! Die hatte er völlig verdrängt. Er musste unbedingt bei Facebook nachschauen, wie viele Gäste sich schon angemeldet hatten. Ob er die Veranstaltung absagen sollte? Aber Ruby hatte sich doch bereits so viel Mühe damit gemacht. Eine Absage würde nur für schlechte Publicity sorgen. Das konnte er sich nicht erlauben. Es blieb ihm wohl nichts anderes übrig, als das Event durchzuziehen.

»Kein Problem, Frau Munk. Ich werde mir Ihren Namen sofort notieren und Ihnen einen Stuhl freihalten.« Er zwinkerte ihr zu.

»Das ist lieb. Danke! Die Lesungen bei euch sind stets so schön. Hoffentlich schlafe ich nicht wieder ein. Das tut mir immer noch schrecklich leid. Der Autor letztens dachte bestimmt, ich wäre vor Langeweile eingeschlafen. Es lag aber nur an der Müdigkeit. In meinem Alter geht man zu der Zeit normalerweise ja bereits ins Bett.«

Frau Munk plapperte munter weiter, während Nick auch den Computer an der Theke ausschaltete. Schließlich verabschiedete sie sich und ging zur Tür. Dort drehte sie sich abermals kurz um und rief. »Grüße an die Frau Gemahlin!«

Wie aus dem Nichts schnürte es Nick die Kehle zusammen und schon flossen wieder die Tränen. Schnell lief er zur Tür, sperrte ab und drehte das ›Geschlossen‹-Schild um.

Die Anmeldungen für die Lesung würde er morgen überprüfen. Auch alles andere hatte Zeit. Jetzt waren erst einmal die Kinder an der Reihe.

12

Ruby hatte in den letzten Momenten sehr viel lernen müssen, insbesondere, dass auch das Schutzengel-Dasein mit gewissen Regeln verbunden war. Die Stimme des Wächters hatte ihr erklärt, dass sie sich ganz fest auf ihre Lieben konzentrieren und sich in ihre Nähe wünschen musste, um den richtigen Weg zu finden. Sie hatte mit aller Macht an Nick und die Zwillinge gedacht, doch landete sie weder bei ihrem Mann noch bei den Kindern. Stattdessen verschlug es sie in eine verwirrend komische Welt mit bunten Schlieren und durchdringenden Tönen. Auch die nächsten Versuche blieben erfolglos und sie war kurz davor in Panik zu verfallen.

Dann jedoch kam ihr der Gedanke, dass sich Nick und die Mädchen möglicherweise nicht am selben Ort aufhielten. Sie konnte nicht an verschiedenen Stellen gleichzeitig auftauchen, was sie vermutlich zu diesen fantastischen, allerdings auch äußerst beängstigenden Welten führte.

Nach kurzer Überlegung entschied sie sich, es zuerst bei den Kindern zu probieren. Nick würde noch ein paar Minuten ohne sie zurechtkommen. Diesmal wollte sie nicht wieder denselben Fehler begehen, also konzentrierte sie sich mit ihrem gesamten Denken auf Lilli. Die Farben um sie herum verschwammen, alles wurde dunkler, bis sie von einer undurchdringlichen Schwärze eingehüllt war. Als sie schon glaubte, sie hätte wieder etwas falsch gemacht, wurde es allmählich heller und es zeigten sich verwischte Konturen. Nach und nach wurde ihre Umgebung immer schärfer. Um sich herum erkannte sie Tische, Stühle und viele kleine Kinder. Sie war im Kindergarten.

Das Zweite, was sie lernte, war, dass die Zeit im Himmel, Jenseits oder wie auch immer diese Wartezimmer-Welt hieß, langsamer verging als auf der Erde. Der große Kalender neben der Uhr zeigte ihr, dass seit ihrem Tod bereits zwei Tage vergangen waren.

Das durfte nicht wahr sein! Sie war doch höchstens eine Stunde weg gewesen. Dann wussten die Kinder schon Bescheid. Sie fragte sich, warum sie trotzdem im Kindergarten waren. Andererseits hatte Nick mit Sicherheit einen triftigen Grund. Er war ganz vernarrt in die beiden und hätte sie nicht abgegeben, wenn es anders möglich gewesen wäre. Ohne tiefer darüber zu grübeln, zuckte sie mit den nicht vorhandenen Schultern und sah sich weiter um.

Da waren sie! Eine Welle der Glückseligkeit schwappte über Ruby hinweg. Die Zwillinge saßen in der Puppenecke und spielten mit Stofftieren.

»Ronja, Lilli!« Laut rief sie nach den beiden und stürmte auf sie zu. Die Mädchen reagierten jedoch nicht. Schmerzlich wurde Ruby bewusst, dass sie unsichtbar war und niemand sie hören konnte. Wie gerne hätte sie die beiden in den Arm genommen. Der Wunsch, sie zu berühren, zu knuddeln und zu küssen war überwältigend. Die Erkenntnis, dass sie das nie wieder würde tun können, schmerzte sehr. Mit einem Mal tat ihr das Herz so weh, als hätte ihr jemand ein Messer hineingerammt. Hätte sie Tränen vergießen können, wäre der Boden vor ihr jetzt überschwemmt.

»Reiß dich zusammen!«, schimpfte sie mit sich selbst. »Du bist tot, das ist nicht mehr zu ändern. Aber du hast die wunderbare Chance, deine Lieben trotzdem zu sehen und zu begleiten. Freu dich und jammere nicht!«

Ein Klatschen riss sie aus ihren Gedanken.

»Das Wetter ist schön, die Sonne scheint. Alle Kinder hinaus an die frische Luft!« Frau Hansen, die Gruppenleiterin, scheuchte die Gruppe raus in den Garten.

Ruby folgte ihnen. Sie konnte sich nicht sattsehen an ihren beiden Lieblingen. Die Vorstellung, dass sie beinahe ohne eine Erinnerung an die Zwillinge im Jenseits verschwunden wäre, machte ihr zu schaffen. Hätte sie so etwas Wundervolles vergessen können?

Ronja und Lilli hielten sich abseits der anderen Kinder auf. Frau Hansen hatte ja bereits erwähnt, dass sie sich hauptsächlich mit sich selbst beschäftigten. Wahrscheinlich war das Bedürfnis zusammen zu sein durch ihren Tod noch weiter verstärkt worden.

Beide hatten sie eine Frühstücksbox in den Händen und naschten Erdbeeren, ihr absolutes Lieblingsobst. Als auf einmal ein größerer Junge zu ihnen trat, sah Ruby, wie sich die beiden versteiften. Der Junge war bestimmt schon fünf oder sechs Jahre alt und hatte einen fiesen Gesichtsausdruck. Er trug schwarze Shorts und ein ärmelloses, olivgrünes Shirt. Mit verschränkten Armen baute er sich vor den Zwillingen auf.

»Na, ihr dummen Zwillingskühe. Was habt ihr denn heute Leckeres mitgebracht? Erdbeeren? Prima! Sofort her damit, sonst setzt es was!«

Ruby konnte nicht glauben, was sich vor ihr abspielte. Schockiert sah sie, wie ihre Töchter dem brutalen Kerl stumm ihre Frühstücksboxen reichten. Sie erkannte aber auch, wie es in den beiden brodelte, eine Mischung aus Angst und Wut.

Wut loderte auch in ihr. Was hatte der Wächter gesagt? Emotionen würden ihr die Fähigkeit geben, einzugreifen? Jetzt wäre der richtige Augenblick, diese Aussage zu überprüfen. Sie versuchte, ihren Zorn zu bündeln und dem kleinen

Brutalo eine Ohrfeige zu verpassen. Doch dann schüttelte sie sich.

»Nein, was tue ich hier?« Genau das wollte sie immer vermeiden. Natürlich wünschte sie sich, dass ihre Töchter behütet aufwuchsen, doch wusste sie auch, dass sie die beiden nicht vor jedem Übel beschützen konnte. Sie mussten lernen, sich selbst durchzusetzen und mit solchen Rüpeln fertigzuwerden. Der kleine Fiesling würde nicht der letzte Mensch sein, der sie mies behandelte. Wie sollten sie lernen, sich zur Wehr zu setzen, wenn Ruby das für sie übernahm? Schutzengel hin oder her. Solche Dinge mussten die Kleinen selbst regeln.

»Danke, ihr Zwerge!«, knurrte der Kerl. »Sagt eurer Mama, dass sie euch morgen Pudding mitgeben soll.«

Er machte ein erschrockenes Gesicht und hielt sich die Hände vor den Mund.

»Ach nein! Ihr habt ja gar keine Mama mehr.« Er lachte hämisch. »Jedem das, was er verdient!«

Das brachte das Fass zum Überlaufen. Solch ein Verhalten durfte Ruby dem kleinen Arschlochkind nicht durchgehen lassen. Sie konzentrierte sich auf eine Reaktion, doch bevor sie etwas unternehmen konnte, schrien Lilli und Ronja auf. Wie zwei Furien sprangen sie den Jungen an. Sie schlugen, traten, bissen und kratzten. All die aufgestaute Wut der beiden schien sich in diesem Moment zu entladen.

»Sofort aufhören!« Frau Hansen und eine weitere Kindergärtnerin kamen angerannt. Es kostete sie alle Mühe, die Zwillinge von ihrem Opfer zu ziehen. Der Junge lag weinend auf dem Boden, blutete aus Kratzwunden und sah ziemlich lädiert aus.

»Was ist denn in euch gefahren?«, schimpfte Frau Hansen und hatte immer noch Probleme, Ronja im Griff zu behalten.

»Justin …«, stöhnte Ronja. »Justin hat uns das Essen weggenommen und unsere Mama beleidigt.«

»Das gibt euch nicht das Recht, handgreiflich zu werden. Ich werde jetzt euren Vater anrufen, damit er euch abholt.«

Ruby war völlig perplex. So hatte sie ihre Mäuse noch nie erlebt. Die beiden waren höfliche und jederzeit freundliche

Mädchen. Bis heute konnte sie sich nicht erklären, warum sie die anderen Kinder im Kindergarten mieden. Jetzt hatte sie eine Ahnung. Bestimmt drangsalierte sie dieser Kerl schon länger, sodass sie sich zurückgezogen hatten. Der ganze Ärger hatte sich seit Wochen angestaut. Die Bemerkung über Ruby war der Funke, der die beiden zur Explosion gebracht hatte. Sie fühlte kein Mitleid mit Justin. Er hatte das bekommen, was er verdiente. Wenn sie ehrlich war, musste sie zugeben, dass sie sogar ein kleines bisschen stolz auf die beiden war. Sie hatten den Rüpel in die Schranken gewiesen, hatten sich behauptet und gelernt, dass man sich nicht alles gefallen lassen durfte. Nun wussten sie, wie stark sie gemeinsam waren.

Jetzt aber freute sie sich darauf, Nick zu sehen. Er würde die Zwillinge abholen und dann waren sie endlich wieder zusammen.

»Ich kann euren Papa gerade nicht erreichen«, hörte sie Frau Hansens ernste Stimme. »Ihr werdet euch jetzt in die Bauecke setzen und dort warten, bis er kommt.«

Nicht erreichbar? Wo war Nick bloß? Erst steckte er die Mädchen trotz der seelischen Belastung durch ihren Tod in die Betreuung, dann ging er nicht ans Telefon. Sie wusste genau, dass der Kindergarten nicht nur seine Handynummer, sondern auch die Nummern vom Buchladen und von zu Hause hatte.

Vielleicht sollte sie mal nach dem Rechten sehen. Sie schloss die imaginären Augen und konzentrierte sich mit aller Macht auf Nick. Erzieherinnen und Kinder lösten sich auf und es wurde dunkel.

13

Nervös fuhr Nick in die schmale Einfahrt. Hier sollte das Beerdigungsinstitut sein? Unter einem Institut hatte er sich etwas Größeres und Moderneres vorgestellt. Stattdessen erwartete ihn ein enger Parkplatz mit Hinterhofatmosphäre. Das Gebäude, zu dem die Adresse passte, war ein alter, leicht schäbiger Bau.

Nick fühlte sich schrecklich. Die ganze Nacht hatte er kein Auge zugemacht. Tausend Gedanken und Sorgen hatten ihn trotz seiner Müdigkeit wachgehalten. In den frühen Morgenstunden war er doch noch in einen unruhigen und von Albträumen erfüllten Schlaf gefallen. Als der Wecker klingelte, war er völlig gerädert.

Ein Blick in den Rückspiegel verriet ihm, dass er genauso aussah, wie er sich fühlte. Dunkle Ringe umrandeten seine blutunterlaufenen Augen. Eine Rasur war auch dringend fällig. Tief durchschnaufend riss er sich vom Anblick des Zombies im Spiegel los und stieg aus dem Wagen aus.

War er hier richtig? Sollte er vielleicht doch nach einem anderen Bestattungshaus schauen? Skeptisch schellte er an der

Tür. Von drinnen hörte er wildes Gebell, ein paar gezischte Worte und dann Schritte. Kurze Zeit später öffnete sich die Tür und ein etwa vierzigjähriger Mann mit streng zurück gegelten Haaren, gekleidet in Anzughose mit weißem Hemd, stand vor ihm und gab ihm die Hand.

»Mein herzliches Beileid, Herr Lessing. Mein Name ist Kastell, wir haben telefoniert. Bitte treten Sie ein.«

Vorsichtig folgte Nick Herrn Kastell in einen großen Raum. Ein struppiger Dackel versteckte sich unter dem Tisch und bellte ihn an. Sobald er jedoch näherkam, zog sich der kleine Angsthase weiter zurück.

»Bitte nehmen Sie Platz, Herr Lessing.«

Kastell deutete auf einen runden Tisch, vor dem ein gepolsterter Stuhl stand. Nick setzte sich und beobachtete, wie der Bestatter hinter einem Notebook verschwand und wild zu tippen begann. Kurze Zeit später warf ein Beamer verschiedene Formulare an die Wand und gemeinsam füllten sie die offenen Felder mit den benötigten Daten. Nick war sehr froh darüber, diese Unterstützung zu haben. Er wusste nicht, was man in einer solchen Situation machen musste, und war dankbar, dass es Menschen gab, die sich darum kümmerten.

Als der Bestatter das letzte Formular ausgedruckt hatte, ging er davon aus, dass damit alles erledigt sei. Kastell jedoch setzte sich wieder und blätterte in seinen Unterlagen.

»Wünschen Sie für Ihre Frau eine Erdbestattung oder eine Feuerbestattung?«

In Nick zog sich alles zusammen. Tränen stiegen ihm in die Augen und seine Hände zitterten. Bislang war es nur um bürokratische Dinge gegangen, was ihm nicht viel ausgemacht hatte. Die Vorstellung von Ruby in einem Sarg brachte ihn allerdings aus der Fassung. Der Gedanke, dass seine wunderschöne Frau im feuchten Erdreich vermoderte, ließ ihn erschaudern. Ruby war tot und er konnte es immer noch nicht begreifen.

»Feuerbestattung«, antwortete er mit zitternder Stimme, wobei ihm auch dies Bauchschmerzen bereitete. Er wollte sie lebendig an seiner Seite haben, an alles andere mochte er nicht denken.

»Dann müssen Sie sich jetzt für eine Urne entscheiden.« Kastells Stimme war warm und mitfühlend. Vermutlich wusste er, was in Nick vorging. Er hatte das wahrscheinlich schon hunderte Male mitgemacht.

Eine Urne aussuchen? Nein, das konnte er nicht. Unmöglich!

Der Bestatter führte ihn zu einer Wand mit Regalen, auf denen unzählige Gefäße in verschiedenen Designs und Materialien standen. Nicks Knie wurden weich und er hätte sich gerne an etwas festgehalten. Nach welchen Maßstäben sollte er denn eine davon auswählen? Die Urne wurde in der Erde vergraben. Warum also sollte er eine extra teure aussuchen? Andererseits hatte er das Gefühl, zu Rubys Ehren ein besonderes Stück nehmen zu müssen. Völlig überfordert stand er vor den Gefäßen. Was sollte er tun?

Plötzlich erfüllte ihn ein Gefühl unbeschreiblicher Wärme. Mit einem Mal wusste er ganz genau, dass er keine Fehler machen konnte. Ruby war immer bei ihm, sie war in seinem Herzen. Völlig gleichgültig, ob Sarg oder Urne, absolut unerheblich, ob er dieses oder jenes Behältnis wählen würde.

Er zeigte auf ein schlichtes schwarzes Gefäß mit einem silbernen Kreuz. »Ich nehme diese dort.«

Der Bestatter nickte und nahm sie vom Regal.

Im Anschluss sprachen sie über Zeitungsanzeigen und Trauerkarten. Auch hier folgte Nick seinem Herzen. Es gab unzählige Beispiele, die ihm Kastell in einer Mappe vorlegte. Geduldig las er alle Texte und Sprüche durch und wählte diejenigen aus, die ihn am meisten berührten.

Der Bestatter hielt sich im Hintergrund und gab ihm die Zeit, die er benötigte. Nick war ihm dafür sehr dankbar.

Nach etwa zwei Stunden war alles erledigt und sie verabschiedeten sich voneinander.

»Ich spreche im Laufe des Tages mit dem Pfarramt und teile Ihnen dann mit, wann Trauerfeier und Beisetzung stattfinden werden.«

Im Auto schaute Nick auf sein Handy und sah, dass der Kindergarten mehrfach versucht hatte, ihn zu erreichen. Schnell wählte er die Nummer. Das Gespräch war kurz und Frau Hansen bat ihn, die Zwillinge sofort abzuholen. Alles Weitere würde sie ihm vor Ort erklären.

Voller Sorge begab er sich auf den Weg zu den Mädels. Was war nur geschehen? Waren die beiden krank? War es doch zu viel für die Kleinen? Waren sie womöglich zusammengebrochen? Wieder machte er sich große Vorwürfe, sie weggebracht zu haben. Andererseits hätte er sie jedoch niemals mit zum Bestatter nehmen können. Das war auf keinen Fall die richtige Umgebung für kleine Kinder.

Die Fahrt war für Nick äußerst anstrengend. Er hatte in der Nacht kaum geschlafen. Zu viele Gedanken und Grübeleien beschäftigten ihn. Er gähnte mehrmals herzhaft und war froh, als er den Wagen vor dem Kindergarten parkte.

»Da sind Sie ja endlich, Herr Lessing. Ich habe mehrfach versucht, Sie zu erreichen, aber Sie sind nicht ans Telefon gegangen«, begrüßte ihn Frau Hansen recht aggressiv.

Was war denn mit der los? So kannte er die Erzieherin gar nicht.

»Tut mir leid, aber ich war im Bestattungsinstitut und musste mich um die Beerdigung meiner Frau kümmern«, antwortete er.

Die Kindergärtnerin biss sich auf die Lippe. »Entschuldigen Sie bitte. Ich bin heute ziemlich gestresst.«

»Warum wollten Sie mich denn so dringend erreichen? Ist etwas mit den Zwillingen? Geht es ihnen gut?«

Frau Hansen seufzte. »Ja, alles in Ordnung. Sie sind gesund und munter. Allerdings haben sie sich geprügelt und dabei einen Jungen gekratzt und gebissen.«

Nick riss die Augen auf. Das durfte doch nicht wahr sein. Was war denn in die beiden gefahren? Er senkte den Kopf und schaute betreten zu Boden. Er gab sich die Schuld an diesem Zwischenfall.

»Ich fürchte, ich bin daran nicht ganz unschuldig. Bestimmt hat sie der Tod ihrer Mutter doch viel mehr belastet, als es für mich aussah. Ich hätte die beiden auch lieber zu Hause gelassen. Leider konnte ich sie nicht zur Polizei und zum Bestatter mitnehmen.«

»Ja natürlich. Das verstehe ich, Herr Lessing. Ich fürchte aber, dass die Kinder Sie und Ihre Nähe jetzt dringend nötig haben. Versuchen Sie, einen Weg zu finden, mehr Zeit mit ihnen zu verbringen. Ich weiß, dass die Situation für Sie aktuell sehr belastend ist, aber Ihre Kinder brauchen Sie.«

Nick stieß einen tiefen Seufzer aus. »Ich werde es versuchen und sie ein paar Tage zu Hause lassen, bis sie sich beruhigt haben.«

Im Auto blieb es zunächst still. Die Zwillinge saßen schmollend in ihren Kindersitzen und Nick musste die Worte der Erzieherin erst einmal verdauen. Seine Kinder und einen Jungen verprügelt? Er konnte es nicht glauben und seufzte. Inzwischen hatte er das Gefühl, dass er in den vergangenen zwei Tagen mehr geseufzt hatte als in den fünf Jahren davor.

»Wollt ihr mir erzählen, was geschehen ist?«, fragte er nach hinten.

Die Mädchen redeten gleichzeitig drauflos und er spürte, dass sie ihrem Ärger Luft machten. Nur verstehen konnte er nichts. Er hörte Wortfetzen wie Erdbeeren, Mama und Blödmann.

»Langsam, langsam. Einer nach dem anderen.«

Er sah im Rückspiegel, wie sich die beiden anschauten und Lilli nickte. Er musste grinsen, weil er es immer wieder beeindruckend fand, wie sich die Zwillinge ohne Worte verständigten.

Ronja begann: »Justin ist der größte Blödmann im Kindergarten. Er ärgert alle, die kleiner sind als er, und zwingt sie, ihm ihr Essen zu geben. Wenn man nicht gehorcht, tut er einem weh.«

»Heute hat er sich unsere Erdbeeren ausgesucht, die wir ihm auch gegeben haben«, ergänzte Lilli.

»Und dann hat er Mami beleidigt!« Voller Entrüstung lehnte sich Ronja in ihrem Sitz nach vorn.

»Und ihr seid ausgerastet«, vermutete Nick.

Bedröppelt senkten die beiden ihren Blick.

»Aber er hatte es verdient«, schob Lilli zaghaft hinterher.

Wieder seufzte Nick. Wie sollte er bloß damit umgehen? Prügeln und andere zu verletzen, war eine Sache, die er nicht tolerieren durfte. Gleichzeitig verstand er nur zu gut, unter welchem Druck die beiden standen. Wie würde er reagieren, wenn jemand schlecht über Ruby reden würde? Würde er auch handgreiflich werden? Ausschließen konnte er es nicht. Außerdem klang es so, als ob der Junge diese Abreibung verdient hatte. Wenn kein anderes Mittel half und die Erzieherinnen keinen Weg fanden, den Kerl unter Kontrolle zu bekommen, durften sich die übrigen Kinder nicht verkriechen und ihn gewähren lassen. Seine Mädels hatten ihm seine Grenzen aufgezeigt und möglicherweise war es für ihn ein Warnsignal zur rechten Zeit.

»Ich kann verstehen, dass ihr die Beleidigung von Mama nicht auf euch sitzen lassen konntet. Ich denke sogar, dass der Junge in seine Schranken gewiesen werden musste und die Prügel verdient hatte. Trotzdem ist es falsch, anderen gegenüber handgreiflich zu werden. Es heißt zwar immer, dass man nicht petzen soll, aber in derartigen Fällen solltet ihr euch an die Erzieherinnen wenden. Sie wissen, was zu tun ist. Zudem seid ihr dann anschließend nicht die Schuldigen. Das heißt jedoch nicht, dass ihr euch solchen Rüpeln fügen müsst. Ihr müsst euch wehren, damit sie euch nicht ewig auf der Nase herumtanzen. Aber bitte versprecht mir, dies zukünftig mit Worten zu tun. Geht zu einem Erwachsenen und lasst euch helfen.«

Die Zwillinge nickten. »Na gut, versprochen.«

Nick lächelte. »Ich habe euch lieb, ihr Mäuse!«

Den Nachmittag verbrachten sie auf dem Spielplatz. Die frische Luft und die Ablenkung waren für ihn eine Wohltat. Bevor sie nach Hause fuhren, machten sie noch einen kurzen Stopp im Schnellrestaurant und nahmen sich Essen mit. Morgen würde er die beiden mit in den Laden nehmen. Das würde ihnen allen guttun.

14

Ruby fühlte sich wie auf einer Gefühlsachterbahn. Sie hatte erwartet, die Begegnung mit ihren Lieben würde sie in einen nicht enden wollenden Glückszustand versetzen. Nie hatte sie gedacht, dass sich Nicks Empfindungen so sehr auf sie selbst auswirken würden. Ihn im Bestattungshaus zu treffen, war ein kleiner Schock. Sie war fest davon ausgegangen, im Buchladen zu erscheinen, und hatte sich auf diese Umgebung, die ihr immer so viel bedeutet hatte, gefreut.

Noch schlimmer war es jedoch gewesen, Nicks Verzweiflung zu spüren. Noch nie hatte sie ihn so erlebt. Er machte auf sie den Eindruck, völlig überfordert zu sein. Sein unsteter Blick wanderte mal hierhin, mal dorthin. Nicht eine Sekunde konnte er stillsitzen, ununterbrochen zappelte er herum und spielte mit Stiften oder seinen eigenen Fingern. Als es dann um die eigentliche Bestattung ging, war seine Hilflosigkeit fast schon greifbar. Dazu kamen ihm immer wieder die Tränen. Ruby hätte ihm am liebsten laut zugerufen, dass sie hier war. Dass er sich keine Sorgen machen musste und dass es vollkommen egal war, wofür er sich entschied. Wie konnte sie ihm nur begreifbar machen, dass er einfach auf sein Herz hören sollte? In ihrer Verzweiflung schwebte sie auf Nick zu, sie füllte ihren Geist mit all der Liebe, die sie für diesen wundervollen Menschen empfand und flog dann mittendurch ihn hindurch.

Für Ruby war es wie ein Stromschlag und ein Blick auf Nick verriet ihr, dass auch er etwas verspürt hatte. Sein Ausdruck entspannte sich und ein kurzes Glänzen erfüllte seine Augen.

»Ich nehme diese dort«, sagte er mit fester Stimme und zeigte auf eine Urne.

Wow! Es hatte gewirkt! Rubys erster Einsatz für ihre Familie war erfolgreich gewesen. Sie hatte Nick ein wenig Zuversicht und Hoffnung geschenkt, ihm positive Gefühle vermittelt. Auch ihre eigene Verzweiflung war wie weggefegt. Es war wundervoll, ihrem geliebten Mann helfen zu können. Die Gewissheit, ihn auf diese Weise unterstützt zu haben, beflügelte sie ungemein. Natürlich wusste sie, dass sie nicht immer im richtigen Moment vor Ort sein konnte, da sie sich um alle drei kümmern musste. Auch war ihr klar, dass Nick Zeit und Raum für seine Trauer benötigte. Trotzdem würde sie ihm in solchen Situationen wie hier beim Bestatter helfen können, wenn es nötig war.

Der schönste Moment für Ruby war, als Nick die Zwillinge abgeholt hatte. Erstmals war die Familie wieder komplett. Wäre es möglich gewesen, hätte sie dicke Tränen der Freude vergossen. Sie war stolz auf ihren Mann, dass er die Situation so gut gemeistert hatte. Ruhig hatte er den Mäusen erklärt, dass Prügeln nicht in Ordnung war, ohne mit ihnen zu schimpfen oder sie zu bestrafen. Genauso hätte sie es auch gemacht.

Der Nachmittag auf dem Spielplatz war für Ruby jedoch wieder ein einziges Gefühlschaos. Zwar war sie mitten unter den Menschen, die sie am meisten liebte, doch gleichzeitig war sie auch so fern. Es war ihr nicht möglich, ihre Töchter zu berühren und mit ihnen zu reden. Trotzdem konnte sie zuhören, sie beobachten und mit ihnen lachen. Sie konnte neben Nick auf der Bank sitzen, ihn anschauen und seiner Stimme lauschen. Doch zusätzlich wollte sie ihn gerne in den Arm nehmen, ihn trösten und seine Tränen weg küssen.

Trotz der zwiespältigen Empfindungen genoss es Ruby, Nick und die Mädels um sich zu haben. Zu wissen, dass es ihnen gut ging, war beruhigend. Früher hatte sie sich nie Gedanken über Tod und Gefahren gemacht, doch seit dem Unfall wusste sie, wie schnell etwas Schlimmes geschehen konnte. Man musste nur zur falschen Zeit am falschen Ort sein und schon war das Leben zu Ende, unverschuldet und von einer Sekunde auf die andere. Gerade noch glücklich und mit einem liebevollen Kuss verabschiedet und im nächsten Moment ein Nichts auf dem Weg ins Jenseits.

Ruby musste sich immer wieder vor Augen führen, was ihr geblieben war. Dass sie Glück im Unglück hatte. Sonst würde die Melancholie und die Erinnerung an ihr Leben sie davon spülen. Also konzentrierte sie sich auf Ronja und Lilli, die gerade den Sandkasten unsicher machten.

Ihre Mädchen alberten herum und waren ganz in ihr Spiel vertieft. Als Ronja plötzlich aufsprang und einen Schritt nach hinten trat, fiel Rubys Blick auf den Ball, den ein Kind wohl auf dem Spielplatz vergessen hatte. Ronjas Fuß senkte sich und sie würde genau auf den Ball treten. Wie in Zeitlupe sah Ruby alles vor sich ablaufen und wusste, dass dies die erste Chance wäre, ihre Schutzengelfähigkeiten zu beweisen. Rasend schnell bewegte sie sich auf den Ball zu, um ihn im letzten Moment aus dem Weg zu stoßen. Aus den Augenwinkeln sah sie Ronjas Fuß, der jeden Augenblick den verhängnisvollen Schritt beenden würde. Der Ball kam näher und im nächsten Moment war sie mittendurch ihn hindurch gerauscht. Ronja schrie, Lilli stöhnte erschrocken auf und Nick rief »Ronja!«.

Dann hörte sie das helle Lachen ihrer Tochter. Wie ein Maikäfer lag sie mitten in einer Sandburg und ruderte mit den Armen. Erleichterung machte sich in Ruby breit, gleichzeitig war sie enttäuscht über sich und ihren missglückten Einsatz Das Schutzengeldasein war doch nicht so einfach wie erhofft.

Eine völlig neue Erfahrung war, dass sie keinerlei Hunger und Durst empfand. Sie hatte sich schon gedacht, dass es nicht nötig sei, zu essen und zu trinken. Allerdings hatte sie auch keine Idee gehabt, wie das überhaupt hätte funktionieren sollen. Trotzdem hatte sie erwartet, beim Anblick von Speisen und Getränken Appetit zu bekommen. Glücklicherweise war es nicht so und Ruby konnte ihrer Familie beim Essen zusehen, ohne Lust auf leckere Dinge zu verspüren.

Gerade als alle aufgegessen hatten, klingelte es. Die Zwillinge sprangen auf und rannten zur Haustür.

»Oma! Opa!«, jubelten sie.

In Ruby krampfte sich alles zusammen. Ihre Eltern waren gekommen. Wie gerne wäre sie den beiden um den Hals gefallen. So lange hatten sie sich nicht mehr getroffen und nun würden sie ihre Tochter nie wiedersehen. Tapfer lächelten sie den Mädchen zu und umarmten sie. Dann nahmen sie Nick in den Arm und die ersten Tränen flossen. Es tat so weh, dies mit ansehen zu müssen. Wieder wollte sie aufschreien. »Hier bin ich! Ihr müsst nicht weinen! Ich bin bei euch!«

Stattdessen war sie eine stumme Beobachterin, die miterleben musste, wie traurig ihre Eltern waren. Das Gesicht ihres Vaters war bleich und eingefallen, ihre Mutter hatte schwarze Ringe um die verheulten roten Augen. So gerne hätte sie den beiden ihren Schmerz genommen, aber sie konnte es nicht.

»Wie kommt ihr klar?«, fragte ihre Mama.

»Bislang ist alles ungemein stressig, Anneliese«, antwortete Nick. »Ich versuche, den Buchladen offenzuhalten, habe jedoch gleichzeitig Termine bei Polizei und Bestatter. Ich wäre gerne für die Zwillinge da, kann mich aber nicht zweiteilen. Daher waren die beiden gestern und heute im Kindergarten.«

Rubys Papa legte seine Hand auf Nicks Schulter. »Jetzt sind wir erst einmal hier. Kümmere dich um das Geschäft und alle Termine, die anstehen. Wir passen auf die zwei Süßen auf. Und wenn wir dir sonst wo helfen können, sag es bitte.«

»Danke!« Nicks Stimme klang erleichtert. »Wenn ihr bei den Kindern bleiben könntet, wäre mir sehr geholfen. Ich möchte den Laden zumindest stundenweise öffnen, um mich um die Bestellungen zu kümmern. Außerdem findet am Montag eine Lesung statt, die ich nicht absagen konnte. Ruby hat so viel Energie hineingesteckt.«

»Kein Problem, mein Junge. Wir bleiben auf jeden Fall bis zur Beerdigung. Dann lösen uns deine Eltern ab. Ich hoffe, du hast Gelegenheit, dir ein paar Gedanken zu machen, wie es danach weitergehen soll.«

»Danke, Hans. Ich bin froh, dass ihr hier seid.« Nick umarmte seine Schwiegereltern.

Ruby war beruhigt, dass er Unterstützung bekommen hatte. So brauchte er kein allzu schlechtes Gewissen zu haben und konnte die Kinder zu Hause lassen. Die Mädchen waren glücklich, dass Oma und Opa bei ihnen waren, und ihre Eltern hatten ebenfalls ein wenig Ablenkung.

Eine Aussage ihres Vaters ging Ruby nicht aus dem Kopf. Nick solle sich Gedanken machen, wie es weitergehen kann. Hoffentlich hatte Nick bessere Ideen als sie. Gegenwärtig war sie nämlich vollkommen ahnungslos, welcher Weg vor ihren Lieben lag. Andererseits glaubte sie nicht, dass er bis zur Beerdigung dazu kommen würde, viel darüber nachzudenken.

Als schließlich alle im Bett waren, fragte sich Ruby, was sie mit der Nacht anfangen sollte. Sie hatte nicht das Gefühl, in dieser Gestalt Schlaf zu benötigen. Leider hatte niemand aus Versehen den Fernseher angelassen. Dunkel erinnerte sie sich an einen Meditationskurs, den sie zu Studienzeiten besucht hatte. Vielleicht war das eine sinnvolle Beschäftigung für die nächsten Stunden. Im Versuch, alle Gedanken loszulassen, schloss sie die imaginären Augen.

15

Nervös trommelte er mit den Händen auf seine Beine. Dreimal hatte er bereits in die Ecke gekotzt. Der Alkoholentzug war die Hölle. Seit zwei Tagen hatte er keinen Tropfen angerührt.

Nachdem er die Frau überfahren hatte, war er euphorisch gewesen. Konsequent hatte er sie für ihre Verfehlungen bestraft und so den Auftrag des Teufels ordnungsgemäß und gehorsam ausgeführt. Doch wo blieb sein Auftraggeber? Sofort nach der Erledigung sollte er das versprochene Geld erhalten. Aber niemand war gekommen.

Es ärgerte ihn, dass er gleich im Anschluss diesen blöden Unfall gehabt hatte. Er musste zu Fuß fliehen und mehrere Menschen hatten ihn gesehen. Ihm war klar, dass die Polizei ihn zur Fahndung ausgeschrieben hatte und nach ihm suchte. Er hatte sich nicht getraut, nach Hause in seine Wohnung zurückzukehren. Dort würden sie bestimmt auf ihn warten. Stattdessen hatte er sich hier in dieser alten, heruntergekommenen Halle versteckt. Zu seinem Glück gab es einen einzigen funktionierenden Wasserhahn, sodass er trinken konnte. Zu

Essen hatte er nur ein paar Müsliriegel, aber das war nicht schlimm, da er ohnehin alles wieder ausgekotzt hätte.

Die Euphorie war inzwischen komplett verflogen. Nun fragte er sich, ob er nicht einen großen Fehler begangen hatte. Niemals hätte er auf den Teufel hören dürfen. Jeder wusste, dass dieser die Menschen hinterging und auf finstere Pfade führte. Aber er hatte Angst gehabt. Der dunkle Herr war Furcht einflößend und herrisch gewesen. Außerdem hatte der Alkohol seine Sinne benebelt und ihn glauben lassen, dass alles gut würde.

Und was hatte es ihm gebracht? Nichts! Er hockte in seiner eigenen Kotze, war allein und erfüllt von großer Angst. Irgendwann musste er hier raus. Er konnte sich nicht ewig verstecken. Dann würde ihn die Polizei erwischen und verhaften. Oder der Teufel würde ihn finden und umbringen. Er wusste zwar nicht viel darüber, aber er glaubte nicht, dass der Herr der Hölle so etwas wie Erbarmen kannte.

16

Rubys Meditations-Versuche waren in dieser Gestalt ähnlich erfolgreich wie damals nach dem Seminar. Gerade mal eine halbe Stunde schaffte sie es, einigermaßen ruhig in einer Position zu verharren und den Geist zu leeren. Doch wenn sie ehrlich war, hatte sie selbst in den paar Minuten pausenlos die unterschiedlichsten Gedanken im Kopf. Es gab so viel, über das sie nachdenken musste. Dinge, die sie nicht verstand, die ihr rätselhaft und unbekannt waren. Der Wächter hatte ihr zwar erklärt, auf welche Arten sie Kontakt aufbauen konnte, war aber nicht konkreter darauf eingegangen. Ihr war auch nicht in den Sinn gekommen, nachzufragen, weil es für sie nichts Wichtigeres gegeben hatte, als schnellstmöglich zu ihrer Familie zurückzukehren. Sie hatte gehofft, dass sie als Schutzengel intuitiv alles richtig machen würde. Stattdessen war sie noch immer völlig planlos. Wie gerne würde sie versuchen, sich in Nicks Träume einzuschleichen, doch die eindringliche Warnung des Wächters hatte sie nicht vergessen. Daher war es ihr zu gefährlich, ihren Mann als Übungsobjekt zu missbrauchen.

Dann waren da noch die Gedanken über die Zukunft ihrer Lieben. Wie würde es mit Nick und den Mädels weitergehen? Sie mussten einen Weg finden, Arbeit und Privatleben unter einen Hut zu bekommen. Ohne Unterstützung konnte das nicht funktionieren. Wie gerne würde sie mit Rat und Tat zur Seite stehen, aber das war leider nicht möglich. Grundsätzlich vertraute sie darauf, dass Nick die Lage realistisch und objektiv einschätzte, doch wusste sie nicht, wie sich der Stress und die völlig neue Situation auf ihn auswirkten. Sie hatten immer über alles geredet und stets gemeinsam entschieden, was zu tun war.

Nachdem sie die Meditation aufgegeben hatte, war sie von einem Bett zum anderen geschwebt und hatte ihren Lieben beim Schlafen zugeschaut. Die Kinder und ihre Eltern schliefen sehr unruhig, aber Nick war die meiste Zeit wach und wälzte sich pausenlos hin und her.

Als er schließlich aufstand und ins Bad schlich, hatte Ruby den Eindruck, er hätte nicht eine Minute geschlafen. Seine Augen waren rot und seine Haut wirkte grau und alt. Auch die Dusche half kaum. Immerhin sah die Frisur jetzt einigermaßen vorzeigbar aus.

Ruby hatte sich vorgenommen, Nick heute in den Buchladen zu begleiten. Die Kinder waren bei ihren Eltern in guten Händen und würden einen Tag voller Ablenkung erleben.

Wie schlecht es ihrem Mann ging, erkannte sie am Frühstück. Er war der typische Teetrinker und sie konnte sich nicht erinnern, dass er seit dem Latte macchiato bei ihrem Kennenlernen jemals wieder einen Kaffee angerührt hatte. Heute jedoch kochte er sich eine ganze Kanne und trank drei Tassen davon. Wie gerne hätte sie ihn in den Arm genommen und ihm gesagt, dass alles gut würde und dass er sich keine Sorgen machen müsse. Ihr tat es in der Seele weh, ihn so zu sehen. Nick hatte immer wieder gesagt, dass er sich ein Leben ohne Ruby nicht vorstellen könne, und nun war es ihm auf solch brutale Weise aufgezwungen worden.

Nach dem kurzen Frühstück, das hauptsächlich aus Kaffee bestand, betrat er auf Zehenspitzen das Zimmer der Zwillinge.

Ronja und Lilli waren jedoch schon wach, sodass sie ihrem Papa ein paar Abschiedsküsschen geben konnten.

»Seid schön brav und genießt den Tag mit Oma und Opa«, sagte er und strich ihnen liebevoll über den Kopf. »Ich habe euch lieb!«

Ich habe euch auch lieb, dachte Ruby und umarmte ihre Mäuse in Gedanken. Dann folgte sie Nick hinaus zum Auto.

Es fühlte sich komisch an, nicht angeschnallt auf dem Beifahrersitz zu sitzen. Auch wenn sie eher schwebte, war es sehr ungewohnt. Vor allem war es neu, nicht reden zu können und nicht wahrgenommen zu werden.

Die Fahrt führte aus dem Vorort in die Innenstadt. Um diese Zeit war man etwa zwanzig Minuten unterwegs. Nick hatte das Radio auf volle Lautstärke gestellt, vermutlich gegen seine Müdigkeit. Trotzdem hatte sie den Eindruck, dass er unaufmerksam war und nicht so umsichtig fuhr wie gewöhnlich. Zum Glück waren sie bald am Laden. Nur noch ein Stück die Schillerstraße entlang und dann konnten sie auch schon abbiegen.

Ruby bemerkte, wie das Auto ganz langsam nach links zog. Im nächsten Moment hatte der Wagen mit der Fahrerseite die Mittellinie der Straße überfahren. Sie schaute auf und sah voller Entsetzen, dass ihnen ein gewaltiger Truck entgegenkam. Ihr Blick huschte zu Nick. Seine Lider waren geschlossen und er merkte nichts von dem Unglück, das auf ihn zuraste.

Vor ihrem inneren Auge sah Ruby das Auto gegen den Lastwagen prallen, Nick wurde zerquetscht und die Zwillinge standen als Waisen vor dem Grab ihrer Eltern.

»NICK!« Ihr Schrei erfüllte das Innere des Wagens. Gleichzeitig ergriff Ruby das Lenkrad und riss es nach rechts. Nick schrak auf, das Entsetzen ins Gesicht gebrannt. Haarscharf schrammte der Truck laut hupend an ihnen vorbei.

Mit weit aufgerissenen Augen starrte er auf die Straße. Seine Hände krallten sich ums Lenkrad, die Knöchel ganz weiß. Er bog ab und lenkte den Wagen auf den Parkplatz am Straßenrand vor dem Laden. Dort blieb er erst einmal sitzen.

Ruby lauschte auf seinen schnellen Atem. Sie selbst hatte das Gefühl, als hörte sie ihr Herz rasen. Oder war es der Herzschlag ihres Liebsten? Jetzt wusste sie, was der Wächter gemeint hatte, als er sagte, dass sie in Gefahrensituationen eingreifen konnte. Sie hatte nicht nur einen Schrei ausgestoßen, sondern auch das Lenkrad berühren und bewegen können. Jetzt versuchte sie, ein weiteres Mal nach dem Steuer zu greifen, doch körperlos wie sie war, schaffte sie es nicht.

Erst nach ein paar Minuten stieg Nick endlich aus.

»Herr Lessing! Ist alles in Ordnung mit Ihnen? Sie sehen aus, als wären Sie einem Geist begegnet!« Die alte Frau Müller, die mindestens einmal die Woche morgens zum Kaffee vorbeikam, musterte ihn besorgt.

»Es geht schon Frau Müller«, antwortete Nick und schloss mit zitternden Fingern den Laden auf. »Ich hatte beinahe einen Unfall. Es ist aber noch einmal gutgegangen.«

»Dann hatten Sie wohl einen guten Schutzengel.«

Frau Müller legte jetzt ihre faltige Hand auf Nicks Arm.

»Ich habe gehört, was mit Ihrer Gattin geschehen ist. Es tut mir unendlich leid. Mein aufrichtiges Beileid, Herr Lessing. Ihre Frau war eine ganz wundervolle …«

Ruby hörte dem Gespräch nicht mehr zu. Stattdessen schwebte sie in den Laden und ließ alles auf sich wirken. Wieder hier zu sein, machte sie glücklich. Sie liebte ihr Buchstübchen und fühlte sich selbst jetzt in dieser Form hier pudelwohl. Wenn das Jenseits ihr etwas bieten wollte, musste es dort genauso aussehen. Genüsslich ließ sie jedes Regal und jedes Buch auf sich wirken.

Nick war in der Zwischenzeit fleißig gewesen. Überall brannte Licht, der Kaffee war gekocht und die Rechner gestartet. Er saß vor einem der Computer und schrieb an einer Liste. Ruby schaute ihm über die Schulter und sah, dass es die Anmeldungen für die Lesung waren. Wow! Alle Plätze ausgebucht. Wie toll! Dass die Veranstaltung so großen Anklang fand, machte sie glücklich. Charlotte, die Autorin, kannte sie schon lange und war glücklich, dass sie diese Lesung in ihrem

Buchstübchen durchführen wollte. Sie war froh, dass Nick das Event trotz ihres Todes nicht abgesagt hatte. Diese Lesungen waren ihr eine Herzensangelegenheit. Dabei konnte sie neue Kontakte knüpfen, noch unbekannte Autoren unterstützen und sie einem breiteren Publikum bekannt machen. Gleichzeitig war es eine ausgezeichnete Werbung für ihren Laden. Ruby hoffte, dass auch Schutzengel sich gelegentlich Gutes gönnen durften, und freute sich schon sehr darauf, Charlotte zuzuhören.

17

Nick war unendlich froh, es bis zum Wochenende geschafft zu haben. Am Samstagmittag schloss er das Buchstübchen und fuhr nach Hause. Inzwischen war er nicht mehr so müde. Nach seiner Begegnung mit dem Truck war er gleich in der Apotheke gewesen und hatte sich ein paar natürliche Schlafmittel besorgt, die glücklicherweise auch Wirkung zeigten, sodass er zumindest auf fünf Stunden Schlaf pro Nacht kam. Der Beinahe-Unfall steckte ihm immer noch in den Knochen. Er wagte gar nicht daran zu denken, was geschehen wäre, wenn er nicht früh genug aufgewacht wäre. Das war unfassbar knapp gewesen. Fast hätte er die Zwillinge zu Waisen gemacht. Die Vorstellung war erschreckend und hatte ihm – das zweite Mal innerhalb weniger Tage – vor Augen geführt, wie schnell sich das Leben grundlegend ändern kann. Auch hatte ihm diese Geschichte gezeigt, dass es an der Zeit war, die depressiv verzweifelte Stimmung abzulegen. Das Leben war zu kurz, um sich in sein Schneckenhaus zurückzuziehen. Das schuldete er seinen Töchtern, aber auch sich selbst.

»Du musst mal wieder raus, mein Junge«, erklärte ihm Hans am Abend. »Beschäftige dich mit deinen Hobbys. Gönn dir diese Freuden. Du darfst dich nicht noch weiter von der Außenwelt abschotten.«

Am liebsten hätte Nick laut aufgelacht. Hobbys? Sein Hobby, seine Leidenschaft, sein Leben war Ruby. Sie hatte jede Minute mit ihren Büchern verbracht und er jede Minute mit ihr. Mehr hatte er nicht gebraucht. Natürlich waren sie hin und wieder ausgegangen, jedenfalls vor den Zwillingen. Sie hatten Museen und Ausstellungen besucht, waren schick essen gegangen oder über einen Trödelmarkt geschlendert. Ansonsten hatten sie jeden freien Moment mit dem Buchstübchen und später auch mit ihrem Haus verbracht. Durch Ronja und Lilli hatte sich das nur wenig geändert. Sie mussten ihr Leben lediglich ein wenig umorganisieren und schon passten auch die beiden perfekt hinein.

Aber eigene Hobbys? Es fiel Nick schwer, sich in einem Fußballteam oder auf einem Mountainbike vorzustellen. Er schaute sich gerne ausdrucksstarke Schwarz-Weiß-Fotos an, doch es drängte ihn nicht, selbst zu fotografieren. Er war nicht uninteressiert, würde aber niemals ein Hobby wegen der Sache an sich daraus machen. Nein, er würde sich nur aufgrund der Menschen damit beschäftigen. Mit Ruby hätte er einen Strickkurs belegt oder wäre aus einem Flugzeug gesprungen, ohne sie verlor jedoch alles seinen Reiz. Die richtige Ablenkung zu finden, würde viel Zeit benötigen.

Sein Blick fiel auf die alte Stereoanlage, auf der Ruby schon in ihrer Studienzeit während des Lernens klassische Musik gehört hatte. Manchmal hatte sie sich beim Lesen die Kopfhörer aufgesetzt und sich zusätzlich zu ihrem Buch von der Musik berauschen lassen. Ihm war das nie wichtig gewesen. Er hörte auf dem Weg zur Arbeit das, was im Autoradio lief. Das genügte ihm. Vielleicht war dies jedoch ein erster Schritt, um auf andere Gedanken zu kommen. Dazu eine mitreißende Geschichte, um in eine fremde Welt abzutauchen.

Aber welches Buch? Ruby hätte ihm mit Sicherheit helfen können. Sie hatte stets für jede Stimmung und für jeglichen Geschmack das perfekte Buch zur Hand. Nick schaute sich die Buchrücken im kleinen Bücherregal im Wohnzimmer an. Hier hatte Ruby ihre Lieblingslektüre gesammelt. Er war aber skeptisch, dass er hier das Richtige finden würde, da seine Frau eher tiefgründige Literatur geliebt hatte. Er selbst hatte jedoch keine Lust nachzudenken, er wollte sich einfach berieseln lassen und in eine unkomplizierte, spannungsvolle Geschichte abtauchen. Sein Blick fiel auf die unterste Reihe. Die bunten breiten Buchrücken passten nicht zu den ansonsten recht schmalen Einbänden.

Hm … Harry Potter und Percy Jackson. Das war zwar beides eher Jugendliteratur, aber zur Ablenkung bestimmt vortrefflich geeignet. Harry Potter kannte er schon. Ruby hatte ihm die ersten beiden Bände abends am Kamin vorgelesen. Er hatte in Erinnerung, dass sie auch von Percy Jackson geschwärmt hatte. Humorvoll, spannend und fantasievoll wären die Geschichten über den jeanstragenden Halbgott. Also nahm er sich den ersten Band, setzte sich die Kopfhörer auf die Ohren und begann mit leiser Musikuntermalung zu lesen. Bald vergaß er die Welt um sich und als er schließlich auf dem Sessel einschlief, träumte er von mystischen Wesen, dem Olymp und Ruby als strahlend schöner griechischer Göttin.

Den Sonntag verbrachte Nick mit den Mädchen und Rückenschmerzen. Es war ein sonniger Tag und sie besuchten den Zoo. Die Kinder schafften es mit ihrem Tatendrang und ihrer unbeschwerten Art, ihn auf andere Gedanken zu bringen.

Abends meldete sich auch endlich der Bestatter.

»Guten Abend, Herr Lessing. Es tut mir leid, dass es so lange gedauert hat, aber sobald die Polizei im Spiel ist, wird alles komplizierter. Die Beerdigung findet am kommenden Mittwoch um vierzehn Uhr statt. Den Rest hatten wir ja bereits besprochen. Die Zeitungsanzeige erscheint morgen, der Blumenschmuck ist bestellt. Ich werde mich um alles kümmern, sodass Sie sich damit nicht belasten müssen.«

»Danke, Herr Kastell!«, antwortete Nick und sehnte sich jetzt schon danach, diesen Tag hinter sich gebracht zu haben.

Der Montag verlief wie im Fluge. Die Vorbereitungen für die Lesung am Abend beanspruchten Nicks gesamte Konzentration. Er räumte das Buchstübchen um, baute aus Pappe für die Autorin ein kleines Bühnenbild mit den Figuren ihres Buches und schleppte stapelweise Stühle in den Laden. In der Mittagspause besorgte er Getränke und Naschereien. Er trug Kasse und Rechner vom Tresen ins Büro, um ihn als Theke nutzen zu können.

Eine Stunde vor Beginn der Lesung kam Charlotte, die Autorin. Nick kannte sie bislang nur von den paar Mails, die er nach Rubys Tod geschrieben hatte. Charlotte nahm ihn fest in den Arm und sprach ihm ihr Beileid aus.

»Ruby war ein so herzlicher und lieber Mensch. Sie sprühte vor Begeisterung und riss jeden mit. Es tut mir so unendlich leid.«

Zusammen bauten sie einen kleinen Ausstellungstisch für Charlottes Bücher auf, sprachen über Ruby und weinten gemeinsam.

Die Autorin war ein herzensguter Mensch, voller Wärme und Empathie. Trotzdem war Nick froh, als die ersten Zuhörer eintrafen und er sich für eine Zeit nicht mit seinem Verlust beschäftigen musste.

Bald war das Buchstübchen gut gefüllt. Die Gäste saßen auf Stühlen und Kissen und machten es sich dort gemütlich, wo Platz war. Charlotte erzählte erst ein wenig über sich und darüber, wie sie zum Schreiben gekommen war. Sie war witzig und geistreich und alle hingen an ihren Lippen. Schließlich nahm sie ihr neues Buch und begann daraus zu lesen.

Nick ließ seinen Blick über die Gäste schweifen. Neben vielen Bekannten gab es einige fremde Gesichter. Gut so, immerhin ging es auch darum, neue Kunden zu gewinnen. Besonders fiel ihm eine junge Frau auf, die im Gegensatz zu allen anderen nicht zur Autorin, sondern zu ihm schaute. Die Dame war, soweit er das erkennen konnte, elegant gekleidet.

Sie trug einen schwarzen Rock und eine weiße Bluse. Ihre langen, kupferfarbenen Haare fielen als starker Farbakzent über ihre Schultern. Für die Autorin und ihre Lesung schien sie sich nicht zu interessieren. Stattdessen streifte ihr Blick durch den Laden und landete immer wieder bei ihm.

Na ja, jeder wie er mag. Er drehte sich weg und folgte Charlottes Vortrag. Seine Gedanken wanderten jedoch sofort wieder zu Ruby. Wie sehr sie diesen Abend geliebt hätte. Er sah sie vor sich auf ein Kissen gekuschelt und mit großen, vor Begeisterung leuchtenden Augen an den Lippen der Autorin hängen. Was hätte er dafür gegeben, sie jetzt hier zu haben!

Fast zwei Stunden verzauberte Charlotte ihre Zuhörer. Im Anschluss signierte sie jedes Buch, das ihr unter die Nase gehalten wurde.

Es war schon spät, als sie sich mit einer Umarmung von Nick verabschiedete. Einer nach dem anderen machten sich auch die Gäste auf den Heimweg, bis nur noch die mysteriöse rothaarige Lady übrig war, die mit elegantem Schritt durch den Laden spazierte und sich umschaute.

»Kann ich Ihnen behilflich sein?«, fragte Nick.

Sie drehte sich um und blickte ihn mit leuchtend grünen Augen an, die einen atemberaubenden Kontrast zu ihrem Haar bildeten.

»Ich habe von Ihrem entsetzlichen Verlust gehört und möchte Ihnen mein herzlichstes Beileid aussprechen.« Ihre klare, tiefe Stimme ging Nick durch Mark und Bein. Sie nahm seine Hand und drückte sie fest.

»Mein Name ist Anette Siebert. Ein Freund hat mich auf die Lesung aufmerksam gemacht, und da keine geschäftlichen Termine bei mir anstanden, habe ich die Chance genutzt.«

Sie hielt weiterhin seine Hand und fixierte ihn mit ihrem hypnotischen Blick.

»Der Abend war ganz wundervoll, die Atmosphäre großartig und die Autorin sehr talentiert. Würde es Ihnen etwas ausmachen, mich herumzuführen? Ihr Laden ist zauberhaft und es wäre mir eine große Freude, wenn Sie mir alles zeigen würden.«

Nick wusste nicht, was er von der Dame halten sollte. Fast hatte er den Eindruck, als wolle sie sich an ihn heranmachen. Gleichzeitig blieb sie distanziert, was ihn nur noch mehr verwirrte.

Da er jedoch zu höflich war, um sie rauszuschmeißen, und die Ausstrahlung der Dame doch eine gewisse Wirkung auf ihn hatte, führte er sie durch den Laden. Sie hakte sich bei ihm unter und er präsentierte neben Büro und Verkaufsraum sogar die Toilette. Mehr gab es nicht. Frau Siebert fand alles »zauberhaft« und »entzückend«, doch schien es Nick, dass sie gar nicht richtig hinschaute.

»Ich liebe solche alten Gebäude. Sie verströmen ein ganz besonderes Flair! Gehört zu diesem Laden auch ein Keller? Ich habe dort hinten im Flur eine Tür gesehen.«

Ihre Augen funkelten.

»Keller üben auf mich eine ganz spezielle Faszination aus.«

Die Sache wurde immer suspekter. »Ja, es gibt auch einen Keller. Auf diesen Genuss müssen Sie aber leider verzichten. Es ist schon spät und ich muss endlich nach Hause.«

Sie schaute ihn an wie ein Hund, der nach einem Leckerli bettelte, allerdings auf eine sehr erotische und verführerische Art und Weise.

»Was halten Sie davon, wenn ich Ihnen den Keller ein anderes Mal zeige?« Aus einem ihm unbekannten Grund wollte er die Dame nicht enttäuschen. Belohnt wurde er mit einem breiten Lächeln.

»Das würde mich wahnsinnig glücklich machen. Was halten Sie von Freitag nach Ladenschluss? Vielleicht können wir anschließend noch etwas trinken gehen.« Ihre Stimme hatte einen rauchigen Klang angenommen.

»Freitag geht in Ordnung. Das mit dem Getränk können wir dann ja spontan entscheiden.«

Nick brachte Frau Siebert zur Tür und gab ihr zum Abschied die Hand. Sie beugte sich vor und küsste ihn auf die Wange.

»Bis Freitag!«, hauchte sie.

18

Ob sie sich jemals daran gewöhnen konnte, ein Schutzengel zu sein? Schon immer war Ruby ein Mensch, der nur kurze Zeit stillsitzen und entspannen konnte. Ohne Buch war sie verloren. Hatte sie nichts zu lesen, musste sie nach spätestens zehn Minuten etwas unternehmen. Hatte sie keine Aufgaben, die sie beschäftigten, war ein Buch so wichtig wie die Luft zum Atmen.

Als Schutzengel waren die Möglichkeiten, sich sinnvoll zu betätigen, jedoch recht begrenzt. Fast die gesamte Zeit bestand aus beobachten und zuhören. Sie konnte sich nicht mit Schlaf ablenken und auch sonst nichts Zweckmäßiges erledigen, da sie ja nicht einmal in der Lage war, einen Teller abzuwaschen. Daher war es für sie eine große Freude gewesen, als Nick sich am Wochenende das Percy-Jackson-Buch geschnappt hatte. Sie hatte es sich über ihm gemütlich gemacht und die Seiten mit großer Begeisterung gelesen. Schade nur, dass er so schnell eingeschlafen war. Trotzdem hatte ihr diese wunderbare Abwechslung viel Vergnügen bereitet.

Nachts hatte sie ausreichend Gelegenheit, ihre Meditationstechniken zu verfeinern. Ihr Rekord lag inzwischen bei fast zwei Stunden. Darauf war sie sehr stolz und diese Zeiten taten ihr selbst als Schutzengel gut. Regelmäßig nutzte sie diese Momente, um über alle möglichen Punkte nachzudenken. Insbesondere die Zukunft ihrer Familie war ein wichtiges Thema.

Schon immer war sie glücklich darüber gewesen, dass sowohl ihre als auch Nicks Eltern so jung und fit waren. Wenn die Großeltern Ronja und Lilli besuchten, konnten sie den ganzen Tag mit ihnen herumtoben und interessante Unternehmungen in Angriff nehmen. Der Nachteil war allerdings, dass alle Omas und Opas selbst noch arbeiteten. Daher waren sie nicht in der Lage, ihren Lebensmittelpunkt zu verlegen, um Nick und den Kindern unter die Arme zu greifen. Diese Option fiel leider aus.

Dass ihre Lieben Hilfe benötigten, stand außer Frage. Sie wusste, wie stressig es schon mit zwei Personen war, den Laden und gleichzeitig ein geregeltes Familienleben zu führen. Allein war das ein Ding der Unmöglichkeit. Das würde Nick nicht lange durchhalten. Er liebte seine Zwillinge über alles und würde sie niemals vernachlässigen. Das hätte dann aber zur Folge, dass er den Laden nicht mehr so häufig öffnen könnte, was früher oder später zu einer Insolvenz führen würde.

Was gab es also für Möglichkeiten? Sollte er Stahls Angebot annehmen und den Laden verkaufen? Vielleicht konnte er handeln und einen noch besseren Preis rausschlagen. Ruby war sich sicher, dass Nick schnell einen neuen Job finden würde. Zwar täte es ihr in der Seele weh, das Buchstübchen zu verlieren, aber die Familie war wichtiger. Bestimmt würde ihr Mann jedoch nicht an einen Verkauf denken, um ihr Andenken zu bewahren.

Ob Nick jemanden finden würde, der ihn stundenweise im Buchladen unterstützte? Es gab schließlich unzählige Menschen, die Bücher liebten. Das Problem war, dass er nicht viel zahlen konnte. Die Chance, eine Person einzustellen, ohne sie vernünftig zu entlohnen, war verschwindend gering. Andererseits könnte er auf diese Weise den Umsatz aufrechterhalten, da er nicht immer wegen der Kinder schließen musste.

Als letzte Alternative kam ihr ein Kindermädchen in den Sinn. Dies war nach Rubys Ansicht jedoch die schlechteste Variante. Schon der Gedanke, ihre Kinder in die Hände fremder Menschen zu geben, machte sie wahnsinnig. Außerdem waren gute Kinderfrauen bestimmt auch nicht günstig zu haben.

Immer wieder hatte sie am Wochenende alle Alternativen durchgespielt. Voller Verzweiflung seufzte sie innerlich. Ruby wusste, worauf es zwangsläufig hinauslaufen würde. Nick brauchte eine neue Partnerin. Eine Frau, die Lilli und Ronja liebte und für sie eine gute Mutter sein würde. Jemand, zu dem die Kinder aufschauten und den sie respektierten.

Glücklicherweise war das Wochenende vorbei. Ruby hatte den Abend mit der Lesung herbeigesehnt. Der Moment, als Charlotte die Bühne betrat, war wundervoll. Bei jeder dieser Veranstaltungen erging es Ruby so. All die Vorbereitungen gipfelten in diesem Augenblick. Eine lächelnde Autorin, ein interessiertes Publikum und eine mitreißende Geschichte. Die perfekte Mischung!

Charlotte hatte eine unbeschreibliche Ausstrahlung und Ruby war zwei Stunden lang gefesselt von ihren Worten und ihrer angenehmen Stimme. Wie ihr war es den meisten Zuhörern und Zuhörerinnen gegangen. Nick hatte unzählige Bücher verkauft, die dann von der Autorin signiert worden waren. Wie gerne hätte sie sich selbst in die Schlange gestellt, um sich ein Exemplar unterschreiben zu lassen.

Der Abend war wundervoll gewesen. Bis jetzt!

Wutentbrannt starrte Ruby zu der rothaarigen Zicke, die seit ein paar Minuten Nick umgarnte. Wie konnte sie es nur wagen? Ihr eigener Leichnam war noch nicht unter der Erde und diese Tussi besaß die Frechheit, ihren Mann nach allen Regeln der Kunst anzubaggern.

Zwar hatte sie entschieden, dass ihre Familie eine neue Frau brauchte, aber mit Sicherheit nicht so jemanden wie die! Sie hasste es, wie diese Frau Siebert durch den Laden stolzierte, alle paar Sekunden »entzückend« oder »bezaubernd« rief, gleichzeitig aber eindeutig keinerlei Interesse zeigte. Was sollte das?

Der arme Nick war vollkommen überfordert. Er steckte tief in seiner Trauer, war gestresst von Arbeit und Kindern und wurde in dieser schwierigen Phase von diesem Biest verführt. Ruby musste sich konzentrieren, um nicht auszurasten. Wenn Emotionen es ermöglichten, ins Leben einzugreifen, stand sie kurz davor, einen Mord zu begehen. Sie würde die Tussi unter einem Bücherregal begraben oder so lange mit einem Stuhl auf sie einprügeln, bis sie sich nicht mehr rührte.

Und was wollte die olle Schnepfe im Keller? Die war doch verrückt! Würde sie dort über ihr Opfer herfallen? Ruby traute ihr zu, in der Dunkelheit die Fangzähne auszufahren, Nick in den Hals zu beißen und ihn leer zu saugen.

Erleichterung durchströmte sie, als Nick es schließlich schaffte, diese schreckliche Person aus dem Laden zu bugsieren.

»Eins kannst du mir glauben, du Vamp«, murmelte Ruby. »Ich werde am Freitag da sein. Und wenn du denkst, dass du dich an meinem Mann vergreifen kannst, wirst du mich kennenlernen!«

Wie gerne hätte sie ihren Liebsten jetzt in den Arm genommen, ihn ihre Zuneigung spüren lassen und ihm Kraft gegeben.

Auf der Heimfahrt fragte sie sich, ob sie einfach nur eifersüchtig war. Würde sie künftig bei jeder Frau, die Interesse an Nick zeigte, so reagieren? War es ihre subjektive Wahrnehmung, die dafür sorgte, dass diese Siebert ihr vorkam wie die Teufelin persönlich? War sie in der Realität freundlich, liebevoll und ehrenwert? Nein, entschied Ruby. Diese Kuh war nicht ganz koscher. Es gab mit Sicherheit Frauen, auf die sie anders reagieren würde. Frauen, die sie mochte und die ihr sympathisch waren.

Bis Nick eine solche Frau gefunden hatte, würde sie jedoch jede bekämpfen, die nicht gut für ihn und ihre Töchter war.

19

Der Mittwoch startete grau und regnerisch. Passend zum heutigen Ereignis, dachte Nick – und auch zu seiner Stimmung. Seit der Lesung war es mit ihm kontinuierlich bergab gegangen. Mit jeder Stunde kam ihm alles dunkler und freudloser vor. Gestern hatte er den Laden zwar geöffnet, war aber nicht richtig bei der Sache gewesen. Die meisten Kunden wussten Bescheid und verziehen ihm seine schlechte Laune. Sie fühlten mit ihm, klopften ihm auf die Schulter oder nickten ihm einfach verständnisvoll zu.

Heute blieb das Buchstübchen geschlossen. Er wollte lieber mit den Kindern spielen und sich in Ruhe auf die Beerdigung vorbereiten. Der heutige Tag würde ihm einiges abverlangen, auch ohne Arbeit und Kundschaft.

Gleich morgens hatte er sich seinen anthrazitfarbenen Anzug herausgelegt. Sofort war der Einwand seiner Mutter gekommen, dass man zu einer Beisetzung einen schwarzen Anzug tragen müsse.

»Ich trauere mit dem Herzen, nicht mit meiner Kleidung«, hatte er geantwortet. Er besaß nur diesen einen Anzug und hatte weder Zeit noch Nerven, einen weiteren zu kaufen. An seiner Trauer würde sich nichts ändern, egal ob er in schwarzem Sakko oder in grünen Bermuda-Shorts herumlaufen würde. Er war sogar überzeugt, dass bunte Shorts Ruby zum Lachen bringen würden, wenn sie vom Himmel auf ihn herabblickte.

Nicks Eltern waren gestern Abend angekommen. Bis Hans und Anneliese nach Hause fuhren, übernachteten sie in einem Hotel. Er war dankbar, noch ein paar Tage unterstützt zu werden. Außerdem würden sich die beiden während der Beerdigung um Ronja und Lilli kümmern. Zwar hatten sie beschlossen, die Zwillinge mitzunehmen, sie aber nicht in die erste Reihe zu setzen. Er würde mit seinen Schwiegereltern nach vorn gehen, die Kinder und seine Eltern sollten sich einen Platz weiter hinten suchen.

Niedergeschlagen betrachtete er sich im Spiegel. Er war kein Anzugträger und zog ihn nur zu besonderen Anlässen an. Das letzte Ereignis, bei dem er den Anzug getragen hatte, war die Hochzeit gewesen. Bevor ihm wieder Tränen in die Augen schossen, stürmten Ronja und Lilli ins Zimmer.

»Wir müssen los!«, riefen sie laut. »Wir fahren mit Oma und Opa! Du fährst mit Oma und Opa.« Sie lachten und verschwanden wieder. Nick musste lächeln. Wie schön, dass die Zwillinge ihn regelmäßig aufmunterten. Sie waren der einzige Grund, aus dem er weitermachte.

Die Fahrt zur Kirche erlebte er wie in Trance. Er saß hinten und lehnte den Kopf an die Seitenscheibe. Die Stadt flog in farbigen Streifen an ihm vorbei. Wie sollte er die nächsten Stunden nur überstehen? Er hatte Kopfschmerzen, sein Herz schlug bis zum Hals und ihm war übel.

Der lange Fußweg zur Kirche nahm kein Ende. Gedanken an das, was nun kam, lähmten ihn. Am Wegesrand standen unzählige in Schwarz gekleidete Menschen, die grüßten oder ihm zunickten. Nick beachtete sie nicht. Er konzentrierte sich darauf, einen Fuß vor den anderen zu setzen.

Die Kirche platzte aus allen Nähten. Die Schritte bis nach vorn waren wie der Gang zum Schafott. Alle Augen schienen ihn anzustarren. Wahrscheinlich war es auch so. Er wollte nicht vor all diesen Menschen trauern. Trauer war für Nick etwas Intimes. Nichts, das man mit einer solchen Menge teilte. Auf der anderen Seite war er dankbar und gerührt über die Anteilnahme. Ruby war eine wundervolle Person gewesen und es machte ihn stolz, dass ihr so viele Menschen die letzte Ehre erwiesen.

Der Platz in der ersten Reihe hatte aber auch Vorteile. Niemand außer dem Pfarrer konnte ihm ins Gesicht schauen. Mit durchgestrecktem Rücken versuchte er, möglichst viel Würde auszustrahlen, auch wenn er sich kein bisschen würdevoll fühlte.

Die Urne war gleich neben dem Altar aufgebaut. Umgeben von orangeroten Blumenkränzen machte sie ihm auf harte und brutale Weise klar, dass Ruby nicht mehr zurückkommen würde. »In Liebe, Dein Nick« stand auf einem der Kränze, auf einem anderen »Immer in unseren Herzen, Lilli & Ronja«. Sobald sein Blick auf eine dieser Schleifen fiel, krampfte sich sein Hals zusammen und die Tränen schossen in die Augen.

In einem kurzen Gespräch hatte er den Pfarrer gebeten, keine Details aus Rubys Leben und keinerlei Anekdoten oder Ähnliches zu erzählen. Das hätte er nicht durchgehalten. Er wusste von ihren liebenswerten Charakterzügen und alle, die sie liebten, kannten diese ebenfalls. Das reichte ihm. Noch einmal vor Augen geführt zu bekommen, wie unendlich groß sein Verlust war, würde ihm nicht helfen, ganz im Gegenteil. So hatten sie vereinbart, dass der Pfarrer sich auf allgemeine kirchliche Texte beschränkte.

Trotzdem war der kurze Wortgottesdienst für Nick eine Riesenqual. Natürlich wurde über Liebe und den Tod gesprochen und selbstverständlich bezog er jedes Wort auf Ruby. Mehrfach musste er nach dem Taschentuch greifen, um seine Tränen zu trocknen.

Anneliese neben ihm erging es nicht besser. Sie heulte ohne Pause und nahm immer wieder seine Hand. Diese Geste rührte ihn, sorgte aber gleichzeitig dafür, dass es ihm noch schlechter ging. Nick steckte so tief in seiner Trauer, dass er manchmal vergaß, wie entsetzlich Rubys Tod für andere war. Keine Mutter und kein Vater sollte erleben, wie ihr eigenes Kind zu Grabe getragen wird. Die Vorstellung, wie es ihm gehen würde, wenn eine seiner Töchter starb, ließ ihn zittern und in lautes Schluchzen ausbrechen. Das Gesicht in seinen Händen verborgen weinte er bitterlich.

Nach dem Gottesdienst trug Herr Kastell, geführt vom Pfarrer, die Urne hinaus auf den Friedhof. Die Trauergemeinde schloss sich an. Lilli und Ronja kamen nun zu ihm und jede nahm eine seiner Hände. Es tat ihm gut, die Nähe der beiden zu spüren. Sie gaben ihm Kraft und Zuversicht. Er hielt sie fest und wollte sie am liebsten nie wieder loslassen.

Draußen war es noch immer grau und ungemütlich. Am Grab kam für Nick der schlimmste Moment des Tages. Erst wurde gebetet, aber dann ließ der Pfarrer die Urne hinab ins Grab. Dieser kurze Augenblick zog ihm komplett den Boden unter den Füßen weg. Die Gewissheit, dass seine geliebte Ruby nur noch ein Häufchen Asche in einem Krug im Erdboden war, überschwemmte ihn mit totaler Verzweiflung. Endgültig begriff er, dass er nie wieder ihr fröhliches Lachen hören, nie wieder in ihr wunderschönes Gesicht schauen und nie wieder ihre Begeisterung für Bücher erleben würde. Mit der Urne wurde jegliche Hoffnung begraben und zurück blieb nur die Erinnerung an eine bessere Zeit.

Auch die Kinder schienen in diesem Moment zu begreifen, dass sie ihre Mutter für immer verloren hatten. Sie hatten sich in den vergangenen Tagen ausgezeichnet gehalten, waren zum Glück durch die Großeltern gut abgelenkt, aber jetzt kullerten auch bei ihnen die Tränchen und ihr Schluchzen hallte über den Friedhof. Nick kniete sich hin und nahm die beiden ganz fest in die Arme.

»Gemeinsam schaffen wir das«, flüsterte er. Dann legte er jedem der Zwillinge eine Hand auf die Brust. »Mama ist hier drin, und solange wir an sie denken, wird sie immer bei uns sein.«

»Die Sonne!«, rief Lilli aufgeregt. Tatsächlich! Am Himmel hatte sich eine Wolkenlücke aufgetan und ein paar Sonnenstrahlen beleuchteten den Friedhof.

Nick lächelte. »Für Mama!«

Zu dritt traten sie zum Grab und die Mädels warfen jede eine orangefarbene Rose auf die Urne. Nick ging auf die Knie und legte eine rote Rose dazu. »Ich liebe dich, Ruby! Immer und ewig!«

Er nahm Lilli und Ronja an den Händen und weinend traten sie zur Seite. Von den unzähligen Beileidsbekundungen im Anschluss bekam er kaum etwas mit. Freunde und Bekannte versuchten es mit lieben Worten. Menschen, die er noch nie gesehen hatte, klopften ihm auf die Schulter. Nick jedoch wollte mit niemandem reden und sich nicht trösten lassen, nicht hier und nicht jetzt.

Teil Drei

ANSTELLUNG

20

Wie gut, dass Engel nicht heulen können, dachte Ruby, als sie im Kreis ihrer Lieben durchs Zimmer schwebte. Nach der Beerdigung hatten sich Nick, die Zwillinge, ihre Eltern und Schwiegereltern zu Kaffee und Kuchen getroffen.

Das Begräbnis an sich war für sie gar nicht so schlimm gewesen. Sie wusste schließlich, dass nur ihre toten körperlichen Überreste begraben wurden. Sie selbst war ja noch da. Es hatte sie gefreut, dass so viele Menschen Abschied von ihr nehmen wollten. Es zeigte ihr, dass sie im Leben einiges richtig gemacht hatte. Unzählige Kunden waren gekommen und hatten um sie geweint. Das bedeutete ihr sehr viel. Allerdings hatte sie das auch arg mitgenommen. Die Menschen weinen zu sehen, war für sie unerträglich gewesen. Insbesondere bei ihren Eltern, Nick und den Kindern. Mehrfach hatte sie ihnen zurufen wollen, dass es ihr gut gehe und sie nicht weinen mussten. Die Sonnenstrahlen waren für sie eine große Erleichterung gewesen, hatten sie doch für ein klein wenig Optimismus gesorgt und den Anwesenden ein positives Gefühl geschenkt.

Doch trotz dieses schönen Abschlusses war es für Ruby nicht möglich, die weinenden Gesichter ihrer Lieben zu verdrängen. Immer wieder sah sie vor ihrem inneren Auge die Szene, als Nick die Zwillinge umarmte und sie gemeinsam geweint hatten. Und jedes Mal wollte sie losheulen.

Die würden sich ganz schön wundern, wenn es plötzlich salzig auf den Kuchen regnete.

Trotzdem machte sie die Zeit mit ihren Lieben sehr glücklich. Geschichten über gemeinsame Erlebnisse und witzige Situationen wurden erzählt, abwechselnd lachten und weinten sie. Für Ruby selbst war es ebenfalls ein Wechselbad der Gefühle. Die Erinnerung an diese Ereignisse stimmte sie fröhlich, gleichzeitig überkam sie eine tiefe Wehmut, weil sie so etwas nie wieder mit ihrer Familie erleben würde.

Nick schien es genauso zu gehen. Er beteiligte sich kaum am Gespräch, doch sein Gesichtsausdruck wechselte laufend von sehnsüchtigem Lächeln zu großer Traurigkeit, wobei die Trauer eindeutig überwog. Dies versetzte ihr zusätzlich einen Stich. Wie konnte sie ihm nur helfen, ihm Hoffnung und Zuversicht schenken, ihm zeigen, dass sie bei ihm war?

Sollte sie es wagen, ihn im Traum aufzusuchen? Würde es einen positiven Effekt auf seine Stimmung haben oder würde sie ihn nur noch tiefer in Verzweiflung stürzen? Der Wächter hatte sie gewarnt und sie wollte eigentlich kein Risiko eingehen. Doch hatte sie das Gefühl, dass sie etwas unternehmen musste, um Nick aus seinem Tief zu befreien. Aber war es das Wagnis wert? Was würde mit ihm geschehen, wenn er ihren Besuch nicht verkraftete? Würde er verrückt werden? Würde er sich ganz in seine Träume zurückziehen? Keine angenehmen Gedanken, aber so wie jetzt konnte es auch nicht weitergehen.

Ruby war hin- und hergerissen. Diese Unentschlossenheit machte sie fertig. Sie nahm sich vor, Nick im Laufe des Abends gut zu beobachten und dann spontan zu entscheiden, ob sie es versuchen sollte. Versuchen war der richtige Ausdruck. Sie wusste ja nicht, wie man es anstellte, sich in die Träume eines Menschen zu schleichen.

Am Abend verabschiedeten sich ihre Schwiegereltern in ihr Hotel. Sie würden morgen ins Gästezimmer einziehen. Ihre Eltern wollten nach dem Frühstück in die Heimat fahren und gingen zeitig ins Bett. Nachdem er den Zwillingen zwei Gute-Nacht-Geschichten vorgelesen hatte, setzte sich Nick in den gemütlichen Lesesessel, den sie früher immer in Beschlag genommen hatte. Er zog sich die Kopfhörer über die Ohren und nahm sich das Percy-Jackson-Buch. Es freute Ruby, dass er allmählich den Spaß am Lesen für sich entdeckte. Es war eine gute Möglichkeit, für kurze Zeit dem realen Leben und den eigenen Gedanken zu entfliehen und stattdessen Abenteuer in fremden Welten zu erleben. Das war auch der Grund, warum sie kaum Sachbücher las und die Zeitung nur überflog. Schon immer hatte es sie gereizt, in ihrer Fantasie weit weg zu sein und der Wirklichkeit zu entkommen. Natürlich liebte sie ihr Leben, doch die Möglichkeit, ferne Galaxien und magische Welten zu erleben, war für sie die Krönung. Daher genoss sie es, Nick über die Schulter zu schauen und die Abenteuer Percys mitzuerleben.

Bald fielen ihrem Liebsten die Augen zu und er ließ das Buch sinken. Ruby hatte sich vor diesem Moment gefürchtet. Jetzt war es an der Zeit, ihre Entscheidung zu treffen. Sollte sie es probieren? Sie schaute in das ausgemergelte und erschöpfte Gesicht Nicks und entschied, dass sie einen Versuch wagen würde. Vielleicht schaffte sie es gar nicht. Wenn doch, würde sie sich bedeckt im Hintergrund halten und nicht zu sehr in Erscheinung treten. Es war wohl besser, ihn langsam an dieses neue Zusammenleben zu gewöhnen.

Angespannt sammelte sie sich und konzentrierte sich mit aller Kraft darauf, in seinen Traum zu gelangen. Nichts geschah. Immer noch schwebte sie vor dem Sessel. Sie versuchte es ein weiteres Mal. Erst leerte sie ihren Geist, dann dachte sie mit aller Macht an Nick und daran, in seinen Kopf einzudringen. Keine Reaktion. Frustriert verfluchte sie den Wächter, der ihr diese wichtigen Informationen vorenthalten hatte. Alles musste sie sich selbst erarbeiten. Er hatte ihr nicht einmal geholfen, zu ihrer Familie zu gelangen. Auch die Idee, Nick durch die Brust zu fliegen, um ihn mit Zuversicht zu erfüllen, war ihre eigene.

Ruby stutzte. War es möglich, dass es mit den Träumen ähnlich funktionierte, wie mit dem Herzen? Bis auf dieses eine Mal beim Bestatter hatte sie es vermieden, Menschen zu berühren oder sogar durch sie hindurchzuschweben. Möglicherweise war dies jedoch die Lösung. Vielleicht bedurfte es für diese Art der Kommunikation den körperlichen Kontakt. Was aber wäre, wenn sie damit etwas falsch machte? War eine solche Berührung überhaupt verträglich für den anderen?

Unschlüssig schwebte sie durch den Raum, doch dann nahm sie allen Mut zusammen. Wieder konzentrierte sie sich auf ihren Geliebten, aber diesmal flog sie zusätzlich ganz langsam auf seinen Kopf zu und tauchte in ihn ein.

Ruby spürte ein kurzes Zucken bei Nick, dann war er wieder ruhig. Interessiert schaute sie sich um. Alles um sie herum war verschwommen, sodass sie im ersten Moment nicht wusste, wo sie war. Nach und nach erkannte sie, dass sie sich in einem Wald befand. Die ganze Szenerie war düster und verbreitete eine gruselige Stimmung. In der Ferne entdeckte sie zwischen den Baumstämmen ihr Haus. Dann sah sie Nick. Mit zerzausten Haaren und völlig außer Atem kämpfte er sich durch das Geäst. An den Händen hielt er Ronja und Lilli, die er hinter sich her zerrte. Immer wieder schaute er zurück. Warum rannte er so? Wovor hatte er Angst? Beunruhigt ließ sie den Blick über die Umgebung gleiten. Was war das? Ein Stück hinter ihren Lieben waberte eine erdrückende Dunkelheit. Sie konnte nicht erkennen, was genau es war, doch wusste sie sofort, dass diese Kreatur Nick und die Kinder verfolgte. Ihr Mann schien sich jedoch im Wald verirrt zu haben, denn statt zum Haus, lief er in die falsche Richtung. Instinktiv trat sie hinter dem Baum hervor, der sie bislang vor den Blicken anderer verborgen hatte. Nick, der gerade auf sie zulief, zögerte. Mit fragenden Augen schaute er Ruby an.

Ruhig deutete sie mit der Hand in Richtung Haus. »Dort entlang. Drinnen seid ihr sicher. Schnell!«

Nick stand immer noch vor ihr. Sie lächelte ihn an. Dann aber erinnerte sie sich an das schwarze Etwas. »Los! Beeilt euch!«

Ihr Liebster gab sich einen Ruck und lief mit den Kindern los. Einmal blickte er noch zurück, doch Ruby hatte sich inzwischen wieder hinter den Bäumen versteckt.

Kaum hatte ihre Familie das Haus erreicht und die Tür geschlossen, konzentrierte sie sich auf das Wohnzimmer. Sie sah den Schrank mit den Büchern wie durch einen Schleier. Obwohl sie noch im Wald war, konnte sie deutlich erkennen, dass sie sich in einer Art Sphäre befand, die von blauen Lichtern umrandet war. Intuitiv wusste sie, dass sie nur diese Umrandung durchfliegen musste, um den Traum zu verlassen. Voll konzentriert, hielt sie auf diese Umgrenzung zu. Im nächsten Augenblick befand sie sich wieder im Zimmer. Nick erwachte im selben Moment mit einem Schrei auf den Lippen. »Ruby!«

21

Panisch riss Nick die Augen auf, er sprang aus dem Sessel und das Buch polterte auf den Boden. Ruby! Verwirrt schaute er sich um und erkannte, dass er in seinem eigenen Wohnzimmer stand. Um ihn herum war es still. War das nur ein Traum? Noch immer schlug ihm das Herz bis zum Hals. Alles war so realistisch gewesen. Die Angst vor dem Monster in der Dunkelheit. Es hatte ihn verfolgt und er hatte sich verlaufen. Bis er auf Ruby gestoßen war, die ihm und den Kindern geholfen hatte.

Die Kinder! Er eilte aus dem Raum und öffnete vorsichtig die Tür zum Zimmer der Zwillinge. Ronja und Lilli lagen friedlich in ihren Betten und schliefen. Anscheinend hatte sich alles nur in seinem Kopf abgespielt. Erleichtert schlich er wieder zum Sessel. Nick setzte sich und grinste. Er hatte Ruby gesehen. Lächelnd hatte sie ihn angeschaut und ihm den Weg zum sicheren Haus gewiesen, hatte ihn aus diesem Albtraum befreit.

Schon seit ihrem Tod verfolgten ihn diese schrecklichen Träume. Monster, die ihn jagten, böse Menschen, die seine

Kinder stehlen wollten, und immer wieder Situationen, aus denen er sich nicht befreien konnte. Jeder Traum endete schlecht, regelmäßig erwachte er schweißgebadet und voller Angst. An Schlaf war danach meist nicht mehr zu denken. Heute jedoch hatte ihn Ruby vor dem schlimmen Ende bewahrt. Ob er mit dem Wissen, dass sie ihn beschützte, einschlafen konnte? Zumindest würde er es versuchen. Schnell putzte er seine Zähne und legte sich ins Bett. Heute würde er erstmals seit Langem mit positiven Gedanken schlafen.

Die Müdigkeit, die Nick seit Tagen quälte, forderte endlich ihren Tribut. Schon nach wenigen Sekunden fiel er in einen traumlosen Schlummer. Zum ersten Mal seit Rubys Tod wurde er vom Wecker aus dem Schlaf gerissen und zum ersten Mal seit gefühlten Ewigkeiten war er ausgeschlafen und voller Energie.

Der Traum von Ruby und die erholsame Nacht hatten Nicks Laune gewaltig verbessert. Er wusste selbst nicht, warum die kurze Begegnung mit seiner Frau eine solche Wirkung auf ihn hatte. Schließlich war es nur eine Illusion, doch trotzdem kam es ihm vor, als ob sie ihm damit sagen wollte, dass es ihr gut gehe und sie für ihn da war.

»Du bist aber gut gelaunt«, erkannte sogar seine Mutter.

»Ja«, antwortete er lächelnd. »Ich habe heute Nacht von Ruby geträumt.«

»Oh, wie schön«, jauchzte Ronja. »Ich möchte auch von Mami träumen. Und dann sage ich ihr, dass ich sie ganz dolle lieb hab.«

»Au ja, ich auch!«, fiel Lilli begeistert ein.

Nick war gerührt von dieser bedingungslosen Liebe und dem Optimismus, den die beiden ausstrahlten. »Mami wird euch bestimmt auch bald im Traum besuchen.«

Der Weg zur Arbeit war ohne Schlafmangel problemlos zu bewältigen. Strotzend vor Elan betrat Nick den Laden. In der letzten Zeit hatte er das Geschäft ein wenig vernachlässigt, aber jetzt würde er wieder voll durchstarten. Er machte sich schon seit Tagen Gedanken darüber, wie er es schaffen konnte, den Laden wie üblich zu öffnen und sich gleichzeitig um die Kinder zu kümmern. Seine erste Idee war es, eine Kinderfrau einzustellen. Sie konnte die Zwillinge morgens zum Kindergarten bringen, sie mittags abholen und ihnen eine leckere Mahlzeit kochen. Anschließend würde sie die beiden einfach bei ihm im Laden abgeben. Im besten Fall wären das zwei Stunden am Tag und damit etwa vierzig Stunden im Monat. Bei fünfzehn Euro pro Stunde wären das ungefähr sechshundert Euro Kosten im Monat.

Die Sache hatte allerdings zwei gewaltige Haken. Welche Kinderfrau würde morgens dreißig Minuten und mittags für die restliche Zeit zur Verfügung stehen? Das waren ganz schön dämliche Arbeitszeiten. Außerdem hatte er Schwierigkeiten damit, die Kleinen einer völlig Fremden anzuvertrauen. Dazu kam das Gefühl, mit solch einer Vorgehensweise seine elterlichen Pflichten zu vernachlässigen – seine Kinder zu vernachlässigen.

Bevor er diesen Weg einschlagen würde, wollte er erst einmal etwas anderes probieren. Die einzig sinnvolle Alternative wäre, jemanden zu finden, der stundenweise im Buchstübchen aushalf. Auch hierbei war das Problem, dass er nicht genug Geld zur Verfügung hatte, um etwa einen Halbtagsjob anzubieten. Aus diesem Grund hatte er sich eine Art Kompromiss überlegt. Zukünftig wollte er den Laden morgens eine halbe Stunde später öffnen, sodass er vorher die Kinder wegbringen konnte. Mittags sollte die neue Kraft für zwei Stunden das Buchstübchen betreuen, damit er die Zwillinge abholen und für sie kochen konnte.

Immer wenn gerade kein Kunde anwesend war, versuchte Nick, eine Zeitungsanzeige zu formulieren. Das war gar nicht so einfach. Einerseits musste er vermitteln, dass es nur um ein paar Stunden Arbeit ging, andererseits wollte er aber auch zeigen, welch wundervolle Chance dieser Job war. Gegen Mittag hatte er einen halbwegs passablen Text vorliegen, den er sofort online bei der Zeitung einreichte. Mit etwas Glück war die

Anzeige bereits in der Samstagsausgabe verfügbar. Und mit noch viel mehr Glück hätte er im Laufe der Woche schon die so dringend gebrauchte Unterstützung.

Jetzt half nur hoffen und Daumen drücken. Er war froh, dass seine Eltern die ganze kommende Woche bei den Kindern blieben, sodass er noch ein paar Tage Schonfrist hatte.

Kurz vor Feierabend war Nick schon dabei, alles auszuschalten, als die Türglocke klingelte und jemand den Laden betrat. Er schaute aus dem Büro heraus und seufzte. Stahl! Der hatte ihm gerade noch gefehlt.

Bevor Nick reagieren konnte, stand der grauhaarige Mann bereits bei ihm im Büro. Zumindest sein nerviges Grinsen hatte er heute zu Hause gelassen.

Stahl nahm seine Hand und schüttelte sie ausführlich. »Mein lieber Herr Lessing, es tut mir unsagbar leid, dass Ihre liebe Frau Gemahlin verstorben ist. Mein aufrichtiges Beileid. Ich wäre gerne zur Beerdigung gekommen, aber ein Auslandstermin war unaufschiebbar.«

Stahl klang, als ob ihm tatsächlich leidtäte, was mit Ruby geschehen war. Jedenfalls machte er keinen besonders glücklichen Eindruck.

»Bitte verstehen Sie meinen Besuch nicht falsch. Ich bin nicht hier, um sie unter Druck zu setzen. Ich weiß aber, dass es eine große Belastung ist, sich allein um einen solchen Laden und gleichzeitig um die Familie zu kümmern. Daher möchte ich Ihnen versichern, dass ich zu meinem Angebot stehe. Ich möchte es sogar noch erweitern. Sofern Sie das Buchstübchen verkaufen und keinen neuen Laden in der Mall öffnen wollen, würde ich den Kaufpreis weiter anheben und Ihnen einen Job in meinem Unternehmen anbieten. Junge Betriebswirte mit Erfahrung im Einzelhandel sind mir jederzeit willkommen.«

Nick war baff. Damit hatte er nicht gerechnet. Er wusste, dass der Verkauf des Ladens die wohl sinnvollste Alternative wäre, um sein Dilemma in den Griff zu bekommen. Wenn er Stahls Angebot annähme, müsste er sich nicht einmal um einen neuen Job kümmern. Der käme gleich mit.

Trotzdem blieben seine Bedenken bezüglich des Großprojektes bestehen. Er wollte verhindern, dass die Innenstadt von einem solchen Schandfleck verunstaltet wurde. Vor allem aber war das Buchstübchen bis in die kleinste Ecke erfüllt von Rubys Geist, ihrer Leidenschaft, ihrer Liebe. Er konnte sich unmöglich davon trennen.

»Ich danke Ihnen von Herzen für Ihr großzügiges Angebot. Dieser Buchladen war jedoch die große Liebe meiner Frau. Ich werde alles tun, um den Laden zu behalten. Es tut mir leid.«

Stahl tat Nicks Bemerkung mit einer Handbewegung ab. »Machen Sie sich keinen Stress, Herr Lessing. Denken Sie in Ruhe darüber nach. Mein Angebot steht.«

Er klopfte ihm auf die Schulter und ging. Was sollte er nur davon halten? Nick glaubte nicht, dass der Geschäftsmann ihn einfach so weitermachen lassen würde. Der Laden war viel zu wichtig für sein Projekt. Hoffentlich hatte er sich zumindest einen kleinen Aufschub erkauft. Diese Zeit würde er nutzen, um alles in den Griff zu bekommen und aus einer gefestigten Position verhandeln zu können.

22

Wie friedlich die Gesichter der Zwillinge im Schlaf waren. Ruby konnte sich daran nicht sattsehen. Falls sie gerade träumten, waren es angenehme Träume. Ronjas Wunsch, von ihr zu träumen, war ihr sehr gut in Erinnerung geblieben. Unendlich gerne hätte sie ihre Mäuse nachts in ihren Gedanken besucht, aber sie traute sich nicht. Die Angst, in ihre kleinen Köpfchen einzudringen und dabei etwas kaputtzumachen, war zu groß. Sie hatte keine Ahnung, ob Kinder das besser oder schlechter verkrafteten als ein Erwachsener, aber sie wollte es nicht an ihren Töchtern austesten. Also begnügte sie sich damit, die beiden zu beobachten und ihrem gleichmäßigen Atem zu lauschen.

Dabei ließ sie den gestrigen Tag Revue passieren. Ruby war unendlich glücklich, dass ihr Eindringen in Nicks Traum eine solch positive Wirkung auf ihn hatte. Eigentlich hatte sie sich mehr im Hintergrund aufhalten wollen, doch die Situation hatte sich dann einfach ergeben. Für sie selbst war es ebenfalls ein erstaunlich intensives Erlebnis gewesen. Im Traum hatte sie wieder einen Körper und konnte reden. Alles war so realistisch gewesen. Sie fragte sich, ob ihr in diesen Traumwelten Gefahren drohten. Was wäre, wenn das Monster sie erwischt hätte, als sie sich in diesem Körper befand? Der Wächter hatte nur von Nebenwirkungen für den Lebenden gesprochen und sie hoffte, dass ihr nichts geschehen konnte. Trotzdem würde sie die Besuche in Nicks Kopf auf ein Minimum beschränken.

Den Tag selbst hatte sie im Großen und Ganzen im Buchladen verbracht. Zwar hatte sie hin und wieder ein Auge auf ihre Kinder geworfen, doch die Kleinen waren bei Oma und Opa in guten Händen.

Morgens war Frau Müller in den Laden gekommen, hatte sich einen Kaffee gegönnt und sich dann mit dem Grafen von Monte Christo von Alexandre Dumas in einen Sessel zurückgezogen. Ruby hatte es sich hinter ihr bequem gemacht und die Geschichte des Seemanns Edmond Dantès mit ihr gelesen. Beinahe drei Stunden hatte Frau Müller im Buchstübchen verbracht und Ruby einen wundervollen Lesemorgen geschenkt.

Sie war stolz auf Nick, dass er sich Gedanken über die Zukunft gemacht und die Zeitungsannonce geschrieben hatte. Allerdings bezweifelte sie, dass er eine motivierte und verlässliche Arbeitskraft finden konnte, ohne sich finanziell zu übernehmen. Aber vielleicht hatte er ja Glück. Es gab schließlich genügend Buchliebhaber, die den Job möglicherweise als Berufung und weniger als Beruf mit hohem Verdienst ansehen würden.

Verwirrt hatte sie der Besuch von Stahl. Sein Angebot an Nick war äußerst großzügig und ihr Tod schien ihm leidzutun. Sie hatte erwartet, dass er die Offerte sogar eher verringern, Nick mehr unter Druck setzen und seine Not ausnutzen würde. Ihr war jedoch klar, dass ein Mann wie Stahl nichts aus purer Mildtätigkeit tat. Er hatte mit Sicherheit Hintergedanken und sie war gespannt, wann er diese auf den Tisch legen würde.

Den Tag verbrachte sie mit den Kindern. Ihre Schwiegereltern besuchten mit den Kleinen einen Jahrmarkt und Ruby erfreute sich an ihren lachenden Gesichtern. Glücklich fuhr sie mit den Mädchen Riesenrad und hatte Spaß im Karussell. Einzig das Spiegelkabinett und der Irrgarten waren in ihrer jetzigen Gestalt ziemlich unspektakulär.

Die Kinder hatten einen wunderschönen Tag und so konnte sich Ruby gegen Abend einem ernsteren Thema widmen. Anette Siebert.

Ein paar Minuten vor Ladenschluss betrat die rothaarige Schönheit das Buchstübchen. Sie trug einen recht kurzen schwarzen Rock über nackten Beinen und verboten hohe High Heels. Die weiße Bluse war extrem körperbetont und ihre prallen Brüste schienen kurz davor, den letzten geschlossenen Knopf zu sprengen. Ihr rotes Haar fiel locker auf die Schultern und passte ausgezeichnet zum wenig dezenten Lippenstift. Die ganze Aufmachung schrie laut »Leg mich flach!«

Die Dame hatte noch kein Wort gesprochen, trotzdem war Ruby schon wieder auf hundertachtzig. Was hatte sie nur vor?

Nick war gerade dabei, ein paar Bücher in eines der unteren Regale einzuräumen und kniete auf dem Boden. Er hatte sie noch gar nicht bemerkt, bis sie schließlich direkt vor ihm stand und mit tiefer Stimme säuselte: »Aber Herr Lessing, Sie müssen doch nicht gleich vor mir auf die Knie gehen.«

Mit erschrockenem Gesichtsausdruck blickte er auf Ruby konnte sich vorstellen, wie die Perspektive für ihn sein musste. Sexy Beine, dicke Titten und rote Lippen.

Schnell sprang er auf und schaute mit verwirrtem Gesichtsausdruck zu der aufgedonnerten Tussi.

»Frau Siebert, Sie haben mich erschreckt. Sie dürfen sich nicht so anschleichen.«

»Sie haben doch wohl nicht unser Date vergessen?« Frau Siebert setzte gekonnt einen Schmollmund auf.

»Unser Keller-Date? Nein, das habe ich nicht vergessen. Ich hatte nur nicht auf dem Schirm, dass es bereits so spät ist.«

Ruby merkte, dass Nick versuchte, seine Nervosität mit Humor zu überspielen. Trotzdem konnte er nicht verheimlichen, dass Frau Siebert Eindruck auf ihn machte. Kein Wunder, so nah wie die Dame bei ihm auf Tuchfühlung ging. Sie fasste seine Hände und strich mit ihrem Finger über seinen Unterarm.

»Was halten Sie davon, wenn wir die Förmlichkeiten vergessen? Ich bin Anette.«

»Nick«, stammelte er.

»Freut mich!« Elegant beugte sie sich vor, umarmte ihn und gab ihm einen Kuss auf die Wange, wo der Lippenstift einen leichten Abdruck hinterließ.

Nick lief rot an und vermittelte den Eindruck totaler Hilflosigkeit. Frau Siebert schien das sehr zu genießen, denn ein amüsiertes Lächeln stahl sich in ihr Gesicht. Am liebsten hätte Ruby ihr den Grafen von Monte Christo zwischen die Zähne gerammt.

»Ich schließe nur schnell den Laden ab, damit …«

»… Damit wir ungestört sind«, fiel Anette Nick ins Wort und biss sich lasziv auf die Lippe.

Fünf Minuten später schwebte Ruby hinter den beiden die Kellertreppe hinab. Der Keller war nichts Besonderes. Die Decken waren niedrig und die alten Ziegelwände nicht verputzt. Er bestand aus zwei Räumen. Den hinteren nutzten sie kaum. Hier waren ausgediente Möbel aus früheren Generationen gelagert. Dazu gab es ein paar Regale mit alten Romanen, die Hannelore hier gesammelt hatte.

Den vorderen Raum nutzten sie als Lager für Sammelbestellungen oder beliebte Bücher, die häufig verkauft wurden. Hier sammelten sie ihre Kartons und lagerten die Putzmittel. Alles in allem kein übermäßig spannender Ort.

Frau Siebert schaute sich genau um. Sie hatte sogar eine Taschenlampe dabei und beleuchtete die Wände, die die leistungsschwachen Glühbirnen kaum erreichten.

»Ich liebe solch alte Gemäuer! Allerdings kommt mir der Keller winzig vor. Der Laden ist doch um einiges größer.«

Nick zuckte mit den Schultern. »Ich mache mir nicht so viel aus Kellern. Ich habe keine Ahnung, wie sie die Räume aufgeteilt haben. Entweder ist das Gebäude nur teilweise unterkellert oder aber die entsprechenden Bereiche sind anderen Parteien zugeordnet.«

»Das ist möglich«, antwortete sie geistesabwesend und leuchtete hinter einen alten Schrank.

»Wollen wir nicht wieder hinaufgehen?« Nick schien sich zu langweilen. Ruby vermutete, dass er am liebsten zu seinen Töchtern wollte.

Widerwillig drehte sich Frau Siebert zu ihm um und zog sich dabei ein paar Spinnweben aus den Haaren.

»Na gut«, sagte sie und zeigte ihre perfekten weißen Zähne. »Aber nur, wenn ich dich zum Essen einladen darf.«

Eine halbe Stunde später saßen sie in einer kleinen, gemütlichen Pizzeria. Nick wollte sich ein Wasser bestellen, aber Anette bestand darauf, dass sie gemeinsam Wein tranken. »Notfalls nimmst du dir halt ein Taxi.«

Ruby bemerkte, dass Nicks Blick schon nach dem ersten Viertel glasig wurde. Er trank sonst nie Alkohol und die Wirkung setzte schnell ein.

Anette erkannte dies ebenfalls und schenkte großzügig nach, während sie selbst kaum einen Schluck trank. Immer näher rutschte sie an ihn heran und schon lag ihre Hand auf seinem Oberschenkel. Nick schien das erst zu registrieren, als die manikürten Finger langsam in seinen Schritt wanderten.

Ruby erkannte Verwirrung und Hilflosigkeit in seinem Blick. Der Alkohol hatte seine Sinne benebelt. Er wusste, dass hier etwas ganz und gar nicht stimmte, fand aber trotzdem großen Gefallen an Anettes sanften Berührungen.

Auch beim Essen lag entweder ihre Hand auf seinem Bein oder ihr Fuß rieb an seiner Wade. Dabei umschmeichelte sie ihn mit Worten und verführte ihn nach allen Regeln der Kunst.

Ruby ahnte, worauf das hinauslief, wusste aber nicht, wie sie eingreifen konnte.

»Lass uns noch zu mir gehen und eine Kleinigkeit trinken. Ich wohne gleich um die Ecke«, säuselte sie ihm ins Ohr, während eine Hand wieder zwischen seinen Beinen verschwand und die andere seine Haare kraulte.

Das Biest wusste ganz genau, wie hilflos er ihr in diesem Moment verfallen war. Eng aneinander geschlungen verließen sie das Lokal. Nick hielt sich jedoch nur deshalb fest, weil er sonst hingefallen wäre. Seine Beine waren wackelig und sein Gang unsicher. Anette führte ihn in ein Haus ganz in der Nähe. Mit dem Aufzug fuhren sie bis ins Penthouse. Kaum hatte sich Nick auf dem Sofa niedergelassen, war das Miststück bereits über ihm. Sie küsste seinen Mund und seinen Hals, während ihre Finger geschickt sein Hemd öffneten. Kaum war seine Brust freigelegt, wanderten ihre Lippen zu seinen Nippeln und ihre Hände zu seinem Gürtel. Nach wenigen Sekunden hatte sie seine Hose geöffnet und runter gezerrt. Als sie ihren Rock hob, erkannte Ruby, dass sie darunter nackt war. Das war zu viel! Jetzt reichte es. Eine unbeschreibliche Wut hatte sich in ihr angestaut.

Laut schreiend schoss sie durch Anette hindurch in Nicks Brust und rief dabei laut seinen Namen. Kaum schwebte sie wieder neben den beiden, riss Nick seine Augen auf. Sein Blick hatte sich geklärt und voller Entsetzen starrte er die Frau an, die auf ihm saß und ihn soeben besteigen wollte.

»Nein!«, stöhnte er und schob Anette von sich weg.

Sein Gesicht lief tiefrot an und seine Züge verhärteten sich.

»Du Biest! Wie konntest du meinen Zustand nur derart ausnutzen? Meine geliebte Ruby ist gerade eine Woche tot und du zerrst mich in dein Bett! Das ist widerwärtig!«

»Ich nutze dich aus? Wer geht denn bereitwillig mit einer fremden Frau essen und mit ihr nach Hause?«, keifte Anette zurück. »Ich stehe auf dich und deine süße Hilflosigkeit und du bist mir ohnehin schon längst verfallen. Du wirst also brav hierbleiben und mich glücklich machen!«

Ruby war jetzt so weit, dass sie wohl ohne Probleme die Stehlampe greifen und sie der Kuh über den Schädel schmettern konnte. Doch das war gar nicht nötig. Nick sprang auf, zog sich seine Hose hoch und rannte zur Tür. Nur einmal noch drehte er sich kurz um.

»Ich möchte dich nie wiedersehen!«, spie er in einem Ton aus, den Ruby noch nie bei ihm gehört hatte.

Schon auf dem Weg durchs Treppenhaus nach unten liefen ihm die Tränen über die Wangen. »Ach, Ruby, es tut mir so leid!«

Ruby jedoch strahlte vor sich hin. Gerne hätte sie Nick in den Arm genommen und ihm gesagt, dass er nicht betrübt sein musste und dass sie es der dummen Tussi gezeigt hatten.

23

»Ich bin solch ein Idiot«, schimpfte Nick und schlug sich mit der flachen Hand gegen die Stirn. Wie hatte ihm nur solch eine Dummheit passieren können? Immer wieder wischte er sich mit dem Unterarm über die Lippen und versuchte, die letzten Partikel der Küsse zu vernichten. Er fühlte sich ausgenutzt und missbraucht, auch wenn es nicht zum Sex gekommen war. Er wusste nicht, was ihn aus seiner Trance gerissen und vor der Verführerin gerettet hatte, aber es war verdammt knapp gewesen.

Wie hatte es so weit kommen können? Er war der treueste Mensch der Welt und nie wäre es ihm in den Sinn gekommen, Ruby zu betrügen. Nicht im Leben und auch nicht im Tod. Bestimmt hatte eine große Rolle gespielt, dass er sich keinerlei Gefahr bewusst gewesen war. Nicht einen Gedanken hatte er daran verschwendet, dass sich jemand, der von Rubys Tod wusste, so schamlos an ihn heranmachen würde. Er hatte jedoch schnell gespürt, dass Anettes aggressives Flirten ihn völlig hilflos machte. So etwas kannte er nicht und wusste sich nicht zu wehren. Der Alkohol hatte ihm dann den Rest gegeben.

Noch nie hatte Nick ein solch schlechtes Gewissen. Er fühlte sich schrecklich und war von sich und seinem Verhalten maßlos enttäuscht. Wie hatte er Ruby das nur antun können? Zukünftig würde er doppelt aufpassen und nur noch Menschen an sich heranlassen, die ihn und sein Verhältnis zu Ruby respektierten. Auf jeden Fall würde er nie wieder Alkohol trinken. Das Zeug hatte ihn völlig willenlos gemacht.

Inzwischen fühlte er sich einigermaßen klar im Kopf. In dem Zustand war er nicht in der Lage gewesen, selbst zu fahren. Auf ein Taxi hatte er ebenfalls verzichtet und war stattdessen zu Fuß nach Hause gelaufen. Das hatte zwar fast eine Stunde gedauert, doch dafür konnte er wieder denken. Er wusste, dass er einen Fehler gemacht hatte, und war todunglücklich darüber. Ihm war aber auch klar, dass er das alles nicht rückgängig machen konnte. Hoffentlich sah er Anette nie wieder. Ihr Anblick würde ihn jedes Mal an seine Schwäche erinnern.

Als er zu Hause ankam, war bereits alles dunkel. Nick hatte vorher angekündigt, dass er einen Geschäftstermin hatte, sodass sich niemand Sorgen machen musste. Kurz schaute er bei den Zwillingen vorbei und ging dann sofort ins Bett. Schlafen konnte er allerdings nicht. Wie in einem Flipper sausten die Gedanken kreuz und quer durch seinen Kopf. Warum hatte es Anette auf ihn abgesehen? Wie kam sie dazu, einen trauernden Mann zu verführen? Wieso war er so anfällig gewesen? Weshalb hatte er sich nicht wehren können? Und was um alles in der Welt wollte sie im Keller? Zum Glück fiel er irgendwann doch noch in einen unruhigen Schlaf.

»Papi, Papi, wir fahren heute auf eine Ritterburg!« Lilli sprühte vor Begeisterung und Ronja fuchtelte mit einem Plastikschwert vor Nick herum.

Lachend umarmte er seine Töchter und gab ihnen ihre Guten-Morgen-Küsse.

»Das ist für uns wie Abenteuerurlaub.« Genüsslich biss sein Vater in sein Brötchen. »Die beiden halten uns ganz schön auf Trab.«

»Ich bin wahnsinnig dankbar, dass ihr euch so lieb um die Zwillinge kümmert. Jeder Tag, an dem ich mich nicht aufteilen muss, ist ein Geschenk.«

»Kein Thema«, antwortete Nicks Mutter. »Leider müssen wir nächste Woche wieder arbeiten. Ich hoffe, dass du schnell jemanden für den Laden findest. Deine Anzeige war übrigens heute Morgen in der Zeitung.«

Super! Mit etwas Glück würden sich im Laufe des Tages schon Interessenten melden. Hoffnungsvoll fuhr Nick zur Arbeit. Die erste Reaktion auf die Annonce war jedoch anders als erwartet. Kaum hatte er den Laden aufgeschlossen und die Rechner hochgefahren, als die drei Ms, wie Ruby sie immer nannte, die Buchhandlung betraten. Frau Mayer, Frau Müller und Frau Molitor waren ältere Damen aus der Nachbarschaft, die regelmäßig allein oder zu dritt vorbeikamen, um einen Kaffee zu trinken, ein Stück Kuchen zu essen und zu plaudern. Manchmal lasen sie ein paar Seiten, ganz selten kaufte eine der Damen ein Buch.

»Guten Morgen, Herr Lessing«, riefen sie und Frau Mayer knallte ihm die Anzeige auf den Tresen.

»Wir haben gelesen, dass Sie Hilfe benötigen und möchten Ihnen unsere Unterstützung anbieten!«

Nick war baff. Er fand den Einsatz der alten Damen süß, aber der Gedanke, wie sie sich mit Computer und Kasse abmühten, trieb ihm Sorgenfalten ins Gesicht.

Als hätte Frau Molitor seine Gedanken erraten, schob sie eine Erklärung hinterher. »Nicht, was Sie denken, Herr Lessing! Wir haben alle drei keine Ahnung von Büchern und würden hier nur für ein gewaltiges Chaos sorgen.« Sie lachte heiser.

»Woran haben Sie denn gedacht, meine Damen?« Nick war jetzt sehr neugierig.

»Kuchen!«, rief Frau Müller. »Als Ihre Frau noch lebte – Gott hab sie selig – gab es jeden Morgen Kuchen. Das hat uns gut gefallen und war für sich gesehen schon ein Grund, hier vorbeizuschauen.«

»Wir verstehen natürlich, dass Sie keine Zeit haben, sich neben den Kindern und dem Buchstübchen auch noch ums Backen zu kümmern«, übernahm nun Frau Molitor wieder das Wort. »Deshalb haben wir beschlossen, im Wechsel für Sie Kuchen zu backen.«

»Jede von uns backt zweimal in der Woche einen leckeren Kuchen und bringt ihn morgens vorbei«, flötete Frau Mayer stolz.

Nick war geplättet. Damit hatte er nicht gerechnet. »Das ist … das wäre …«, stammelte er. »Das würden Sie für mich tun? Ich weiß gar nicht, was ich sagen soll. Ich bin zutiefst gerührt und danke Ihnen von ganzem Herzen.«

»Nicht dafür!«, krakeelte Frau Müller. »Das ist unsere Art, Danke zu sagen. Sie sind immer so freundlich zu uns, lassen uns in Ruhe hier sitzen und erzählen, auch wenn wir fast nie was kaufen. Wir lieben diesen Laden und wollen Sie und das Buchstübchen auf keinen Fall verlieren.«

Tief berührt von dieser unerwarteten Unterstützung lief Nick um den Tresen herum und umarmte jede der drei Frauen.

»Nicht so stürmisch, Herr Lessing!«

Frau Molitor lief flink zur Tür und zog ein Backblech hinter dem vordersten Regal hervor.

»Zur Feier unserer Zusammenarbeit gibt es gleich mal ein Stück Zwetschgenkuchen!«, lachte sie fröhlich.

Diese Hilfsbereitschaft und die Unterstützung, die er von allen Seiten erfuhr, waren ganz neue Erfahrungen für Nick. Schon immer war er ein Einzelkämpfer gewesen. Bereits in der Schule und im Studium hatte er sich am liebsten auf sich selbst verlassen. So war er von niemandem abhängig und konnte nicht enttäuscht werden. Die kurze Zeit in der Firma hatte bestätigt, dass dies der richtige Weg war. Schon in den paar Monaten hatte er viel Neid und Missgunst gesehen. Als er Ruby kennenlernte, wurde aus dem Solo ein Duo. Auf sie konnte er sich verlassen, er vertraute ihr blind und wurde nie enttäuscht. Da Ruby ähnlich gestrickt war, passten sie perfekt zusammen. Gemeinsam waren sie ein großartiges Team und benötigten niemanden, der sie unterstützte.

Jetzt war auf einen Schlag alles anders. Allein würde Nick untergehen. Das hatte er schnell begriffen. Trotzdem fiel es ihm unendlich schwer, Verantwortung abzugeben und anderen zu vertrauen. Es war nicht leicht gewesen, die Annonce zu veröffentlichen, und die Auswahl eines geeigneten Kandidaten würde noch schwieriger werden.

Einem Fremden seine Kinder anzuvertrauen, war jedoch eine viel gewaltigere Sache. Seinen und Rubys Eltern hatte er schnell sein Vertrauen geschenkt. Allerdings handelte es sich dabei um die Familie. Sie würden alles für die Zwillinge tun. Was aber würde er machen, wenn sich niemand auf die Anzeige bewerben würde, oder wenn es keinen geeigneten Bewerber gäbe? Daran durfte er nicht denken.

In der Annonce hatte er nicht viele Voraussetzungen genannt. Schließlich suchte er keinen ausgebildeten Buchverkäufer, sondern lediglich eine vertrauensvolle und zuverlässige Aushilfe. Auch wollte er keine ellenlangen Bewerbungsunterlagen lesen. Viel lieber würde er sich persönlich mit den Kandidaten unterhalten. Nick vertraute seiner Menschenkenntnis mehr als Zeugnissen jeglicher Art. Deswegen hatte er ausschließlich seine Telefonnummer angegeben und wartete nun sehnsüchtig auf erste Rückmeldungen.

Immer wenn das Telefon klingelte, hoffte er auf Bewerber, doch bis zum Mittag waren es nur Kundenanrufe oder Anfragen von Verlagen. Inzwischen war Nick schon ziemlich genervt, und als er am Nachmittag zum gefühlt hundertsten Mal den Hörer abhob, brummte er nur noch ein unfreundliches »Buchstübchen« ins Telefon.

»Guten Tag! Spreche ich mit Herrn Lessing? Mein Name ist Julia Schiller. Ich rufe wegen Ihrer Annonce an.«

Die Dame hatte eine helle, freundliche Stimme und klang zumindest am Telefon recht sympathisch.

»Hallo Frau Schiller. Ja, hier ist Nick Lessing. Es freut mich sehr, dass Sie Interesse haben.«

Nick hatte sich vorher keinerlei Gedanken gemacht, was er den Bewerbern sagen wollte, und fühlte sich auf einmal ein klein wenig hilflos.

»Ähm, was halten Sie davon, wenn Sie in den nächsten Tagen nach Ladenschluss hier im Buchstübchen vorbeikommen und wir sprechen in Ruhe über alles?«

»Das hört sich super an! Wann passt es Ihnen denn? Ich kann gleich heute in den Laden kommen. Montag geht es auch.«

»Wenn es Ihnen recht ist, können wir uns heute Nachmittag treffen. Um sechzehn Uhr?« Nick war begeistert. So schnell hatte er gar nicht mit einem Vorstellungsgespräch gerechnet. Aber je früher, desto besser. Schließlich musste er ab Montag allein mit allem fertig werden. Und wenn er schon bald jemanden einarbeiten konnte, war das für ihn nur von Vorteil.

Im Laufe des Nachmittags bekam er noch drei weitere Anrufe von Bewerbern. Mit einem verabredete er sich um siebzehn Uhr, die beiden anderen schob er auf Montag.

24

»Nimm das, du böser Drache!«

Ronja bedrängte ihren Opa Günter mit dem Holzschwert. Lilli hatte sich eine Plastikkrone aufgesetzt und saß in einem steinernen Erker.

»Befreie mich, edler Ritter!«, flötete sie.

Bald hatte Ronja den Drachen besiegt und umarmte fröhlich die gerettete Prinzessin.

Ruby hatte einen wundervollen Tag mit den Kindern und ihren Schwiegereltern auf der Ritterburg verbracht. Sie hatten eine Führung mitgemacht und die Keller und Verliese mit Taschenlampen erkundet. Am frühen Nachmittag hatte sie kurz bei Nick vorbeigeschaut und erfahren, dass sich heute bereits eine Bewerberin vorstellen wollte. Das durfte sie auf keinen Fall verpassen. Regelmäßig schaute sie auf die Uhr ihrer Schwiegermutter, um bloß nicht zu spät zu kommen.

»Genug, ihr Lieben! Der Drache kann nicht mehr. Lasst uns nach Hause fahren und uns von diesem anstrengenden Tag erholen.« Schnaufend sackte der erschöpfte Günter neben seiner Frau auf eine Bank. Die Zwillinge maulten. Sie wollten noch nicht zurück.

»Wer möchte mit mir Waffeln backen?«, fragte Oma Sabine vergnügt.

»Oh, ja! Hurra! Waffeln!« Schon waren Ronja und Lilli wieder bester Laune.

Das war für Ruby das Stichwort, zwei glückliche Kinder bei zufriedenen Großeltern zurückzulassen und Nick zu besuchen. Vielleicht hatte sie ja das Glück und konnte bis zum Ladenschluss einem Kunden über die Schulter schauen, während er ein gutes Buch las.

Als sie im Buchstübchen erschien, war hier großer Trubel. Eine Familie mit vier Kindern suchte Lesestoff für die Ferien. Wie gerne hätte sie mit Rat und Tat zur Seite gestanden und ihnen ein paar tolle Romane empfohlen, aber leider konnte sie nur zuschauen, wie sie Buchrücken lasen und miteinander diskutierten. Nick empfahl dem ältesten Sohn die Percy Jackson Reihe und konnte damit sein kürzlich erworbenes Buchwissen gleich gewinnbringend anwenden. Vielleicht würde es ihn ja motivieren, zukünftig mehr zu lesen.

Kurz vor vier waren alle Kinder mit Büchern eingedeckt und verließen unter lautem Geplapper mit ihren Eltern den Laden. Im selben Moment betrat eine junge Frau vorsichtig den Raum. Neugierig schaute sie sich um und kam dann in kleinen Schritten zur Theke.

»Sind Sie Herr Lessing? Ich bin Julia Schiller. Wir haben heute Mittag telefoniert.«

Während Nick zur Begrüßung nach vorn kam, hatte Ruby die Gelegenheit, Frau Schiller näher zu betrachten. Sie war noch recht jung, vielleicht Mitte zwanzig. Ihre braunen Haare trug sie kurz geschnitten, was ihr ein freches Aussehen gegeben hätte, wenn sie sie etwas wilder frisiert hätte. Auf ihrer Nase saß eine Brille mit einem dünnen silbernen Rahmen. Sie trug blaue Jeans und ein dunkelrotes Shirt. Ihre Füße steckten in schwarzen Sneakers. Ihr freundliches Gesicht war Ruby vom ersten Moment an sympathisch.

Nick hatte Frau Schiller in der Zwischenzeit in eine gemütliche Sitzecke geführt und ihr einen Kaffee gebracht.

»Der Zwetschgenkuchen ist leider schon aus«, sagte er und zuckte mit den Schultern.

Gerne hätte Ruby ihrem Mann beigestanden. Sie sah an seinem Gesicht, dass er völlig planlos war. Zwar hatte er sich mit Feuereifer in das Schreiben und Aufgeben der Annonce gestürzt, aber nicht darüber nachgedacht, wie er mit den Bewerbern umgehen sollte. Glücklicherweise machte Frau Schiller ebenfalls einen unbeholfenen und schüchternen Eindruck, sodass Nicks Ahnungslosigkeit kaum auffiel. Verkrampft hielt sie sich an ihrer Kaffeetasse fest, während ihre Augen hektisch durch den Laden huschten.

Nick räusperte sich. »Wollen Sie vielleicht ein wenig über sich erzählen?«

»Ja, sehr gerne«, antwortete die junge Frau mit leiser Stimme. »Ich bin sechsundzwanzig Jahre alt und wohne ein paar Straßen weiter. Nach meinem Abitur und einem freiwilligen sozialen Jahr an einer Grundschule habe ich eine Ausbildung zur Erzieherin gemacht und anschließend noch zwei Jahre im Kindergarten gearbeitet. Ich liebe Kinder, aber auch Bücher. Daher möchte ich entweder Grundschulpädagogik oder Literaturwissenschaften studieren. Gegenwärtig befinde ich mich in einer Entscheidungsphase. In einem Jahr will ich mein Studium beginnen und hoffe, rechtzeitig zu wissen, was das Richtige für mich ist. Bis dahin würde ich gerne hier bei Ihnen im Buchstübchen arbeiten.«

Wieder fiel ihr Blick auf die Regale und die Büchertische.

»Leider kann ich Ihnen vorerst nur für ein Jahr meine Unterstützung zusichern, aber ich wünsche mir trotzdem von Herzen, dass Sie mich für diese Zeit einstellen.«

Ihre Augen leuchteten, ihre Stimme bekam einen aufgeregten Tonfall und sie sprach immer schneller.

»Als ich den Laden betreten habe, habe ich mich sofort in ihn verliebt. Alles ist so liebevoll eingerichtet. Man spürt förmlich, dass es hier in erster Linie um die Bücher geht und weniger um den Kommerz. Ich habe gleich auf den ersten Blick Bücher entdeckt, die man in keiner großen Buchhandlung findet.

Bücher von unbekannten Autoren, die ich schon selbst gelesen habe. Wissen Sie, ich lese für mein Leben gerne und schreibe anschließend Rezensionen. In jedem Buch steckt so viel Arbeit und Liebe, und gerade Schriftsteller, die noch nicht so bekannt sind, benötigen diese Unterstützung.«

Frau Schiller sprühte inzwischen vor Begeisterung. Kurz hatte Ruby das Gefühl, in einen Spiegel zu schauen. Ihr war klar, dass sie genau die richtige Hilfe für das Buchstübchen wäre. Auch Nick sollte das aufgefallen sein. Wenn sie zu den von ihm gewünschten Arbeitszeiten im Laden sein könnte, wäre Frau Schiller die optimale Lösung. Für Ruby war nämlich die Liebe zum Buch viel wichtiger als eine kaufmännische Ausbildung. Hoffentlich konnten sie sich auf eine für beide Seiten annehmbare Bezahlung einigen.

Nick erzählte Frau Schiller etwas über die Geschichte des Ladens und zeigte ihr alles. Er beschrieb ihr sein Dilemma mit den Kindern und den sich daraus ergebenden Arbeitszeiten.

»Das wäre für mich gar kein Problem. Ich bin vollkommen frei in meiner Zeitgestaltung.«

Ruby merkte, dass Nick jetzt zum Punkt kam. Unsicher druckste er herum und wusste nicht, wie er das Thema Geld ansprechen sollte. Schließlich sagte er frei heraus, dass er sich nicht viel leisten und dass er daher nur einen Teilzeit ob mit zehn bis maximal zwölf Stunden pro Woche anbieten könne.

Wäre Ruby in der Lage zu atmen, hätte sie nun die Luft angehalten. Was würde Frau Schiller sagen? Würde sie lauthals loslachen und den Laden verlassen?

Die junge Frau machte es spannend, knabberte auf ihrer Lippe und legte die Stirn in Falten.

»Das sollte passen«, murmelte sie leise. »Mein Onkel hat mich gebeten, ihm gelegentlich im Büro zu helfen. Mit beiden Jobs zusammen müsste ich über die Runden kommen und habe noch genügend Zeit, mich um die Planung meines Studiums zu kümmern.«

Hurra! Ruby hätte am liebsten lauthals gejubelt und sie auf der Stelle eingestellt. Leider war Nick im Gegensatz zu ihr eher ein Kopfmensch. Entscheidungen aus dem Bauch heraus gab es bei ihm nur selten. So wunderte es Ruby nicht, dass er Frau Schiller auf die kommende Woche vertröstete. Er wollte sich wohl alle Möglichkeiten offenhalten und auch die anderen Bewerber kennenlernen.

Kurze Zeit später betrat ein Herr im Anzug den Laden. Ruby schätzte ihn auf Ende vierzig. Er hatte schütteres Haar, aber anstatt dazu zu stehen, waren seine wenigen Strähnen so über den Kopf gekämmt, als würde er versuchen, seine Glatze zu verbergen. Die winzigen Augen schauten durch zwei kleine runde, schwarz eingefasste Brillengläser. Zielstrebig steuerte er auf Nick zu und hielt ihm schon aus mehreren Metern Entfernung die Hand entgegen.

»Guten Tag! Zimmermann mein Name. Ich möchte Ihnen meine Dienste anbieten. Als diplomierter Betriebswirt besitze ich ausführliche Erfahrungen im Einzelhandel.«

Mit diesen Worten schob er Nick eine Hochglanzmappe entgegen. Während dieser einen Blick auf die Unterlagen warf, schaute sich Herr Zimmermann naserümpfend im Laden um.

»Hier ist einiges zu optimieren«, überlegte er laut. »Die Regale müssen sinnvoller verteilt und anstelle der Sitzgelegenheiten können weitere Büchertische aufgestellt werden. Es wird Zeit, dass sich ein Fachmann darum kümmert.«

Ruby sah, wie Nicks Miene versteinerte. Zimmermann hatte mit einer einzigen Überlegung seine wirtschaftlichen Fähigkeiten und Rubys Konzept infrage gestellt. Das würde wohl eher ein kurzes Gespräch werden.

»Es freut mich sehr, dass Sie mir Ihre Kompetenz zur Verfügung stellen wollen, Herr Zimmermann. Sie können am Montag beginnen!«

Was? Das konnte er doch nicht tun!

»Die Arbeitszeiten sind Montag bis Samstag acht Uhr bis neun Uhr und an den Wochentagen von dreizehn bis vierzehn Uhr. Ich bezahle ihnen großzügige zehn Euro pro Stunde. Der Toilettengang ist inklusive, Kaffee ist nicht inbegriffen.«

Zimmermanns Gesicht lief rot an, er riss Nick die Mappe aus der Hand und fauchte wütend: »So etwas lasse ich mir nicht bieten. Sie werden schon sehen, wohin es Sie mit Ihrer Misswirtschaft führen wird. Zehn Euro die Stunde. Ich glaube, ich spinne! Ich bin ein hoch qualifizierter Experte!«

Wütend stapfte er durch die Regalreihen zur Tür, die er mit einem lauten Krachen hinter sich zuknallte. Nick lachte. »Du kannst mich auch mal! Hoch qualifizierter Experte! Vollidiot!«

Das war ein gebührender Abschluss für einen großartigen Tag. Glückliche Kinderaugen und eine potenzielle neue Mitarbeiterin für den Laden. Solche Tage mochte Ruby.

25

War es richtig, Frau Schiller nicht gleich zuzusagen? War sie nicht die perfekte Kandidatin und genau das, was er brauchte? Sympathisch, freundlich, zurückhaltend und die Begeisterung für Bücher war ihr an den Augen anzusehen. In vielen Facetten erinnerte sie Nick an Ruby. Aber genau das war die Herausforderung. Sie war ihr zu ähnlich. Das verwirrte ihn. Einmal hätte er sie beinahe sogar mit Rubys Namen angesprochen.

Jemanden einzustellen, war grundsätzlich kein Problem. Es wäre für den Buchladen und zu seiner Unterstützung. Aber im Falle von Frau Schiller fühlte es sich für Nick so an, als würde er Ruby ersetzen.

Seitdem die junge Frau den Laden betreten und sich vorgestellt hatte, schwirrten ihm diese Gedanken durch den Kopf. Er hatte gehofft, auch der nächste Kandidat wäre geeignet. Dann hätte er diesen eingestellt und nicht mehr darüber nachdenken müssen. Leider kam diese arrogante Knalltüte überhaupt nicht infrage. Spätestens nach zwei Tagen hätte er einen Mord begangen. Solch ein überhebliches und besserwisserisches Auftreten machte ihn aggressiv.

Natürlich war ihm klar, dass er nicht allzu lange warten konnte. Ab Montag war er mit den Kindern allein, musste sich um die Fahrten zum Kindergarten und die Versorgung der beiden kümmern. Schnellstmöglich benötigte er eine zusätzliche Arbeitskraft im Laden. Spätestens bis Dienstag musste er sich entscheiden. Die Bewerber von Montag würde er sich noch anschauen und dann eine Entscheidung treffen. Wenn kein weiterer geeigneter Kandidat zum Vorstellungsgespräch käme, würde er Frau Schiller den Job anbieten. Für den Laden wäre es wahrscheinlich am besten. Wie er damit klarkäme, blieb abzuwarten. Immerhin würde er sie nicht besonders lange sehen. Sie sollte ihn nur in der Mittagszeit vertreten. Mehr konnte er ohnehin nicht bezahlen.

Den Sonntag verbrachte Nick mit den Zwillingen und seinen Eltern. Gemeinsam spazierten sie zum Spielplatz und aßen ein Eis. Am Nachmittag machten sich seine Eltern auf den Weg nach Hause.

»Kommst du klar?«, fragte sein Vater und legte ihm die Hand auf die Schulter.

»Das wird schon! Ich werde im Laufe der Woche eine Aushilfe für den Laden einstellen. Dann habe ich mehr Zeit für die Mädchen.«

Ein paar letzte Umarmungen und schon fuhren sie zur Ausfahrt hinaus.

Zärtlich strich er den Zwillingen über die Köpfe. »Jetzt sind wir wohl erst einmal allein für alles zuständig.«

Für einen kurzen Moment wurde ihm schwindelig bei dem Gedanken, dass nun alles auf seinen Schultern lag. Zum Glück fing er sich schnell wieder. »Wer hat Lust, Plätzchen zu backen?«

Den restlichen Nachmittag verbrachten sie damit, gemeinsam die Küche einzusauen, Teig zu kneten und Kekse zu verzieren. Abends klingelte es. Zu dritt liefen sie zur Tür.

»Hannah!«, jubelten die Kinder. »Wir haben Plätzchen gebacken! Willst du sie probieren?«

Schmunzelnd leckte sich die Nachbarin über die Lippen. »Was glaubt ihr denn, warum ich zu euch gekommen bin? Es duftet köstlich bis zu mir drüben.«

Nachdem sie ausgiebig das Backwerk gekostet hatten, setzten sich Nick und Hannah ins Wohnzimmer.

»Wie geht es dir?«, fragte sie und blickte ihn ernst an.

Er seufzte. »Wenn ich das nur wüsste. Ich fühle mich leer und vollkommen überfordert. Pausenlos stelle ich mir die Frage, ob ich das alles schaffe.«

Niedergeschlagen schaute er sie an und Tränen sammelten sich in seinen Augen. »Sie fehlt mir, Hannah. Sie fehlt mir so unendlich. Ich weiß nicht, wie ich ohne sie leben soll.«

Nun brach es völlig aus ihm heraus, er schluchzte und heulte. Hannah setzte sich zu ihm aufs Sofa und nahm ihn in den Arm.

Es war das erste Mal in den vergangenen Tagen, dass er seinen Tränen freien Lauf ließ. Immer war etwas zu tun oder er musste für andere Stärke zeigen, sei es für Ronja und Lilli oder für Eltern und Schwiegereltern. Immer war er derjenige, von dem alles abhing, und zumindest nach außen wollte er den Eindruck vermitteln, dass er dazu in der Lage war.

Jetzt aber konnte er gar nicht mehr aufhören zu weinen. Und dann auch noch vor Hannah, zu der er kein sehr inniges Verhältnis hatte. Sie war Nachbarin und Rubys Freundin, nicht mehr und nicht weniger. Aber vielleicht hatte er genau deshalb keinen Grund, die Kontrolle zu behalten. Für sie musste er nicht stark sein und es war ihm letztlich auch egal, ob sie ihn als Weichei ansah.

Hannah hielt ihn fest und machte keinerlei Anstalten, sich zurückzuziehen. Ihr Trost tat Nick gut und er genoss ihre Nähe.

»Danke«, stammelte er und löste sich von ihr.

»Schon gut«, erwiderte sie. »Wenn ich helfen kann, melde dich. Ich bin jederzeit für euch da.«

Nick konnte nicht antworten, da er dann gleich wieder zu heulen begonnen hätte. Stumm nickte er ihr zu und drückte ihre Hand.

Das Weinen war befreiend gewesen und hatte ihm gutgetan. In dieser Nacht schlief er bis zum Klingeln des Weckers einen tiefen und traumlosen Schlaf. Frisch und ausgeruht machte er die Kinder fertig und brachte sie pünktlich zur Öffnung des Tores zum Kindergarten. Anschließend fuhr er in den Laden und öffnete diesen mit einer halben Stunde Verspätung. Frau Mayer stand schon mit einem köstlich duftenden Marmorkuchen vor der Tür. Nick hatte außerdem ein paar Plätzchen mitgebracht, die er in eine Schale legte.

Da ab mittags die Mädels im Buchstübchen herumspringen würden, hatte er die beiden anderen Bewerber bereits für den Morgen eingeladen. Zwei weitere, die gleich in der Früh angerufen hatten, würde er sich am Nachmittag anschauen, trotz der Kinder. So hatten sich bis zum Abend sechs Kandidaten vorgestellt. Das musste genügen, mehr Zeit hatte er nicht.

Der erste Bewerber war bereits eine halbe Stunde überfällig. Als dann ein kaugummikauender Typ mit zerrissenen Jeans, einer Baseballkappe und mehr Metall im Gesicht als ein Schlosser im Lager hat, den Laden betrat, ahnte Nick Schreckliches.

»Hey Alter, bist du Harry Lessing? Ich bin hier wegen dem Job! Ich bin Johnny!«

Das war ja noch schlimmer, als er es befürchtet hatte.

»Mein Name ist Nick Lessing und ich freue mich, Sie kennenzulernen.« Er gab sich große Mühe, einen höflichen Ton anzuschlagen. »Aus welchem Grund meinen Sie, dass die Beschäftigung hier im Buchladen das Richtige für Sie ist?«

»Ich glaube, dass man nicht viel können muss, um Bücher verkaufen zu können. Ist nicht anstrengend und gibt viel Geld, weil Bücher ja sauteuer sind«, erwiderte Johnny ernst. »Außerdem wohne ich um die Ecke.«

Nick war klar, dass jede weitere Sekunde dieses Gesprächs vergeudete Zeit war.

»Das klingt wunderbar, Herr Johnny. Ich werde mich morgen entscheiden. Wenn ich Sie nicht anrufe, habe ich einen noch geeigneteren Kandidaten gefunden.«

Kopfschüttelnd stand er hinter der Theke und beobachtete, wie der junge Mann den Laden verließ. Hoffentlich ging das nicht so weiter. Glücklicherweise kamen kurze Zeit später ein paar Kundinnen, um die er sich kümmerte. So war Johnny schnell vergessen. Nick war gerade dabei, die Fragen einer älteren Dame zu beantworten, als sich jemand hinter ihm räusperte. Überrascht drehte er sich um und erblickte das Gesicht einer griesgrämig dreinschauenden, etwa fünfzigjährigen Frau mit schwarzer Hornbrille und einem Zopf, der ihr ein strenges Aussehen verlieh.

»Wir haben seit exakt einer Minute einen Termin, Herr Lessing. Mein Name ist Adenauer, Sieglinde Adenauer«, sprach sie mit arrogantem Tonfall, während sie ihre Arme vor dem Oberkörper verschränkte.

Im ersten Augenblick war Nick sprachlos. War die Dame etwa sauer, weil er sich noch mit der Kundin beschäftigte?

»Es freut mich, Sie kennenzulernen, Frau Adenauer. Sobald ich der Dame geholfen habe, kümmere ich mich um Sie.«

Finster schaute sie ihn an. »Das dauert hoffentlich nicht zu lange.«

Allmählich wurde Nick ungehalten. »Es dauert so lange, wie es eben dauert. Bei uns im Buchstübchen ist der Kunde König.«

Erst nach weiteren zehn Minuten hatte sich die Kundin entschieden und ihren Einkauf zur Kasse gebracht. Nick kassierte das Geld und packte das Buch dann noch in Geschenkpapier ein. Alles unter dem giftigen Blick von Frau Adenauer.

»Ich habe es nicht gerne, wenn man mich warten lässt.«

»Und ich habe es nicht gerne, wenn man mich drängt, während ich meine Kunden bediene«, erwiderte Nick. »Ich denke jedoch, dass Sie die Zeit zügig wieder aufholen werden. Mit Ihrer herablassenden Art passen Sie nicht in meinen Laden. Eine Zusammenarbeit mit Ihnen kann ich mir beim besten Willen nicht vorstellen.«

Frau Adenauers Kopf wurde knallrot. »Das ist eine bodenlose Frechheit. So etwas hat mir noch niemand gesagt.«

»Es tut mir leid, wenn ich Sie beleidigt habe, aber wenn Ihnen die Kunden so wenig am Herzen liegen, sind Sie hier falsch. Ich wünsche Ihnen einen guten Tag!«

Glücklicherweise konnten auch Frau Adenauers Blicke nicht töten und so war Nick immer noch wohlauf, nachdem sie wutschnaubend den Laden verlassen hatte.

Das war nun schon der dritte Reinfall bei nur vier Bewerbern. Lag es an ihm oder waren die Kandidaten wirklich so unfassbar schlecht? Hatte er etwa zu hohe Ansprüche? Alles, was er wollte, war eine freundliche und hilfsbereite Arbeitskraft, die die Kunden schätzte und respektierte und dabei ein gewisses Interesse für Bücher zeigte. Er suchte genauso jemanden wie Frau Schiller.

Nick stutzte. Hatte er die ideale Besetzung schon gefunden? Was musste ein Bewerber mitbringen, um besser zu sein? Gab es so jemanden überhaupt? Vielleicht erinnerte sie ihn tatsächlich an Ruby. Aber war das schlecht? Ruby war die perfekte Buchverkäuferin, und nur darum ging es hier. Wenn Frau Schiller nur annähernd dieses Talent beim Verkauf der Bücher und im Umgang mit Menschen hatte, war sie die Richtige.

Kurzentschlossen nahm er das Telefon, suchte die Nummer heraus und rief sie an.

»Hallo Frau Schiller, hier ist Nick Lessing. Haben Sie immer noch Interesse am Job im Buchstübchen?«

»Ja, natürlich«, kam die Antwort aus dem Hörer.

»Das freut mich riesig. Ich denke, dass Sie die perfekte Besetzung für die Stelle sind, und würde mich sehr über eine Zusammenarbeit freuen. Wann können Sie anfangen?«

»Das ist ja toll! Ich bin begeistert!«, jubelte Frau Schiller. »Am liebsten gleich morgen!«

»Ehrlich? Das wäre wunderbar. Dann sehen wir uns morgen um dreizehn Uhr!«

26

Hurra! Ruby jubilierte. Kurz hatte sie daran gezweifelt, dass Nick Frau Schiller einstellen würde. Er musste doch gemerkt haben, dass sie die optimale Kandidatin war. Hatte er sich noch bessere Bewerber erhofft? Die drei anderen hatten schnell bewiesen, dass sie vollkommen ungeeignet waren. Wie gut, dass er Frau Schiller zugesagt und den übrigen zwei Anwärtern noch vor einem Gespräch abgesagt hatte. Warum Zeit und Energie verschwenden, wenn man die perfekte Lösung bereits gefunden hatte?

Hoffentlich würde nun alles gut. Die letzten Tage hatte Nick durch die Hilfe von ihren und seinen Eltern einigermaßen unbeschadet überstanden. Ohne weitere Unterstützung würde es zukünftig jedoch nicht funktionieren. Über kurz oder lang müsste er Kinder oder Laden vernachlässigen. Das würde ihn zerstören.

Ruby hatte sich gefreut, als Hannah vorbeigekommen war und ihre Hilfe angeboten hatte. Zwar wusste sie, dass Nick der Nachbarin gegenüber immer ein wenig skeptisch geblieben war, doch im Notfall konnte er auf ihren Beistand zurückgreifen. Hannah war absolut verlässlich. Wenn sie etwas sagte, meinte sie es auch so. Außerdem mochte sie Nick, selbst wenn er das nicht erwiderte.

Insgeheim hoffte Ruby sogar, dass sich die beiden eines Tages näherkommen würden. Hannah war geschieden und lebte von der großzügigen Abfindung ihres Ex-Mannes. Sie hätte daher genügend Zeit, sich um die Kinder zu kümmern, und, was noch wichtiger war, Ruby mochte sie und vertraute ihr.

Ob sie versuchen sollte, dahingehend einzugreifen? Nein, Liebe und Zuneigung mussten sich von allein entwickeln. Das bekämen die beiden schon selbst hin. Oder eben nicht. Nick hatte sie abgöttisch geliebt und würde zukünftig jede Frau, die Interesse an ihm zeigte, mit ihr vergleichen. Wie sie ihn kannte, würde das die Auswahl drastisch einschränken, wenn nicht sogar auf null reduzieren.

Angesichts dessen hatten andere Themen erst einmal Vorrang. Frau Schiller war ein guter Anfang. Wenn sie einen so ordentlichen Job machte, wie Ruby hoffte, würde das eine riesige Erleichterung für Nick bedeuten.

Nachdem diese Angelegenheit zu ihrer vollen Zufriedenheit erledigt war, schaute sie bei den Kindern im Kindergarten vorbei. Es war deren erster Tag nach der langen Pause und sie wollte sich vergewissern, dass es ihren Mädels gut ging. Außerdem würde Nick die beiden bald abholen und dann wären sie für den Rest des Tages alle beisammen.

Das Erste, was ihr ins Auge fiel, war, dass Ronja und Lilli einen viel selbstbewussteren Eindruck machten. Sie versuchten nicht wie noch letztens, Abstand zwischen sich und die anderen Kinder zu bringen. Stattdessen spielten sie sogar gemeinsam mit ihnen. Der Raufbold Justin war auffallend höflich, und auch die übrigen Jungs und Mädchen waren sehr zuvorkommend zu den Zwillingen. Anscheinend hatte ihre Auseinandersetzung mit Justin für eine Menge Respekt gesorgt.

Wieder einmal zeigte sich, dass man sich nicht immer herumschubsen lassen durfte. Gab es sonst keine Alternative, musste man sich zur Wehr setzen, da man anderenfalls als Opfer abgestempelt wurde. Ruby war stolz auf ihre Lieblinge, auch wenn sie Prügeleien selbstverständlich nicht guthieß.

Als Nick die Kinder eine halbe Stunde später abholte, machten sie einen viel zufriedeneren Eindruck als sonst nach einem Kindergartentag.

»Wie war euer Tag, ihr Süßen?«, fragte er.

»Unser Tag war super!«, antwortete Ronja.

»Die anderen mögen uns doch«, ergänzte Lilli.

Nick hob die Brauen. »Warum sollten sie euch nicht mögen?«

»Na ja, weil sie nie mit uns gespielt haben. Aber das lag wohl daran, dass Justin uns immer geärgert hat«, vermutete Lilli.

»Ja genau. Und weil alle anderen Angst vor ihm haben, wollte niemand mit uns spielen. Aber jetzt ist das anders.« Ronja lachte fröhlich.

»Sehr gut«, antwortete Nick. »Das schreit ja geradezu nach einer Spritztour zu MacDonalds.«

»Oh, ja! Hurra!« Die Zwillinge jubelten.

Ihre Mädchen liebten dieses Junkfood. Ruby hatte keine Ahnung, woher das kam, denn weder Nick noch sie waren große Fans, und sie konnte sich auch nicht erinnern, mehr als einmal als Familie in einem solchen Restaurant gewesen zu sein. Doch gerade an Tagen wie heute war es für Nick eine gute Alternative, um den beiden etwas Besonderes zu bieten und gleichzeitig schnell und ohne viel Aufwand die Fütterung der kleinen Raubtiere zu erledigen. Außerdem mochte Ruby die ausgelassene Stimmung ihrer Lieblinge sehr. Genau wie den Nachmittag im Laden. Es war so schön, die Familie in ihrem Buchstübchen beisammenzuhaben. Alles, was sie liebte, war um sie herum und sie fühlte sich beinahe rundum wohl. Wie gerne hätte sie jeden in den Arm genommen, gedrückt und geküsst. Wie gerne wäre sie mit den Kindern zwischen den Regalen herumgetollt. Wie gerne hätte sie die Kunden bedient und ihnen ein paar außergewöhnliche Buchperlen empfohlen.

Schnell verdrängte sie diese Gedanken wieder. Was geschehen war, konnte niemand mehr rückgängig machen. Jetzt galt es, das Beste aus der Situation zu machen und sich auf die positiven Dinge zu konzentrieren.

Nick schien genau wie die Zwillinge vortrefflicher Laune zu sein. Die Aussicht auf Unterstützung tat ihm gut. Wenn alles wie erhofft lief, konnte er den Laden schon bald über Mittag geöffnet lassen, ohne Hannah in Anspruch zu nehmen, und hatte Zeit, sich um die Kinder zu kümmern. Das Buchstübchen war für alle drei ein zweites Zuhause. Es war schon immer so gewesen, dass die ganze Familie die Nachmittage hier verbracht hatte. Die Kinder hatten eine Truhe mit Bergen von Spielsachen und vermissten nichts. Daher würde es für sie sein wie früher, nur leider ohne sie.

27

Nick hatte wieder erholsam geschlafen. Er setzte große Hoffnungen in seine neue Mitarbeiterin und war sich sicher, dass seine Situation sich bald verbessern würde. Trotzdem war er nervös, als er morgens zum Laden fuhr. Wie würde sich Frau Schiller anstellen? Hatten sie die gleiche Philosophie bezüglich des Buchstübchens? Welchen Eindruck würde er auf sie machen? Glücklicherweise hatte er noch ein paar Stunden Zeit, um alles so vorzubereiten, dass er sie vernünftig einweisen konnte. Hannah würde heute und in den kommenden Tagen die Zwillinge abholen, damit er genug Zeit hatte, sich um die Einarbeitung zu kümmern.

Noch während er seinen Wagen parkte, sah er zwei Personen vor dem Laden warten. Frau Müller mit einem großen Blech in den Händen und Frau Schiller.

»Guten Morgen, die Damen.« Mit gerunzelter Stirn wandte er sich an die junge Frau. »Hatten wir nicht dreizehn Uhr vereinbart?«

»Ja, Herr Lessing. Tut mir leid. Ich bin aber so aufgeregt, dass ich nicht so lange warten kann.« Mit großen Augen schaute sie ihn an. »Ich hoffe, das ist in Ordnung.«

Nick lachte. »Wenn ich Sie nicht die ganze Zeit bezahlen muss, ist das natürlich vollkommen okay. Mehr als die vereinbarten zwei Stunden kann ich mir im Moment nämlich nicht leisten.«

»Na dann passt das ja!«, antwortete sie fröhlich. »Keine Sorge! Den Rest mache ich freiwillig. Ich werde mir dafür ein leckeres Stück Apfelkuchen von der lieben Frau Müller gönnen.«

Die alte Dame grinste vergnügt. »Da haben Sie sich ein feines Mädchen engagiert, Herr Lessing.«

Ja, den Eindruck hatte Nick ebenfalls. Wie bei der ersten Begegnung hatte Frau Schiller ihn sofort mit ihrem freundlichen Wesen verzaubert.

»Na dann kommen Sie mal schnell herein. Auf den Apfelkuchen freue ich mich auch schon sehr. Er duftet köstlich, Frau Müller. Herzlichen Dank!«

Nach einer Tasse Kaffee und dem leckeren Kuchen begann Nick, Frau Schiller die Arbeitsabläufe zu erklären. Am wichtigsten war es, ihr den eigentlichen Verkaufsvorgang mit Bargeld und Karte zu zeigen. Dann folgte die Recherche im eigenen Sortiment und bei den Großhändlern, um Bestellungen vorzunehmen.

Um einen solchen Laden zu betreiben, musste man natürlich viel mehr Dinge beherrschen. Ihm ging es jedoch in erster Linie darum, dass seine neue Mitarbeiterin die beiden Mittagsstunden ohne negative Auswirkungen auf die Kunden überbrücken konnte. Alle anderen Tätigkeiten waren nicht so dringend und konnten auch später erledigt werden.

Schnell merkte er, dass Frau Schiller eine äußerst gelehrige Schülerin war. Er musste ihr die Abläufe nur einmal erklären und schon führte sie alles selbstständig aus. Lächelnd beobachtete er, wie sie routiniert den Einkauf eines Kunden kassierte, als hätte sie nie etwas anderes gemacht.

»Entschuldigen Sie bitte«, wandte sich eine Kundin an ihn. »Ich habe vor ein paar Wochen *Das Café am Rande der Welt* gelesen und war begeistert. Gibt es andere Bücher, die sich mit solchen Themen beschäftigen?«

Frau Schiller legte Nick die Hand auf den Oberarm und schaute ihn mit großen, funkelnden Augen an. »Darf ich?«, fragte sie.

Schmunzelnd nickte er ihr zu. »Na klar! Gerne.«

Und schon war sie um die Theke zur Kundin geeilt, hakte sich bei dieser unter und führte sie zwischen die Regale.

Genau wie Ruby, dachte Nick.

Kurze Zeit später trat die Frau mit einem breiten Lächeln an den Tresen und reichte ihm zwei Bücher. *Der kleine Buddha* und *Mein kleiner Alien*. Von beiden hatte er noch nie gehört. Aber wenn Ruby sie für den Laden besorgt hatte, konnten sie nicht schlecht sein. Und Frau Schiller kannte sie anscheinend ebenfalls.

Die Kundin war zumindest sehr zufrieden und das war für ihn das Wichtigste.

Gegen Mittag verzog sich Nick ins Büro.

»Ist es in Ordnung, wenn ich Sie für zwei Stunden allein lasse und mich mit der Buchführung beschäftige?«, hatte er seine Mitarbeiterin gefragt. »Falls es ein Problem gibt, einfach laut rufen.«

»Na klar! Wenn Sie sich demnächst mittags um Ihre Kinder kümmern, muss ich ohnehin ohne Sie zurechtkommen.«

Besonders konzentriert war Nick bei seiner Buchführung nicht. Aufmerksam achtete er auf jedes Geräusch aus dem Verkaufsraum, um notfalls sofort eingreifen zu können. Aber das war gar nicht nötig. Frau Schiller hatte eine solch umwerfende Art, mit den Kunden umzugehen, dass er meistens nur unbekümmertes Lachen hörte.

Auch nach fünfzehn Uhr blieb die junge Frau im Laden.

»Sie können ruhig Feierabend machen. Sonst bekomme ich ein schlechtes Gewissen.«

»Brauchen Sie nicht, Herr Lessing«, erwiderte sie. »Mir macht es einen Riesenspaß hier und ich genieße jede Sekunde.«

»Das freut mich«, entgegnete Nick lächelnd. »Sie können anfangen, wann immer Sie wollen. Wenn Sie sich eingearbeitet haben, würde ich nur gerne um halb eins die Kinder abholen. Dann sollte der Laden besetzt sein.«

»Kein Thema, Sie können sich auf mich verlassen. Ich werde überpünktlich sein und Sie so gut wie möglich vertreten.«

Er nickte. »Ja, da bin ich mir sicher. Danke, dass Sie hier sind.«

Erst kurz vor Feierabend verabschiedete sich Frau Schiller. Ihre Wangen glühten rot vor Eifer, und Nick vermutete, dass sie auch morgen wieder in aller Frühe zur Arbeit erscheinen würde. Voller Dankbarkeit blickte er ihr hinterher. Die junge Frau hatte sich unfassbar schnell in die Abläufe eingearbeitet. Den Nachmittag hatte er im Büro verbracht und all die Dinge erledigt, die in den vergangenen Tagen liegengeblieben waren. Nur hin und wieder hatte Frau Schiller ihn mit einer Frage behelligt. Ansonsten hatte sie den Laden völlig selbstständig im Griff gehabt. Dies machte ihm Hoffnung, dass er in Kürze nicht mehr auf Hannahs Dienste zurückgreifen musste. Diese hatte zwar angeboten, sich nachmittags um die Zwillinge zu kümmern, doch hatte er dabei ein ungutes Gefühl. Nicht, weil er Hannah diese Aufgabe nicht zutraute … ganz im Gegenteil. Nein, er verspürte große Gewissensbisse, weil er sie ausnutzte, ohne sich dafür in angemessener Weise erkenntlich zeigen zu können. Außerdem kam es ihm vor, dass er seine Kinder vernachlässigte. Doch diese Sorgen würden bald Geschichte sein.

Eine andere Sorge blieb. Der Gedanke, Ruby durch Frau Schiller zu ersetzen, tat ihm weh. Das Buchstübchen war Rubys großer Traum, ihr Ein und Alles. Statt mit ihr arbeitete er hier nun mit einer anderen Frau. Es kam ihm falsch und niederträchtig vor. Natürlich war ihm klar, dass es ohne Hilfe nicht zu schaffen war. Aber hätte Frau Schiller nicht etwas weniger Ähnlichkeit mit seiner Ruby haben können?

Seufzend schüttelte er den Kopf und fuhr die Rechner runter.

28

Frau Schiller war der Wahnsinn!

Ruby hatte morgens erst die Zwillinge im Kindergarten besucht. Schnell merkte sie, dass bei Lilli und Ronja alles bestens lief. Die beiden fühlten sich pudelwohl und wurden von den anderen Kindern akzeptiert und einbezogen. Endlich gingen sie gerne in den Kindergarten.

Als sie im Buchstübchen erschien, war sie überrascht, dass Frau Schiller bereits dort war. Zwar hatte Ruby bei ihr von Anfang an ein gutes Gefühl, aber mit einer solchen Motivation hatte sie nicht gerechnet. Und Frau Schiller war nicht nur motiviert, sie war auch gut. Wenn Nick ihr etwas erklärte, hörte sie aufmerksam zu und setzte Hinweise sofort in die Tat um. Ihr Umgang mit den Kunden war zuvorkommend, respektvoll und freundlich. Sie ließ sich auf jegliche Probleme und Wünsche ein und konnte allen helfen. Man spürte in jedem Augenblick, dass sie Bücher liebte und selbst viel las. Insbesondere war Ruby davon begeistert, dass sie nicht nur die Bestseller kannte, sondern auch über unbekanntere Autoren und Self-Publisher Bescheid wusste. Eine bessere Mitarbeiterin für Nick konnte sie sich nicht vorstellen.

Trotz allem hatte sie das Gefühl, dass ihr Liebster immer noch skeptisch war. Sich auf eine fremde Person hier im Laden einzulassen, bereitete ihm augenscheinlich Schwierigkeiten. Wenn sie die Möglichkeit hätte, würde sie ihm sagen, wie glücklich sie mit dieser Lösung war. Nick fiele es dann mit Sicherheit leichter, Frau Schiller zu akzeptieren. Stattdessen schienen in ihm zwei Seiten miteinander zu ringen. Einmal die Notwendigkeit, Hilfe zu bekommen, und zum anderen der Widerwille, Ruby durch eine neue Person zu ersetzen. Hoffentlich konnte er mit der Zeit loslassen oder zumindest zulassen, dass sich ihm andere Menschen näherten. Er benötigte dringend jemanden, der ihm wieder neuen Lebensmut schenkte. Doch dieses Problem würde sie nicht jetzt lösen. Guter Hoffnung, dass sich das von selbst ergeben würde, freute sie sich vorrangig darüber, dass Nick so schnell eine wundervolle Unterstützung gefunden hatte.

Die schönsten Momente waren für Ruby jedoch diejenigen, in denen ihre Lieben beisammen waren. Wenn Nick von der Arbeit nach Hause kam, jubelten die Zwillinge laut und sprangen ihm um den Hals. Auch heute konnte er sich kaum aus den Umarmungen befreien.

»Langsam, ihr Süßen! Lasst mich doch erst einmal hereinkommen.«

Die Mädchen ließen jedoch nicht locker und zerrten ihn ins Wohnzimmer.

»Wir haben Pfannkuchen gemacht. Die waren soooo lecker!« Ronja breitete ihre Arme aus, um ihre Worte zu verdeutlichen.

»Es ist noch ganz viel Teig übrig. Du kannst jetzt auch ein paar essen.« Lilli trat hinter ihn und schob ihn Richtung Küche.

Ruby grinste innerlich. Es war für sie eine große Erleichterung, dass die Kinder ihre Trauer meist gut verdrängen konnten und Nick mit ihrer Begeisterung aus seinen Gedanken rissen.

»Lasst mich doch zuerst einmal Hannah begrüßen, ihr Wildpferde«, lachte Nick und umarmte Rubys Freundin.

»Danke, dass du dich um die beiden kümmerst. Du bist mir eine große Hilfe. Ich weiß gar nicht, wie ich das jemals wiedergutmachen kann.«

Hannah knuffte ihn grinsend in den Arm. »Mir wird schon etwas einfallen.« Ihr Blick wurde ernst. »Wie war dein Tag? Was hältst du von deiner neuen Mitarbeiterin?«

Seufzend ließ sich Nick in den Sessel fallen. »Frau Schiller ist super. Sie ist freundlich, hilfsbereit und motiviert. Schon heute war sie mir eine große Hilfe.«

Hannah verschränkte die Arme, legte den Kopf schief und fixierte Nick. Ruby war gespannt, was jetzt geschah. Dies war die typische Verhörpose ihrer Freundin. So schaute sie, wenn sie spürte, dass jemand nicht mit der ganzen Wahrheit herausrückte.

»Und wo ist das Problem? Du müsstest vor Freude Purzelbäume schlagen. Stattdessen schaust du, als ob du in einen faulen Apfel gebissen hättest.«

»Im Prinzip ist alles perfekt, aber sie erinnert mich so sehr an Ruby.«

Genau, wie sie es erwartet hatte. Nick war für sie wie ein offenes Buch.

»Jetzt sei nicht albern«, entgegnete Hannah und rollte mit den Augen. »Sie wird dich im Laden unterstützen, du sollst sie ja nicht gleich heiraten. Also entspann dich und genieße die gewonnene Zeit. Du musst dringend zur Ruhe kommen.«

Besser hätte es Ruby auch nicht ausdrücken können. Sie war dankbar, dass ihre Freundin Nick ein wenig auf Spur brachte. Er machte sich entschieden zu viele Gedanken. Stattdessen sollte er versuchen, das Positive zu sehen und das Beste draus zu machen.

Bereits Mitte der Woche ließ Nick Frau Schiller allein im Laden, um die Kinder abzuholen. Ruby freute sich, dass sie Kinder und Mann nun wieder ab mittags zusammen hatte. Um den Laden machte sie sich keine Sorgen. Die junge Frau hatte alles im Griff. Hannah hatte jedoch einen unzufriedenen Eindruck gemacht, als Nick ihr die Neuigkeit mitgeteilt hatte. Ihm war das zwar anscheinend nicht aufgefallen, aber Ruby hatte deutlich gemerkt, dass ihre Freundin darüber nicht glücklich war. Sie fand jedoch, dass es für Nick und die Mädchen der richtige Schritt war.

Gespannt freute sie sich auf die Ankunft ihrer Lieben im Laden. Wie würden Ronja und Lilli auf die fremde Frau reagieren?

Als Nick mit den beiden den Laden betrat, kam Frau Schiller gerade aus dem Büro. Die Zwillinge stutzten und schauten skeptisch zu der jungen, ihnen unbekannten Frau. Diese kam aber gleich auf sie zu, hockte sich auf den Boden und reichte ihnen die Hand.

»Hallo ihr beiden. Ich bin die Julia. Freut mich, euch kennenzulernen. Ich werde euren Papa hier im Laden unterstützen, damit er sich um euch kümmern kann.«

Frau Schillers Lächeln war entwaffnend. Ronja grinste und gab ihr die Hand. »Ich heiße Ronja.«

»Und ich Lilli! Bist du jetzt immer hier?«

»Das weiß ich noch nicht«, entgegnete Frau Schiller lachend. »Aber in der nächsten Zeit müsst ihr wohl mit mir auskommen. Mögt ihr ein Stück Kuchen?«

Nick schmunzelte. »Das ist Bestechung! Funktioniert bei den Mäusen aber meist recht gut.«

Den restlichen Nachmittag verbrachte Frau Schiller mit den Zwillingen – zumindest, wenn sie gerade keine Kunden bediente. Bereits nach kurzer Zeit hatten die Kinder sie ins Herz geschlossen, ließen sich von ihr vorlesen und spielten mit ihr.

Auch wenn sich Ruby gerne an Frau Schillers Stelle wünschte, war sie sehr zufrieden. Wieder ein Fragezeichen auf ihrer Liste, das sie abhaken konnte.

29

»Guten Morgen, Frau Schiller!«

»Guten Morgen, Herr Lessing!«

Nick schloss lächelnd den Laden auf. Seit vierzehn Tagen stand seine neue Mitarbeiterin pünktlich zur Ladenöffnung vor dem Buchstübchen und wartete auf ihn. Jeden Morgen freute er sich auf ihr fröhliches Lachen. Und jeden Morgen hatte er ein schlechtes Gewissen, weil er sie nur für zwei Stunden täglich bezahlte. Frau Schiller hatte ihm jedoch mehrfach versichert, dass er sich darüber keine Gedanken machen sollte. »Ich arbeite doch freiwillig so viel. Ich fühle mich hier wohl und habe eine Riesenfreude an der Arbeit.«

Nick konnte sein Glück kaum fassen. Was hätte er nur ohne sie gemacht? In den vergangenen zwei Wochen war er trotz Frau Schillers Unterstützung kaum zur Ruhe gekommen. Es gab so viel zu tun, so viele Angelegenheiten, die geregelt werden mussten. Mehrfach war er bei der Bank gewesen, er hatte sich um Behördenkram gekümmert, eine Abdeckung für Rubys Grab ausgewählt und Danksagungskarten verschickt. Wenn er mit den Zwillingen abends nach Hause kam, wollten ihn die beiden erst einmal ganz für sich haben und nach der obligatorischen Gute-Nacht-Geschichte war er selbst so müde, dass er kurz danach zu Bett ging.

Wie gerne wäre er für ein paar Tage weit weggefahren, ganz allein, an einen Ort, an dem ihn niemand kannte und wo er seine Ruhe hatte. Seit ein paar Wochen war Ruby nun schon tot und er hatte noch keine Gelegenheit gehabt, ungestört um sie zu trauern. Stattdessen überwältigte ihn die Trauer in seinem Alltag regelmäßig wie eine Welle kalten Wassers. Ein Gegenstand, eine Formulierung oder auch nur ein Geruch sorgten dafür, dass die Erinnerungen an Ruby und seinen Verlust schmerzhaft auf ihn einstürzten. Von einem Moment auf den nächsten liefen ihm die Tränen übers Gesicht und sein Herz krampfte sich zusammen. Meist benötigte er dann fünf Minuten, um sich wieder zu fangen. Ändern konnte er daran nichts. Solange sein Leben weiterhin so stressig war, musste er damit klarkommen.

Ohne Frau Schiller hätte er diese Wochen nicht überstanden. Trotzdem hatte er immer noch ein schlechtes Gewissen gegenüber Ruby. Dies war auch der Grund, warum er versuchte, einen gewissen Abstand zu wahren. So siezten sich die beiden konsequent. Er mochte Frau Schiller, versuchte aber, dies auf eine professionelle Arbeitsebene zu begrenzen.

Eine weitere große Hilfe waren die drei Ms. Wie versprochen brachte jeden Morgen eine der drei einen Kuchen vorbei. Diese Unterstützung bedeutete ihm unendlich viel, zeigte sie ihm doch, wie wichtig das Buchstübchen für einige Kunden war.

Heute hatten sich die drei Damen mal wieder zum gemeinsamen Kaffeeklatsch getroffen. Da Nick die Bestellungen an die Großhändler bearbeiten musste, zog er sich ins Büro zurück und schloss die Tür. So lieb sie auch waren, so laut waren sie, wenn es um die Diskussion der neuesten Gerüchte ging. Ein konzentriertes Arbeiten war dann nicht mehr möglich.

Als es laut klopfte, erschrak Nick und hätte beinahe sein Wasserglas vom Schreibtisch gefegt.

»Frau Schiller, nicht so stürmisch. Beinahe hätte ich einen Herzinfarkt bekommen.«

Die junge Frau wedelte grinsend mit dem Telefon. »Entschuldigen Sie bitte. Ein Anruf für Sie. Die Dame will unbedingt mit Ihnen persönlich reden und ließ sich auch nicht auf später vertrösten.« Schulterzuckend gab sie ihm den Hörer und verließ das Büro.

»Lessing«, brummte Nick. Das war bestimmt wieder diese Frau von der Bank, die ihm fast täglich mit ihren Fragen auf die Nerven ging.

»Nick!«, schnurrte eine tiefe Frauenstimme, die ihm vage bekannt vorkam. »Es tut mir so schrecklich leid. Ich habe mich unmöglich benommen und möchte dich um Verzeihung bitten.«

Woher kannte er diese Stimme? Und warum entschuldigte sie sich bei ihm? Und wofür?

»Es war so dumm von mir, mich dir so kurz nach dem Tod deiner Frau an den Hals zu werfen. Stattdessen hätte ich dich trösten und für dich da sein sollen.«

»Anette?«, stammelte Nick, während sich seine Hand um den Hörer krampfte.

»Ich hatte vom ersten Moment an das Gefühl, dass wir beide perfekt zusammenpassen«, säuselte sie weiter. »Und ich habe es kaputt gemacht. Es tut mir leid. Bitte, lass mich das wiedergutmachen.«

Den Abend mit Anette Siebert hatte er so gut es ging aus seinem Gehirn gelöscht. Nichts sollte ihn mehr an diesen schwachen Moment erinnern. Ihre Worte entfachten eine solche Wut in ihm, dass er sich zwingen musste, das Telefon nicht gegen die Wand zu schmettern.

»Was an dem Satz ›Ich möchte dich nie wiedersehen‹ hast du nicht verstanden, du hinterhältiges Biest?«, knurrte er durch seine zusammengebissenen Zähne. »Ich will nie wieder mit dir zu tun haben!« Ohne eine Antwort abzuwarten, beendete er das Gespräch, warf das Telefon auf den Tisch und trommelte mit seinen Fäusten gegen den nächstbesten Schrank. Wie konnte sie es nur wagen? Die Dreistigkeit dieses Anrufs machte ihn fassungslos.

Wieder klopfte es und Frau Schiller steckte ihren Kopf durch die Tür. »Alles okay bei Ihnen? Es klingt so, als wollten Sie das Gebäude abreißen. Kann ich etwas für Sie tun?«

Bevor er mit dem Kopf schütteln konnte, drängte sich Frau Molitor ins Büro. In der Hand hielt sie einen Teller. »Natürlich können wir etwas tun! Ein Stück Marillentorte am Morgen, vertreibt Kummer und Sorgen!«

Frau Müller schwenkte einen Kaffeepott und Frau Mayer drückte ihm eine Gabel in die Hand.

Nick war sprachlos, dann lachte er lauthals los. »Was würde ich nur ohne Sie machen, meine Damen? Nacheinander schaute er sie an, zuletzt ruhte sein Blick auf Frau Schiller. »Ich danke Ihnen für alles!«

30

Schon wieder sitzt er in dem Lastwagen. Und wieder verlässt die junge Frau den Laden, küsst liebevoll ihren Mann und geht fröhlich lächelnd zu ihrem Wagen. Er gibt Gas und steuert auf sie zu. Gleich hat er sie erreicht, nur noch zwei Meter. Wie in Zeitlupe dreht sie ihren Kopf zu ihm. Ihr hübsches Gesicht verzerrt sich und im nächsten Moment verhöhnt ihn die hässliche Fratze des Teufels.

»Du leichtgläubiger Narr! Du hast sie ermordet! Jetzt gehörst du für immer mir!«

Das irre Lachen versetzt ihn in Panik.

Zitternd und nass geschwitzt erwachte er aus dem Traum, der ihn seit einigen Nächten regelmäßig heimsuchte. Der Teufel hatte ihn verraten. Er war nicht mehr aufgetaucht und das Geld hatte er auch nicht gebracht. Stattdessen hatte er ihn auf heimtückische Weise ausgenutzt, zu einem Mörder gemacht und sein Leben zerstört.

Bis zum letzten Augenblick hatte er gewartet, hatte sich die Seele aus dem Leib gekotzt und in dieser abgewrackten Lagerhalle gehaust. Jetzt aber war der Moment gekommen, seine Zuflucht zu verlassen. Den letzten Müsliriegel hatte er vor zwei

Tagen gegessen. Wenn er nicht elendig verhungern wollte, musste er weg. Lange hatte er überlegt, wie er vorgehen sollte. Konnte er sich die notwendigen Dinge stehlen? Die Gefahr, dabei erwischt zu werden, war jedoch groß. Schließlich war er kein Dieb. Nur ein Mörder. Außerdem brauchte er eine Dusche. Er war dreckig wie ein Schwein, das sich im Schlamm gesuhlt hatte, und stank nach Pisse und Kotze. Auch fühlte er sich eher wie jenes Schwein als wie ein Mensch.

Folglich hatte er beschlossen, das Risiko einzugehen und nach Hause in seine Wohnung zu schleichen. Der Mord war inzwischen beinahe vier Wochen her. Wahrscheinlich vermutete die Polizei, dass er die Gegend verlassen hatte. Wer wäre auch so blöd, in seine eigenen vier Wände zurückzukehren.

Er war sich hundertprozentig sicher, dass die Polypen hinter ihm her waren. Den Lastwagen hatte er bei seiner ehemaligen Firma gestohlen und nach dem Unfall hatten ihn mehrere Passanten gesehen. Die Kripo musste nur eins und eins zusammenzählen.

Geduldig wartete er bis zur Dunkelheit und stahl sich aus der Lagerhalle. Um belebte Straßen zu vermeiden, nahm er einige Umwege in Kauf. Das war wichtig, da er schon durch sein Aussehen und den Gestank andere auf sich aufmerksam machen würde. So war es bereits nach Mitternacht, als er das Mietshaus und seine Wohnung betrat. Bevor er die stinkenden Sachen auszog, hielt er seinen Kopf unter den Wasserhahn und trank wie ein Verdurstender nach einem Mehrtagesmarsch durch die Wüste. Anschließend machte er sich über eine Packung vertrockneter Kekse her, die noch im Schrank lag. Schmeckte zwar nicht, half aber gegen den unvorstellbaren Hunger.

Als er schließlich einigermaßen gesättigt war, zog er sich aus und stellte sich unter die heiße Dusche. Welch Wohltat! Ausgiebig schäumte er sich ein und wusch sich die Haare.

Ein lautes Krachen schreckte ihn auf. Drei Sekunden später stürzten vier Polizisten mit gezückten Waffen ins Bad.

»Hände hoch, keine Bewegung!«

Teil Vier

ANNÄHERUNG

31

Rubys Dasein war so langweilig! Gab es auf der Welt etwas Ereignisloseres als ihre Existenz als Schutzengel? Die letzten Wochen kamen ihr vor wie die dauernde Wiederholung einer liebevollen, aber recht öden Familienserie. Besonders die Nächte waren für sie eine Qual. Schlafen war für Engel anscheinend nicht vorgesehen und nach einem Tag ohne interessante Ereignisse gab es auch nichts, über das sie sich Gedanken machen konnte. Alles lief entspannt und gut. Die Kinder liebten den Kindergarten, waren meist hervorragend gelaunt und hatten nur selten kurze Anfälle von Trauer. Die beiden hatten sich und fühlten sich daher nie allein. Anders als Nick, der immer wieder kurze depressive Phasen durchlebte. Zum Glück hatte Frau Schiller einen guten Einfluss auf ihn und brachte ihn mit ihrer positiven Haltung immer wieder zum Lächeln. Wie sehr sie sich wünschte, dass er endlich zur Ruhe käme. Doch Nick hatte stets etwas um die Ohren. Gerne hätte sie ihn unterstützt, doch als Schutzengel waren ihr die Hände gebunden. Stattdessen konnte sie nur zuschauen. Bei seinen Behördengängen, der Arbeit im Laden, dem Kuscheln mit den Kindern.

Die einzige Abwechslung, die ihr imaginäres Blut ordentlich in Wallung gebracht hatte, war der Anruf dieser miesen Schlampe gewesen. Was bildete sich dieses Biest nur ein? Tagelang hatte sich Ruby über die rothaarige Hexe aufgeregt. Das war nun beinahe zwei Wochen her und seitdem war nichts Aufregendes mehr geschehen. Mehrfach hatte sie sich inzwischen schon bei Hannah eingeladen und mit ihr romantische Fernsehserien geschaut. Auch nutzte sie jede sich bietende Gelegenheit, um Kunden beim Schmökern über die Schulter zu schauen. Heute hatte sie großes Glück und eine Dame hatte beinahe vier Stunden lang im ersten Band von »Der Herr der Ringe« gelesen. Erst als Nick schon unterwegs war, um die Kinder abzuholen, klappte sie das Buch zu und ging mit allen drei Bänden zur Kasse.

Eine knappe Stunde später war die ganze Familie im Laden versammelt. Nick kümmerte sich um die Kunden und die Mädchen spielten im Büro mit dem riesigen Puppenhaus, das sie ihnen letztes Weihnachten geschenkt hatten.

Ruby genoss es, ihren Lieblingen zuzuschauen, wenn sie in ihr Spiel vertieft waren. Die Fantasie, die sie dabei zeigten, war faszinierend. Schade, dass dies bei den meisten Erwachsenen verloren geht, dachte sie. Zum Glück gab es Ausnahmen und häufig schrieben diese Menschen tolle Bücher, um ihre wundervollen Ideen zu verbreiten.

Hoffentlich kam den beiden niemals ihre Fantasie abhanden.

Beim Gedanken an die vielen Bücher, die sie nicht mehr lesen konnte, wurde sie traurig. Ob es für sie einen Weg gab, trotz ihres Zustandes an die Texte heranzukommen? Immer davon abhängig zu sein, jemandem über die Schulter zu schauen, war frustrierend. Sollte sie mal versuchen, in ein Buch hineinzufliegen?

Bevor sie weiter darüber nachdenken konnte, klingelte die Türe und der ewig brummige Kommissar Huber trat ein.

»Hallo Herr Lessing!«, schnaubte er und erweckte den Eindruck, als würde er die ganze Last der Welt auf seinen Schultern tragen. »Haben Sie einen Kaffee für mich?«

»Selbstverständlich, Herr Kommissar. Ich kann Ihnen sogar ein Stück Nusskuchen anbieten. Er schmeckt köstlich.«

»Da sage ich nicht Nein.« Huber ließ sich in einen Sessel fallen und seufzte zufrieden, als er den ersten Schluck Kaffee getrunken hatte.

Nick setzte sich ihm gegenüber und schaute ihn mit erwartungsvollem Gesichtsausdruck an.

»Was führt Sie ins Buchstübchen? Ich vermute mal, dass Sie nicht wegen des Kaffees hier sind.«

Wieder seufzte der Kriminalbeamte. »Nein, bin ich nicht. Wobei der Kaffee ein angenehmer Bonus ist. Und der Kuchen schmeckt wirklich wunderbar.«

Er stellte Tasse und Teller auf ein kleines Tischchen.

»Wir haben den Kerl geschnappt, der Ihre Frau überfahren hat.«

Ruby horchte auf. Das hatte sie völlig verdrängt. Sie war so sehr damit beschäftigt, die Nähe ihrer Lieben zu suchen, dass sie nicht über die Gründe ihres Todes nachgedacht hatte. Zwar würde es nichts mehr ändern, aber sie war trotzdem neugierig, wie es zu all dem gekommen war.

»Der Täter ist ein sechsundfünfzigjähriger Arbeitsloser hier aus der Stadt. Er wurde gesehen, wie er nach dem Zusammenstoß mit Ihrer Frau zu Fuß flüchtete. Da er sich die ganze Zeit versteckt hielt, konnten wir ihn erst jetzt verhaften. Leider hatte ich bislang noch keine Gelegenheit, ihn zu verhören, da er sich in einem erbärmlichen Zustand befindet und nur wirres Zeug stammelt. Zurzeit wird er im Stadtkrankenhaus unter Bewachung aufgepäppelt. Morgen am späten Nachmittag werde ich ihm einen Besuch abstatten. Dann erfahre ich hoffentlich mehr.«

Verbunden mit einem weiteren Seufzer erhob er sich aus seinem Sessel. »Ich halte Sie auf dem Laufenden!«

Nick blieb sitzen und blickte gedankenverloren ins Nichts. Was mochte nur in ihm vorgehen? Ob er wissen wollte, was genau geschehen war? Oder würde er es lieber verdrängen, weil es ihn nur umso mehr belasten würde? Im nächsten Moment kamen Ronja und Lilli angerannt und sprangen zu ihm auf den Sessel.

»Bekommen wir auch ein Stück Kuchen?«

Tief in Gedanken versunken brauchte Nick ein paar Sekunden, um zu sich zu finden. Ruby war froh, dass ihn die Zwillinge wieder ins Hier und Jetzt rissen. Er hatte genug zu tun und sollte sich nicht auch noch mit solchen Dingen beschäftigen. Das würde sie übernehmen.

32

Der Besuch des Kommissars hatte ihn aus dem Konzept gebracht. Nick war sich im Klaren, dass es lange dauern würde, Rubys Tod halbwegs zu überwinden. Trotzdem hatte er bis eben das Gefühl, allmählich besser damit klarzukommen. Doch dann kam die Aussage, dass der Täter gefasst war. An den Schuldigen hatte er gar nicht mehr gedacht. Vermutlich hatte sein Gehirn den Unfall, oder wie man es nennen sollte, verdrängt. Egal, was bei den Untersuchungen herauskäme, es würde Ruby nicht mehr zurückbringen. Und trotzdem war in diesem Moment alles wieder hochgekommen. All seine Konzentration war nötig gewesen, um nicht vor dem Kommissar zu zittern und in Tränen auszubrechen. Wenn es nach ihm ginge, würde er am liebsten gar nichts mehr davon hören.

Doch wie sollte er seine Trauer verarbeiten, wenn er das alles verdrängte? Wie konnte er mit all dem abschließen, solange er sich nicht damit beschäftigte? Er wusste es nicht, wollte aber auch nicht weiter darüber nachdenken. Auf die eine oder andere Weise würde sich hoffentlich alles von selbst ergeben.

Wieder einmal war er dankbar für die Zwillinge, die ihm nicht viel Zeit zum Grübeln ließen. Im Gegensatz zu ihm erfreuten sie sich trotz allem an ihrem Leben und erlebten frei und unbekümmert jeden Tag. Dabei zogen sie ihn regelmäßig mit und sorgten dafür, dass er nicht im Kummer ertrank.

Den Abend verbrachten sie mit allerlei Brettspielen und einer Folge *Heidi*. Hannah kam vorbei und überraschte sie mit einem frisch gebackenen Apfelkuchen. Natürlich wurde sie sofort von den Mädels verdonnert, mitzuspielen, und so saßen sie zu viert am Küchentisch, spielten *Mensch ärgere Dich nicht* und aßen Kuchen.

Als die Kinder in ihrem Zimmer verschwunden waren, um mit ihren Puppen zu spielen, erzählte Nick vom Besuch des Polizisten.

»Hoffentlich sperren sie das Schwein lebenslänglich ein«, polterte Hannah.

»Ich weiß nicht.« Nick hatte keine Ahnung, was er denken und hoffen sollte. »Vielleicht war es nur ein unglücklicher Zufall. Außerdem habe ich nicht die Kraft, einer möglichen Gerichtsverhandlung beizuwohnen.«

Anscheinend machte er einen verzweifelten Eindruck, denn Hannah stand von ihrem Sessel auf und setzte sich neben ihn aufs Sofa. Wie selbstverständlich legte sie ihre Hand auf seinen Oberschenkel.

»Mach dir keine Sorgen. Du schaffst das und ich werde dir dabei helfen.«

Nur mit Mühe bekam er ein Lächeln zustande. »Danke, Hannah.«

Nach dem Abendessen breiteten die Kinder ihre Malsachen auf dem Küchentisch aus und vertieften sich in ihre Bilder. Nick zog sich auf seinen Lesesessel zurück und nahm sich sein Buch. Weit war er in den vergangenen Wochen nicht gekommen. Meist war er zu müde zum Lesen und wenn er es doch probierte, fielen ihm nach wenigen Minuten die Augen zu. Diesmal waren es die Zwillinge, die ihn davon abhielten, das Kapitel endlich zum Ende zu bringen. Mit Blättern in der Hand krabbelten sie auf seinen Schoß. Ronja hielt ihm ihr Bild unter die Nase. Nick schaute auf die Zeichnung und bekam einen Kloß in den Hals.

»Das sind Lilli, ich und du. Und Mami.« Mit ihrem kleinen Zeigefinger deutete sie auf die Figur in der Mitte. »Sie hat Flügel«, sagte sie leise.

Lilli drückte sich fest an Nicks Schulter. »Ich vermisse Mami«, schluchzte sie und im selben Moment flossen die Tränen wie Sturzbäche über ihre Wangen.

»Ich auch!« Ronja warf sich auf Nicks Brust.

Liebevoll umarmte er seine beiden Lieblinge. »Ich auch«, flüsterte er. »Ich auch.«

Später im Bett dachte er über den Tag nach. Heute war nicht nur bei ihm einiges hochgekommen. Die meiste Zeit machten die Kinder den Eindruck, dass sie Rubys Tod gut verkraftet hätten. Munter lebten sie in jeden neuen Tag, lachten und tanzten. Hin und wieder jedoch wurden auch sie von ihrer Trauer überwältigt. Dann verstummte für einige Momente jede Fröhlichkeit und wurde von Nachdenklichkeit und Traurigkeit abgelöst.

Nicks Gedanken wanderten zu Hannah. Sie war doch ziemlich nett. Stets hatte er sich wie das fünfte Rad am Wagen gefühlt, wenn sie und Ruby zusammen waren. Regelmäßig war er dann die Zielscheibe ihrer sarkastischen Bemerkungen gewesen, was er nicht besonders gut vertragen hatte. Jetzt aber gab sie sich völlig anders, empathisch, freundlich, liebevoll. Eine vollkommen neue Hannah, die ihm sehr gefiel. Trotzdem würde er sich liebend gerne täglich ihrem Spott stellen, wenn er dafür Ruby zurückbekäme.

33

Die Nacht verbrachte Ruby im Kinderzimmer der Zwillinge. Immer wieder betrachtete sie das Bild, das Ronja und Lilli gemalt hatten. Die ganze Situation, vom Gemälde bis zum gemeinsamen Weinen, hatte sie zutiefst berührt und ihr wieder deutlich vor Augen geführt, warum sie hierher zurückgekommen war. Niemals würde sie zulassen, dass jemand ihren Prinzessinnen Schaden zufügte. Und der erste Schritt bestand darin, mehr über ihren eigenen Tod herauszufinden. Heute würde sie versuchen, weitere Details über ihren Unfallfahrer zu erfahren.

Entgegen ihrer ursprünglichen Vermutung konnte sie nicht nur bei den Menschen auftauchen, die sie als Schutzengel auserkoren hatten. Daher konzentrierte sie sich auf Kommissar Huber und erschien einen Augenblick später in einem alten und gammeligen Büro. Der Schreibtisch, an dem der Polizist saß, war dicht mit Akten übersät. Ruby fragte sich, wie Huber in diesem Chaos den Überblick bewahren wollte. Anscheinend arbeitete er an mehreren Fällen gleichzeitig. Das würde auch seine miese Laune und den ständig übermüdeten Eindruck erklären. Für Ruby hieß es jetzt warten. Ihr ging es nicht um den Kommissar, sie wollte den Mann sehen, der sie überfahren hatte.

Ruby war schon kurz davor aufzugeben, als sich Huber erhob, eine Akte schnappte und sein Büro verließ.

Er durchquerte einen Flur und steckte seinen Kopf dann in ein anderes Zimmer.

»Chef, ich fahre ins Krankenhaus und statte Hannemann einen Besuch ab.«

Hannemann, so hieß er! Den Namen hatte Ruby noch nie gehört. Es war also niemand, den sie kannte. Nachdem Huber gestern im Laden war, hatte sie sich gefragt, ob es jemand auf sie abgesehen hatte. Eingefallen war ihr jedoch niemand. Feinde hatte sie nie gehabt. Bestimmt war es ein unglücklicher Zufall gewesen.

Knapp zwanzig Minuten später folgte sie Huber ins Krankenhaus. Mit dem Aufzug fuhren sie in den zweiten Stock. Dort orientierte sich der Kommissar kurz und ging dann nach rechts zum Schwesternzimmer.

»Kommissar Huber. Rufen Sie mir den Arzt, der Werner Hannemann betreut!«, brummte er auf seine unnachahmliche Art, die zwei Krankenschwestern aufscheuchte.

Der Arzt, den eine der Schwestern angefunkt hatte, war ein großer junger Mann mit blonden Haaren. Im Gegensatz zu seinen Mitarbeiterinnen ließ er sich nicht von Huber einschüchtern. Höflich und ruhig erklärte er ihm den Sachstand.

»Körperlich ist der Patient wohlauf. Er litt lediglich an Flüssigkeitsmangel und hatte zu wenig gegessen. Psychisch geht es ihm jedoch gar nicht gut. Laufend redet er wirres Zeug, mit dem wir nicht viel anfangen können.« Gleichgültig zuckte er mit den Schultern. »Reden Sie mit ihm. Vielleicht verstehen Sie, was er sagen will. Ich denke, dass wir ihn in zwei Tagen entlassen können. Dann gehört er sowieso Ihnen.«

Mit dem Kopf deutete er den Flur entlang. »Zimmer 216.«

Huber nickte ihm zu und setzte sich wieder in Bewegung. Am Ende des langen Ganges hockte im Schatten versteckt ein uniformierter Polizist auf einem ungemütlich anmutenden Holzstuhl. Als er Huber erkannte, sprang er eilig auf.

»Guten Tag, Herr Kommissar!«

»Keine Panik, Wenzel. Bleiben Sie sitzen. Ich bin schließlich nicht der Polizeipräsident«, knurrte Huber. »Ist alles okay mit unserem Verdächtigen?«

»Natürlich, Herr Kommissar. Außer dem Arzt und den Schwestern war niemand hier. Hin und wieder stammelt er wirres Zeug, sonst ist er ruhig«, antwortete Wenzel diensteifrig.

»Na dann wollen wir mal.«

»Soll ich Sie begleiten, Herr Kommissar?«

»Holen Sie sich lieber einen Kaffee und was zu essen. Ich komme schon allein klar.«

Ruby folgte Huber in den Raum. Es war ein typisches Krankenzimmer. Weiße Wände mit gelben Akzenten, eine nette Aussicht und mittendrin ein einzelnes Bett. Im Gegensatz zu einem normalen Patienten war dieser hier jedoch ans Bettgestell gefesselt, sodass er nicht aufstehen konnte.

Neugierig schwebte sie näher an den Mann heran. Angegrautes, zu langes Haar, zotteliger ungepflegter Bart. Seine Augen huschten pausenlos wild in seinen Augenhöhlen hin und her, als ob er vor etwas oder jemandem Angst hätte.

Eines war zumindest sicher: Diesen Menschen hatte sie noch nie im Leben gesehen. Weder war er ein Kunde, noch hatte er sonst eine Verbindung zu ihr.

»Guten Tag, Herr Hannemann. Ich bin Kommissar Huber. Ich bin hier, um mich mit Ihnen zu unterhalten.«

Huber zog sich einen Stuhl ans Bett heran und setzte sich.

»Tun Sie sich keinen Zwang an. Erzählen Sie mir alles, was Ihnen durch den Kopf geht. Wobei mich natürlich am meisten interessiert, warum Sie Frau Lessing überfahren haben und dann geflohen sind.«

Hannemann zuckte zusammen. Hektisch fuhr er herum und fixierte den Kommissar mit funkelnden Augen.

»Es war der Teufel!«, rief er laut aus. »Der Teufel hat mich angestiftet, mich dazu gebracht, die arme Frau zu überfahren!«

Ungeduldig setzte er sich auf, soweit es die Fesseln zuließen.

»Aber der Teufel ist tückisch! Er verrät jene, die seinem Wort glauben!«

Seine Augen hatte er weit aufgerissen und seine Stimme war nur noch ein Zischen. Der Kommissar wich erschrocken in seinem Stuhl zurück.

So etwas hatte Ruby nicht erwartet. Der Kerl war völlig irre. Und er hatte Angst, allerdings war es nicht die Polizei, vor der er sich fürchtete, sondern der Teufel. Aber was oder wen meinte er damit? Es gab keinen Teufel! Oder vielleicht doch? Bis vor wenigen Tagen hatte sie auch noch nicht an Engel geglaubt. Jetzt war sie selbst einer, konnte durch Wände schweben und in die Träume anderer eintauchen. Wie stand es ihr zu, am Teufel zu zweifeln? Trotzdem war sie skeptisch, dass dieser Mann eine Begegnung mit dem wahren Fürsten der Hölle gehabt hatte. Aber das würde sie herausfinden, und wenn es Wochen dauerte. Eines Tages würde Hannemann einen Hinweis fallen lassen, dem sie nachgehen konnte.

Der Patient hatte sich wieder beruhigt und murmelte nur leise vor sich hin. Huber stellte noch ein paar Fragen, bekam aber keine Antworten mehr. Mit verkniffenem Gesicht verließ er das Krankenzimmer.

»Haben Sie etwas erfahren, Herr Kommissar?«, fragte der Polizist, während er an einem Sandwich kaute.

»Nein, der redet nur wirres Zeug von einem Teufel. Übermorgen wird er in die Haft überführt. Ich will versuchen, möglichst schnell einen Termin beim Psychodoktor zu bekommen. Vielleicht hat der mehr Erfolg. Morgen rede ich nochmal mit Hannemann. Wenn wir Glück haben, hat er dann ein paar klare Momente.«

Vor sich hin brummend stapfte er am Schwesternzimmer vorbei zum Aufzug. Ruby schwebte die ganze Zeit neben ihm her und hoffte, mehr über die Abläufe der nächsten Tage zu erfahren. Gerne wäre sie bei den Verhören dabei, insbesondere wenn der Psychologe anwesend war.

Auf der Fahrt zum Präsidium erhielt Ruby leider keine neuen Informationen. Zwar telefonierte der Kommissar ohne Pause, besprach aber nur andere Fälle.

Als er am Büro seines Vorgesetzten vorbeiging, rief dieser laut: »Huber, bitte kommen Sie kurz rein!«

»Was gibt's Chef?«

»Haben Sie etwas aus dem Mann herausbekommen, das uns weiterhilft?«

Der Kommissar seufzte. »Nein, nur wirres Geplapper über den Teufel. Ich will gleich mit Doktor Thomsen telefonieren. Er soll es mal versuchen.«

»Thomsen ist am kommenden Montag ohnehin hier. Dann kann er sich den Hannemann gleich mit anschauen. Klären Sie das aber noch einmal mit ihm ab.«

Das machte Huber sofort im Anschluss, sodass Ruby sehr zufrieden war, als sie sich wieder auf den Weg zu ihren Lieben begab.

34

In den letzten Tagen hatte sich Nick immer häufiger dabei ertappt, wie er seine Mitarbeiterin heimlich anstarrte. Ihm war zunächst gar nicht aufgefallen, wie hübsch sie war. Die süße Stupsnase und die kleinen Grübchen ließen ihn regelmäßig lächeln, wenn er sie anschaute. Hatte er lange Zeit noch versucht, ein wenig Abstand zu halten, weil er das Gefühl hatte, ungerecht zu Ruby zu sein, so suchte er inzwischen immer häufiger ihre Nähe. Julias freundliche und aufgeschlossene Art tat ihm gut. Mit ihr gab es niemals unangenehme Momente, und auch er selbst wurde offener und hatte bessere Laune. Da kam es ihm sehr recht, dass sie weiterhin früh begann und bis in den Nachmittag hinein arbeitete.

Trotz allem hatte er ein schlechtes Gewissen, wenn sein Puls in ihrer Nähe schneller schlug. Denn das durfte nicht sein. Sein Herz gehörte Ruby. Niemals durfte sie jemand verdrängen. Später einmal wäre er vielleicht bereit für eine neue Beziehung, aber nicht jetzt. So kurz nach Rubys Tod kam es ihm ungeheuerlich vor, als würde er sie einfach so ersetzen.

Außerdem war es Wahnsinn, dass er sein Herz an jemanden verschenkte, den er gerade mal vier Wochen kannte. Das konnte nicht echt sein, das waren Hirngespinste und würde nicht gut gehen.

Diese widerstreitenden Gefühle hatten ihn schon letzte Nacht am Schlafen gehindert. Hoffentlich legte sich die erste Begeisterung bald, damit er Ruhe fand. Warum nur beschäftigten ihn pausenlos irgendwelche Dinge und hielten ihn wach? Vor Rubys Tod hatte er niemals Probleme mit dem Einschlafen. Sie kuschelte sich an ihn und im nächsten Moment schlief er wie ein Baby bis zum Klingeln des Weckers. Allerdings gab es früher auch selten Themen, die ihn belasteten. Falls da etwas war, redete er mit Ruby darüber. Sie nahm allem und jedem den Schrecken. Nichts widerstand ihrem Geist und ihrem Wesen. Nach einem Gespräch mit ihr war jedes Problem nur noch winzig klein.

Auch das erinnerte ihn an seine neue Mitarbeiterin. Sie hatte ebenfalls das Talent, keinerlei Komplikationen zu sehen. Bei ihr ging es nur darum, auf welche Art man eine Lösung herbeiführen konnte. Aber Frau Schiller konnte er in diesem Fall ja schlecht fragen. Ihm blieb wohl nichts anderes übrig, als allein damit klarzukommen.

Kräftig schüttelte er seinen Kopf. Er musste endlich auf andere Gedanken kommen. Kurzentschlossen griff er nach dem großen Karton, der ganz oben auf dem Regal im Büro stand. Darin befanden sich Bücher, die Ruby bestellt hatte und noch einsortieren wollte. Mit den Händen hoch über dem Kopf zog er an der Kiste. Sie rutschte ihm entgegen, blieb dann aber hängen. Er zog kräftiger und mit einem lauten Knirschen löste sich der Dübel aus der Wand, mit dem das Büchergestell befestigt war. Das gesamte Regal kippte ihm entgegen, während er mit beiden Händen den schweren Karton hielt. Shit!

»Julia! Julia! Hilfe! Komm mal schnell!«

Sofort hörte er Schritte und im nächsten Moment stand Frau Schiller in der Tür.

»Auweia, was haben Sie denn vor?« Grinsend ging sie ihm zur Hand und bald hatten sie die Bücher auf dem Boden und das Regal wieder an der Wand.

»Danke, ich … ähm … Du … Sie«, stammelte Nick. Ihm war gerade erst bewusst geworden, dass er Frau Schiller unabsichtlich geduzt hatte. Sein Kopf fühlte sich an, als würde er knallrot leuchten.

Die junge Frau lachte. »Machen Sie sich keine Gedanken. Sie können gerne Julia und du sagen.«

»Hm, ich weiß nicht recht, ob das eine gute Idee ist.« Wollte er noch mehr Nähe zulassen? Dann schüttelte er augenrollend den Kopf.

»Oje, ich höre mich schon an wie mein blöder Vorgesetzter in der alten Firma. Entschuldige bitte. Lass uns einfach Du sagen. Ich bin Nick.«

In diesem Moment kam er sich sehr dämlich vor, stimmte aber dann doch in ihr Lachen ein.

»Meiner Meinung nach habe ich das ›Du‹ verdient, nachdem ich dich gerade aus höchster Not gerettet habe!« Herausfordernd blickte sie ihn an.

»Stimmt, du hast dir eigentlich sogar noch viel mehr verdient.«

Julia grinste. »Du kannst mich ja zum Essen einladen.«

»Na klar, das mache ich gerne.«

Am liebsten hätte sich Nick auf die Zunge gebissen. Wie sollte er Abstand gewinnen, wenn er sich selbst in solche Situationen brachte? Warum hatte er sich in Julias Nähe nicht im Griff?

»Das freut mich. Morgen Abend?« Wieder dieser hinreißende Blick, frech, aber auch liebevoll und freundlich.

Sie hatte ihn festgenagelt, und er war selbst schuld daran.

»Morgen Abend! Aber nur, wenn ich einen Babysitter finde.«

»Na klar«, antwortete sie. »Die Kinder gehen vor.«

Der Rest des Tages war für ihn ein Wechselbad der Gefühle. Freude und Herzklopfen, weil Julia und er sich nähergekommen waren und sich verabredet hatten. Verzweiflung und Wut auf sich selbst wegen des Verrats an Ruby. Auf der Fahrt zum Kindergarten sang er lauthals die Lieder aus dem Radio mit, keine Stunde später blaffte er einen alten Mann an, weil er nicht zügig genug über den Zebrastreifen lief. So ging es mit der Stimmung den ganzen Tag von einem Extrem ins andere.

In einer guten Phase rief er Hannah an und fragte, ob sie am morgigen Abend auf die Kinder aufpassen könne. In einem schlechten Moment hätte er am liebsten alles abgesagt.

Selten war ein Tag für Nick so unvorstellbar anstrengend gewesen. Auf nichts konnte er sich konzentrieren und musste höllisch aufpassen, dass er die miese Laune nicht an den Kunden oder den Zwillingen ausließ. Glücklicherweise ging auch dieser Tag vorbei und Nick war unendlich froh, als die Kinder im Bett lagen und er endlich in seinem Sessel saß. Seine Versuche, im Buch voranzukommen, waren jedoch nicht von Erfolg gekrönt. Nach nur wenigen Zeilen schweiften seine Gedanken entweder zu Ruby oder zu Julia. Am Ende einer Seite wusste er nicht, was er eben erst gelesen hatte. Missmutig legte er das Buch beiseite, machte sich bettfertig und kuschelte sich in seine Kissen.

35

Rubys Tag war eine ähnliche Gefühlsachterbahn wie Nicks. Sie hatte vorgehabt, den ganzen Tag im Laden zu verbringen. Ein Bauchgefühl hatte ihr jedoch geraten, bei den Mädels vorbeizuschauen. Bereits zu Lebzeiten hatte sie diese Eingebungen nie missachtet. Schon immer war sie der Meinung, dass man sich auf die Intuition besser verlassen konnte als auf den Verstand. Mehr als einmal hatte sich dieser Weg als der richtige herausgestellt. So auch diesmal.

Wegen des schönen warmen Wetters waren die Kinder schon früh morgens draußen und spielten im Garten der Anlage. Alle lachten und waren vergnügt. Und trotzdem hatte Ruby das Gefühl, dass etwas nicht stimmte. Sie blickte sich um und sah ihre Mädchen beim Versteckspiel. Zusammen mit ein paar anderen Kindern alberten sie herum. Lilli war die nächste, die suchen musste. Mit geschlossenen Augen lehnte sie sich an die große Eiche, die wegen des geringen Niederschlags trocken und spröde wirkte, und begann zu zählen.

Ruby spürte eigenartige Schwingungen, als sie den Baum betrachtete. Lilli war inzwischen fertig mit Zählen und stand unschlüssig unter einem dicken Ast. Der Ast! Der recht böige Wind schüttelte ihn und mit jeder Bewegung gab er ein leises Knarren von sich. Als eine besonders kräftige Böe über das Gelände wehte, knackte es laut. Ohne nachzudenken, warf sich Ruby gegen Lilli, die ein gutes Stück nach vorn stolperte und ins Gras fiel. Knapp hinter ihr krachte der schwere Ast polternd auf den Boden.

Schreie erklangen und Kinder und Erzieherinnen kamen angelaufen.

»Ist dir etwas passiert, Lilli?«, fragte Frau Hansen mit schriller Stimme. Ihr Blick huschte stetig vom Ast zu dem am Boden liegenden Mädchen und wieder zurück.

»Nein, ich bin nur gestolpert. Der Ast hat mich nicht berührt.«

Die Erzieherin half Lilli auf und umarmte sie. »Da hast du aber einen guten Schutzengel gehabt.«

»Mami«, flüsterte Ronja neben ihr.

Sofort kam der Hausmeister und sperrte den Bereich um den Baum ab. Lilli hatte ihren Schrecken schnell überwunden und setzte das Spiel fort. Erleichtert machte sich Ruby auf den Weg ins Buchstübchen.

Dort erlebte sie mit großer Freude mit, wie sich Nick und Frau Schiller näherkamen. Seitdem spürte sie in jeder Sekunde Nicks inneren Kampf. Der Verstand, der ihm sagte, dass es nicht in Ordnung war, so schnell eine andere Frau zu mögen. Das Herz, das ihm zeigte, dass Julia möglicherweise die Richtige für ihn war.

Schon lange hatte sie das Gefühl, dass sich die beiden mehr mochten, als es in einem Arbeitsverhältnis üblich war. Anfangs war sie darüber nicht sehr glücklich gewesen. Große Eifersucht hatte sich in ihr ausgebreitet und sie hatte ernsthaft darüber nachgedacht, was sie gegen diese aufkeimenden Gefühle tun konnte. Nach und nach hatte sich aber ihr Verstand durchgesetzt. Sie war tot und konnte ihren Lieben nicht die Nähe und Zuneigung schenken, die sie benötigten. Es war ihr größtes Bedürfnis, dass es Nick und den Zwillingen gut ging.

Nick brauchte über kurz oder lang eine Partnerin und die Mädchen eine Mutter. Eifersucht war hier fehl am Platz.

Bald war Ruby die junge Frau immer mehr ans Herz gewachsen. Ihre ruhige und trotzdem offene und unbekümmerte Art gefiel ihr. Ihre Begeisterung für Bücher und Autoren machte sie glücklich. Es wäre großartig, wenn Nick eine so wundervolle Frau finden würde. Ruby hatte Julia mit den Kindern beobachtet und auch die Zwillinge mochten die neue Mitarbeiterin von ganzem Herzen.

Eigentlich war alles perfekt, wäre da nur nicht Nicks festgefahrener Verstand, seine pausenlosen Gedanken und die Tatsache, dass er der totale Kopfmensch war.

Immer, wenn bei ihr das Gefühl aufkam, dass er es endlich kapiert hatte, sah sie, wie sich seine Augen verdunkelten und er sich selbst Vorwürfe machte, weil es diese Nähe zugelassen hatte. Am liebsten würde sie ihm ins Gesicht schreien, dass es in Ordnung war.

Doch sie hatte einen Plan gefasst. In dieser Nacht würde sie versuchen, ihm zu zeigen, dass sie nichts dagegen hatte, wenn sich zwischen ihm und Julia eine Liebesbeziehung entwickeln würde.

Wie schon in der letzten Nacht lag Nick lange wach und wälzte sich von einer Seite zur anderen. Ruby jedoch musste darauf warten, dass er einschlief. Wie damals wollte sie ihm im Traum erscheinen. Doch diesmal war ihr Unterfangen um einiges komplizierter.

Es war bereits nach Mitternacht, als Nicks Augen zufielen und sein Atem ruhiger wurde. Ruby wartete noch zwanzig Minuten, um sicher zu sein, dass er richtig eingeschlafen war. Ihre Meditationstechnik brachte sie in einen hochkonzentrierten Zustand. Anschließend tauchte sie in den Kopf ihres Mannes ein. So wie es aussah, träumte er noch nicht. Das erleichterte die Sache für Ruby. Sie stellte sich vor, dass sie vor einer leeren Leinwand stand, die sie bemalen musste. Als Erstes fokussierte sie ihre Gedanken auf das Buchstübchen. Langsam materialisierten sich aus der Dunkelheit Regale und

Bücher, die Lampen gingen an und sorgten für ein goldgelbes Licht.

Ob Nick das in seinem Traum nun ebenfalls sah? Hoffentlich! Leider gab es kein YouTube-Tutorial, in dem gezeigt wird, wie man jemand anderem einen Traum einpflanzt. Es blieb ihr nichts anderes übrig, als sich auf ihre Intuition zu verlassen.

Als Nächstes dachte sie fest an Julia. Erst verschwommen und durchschimmernd, dann immer realistischer erschien die junge Frau. Ruby hatte ihr einen kurzen Rock verpasst, der ihre Beine besonders zur Geltung brachten. Julia stand vor einem der Regale und ordnete die Bücher.

Und nun? Musste sie sich auch Nick in dieser Umgebung vorstellen oder würde er von sich aus eintreten, um am Traum teilzunehmen? War er im Moment ein Zuschauer, der von außen auf die Situation schaute?

Kaum hatte sie begonnen, über diese Fragen nachzudenken, als die Gestalt Nicks erschien. Verloren stand er in einiger Entfernung zu Julia und sah sie an. Wie im echten Leben konnte Ruby auch hier die widerstreitenden Gefühle in ihm erkennen.

Ein letzter Blick, alles war so, wie sie es sich erhofft hatte. Jetzt konzentrierte sie sich darauf, selbst ins Bild zu treten. Sie spürte, wie sie aus ihrem Engelszustand zu ihrer alten Gestalt wechselte. Langsam bewegte sie Arme und Beine, drehte den Kopf zur Seite und blinzelte mit den Augen. Es war schön, wieder einen Körper zu besitzen, aber auch ungewohnt.

»Ruby!« Nicks Stimme hallte durch den Raum. Strahlend trat er auf sie zu. »Was machst du hier?«

Lächelnd nahm sie seine Hand. »Ich möchte dir etwas zeigen, mein Liebling.«

Langsam zog sie ihn zum Bücherregal, vor dem Julia stand. Auch sie hatte sich umgedreht und beobachtete neugierig die Situation.

Ruby stellte sich auf die Zehenspitzen und schaute ihrem Geliebten tief in die Augen.

»Ich liebe dich mehr als alles andere auf dieser Welt. Das weißt du. Aber ich kann nicht so bei dir sein, wie wir es uns wünschen. Trotzdem möchte ich, dass du glücklich bist.« Zärtlich küsste sie ihn auf den Mund. Dann nahm sie Julias Hand und legte sie in Nicks.

»Es ist okay«, hauchte sie. Erneut konzentrierte sie sich und entschwand in ihre Engelsgestalt.

Nicks Gesichtsausdruck war eine Mischung aus Schmerz und Freude. Dann wandte er seinen Blick Julia zu, die ihn erwartungsvoll anschaute. Seine Gesichtszüge entspannten sich und er lächelte seine Mitarbeiterin an.

Ruby nahm all ihre Kraft zusammen und verließ den Traum.

36

»Ruby!« Nick schreckte aus dem Schlaf auf. Aufrecht im Bett sitzend versuchte er, sich zu orientieren. Wo war er? Sein Atem ging stoßweise und sein Herz raste. Erst langsam beruhigte er sich wieder. Wie in dem Traum letztens war ihm alles so real vorgekommen, als wäre Ruby wirklich anwesend.

An jedes kleine Detail konnte er sich erinnern. Sie hatte das traumhaft rote Kleid getragen, das er so mochte. Ihre Augen hatten wie Sterne geleuchtet und ihre Berührung war wie eine elektrische Ladung gewesen.

War es möglich, dass Ruby tatsächlich auf ihn aufpasste, ihm in der Not zur Seite stand und ihm den Weg wies? Bereits zum zweiten Mal war sie genau dann im Traum erschienen, als ihm die Schlaflosigkeit zu schaffen machte und die Tage zur Qual wurden. Er erinnerte sich an seinen Beinahe-Unfall. Und was hatte die Erzieherin ihm heute erzählt? Lilli hätte einen besonderen Schutzengel gehabt.

»Ruby«, flüsterte er und Tränen liefen über seine Wangen. Wie sehr er sie vermisste. Selbst im Tod war sie noch bei ihm und war für ihn da.

Nicks Gedanken wanderten zurück zum Traum. Wollte Ruby ihm sagen, dass es in Ordnung war, wenn er Julia näherkam? Wie hatte sie sich ausgedrückt? Es ist okay! Ein Gefühl der Leichtigkeit breitete sich in ihm aus. Das schlechte Gewissen war wie weggeblasen. Konnte er es wagen, sich auf Julia einzulassen? Wobei er ja nicht einmal wusste, ob die junge Frau überhaupt Interesse an ihm hatte. Aber das würde er auf sich zukommen lassen. Im Moment war es am wichtigsten, dass er sich nicht mehr schlecht fühlen musste und die gemeinsame Zeit im Laden genießen durfte. Ob als gute Kollegen, Freunde oder sogar mehr.

Mit einem Lächeln auf den Lippen drehte er sich zur Seite und schlief sofort ein.

Das Klingeln des Telefons riss ihn aus dem Schlaf. Wie betrunken torkelte er im Dunkeln durchs Zimmer in den Flur. Wer mochte das sein? Welcher Idiot rief mitten in der Nacht an? Gähnend schaute er auf das Leuchtziffernblatt seiner Uhr. Kurz vor fünf.

Endlich hatte er die Ladestation des Telefons erreicht. Er griff nach dem Mobilteil und benötigte drei Versuche, um das Gespräch anzunehmen. »Lessing«, brummte er in den Hörer.

»Hier ist Kommissar Huber. Entschuldigen Sie die Störung, aber ich stehe gerade in Ihrem Laden. Es wurde eingebrochen.«

Mit einem Schlag war Nick hellwach. Ein Einbruch? In einen Bücherladen?

»Herr Kommissar? Ich versuche, jemanden zu finden, der auf die Kinder aufpasst. Dann komme ich sofort.«

Scheiße! Das auch noch! Was sollte er nur tun? Wieder einmal blieb nur Hannah. Inzwischen hatte er ein schlechtes Gewissen seiner Nachbarin gegenüber. Zwar hatte sie ihm angeboten zu helfen, aber sie um fünf Uhr morgens aus dem Bett zu klingeln, war hart an der Grenze des Erträglichen.

Leider gab es keine Alternative. Unglücklich über die Situation und mit vor Müdigkeit tränenden Augen wählte er ihre Nummer.

»Ja?«, kam es nach dem zehnten Klingeln grummelig aus dem Hörer. »Wenn du keinen wirklich guten Grund hast, mich zu dieser Zeit aus dem Bett zu schmeißen, schlage ich dir vor, schnellstmöglich den Kontinent zu verlassen. Solltest du mir nämlich zwischen die Finger kommen, gibt es einen Mord!«

»Im Laden wurde eingebrochen. Die Polizei hat gerade angerufen. Der Kommissar wartet auf mich.«

»Na gut«, knurrte Hannah. »Das ist ein halbwegs triftiger Grund. Jetzt habe ich aber was gut bei dir!«

»Alles, was du willst«, entgegnete Nick.

»Sag das nicht zu laut!« Sie seufzte. »Ich bin in fünf Minuten drüben.«

Kurze Zeit später klopfte es leise an der Tür. Nick ließ Hannah hinein. Finster schaute sie ihn an und setzte ihm den Finger auf die Brust. »Das machst du wieder gut!« Ohne ein weiteres Wort verschwand sie im Wohnzimmer und legte sich aufs Sofa.

Vor dem Laden hielten zwei Polizeiwagen. Huber stand auf der Straße und rauchte eine Zigarette. »Ich rauche nur nachts. Zumindest eine kleine Freude, wenn man schon zu dieser unbarmherzigen Zeit arbeiten muss.«

»Hallo Herr Kommissar! Was ist geschehen? Warum bricht jemand in einen Buchladen ein? Haben Sie ihn geschnappt?« Nick war total aufgedreht. Das Adrenalin hatte ihn aufgeputscht und er wollte Ergebnisse sehen.

»Langsam mit den alten Pferden«, brummte Huber. »Lassen Sie uns hineingehen. Es ist doch ziemlich frisch hier draußen. Außerdem könnten Sie mir einen Kaffee anbieten.«

Ein paar Minuten später saßen sie jeder mit einer dampfenden Tasse in der Hand auf dem Sofa.

»Gegen halb fünf rief eine Anwohnerin bei uns an. Sie war gerade auf dem Weg zu ihrer Frühschicht in der Bäckerei und sah eine Taschenlampe durch Ihren Laden huschen. Glücklicherweise kam ihr das suspekt vor und sie meldete den

Einbruch bei unserer Nachtschicht. Leider waren die Jungs so dämlich und fuhren mit Martinshorn und Blaulicht vor. Der Einbrecher hatte in der Zwischenzeit das Weite gesucht.«

»Was hat er gestohlen? Ich habe nie viel Geld in der Kasse. Die Computer hat er auch nicht mitgenommen.«

Der Kommissar schlürfte an seinem Kaffee. »Das ist das Verrückte an der Sache. Er hat sich Zutritt zum Keller verschafft.«

Nick zog die Augenbrauen hoch. »Zum Keller? Was wollte er denn im Keller? Dort gibt es nur altes Gerümpel.«

»Ich weiß es auch nicht.« Huber zuckte mit den Schultern. »Lassen Sie uns gemeinsam hinuntergehen. Vielleicht fällt Ihnen etwas auf. Die Kollegen müssten jeden Moment fertig sein.«

Erst einmal lehnte sich der Kommissar aber entspannt im Sessel zurück. »Wie schade, dass es noch keinen Kuchen gibt.«

Zwanzig Minuten später stiegen sie die Treppe zum Keller hinab.

»Das Regal dort hinten stand vorher an der Wand. Es wurde nach vorn gezogen«, erklärte Nick. »Ansonsten sieht alles so chaotisch aus wie immer. Falls es hier wertvolle Gegenstände gab, dann werden wir sie nicht vermissen.«

»Möglicherweise hat er auch nicht bekommen, was er gesucht hat, und kommt wieder. Ich rate Ihnen, sich eine Alarmanlage einbauen zu lassen.« Er gab Nick eine Karte. »Rufen Sie meinen alten Freund Paolo an. Er wird Ihnen weiterhelfen.«

Der Kommissar grunzte vergnügt. »War früher mal Kunde von mir. Hat vier Jahre gesessen und sich dann in der Sicherheitsbranche selbstständig gemacht. Grüßen Sie ihn von mir.«

Als schließlich alle Polizisten den Laden verlassen hatten, war es kurz vor sieben. Na toll, dachte Nick. Und nun? Kurzerhand zog er die Schuhe aus, legte sich aufs Sofa und machte die Augen zu. Schlafen würde er wohl nicht, dafür war er viel zu aufgedreht.

Trotzdem fuhr er erschrocken aus dem Schlummer, als die Türglocke bimmelte und Julia mit Frau Müller eintrat.

»Was ist denn mit dir passiert?«, prustete seine Mitarbeiterin los.

»Was soll schon los sein? Ich bin wohl eingenickt«, erwiderte er ungehalten. Morgens gleich ausgelacht zu werden, fand er nicht so lustig.

»Wie passend, dass du noch deinen Schlafanzug trägst. Einen Kamm könntest du auch gebrauchen.«

Nick schaute an sich hinab. Tatsächlich, er hatte nur eine Hose übergezogen und war mit seinem Pyjama-Oberteil in den Laden gefahren. Warum hatte Huber nichts gesagt?

Frau Müller schüttelte nur den Kopf und baute einen köstlich duftenden Puddingstreusel auf.

»Jetzt erzähl mal, was ist los?« Julias Stimme war nun ernst.

Er seufzte und fuhr sich mit der Hand durch die Haare. »Jemand ist hier heute Nacht eingebrochen. Ein Passant hat es gesehen und die Polizei gerufen. Die hat mich gegen fünf aus dem Bett geklingelt.«

Die junge Frau riss die Augen auf. »Eingebrochen? Hier? Was haben sie mitgenommen?«

»Nichts, zumindest ist mir nichts aufgefallen. Anscheinend wollten sie in den Keller.« Nick zuckte mit den Schultern. »Mehr weiß ich auch nicht.«

»Was ist mit den Kindern? Wer passt auf die beiden auf?«

»Meine Nachbarin Hannah ist bei ihnen. Die Arme, ich habe sie unsanft aus dem Schlaf gerissen.«

Julia setzte sich neben ihn aufs Sofa. Sie legte ihre Hand auf sein Bein und Nick wurde es ganz schwummrig.

»Wie fühlst du dich? Ist alles okay bei dir? Wenn du unser Essen heute Abend ausfallen lassen willst, verstehe ich das.«

Behutsam legte er seine Hand auf ihre und lächelte sie an. »Mir geht es gut, bin nur ziemlich müde und verpeilt.« Er zeigte auf sein Oberteil. »Ich möchte heute Abend sehr gerne mit dir essen gehen.«

Julias Gesicht hellte sich auf. Sie strahlte wie die Sonne.

»Allerdings würde ich jetzt gerne kurz nach Hause fahren, um mich frisch zu machen und etwas Anständiges anzuziehen.

Ich kläre dann mit Hannah, ob sie trotz der zerstörten Nacht heute Abend auf die Kinder aufpasst.«

»Ich drücke uns ganz fest die Daumen.«

37

Ruby hatte alle Hände voll zu tun, um überall nach dem Rechten sehen zu können. Sie war so stolz, dass sie es geschafft hatte, Nick einen Traum einzupflanzen. In Gedanken bei diesem schönen Moment hatte sie anschließend mit einer Meditation begonnen. Wie ihr Mann wurde auch sie durch den Telefonanruf aus ihrer Entspannung aufgeschreckt. Ein Einbruch im Laden? Unfassbar. Natürlich musste sie alles darüber erfahren. Und ebenso selbstverständlich wollte sie bei den Kindern bleiben, die ohne ihren Vater allein zu Hause waren. Na ja, nicht ganz allein, sondern mit Hannah, aber trotzdem wollte sie sichergehen, dass alles gut ablief.

So kam es, dass sie zwischen fünf und acht Uhr mindestens ein Dutzend Mal ihren Standort wechselte. Hannah hatte es geschafft, innerhalb von Sekunden auf dem Sofa einzuschlafen, was Ruby extrem beeindruckte. Wenn sie selbst mitten in der Nacht ins Nachbarhaus gescheucht worden wäre, nachdem sie aus dem Schlaf gerissen wurde, hätte sie nicht mehr schlafen können. Sie wäre viel zu aufgedreht.

Als Lilli und Ronja ins Wohnzimmer kamen, pennte ihr Kindermädchen noch tief und fest. Die beiden staunten nicht schlecht, als sie das leere Bett ihres Papas sahen und stattdessen die sabbernde Nachbarin auf dem Sofa lag. Wie üblich fingen sie sich schnell und sorgten für ein äußerst belebendes Weckerlebnis. Im Vergleich zu dem Sturm, den sie im Wohnzimmer entfachten, war Nicks Wachklingeln in der Nacht nur ein laues Lüftchen. Obwohl Hannah vollkommen durch den Wind war, schaffte sie es, die Zwillinge halbwegs pünktlich fertig zu machen und zum Kindergarten zu bringen.

Der Einbruch hatte Ruby verwirrt. Zuerst hatte sie vermutet, dass jemand versuchte, Nick Angst einzujagen, damit er den Laden verkauft. Aber in dem Fall würde man wohl eher ein paar Randalierer schicken, welche die Einrichtung zerstörten oder vielleicht die Fassade beschmierten. Ein Einbruch hätte nicht diese Wirkung. Insbesondere nicht, wenn man in den Rumpelkeller einbricht. Überhaupt war es vollkommen idiotisch, in den Keller einzusteigen. Oben gab es immerhin ein bisschen Geld und die Computer. Unten hingegen nur ollen Kram und alte Bücher, die niemand haben wollte. Zweimal hatte sie sich ausführlich im Keller umgeschaut, aber nichts entdeckt, was für einen Dieb von Interesse sein konnte. In einem der Räume war sie sogar durch die Wand geschwebt, nur um sich mitten in Schutt und Dreck wiederzufinden. Ob sich die Einbrecher im Haus vertan hatten? Momentan konnten weder sie noch Nick etwas tun oder herausfinden. Also hieß es Abwarten.

Der Morgen war ansonsten sehr lustig. Der Anblick, als Julia und Frau Müller Nick auf dem Sofa geweckt hatten und er mit zerzausten Haaren und halb im Schlafanzug vor ihnen stand, war ein Bild für die Götter gewesen.

Trotz der Situation hatte Ruby gleich gemerkt, dass sich Nicks Verhalten Julia gegenüber verändert hatte. Er war viel aufgeschlossener gewesen und hatte im Anschluss kein schlechtes Gewissen gehabt. Das machte ihr Hoffnung für das heutige Abendessen.

Ruby hatte befürchtet, dass Hannah nach dem anstrengenden Morgen keine Lust auf den Abend mit den Kindern hätte.

Stattdessen hatte sie aber nur die Mundwinkel verzogen und Nick mitgeteilt, dass er sie am folgenden Abend zu einem Glas Wein einzuladen habe. Um halb acht solle er sie erwarten. Nick hatte nur zu gerne eingewilligt und sich dadurch Zeit für das Essen mit Julia erkauft.

Es war lustig, mitanzusehen, wie er sich auf den Abend freute. Anders als angekündigt, war er trotz Pyjama erst am Nachmittag nach Hause gefahren, um sich ein wenig frisch zu machen. Das ›ein wenig frisch machen‹ bestand aus einer Dusche, Unmengen an Deo, einer ordentlichen Rasur und entschieden zu viel Gel in seinen Haaren. Vergnügt pfeifend stylte er sich vor dem Spiegel und tanzte durch das Haus. Ruby hatte ihren Mann lange nicht mehr so gut gelaunt gesehen und genoss es sehr.

Auch wenn sie ihre Einwilligung zum Date gegeben hatte und als Schutzengel jederzeit bei ihren Lieben sein sollte, hatte sie trotzdem ein schlechtes Gewissen, heute Abend dabei zu sein. Sie kam sich vor wie eine Voyeurin oder Spionin. Als würde sie etwas beobachten, was nicht für ihre Augen bestimmt war. Außerdem war sie sich sicher, dass ihr der Abend wehtun würde. Obwohl es das Beste für Nick war, war es eine andere Frau, die mit ihm ausgehen, lachen und tanzen würde. Sie selbst konnte nur zusehen und sich an bessere Zeiten zurückerinnern. Zeiten, in denen sie der Grund war, dass er unter der Dusche gesungen hatte.

Innerlich seufzte sie. Immer häufiger verspürte sie eine unbeschreibliche Sehnsucht, ihre Lieben in den Arm zu nehmen, mit ihnen zu reden und den Tag zu erleben. Immer schwerer fiel es ihr, nur ruhig und unsichtbar in der Luft zu schweben, unbeachtet von der Familie. Immer größer wurde die Leere, die sich in ihr ausbreitete. War dies das Los eines Schutzengels? Nirgendwo dazuzugehören? Weder bei den Toten noch bei den Lebenden? Dabei zu sein, aber doch nicht mittendrin?

Schnell verdrängte Ruby diese unschönen Gedanken. Es war ihr Job, das Beste für die Familie herauszuholen und genau darum ging es heute Abend! So gut es ihr möglich war, würde sie ihrem Mann beistehen.

Hannah hatte Nicks Zwischenstopp genutzt, um kurz zu Hause vorbeizuschauen. Als sie zurückkam, beäugte sie ihn skeptisch.

»Du hast ja ganz schön viel Rasierwasser aufgetragen. Was liegt denn an?«

Nick wurde rot. »Ähm«, stotterte er. »Ist ein Geschäftsessen.«

Ihr Blick durchbohrte ihn, Ruby amüsierte sich köstlich. »Aha, ein Geschäftsessen. Nun denn! Dann wünsche ich dir erfolgreiche Geschäfte!« Ihre Stimme war Zynismus pur. Das konnte noch spaßig werden, falls das mit Julia eine ernste Sache wurde.

Schnell küsste er die Zwillinge und machte sich auf den Weg ins Restaurant, einem gemütlichen Italiener in der Innenstadt. Ruby wusste, dass Nick italienisches Essen liebte, aber es wunderte sie nicht, dass er nicht in dem Lokal reserviert hatte, in dem er mit Frau Siebert gewesen war. Diese Episode wollte er wohl schnellstmöglich vergessen.

Julia war schon dort, als Nick vorfuhr. Wow, dachte Ruby. Ein kurzes blau-gelbes Sommerkleid, das ihr fantastisch stand, dazu schicke Sandalen. Sie sah wahnsinnig hübsch aus, aber nicht übertrieben sexy. Ihr gefiel das. So ähnlich hätte sie sich auch für ein solches Date zurechtgemacht. Lächelnd ging Julia Nick entgegen, umarmte ihn und gab ihm einen flüchtigen Kuss auf die Wange. Verschmitzt grinste sie, als er knallrot wurde.

Unbeholfen setzten sie sich gegenüber an einen Tisch am Fenster. Ruby machte es sich zwischen den beiden gemütlich und lauschte angeregt ihrer Unterhaltung. Obwohl Julia immer etwas schüchtern wirkte, war sie sehr souverän und ließ den übernervösen Nick mitunter ziemlich alt aussehen. Allerdings ritt sie nicht darauf herum, sodass auch Nicks Selbstbewusstsein langsam in Erscheinung treten konnte und es für beide ein lustiger Abend wurde. Nach einer leckeren Riesen-Pizza Hawaii, die sie sich geteilt hatten, lenkte die junge Frau das Gespräch auf den heutigen Einbruch.

»Hast du inzwischen eine Idee, warum der Einbrecher in den Keller wollte?«

Nick schüttelte den Kopf. »Nein, keine Ahnung. Ich war bestimmt schon tausend Mal in diesem Keller, aber mir ist nie etwas aufgefallen, was einen Wert haben könnte.«

»Das ist ja total verrückt. Vielleicht war es nur ein Liebhaber alter Gemäuer.« Julia lachte.

»Davon scheint es einige zu geben.« Nick verzog den Mund, als hätte er auf eine Zitrone gebissen. »Letztens hat sich so eine Tussi an mich herangemacht. Die wollte auch unseren Keller besichtigen.«

»Glaubst du, dass sie das war?«

Ruby horchte auf. Auf diese Idee war sie noch gar nicht gekommen. War es Frau Siebert gewesen, die ganz in Ruhe eine weitere Untersuchung des Kellers vornehmen wollte?

Auch für Nick schien dieser Gedanke neu zu sein. Jedenfalls riss er die Augen auf und setzte sich aufrecht hin.

»Du könntest recht haben. Zwei unterschiedliche Personen mit Interesse an diesem Keller wären schon ein großer Zufall.«

Er grinste. »Falls der Einbrecher oder die Einbrecherin noch einen Versuch startet, werden wir es erfahren.«

Nick hatte heute Nachmittag prompt reagiert und Hubers alten Freund Paolo angerufen. Nachdem der Name des Kommissars gefallen war, hatte es keine halbe Stunde gedauert und ein kleiner drahtiger Mann mit südeuropäischem Aussehen hatte den Laden betreten. An mehreren Stellen hatte er unscheinbare Kameras und Bewegungsmelder angebracht. Nach Ladenschluss konnte Nick nun das Sicherheitssystem aktivieren, das bei einem Einbruch einen stillen Alarm bei der Polizei auslöste und mit hochempfindlichen Linsen jeden Eindringling aufnehmen würde.

Eine Weile plauderten die beiden über Gott und die Welt. Als Julia auf ihre Armbanduhr schaute, weiteten sich ihre Augen. »Oh, schon so spät? Vielleicht sollten wir den schönen Abend jetzt beschließen und ein anderes Mal weiterführen.« Sie zückte den Geldbeutel.

Nick schüttelte vehement mit dem Kopf und legte seine Hände auf ihre. »Nein, bitte lass mich zahlen. Du tust schon so viel für mich. Ich bezahle dir nur einen Bruchteil deiner geleisteten Stunden und trotzdem bist du jeden Tag so früh da und schmeißt den ganzen Laden. So kann ich mich zumindest ein winzig kleines bisschen erkenntlich zeigen. Ich bin dir unendlich dankbar!«

Nun war es Julia, die rot wurde. »Aber das mache ich doch gerne. Gleich im ersten Moment habe ich mich ins Buchstübchen verliebt. Dort fühle ich mich wie zu Hause. Ich möchte dir helfen, so viel Geld zu verdienen, dass du mich anständig bezahlen kannst.« Sie grinste. Nick grinste. Und Ruby grinste auch.

Vor der Tür des Lokals blieben sie stehen. Verunsichert schauten sich Nick und Julia an. Die beiden waren wirklich zu süß! So schüchtern und unbeholfen.

»Bis morgen!«, sagte Nick und breitete leicht die Arme aus.

»Bis morgen!«, antwortete Julia. Vorsichtig trat sie auf ihn zu und die beiden umarmten sich. Die junge Frau versuchte, wie beim Willkommensgruß, Nick auf die Wange zu küssen. Da dieser aber im selben Moment eine ähnliche Idee hatte, trafen Lippen auf Lippen. Beide hielten in der Bewegung inne, zögerten kurz und traten dann schnell einen Schritt zurück.

»Oh … äh …«, stotterte er. »Tut mir leid.«

Julias Augen huschten erschrocken von Nick zu ihren Füßen und wieder zurück. »Entschuldigung«, stammelte sie.

Peinlich berührt winkten sie sich zu und drehten sich in entgegengesetzte Richtungen um. Ruby sah, dass beide ein breites Lächeln auf den Lippen hatten.

Und obwohl sie sich wahnsinnig freute, tat es trotzdem weh.

38

Dümmlich grinsend lag Nick in seinem Bett. Der Abend mit Julia war fantastisch gewesen. Sie war eine wundervolle Frau, so bodenständig, höflich, begeisterungsfähig – und dazu noch wunderschön. Nicht auf eine aufdringliche Art und Weise, sondern ganz natürlich. Ihr Blick ließ sein Herz schneller schlagen und allein, sie anzuschauen, brachte ihn zum Lächeln. Nur Ruby hatte bislang solche Gefühle in ihm ausgelöst. Ein wenig erinnerte ihn Julia an seine Frau. Vielleicht fühlte er sich deshalb so zu ihr hingezogen.

Jedenfalls hatte ihm das Date mit ihr großen Spaß gemacht, auch der versehentliche Kuss hatte ihm vorzüglich gefallen. Auf dem Heimweg hatte er das Radio weit aufgedreht und die Songs, die er kannte, laut mitgegrölt.

Zu Hause angekommen, hatte Hannah ihn auf ihre unnachahmliche Weise begrüßt. Den Zeigefinger kräftig in seinen Bauch gebohrt, hatte sie ihn nur angeknurrt: »Morgen gehörst du mir!«

Dann war sie wortlos verschwunden.

Besonders gut kam er mit Hannahs Art immer noch nicht klar. Aber eines musste er zugeben: Mit ihr wurde es nie langweilig. Außerdem war sie zu hundert Prozent verlässlich.

Wieder lag er lange wach und konnte nicht schlafen. Diesmal waren es jedoch angenehme Gedanken, die ihn nicht zur Ruhe kommen ließen. Das war bei Weitem besser als diese schrecklichen Grübeleien, sodass er sich nicht darüber ärgerte. Ohne den Druck, unbedingt einschlafen zu wollen, fielen ihm bald die Augen zu und er träumte von Julia und Ruby, die gemeinsam den Buchladen betrieben und ihn beide immer wieder küssten.

Geweckt wurde er nicht vom Wecker, sondern von einem Erdbeben, das sein Bett durchschüttelte.

»Papa!«, schrien die zwei Mäuse und warfen sich auf Nick.

Die drei kuschelten ausgiebig und verzehrten dann gemeinsam ein leckeres Frühstück.

Heute Morgen stand nur Frau Molitor vor dem Laden. Ihr Kirschkuchen duftete verführerisch.

»Sie sind ein Engel, Frau Molitor! Ihre Freundinnen natürlich ebenfalls.«

»Wo ist denn Ihr Engel?«, fragte sie ihn.

Nick lachte. »Meinen Sie meine Mitarbeiterin? Ja, sie ist auch ein Engel. Passt perfekt ins Buchstübchen.«

»Und zu Ihnen!« Die alte Dame knuffte ihn in die Seite.

Verlegen lächelte er sie an. »Möglich. Ich vermute mal, dass sie heute später kommt. Normalerweise habe ich sie nur für mittags eingestellt.« Er zuckte mit den Schultern. »Die Arbeit gefällt ihr aber so gut, dass sie meist freiwillig früher kommt.«

Frau Molitor rollte mit den Augen. »Sie glauben wirklich, dass es die Arbeit ist, die ihr so gut gefällt?«

Wortlos drückte sie ihm das Kuchenblech in die Hand und verließ kopfschüttelnd den Laden.

Nachdenklich schaute Nick ihr hinterher. Ob sie recht hatte? Kam Julia gar nicht wegen des Buchstübchens und der Arbeit so früh und lange in den Laden? Kam sie etwa seinetwegen?

Nick blieb keine Zeit, tiefergehender darüber nachzudenken. Die Türglocke bimmelte und Herr Stahl kam wie ein Wirbelwind ins Buchstübchen gefegt. Im Gegensatz zu sonst hatte er seinen Lakaien diesmal vor der Tür stehen lassen.

»Einen schönen guten Morgen, Herr Lessing!«

Das strahlende, aber mit Sicherheit hochgradig falsche Lächeln machte Nick aggressiv.

»Was machen Sie denn heute hier? Wir haben doch gar nicht den ersten Mittwoch im Monat. Oder sind Sie wegen des leckeren Kuchens gekommen.«

»Der Kuchen duftet fantastisch!« Stahl zog tief die Luft ein. »Aber nein, ich bin hier, weil ich Sie an mein nobles Angebot erinnern möchte. Außerdem will ich Sie warnen.«

Nick versteifte sich. »Sie wollen mich warnen? Wovor?« Seine Stimme war kalt wie ein Eisberg.

Stahl ließ sich nicht beeindrucken und lächelte weiter. »Ich möchte Sie warnen, dass mein Angebot nicht ewig so großzügig sein wird. Verspielen Sie nicht diese günstige Gelegenheit.«

»Ich habe Ihnen bereits mehrmals erklärt, dass ich nicht die Absicht habe zu verkaufen. Nicht jetzt und nicht später. Selbst dann nicht, wenn Sie noch eine Viertelmillion obendrauf legen.« Das war natürlich gelogen. Würde Stahl sein Angebot abermals um eine ordentliche Summe erhöhen, würde Nick definitiv nachgeben.

Der Geschäftsmann ging aber nicht darauf ein. »Wie lange glauben Sie, dass Sie das noch durchhalten können? Denken Sie an Ihre Kinder. Was wird mit denen, wenn Sie bankrottgehen?«

»Lassen Sie meine Kinder aus dem Spiel!« Nick ballte die Fäuste. »Was wissen Sie schon darüber, wie es mir finanziell geht?«

Stahl lachte. »Ich weiß viel mehr über Sie, als Sie ahnen. Ich weiß genau, wie viel der Laden abwirft, wie hoch Ihre Hypotheken sind und welche Probleme Sie haben, seitdem Ihre Frau gestorben ist.«

Das Lächeln war verschwunden. Mit eiskalten Augen fixierte er Nick.

»In zehn Tagen werde ich Ihnen den nächsten Besuch abstatten. Dann erwarte ich eine Antwort. Und denken Sie dran, es kann immer noch schlimmer kommen. Was wäre, wenn plötzlich der Großhändler abspringt oder die Schulen ihre Bücher bei einem anderen Laden bestellen?«

Nick brachte kein Wort heraus. Mit einer solch unverhohlenen Drohung hatte er nicht gerechnet. Zitternd und mit verkrampften Fingern schaute er dem Geschäftsmann hinterher, als dieser ohne Abschiedsgruß den Laden verließ.

Als Julia eine knappe Stunde später das Buchstübchen betrat, war Nick immer noch angespannt. Stahls Besuch hatte ihn wütend gemacht und aus dem Konzept gebracht.

»Was ist passiert?«, fragte seine Mitarbeiterin sofort. »Alles okay mit dir?«

Mit geballten Fäusten und auf den Boden gerichtetem Blick erzählte er Julia von Stahl. »Seit mehr als einem Jahr bekommen wir regelmäßig Besuch von einem Geschäftsmann namens Franz Stahl.«

»Franz Stahl, der Baulöwe?«, unterbrach sie ihn. »Der ist ein ganz schön großer Fisch hier in der Stadt. Ihm gehören mehrere Einkaufszentren, Sport- und Freizeitanlagen. Und natürlich die hässlichen Wohnklötze, die man von überall sieht.«

»Ja, genau der. Seit einem Jahr kommt er einmal im Monat in den Laden und unterbreitet mir ein Angebot für das Buchstübchen. Er beabsichtigt, den gesamten Gebäudekomplex abzureißen und ein ultramodernes und potthässliches Einkaufszentrum bauen.« Nick seufzte. »Sein Angebot ist großzügig. Aber er versteht nicht, dass ich nicht veräußern werde. Heute hat er erstmals seine Maske aus aufgesetzter Freundlichkeit fallen lassen und mir gedroht.«

»Warum verkaufst du nicht, wenn das Angebot gut ist?«

Endlich schaute er Julia in die Augen. »Weil ich diesen Laden hier liebe. Alles daran erinnert mich an meine Ruby. Ich fühle mich hier wohl und die Arbeit macht mir einen Riesenspaß. Ich gebe zu, dass ich nicht so viel Ahnung von Büchern und Autoren habe, aber dafür verstehe ich etwas von der Beziehung zwischen Kunden und Geschäftsleuten. Und unsere Kunden sind die besten der Welt. Sie lieben das Buchstübchen und kommen hierher, weil sie sich wohlfühlen. Die Menschen, die uns regelmäßig besuchen, sind für mich wie eine Familie. Wie könnte ich das aufgeben? Ich glaube, du hast selbst erlebt, welche Wirkung der Laden auf einige Menschen hat. Er verzaubert sie und sie kommen immer wieder.«

Julia nickte.

»Außerdem möchte ich verhindern, dass unsere schöne Innenstadt von einem solchen Monstrum aus Glas und Stahl verschandelt wird.«

Die junge Frau schaute ihn mit besorgter Miene an. »Ich kann dich gut verstehen. Du hast recht, das Buchstübchen hat auch mich mit seinem Zauber gefangen. Vom ersten Moment an habe ich mich hier pudelwohl gefühlt. Aber ist es eine gute Idee, dich mit einem so mächtigen Mann anzulegen? Er ist nicht umsonst so wohlhabend und einflussreich geworden. Solche Menschen sind knallhart und skrupellos. Wenn er es auf dich abgesehen hat, macht er dich platt wie eine Flunder. Wie willst du gegen so jemanden bestehen?«

Nick ließ resigniert die Schultern sinken. »Ich weiß es nicht. Aber ich werde es zumindest versuchen.«

Liebevoll lächelte sie ihn an und nahm ihn fest in den Arm. Er genoss ihre Nähe und Wärme und fühlte sich gleich entspannt und gestärkt. »Dann lass uns mal den Laden schmeißen!«

Julia gab ihm Kraft und neue Motivation. Immer wenn seine Gedanken zu Stahls Besuch wanderten, schaute er zu seiner Mitarbeiterin und schon war der Ärger verflogen. Die Wirkung, die sie auf ihn hatte, war unglaublich. Wie früher bei Ruby. Auch sie hatte mit einem Lächeln seine aus den Fugen geratene Welt wieder in Ordnung gebracht. Immer deutlicher wurde Nick bewusst, dass er mehr für Julia empfand als nur kollegiale Freundschaft. Das Herzklopfen, das sie verursachte, die Wärme, die jeder Gedanke an sie erzeugte … all das konnte nur einen Grund haben. Er war verliebt.

Als Nick am Abend nach Hause fuhr, hatte er die Begegnung mit Stahl verdrängt. Er freute sich auf sein Sofa und ein leckeres Getränk, vielleicht einen Film schauen oder ein Buch lesen. Doch kaum lagen die Kinder im Bett und er entspannt auf der Couch, klingelte es. Genervt öffnete er die Tür.

»Hannah!«

Aufgedonnert wie zum Abschlussball und mit einer Sektflasche in der Hand stand seine Nachbarin vor ihm. Das äußerst knappe Kleid konnte den üppigen Busen gerade so halten und verdeckte kaum ihre braun gebrannten Oberschenkel.

Streng musterte sie ihn von Kopf bis Fuß. »Du hast doch nicht etwa unser Date vergessen?«

»Ähm«, stotterte Nick. »Nein, natürlich nicht. Ich habe gerade die Kinder ins Bett gebracht und wollte mich noch schnell frisch machen.«

Ihre Mundwinkel verzogen sich zu einem spöttischen Grinsen. »Du hast es vergessen!«

»Tut mir leid.«

Grinsend schob Hannah ihn ins Haus. »Egal! Du bist hier, ich bin hier. Mehr brauche ich nicht. Und Sekt habe ich dabei.«

Nick verzog sich in die Küche und suchte zwei Sektgläser und eine Flasche Wasser. Aus dem Wohnzimmerschrank holte er Gummibärchen und Chips. Vielleicht konnte er Hannah zu einem gemütlichen Filmabend überreden.

Leider hatte er die Rechnung ohne seine schöne Nachbarin gemacht. Anscheinend hatte sie schon vorher das ein oder andere Gläschen getrunken, denn sie war aufgedreht und sehr anschmiegsam. Hannah wollte trinken und reden und bei jedem Schluck rutschte sie näher an Nick heran. Ihr Gespräch drehte sich nur um allerlei belangloses Zeug und er hatte das Gefühl, dass ihr seine Antworten völlig egal waren.

Es dauert nicht lange und sie saßen zu zweit auf dem letzten Viertel des für drei Personen ausgerichteten Sofas. Hannah hatte sich an ihn herangekuschelt und schien auch kein Bedürfnis zu haben, jemals wieder auf Abstand zu gehen. Nick fühlte sich unwohl, wollte aber nicht unhöflich sein.

Hannah war eine sexy Frau mit einem anbetungswürdig knackigen Körper, doch zurzeit hatte er keinerlei Interesse an etwas anderem als Freundschaft. Als sie schließlich ihre Hand an seinem Oberschenkel hinaufgleiten ließ und ihm mit ordentlich Druck in den Schritt griff, war es genug.

Nick nahm ihre Hand und legte sie in ihren Schoß. »Nein!«, sagte er bestimmt. »Bitte nicht. Ich möchte das nicht.«

Anzüglich schaute sie ihn an. »Dein strammer Kerl da behauptet aber das Gegenteil.«

»Hannah, bitte. Du bist eine wundervolle Frau und ich mag dich sehr. Und ja, du hast recht. Da regt sich tatsächlich etwas. Trotzdem möchte ich das im Moment nicht.«

»Jetzt sag bloß nicht, dass es daran liegt, dass Rubys Tod erst wenige Tage her ist. Du weißt genau, dass Ruby nicht gewollt hätte, dass du allein bleibst.« Hannah schaute ihn ernst an.

»Es hat nichts mit Ruby zu tun«, erwiderte er.

Sie schnaufte und schüttelte leicht mit dem Kopf. »Dein Geschäftsessen?«

Nick riss die Augen weit auf. Diese Frau schien einen siebten Sinn zu haben. »Ja«, antwortete er leise. »Mein Geschäftsessen. Ich habe mich in Julia, meine neue Mitarbeiterin, verliebt. Sie ist Ruby so ähnlich. Sie ist bezaubernd und mein Herz sagt, dass sie die Richtige für mich ist.«

Hannahs Blick wurde weicher. »Wenn sie Ruby ähnlich ist, werde ich sie ebenfalls mögen. Du weißt, dass ich dir nur das Beste wünsche.«

Mit einem Mal packte sie ihn am Kragen seines Pullis und zog ihn nah an sich heran. Ihre Augen funkelten und ein diabolisches Grinsen zeigte sich auf ihren Lippen.

»Aber ganz egal, wer sie ist und wie sie ist. Eines Tages wirst du mir gehören und wir werden gemeinsam einen Höhepunkt nach dem nächsten erleben!«

Sie schubste ihn zurück in seine Sofa-Ecke. Nick schluckte. Nie wusste er, wann Hannah etwas ernst meinte und wann sie Spaß machte.

»Und jetzt such uns einen anständigen Film raus!«

39

Zum Glück war das Wochenende vorbei! Ruby war unbeschreiblich froh, dass der Kalender endlich Montag zeigte. Noch vor wenigen Tagen war sie dankbar gewesen, ihrem Mann und ihren Kindern beim Spielen oder Schlafen zuzuschauen. Jede Sekunde kam ihr vor wie ein Geschenk und sie war überglücklich. Es gab nichts auf der Welt, was sie mehr liebte als Nick und die Zwillinge. Und genau diese Liebe wurde immer mehr zu Rubys Problem. Sie wollte nicht nur zuschauen, sondern am Leben der dreien teilnehmen. Wollte sie umarmen und küssen, mit ihnen toben und kuscheln. Mit jedem einzelnen Tag wuchs das Verlangen nach ihrem echten Leben, nach dem Leben, das sie noch vor wenigen Tagen leben durfte. Die Sehnsucht, Nick, Ronja und Lilli zu berühren und in den Arm zu nehmen war unendlich groß und wurde mit jedem Augenblick stärker.

Verzweiflung breitete sich immer weiter in ihr aus, ein Gefühl von Hilflosigkeit, etwas unbedingt zu wollen, es aber nicht zu können. In manchen Momenten kamen ihr das Jenseits und eine Welt ohne Erinnerung gar nicht mehr so schrecklich vor.

Wie es wohl wäre, zu vergessen und den Rest der Tage in einem glücklichen Zustand zu verbringen? Der Gedanke wurde immer reizvoller und sie hatte kurz überlegt, ob sie sich einfach zum Wächter zurückbeamen konnte, um diese schmerzvolle Leere hinter sich zu lassen. Dann jedoch war ihr Blick auf Nick gefallen. Lachend spielte er mit den Zwillingen, doch sie wusste genau, dass ihm nicht nach Lachen zumute war. Zu viele Dinge beschäftigten ihn. Zu schwer lastete die Verantwortung auf ihm. Es war noch zu früh, um zu gehen. In einem solchen Zustand konnte sie ihre Familie nicht zurücklassen. Sie würde alles in ihrer Macht Stehende tun, um Nick von seinen Sorgen zu befreien.

Jedes Mal, wenn sie am Sonntag in Gefahr gelaufen war, in solch ein psychisches Loch zu rutschen, hatte sie sich an den Freitag erinnert. An Stahls Auftritt, der sie noch immer wütend machte und ihr deutlich vor Augen führte, dass sie eine große Aufgabe vor sich hatte. Noch lieber hatte sie sich Hannahs Anmachversuch am Abend ins Gedächtnis gerufen. Wie sie Nick beinahe verführt und in größte Bedrängnis gebracht hatte. Die Darbietung ihrer Freundin war hochgradig schamlos und unmoralisch gewesen, trotzdem hatte es ihr großen Spaß gemacht, dabei zuzuschauen. Ganz anders als bei dieser Siebert. Hätte Hannah Erfolg gehabt, wäre es für Ruby okay gewesen. Zwei Tage früher hätte sie Nick vermutlich herumgekriegt.

Trotz dieser wundervollen Erinnerung war sie erleichtert, dass Montag war und es wieder Aufgaben für sie gab. Regnerische Familienwochenenden waren völlig ungeeignet für Schutzengel.

Schon morgens früh erschien Ruby in Kommissar Hubers Büro. Heute sollte der Psychologe kommen, um ihren Todesfahrer zu verhören. Da sie nicht vorhatte, das Gespräch zu verpassen, wartete sie fast eine Stunde, bis Huber kurz vor neun Uhr das Büro betrat. In aller Gemütlichkeit kochte er sich einen Kaffee und packte dann ein paar Donuts aus, die er genüsslich verspeiste. Donuts? Mehr Klischee war kaum möglich. Ruby rollte mit den imaginären Augen.

Endlich hatte der Kommissar sein Frühstück beendet und schlenderte zum Büro seines Chefs.

»Ist Thomsen schon da?«, knurrte er ohne Begrüßung.

»Dr. Thomsen ist momentan in einer Besprechung mit Schmitt. Ich habe ihn gebeten, sich bei Ihnen zu melden, bevor er sich mit Ihrem Fall beschäftigt.«

Huber setzte sich wieder an seinen Schreibtisch und blätterte ein paar Akten durch. Da Ruby langweilig war, schaute sie ihm über die Schulter. Unfassbar, mit was für einem Quatsch sich Polizisten abgeben mussten. Denunzianten und Nachbarschaftsstreitigkeiten. Dafür wurden also die Staatsressourcen verschwendet, während gleichzeitig echte Verbrecher unbehelligt ihren Machenschaften nachgehen konnten. Verständlich, dass der ein oder andere Polizist schlechte Laune hatte.

Als es schließlich an der Tür klopfte, tat Ruby der Kommissar bereits sehr leid. Wenn sie sich den ganzen Tag mit den kleingeistigen Auseinandersetzungen der Bürger hätte beschäftigen müssen, wäre sie längst ausgerastet. Ein überraschend junger Mann in beigefarbener Stoffhose, Hemd, Krawatte und braunem Sakko betrat den Raum. Der blonde Schopf war brav zu einem Seitenscheitel gekämmt und auf der Nase trug er eine Hornbrille mit runden Gläsern.

»Guten Morgen, Herr Kommissar!«, begrüßte er Huber freundlich.

Dieser schnaufte nur. »Endlich fertig bei Schmitt? Können wir jetzt zu Hannemann?«

Dr. Thomsen lachte. »Sie sind ja heute wieder ein Sonnenschein. Wohl zu lange am Schreibtisch gesessen. Meinetwegen kann es losgehen.«

Zusammen mit Huber und Dr. Thomsen betrat Ruby einen typischen Verhörraum, wie sie ihn aus Fernsehserien kannte. Hannemann saß auf einem einfachen Stuhl mit einer Plastiklehne. Seine Hände waren am Tisch angekettet, sodass er sich nicht fortbewegen und keine Randale machen konnte. Allerdings sah er auch nicht so aus, als hätte er großes Interesse daran. Im Gegensatz zu seiner Verfassung während ihres Besuchs im Krankenhaus hatte er sich anscheinend beruhigt. Seine Augen zuckten nicht mehr umher und insgesamt sah er entspannter aus und wirkte klarer.

»Guten Morgen, Herr Hannemann. Mein Name ist Thomsen, Doktor Thomsen. Ich bin als Psychologe für die Polizei tätig und wurde gebeten, mich mit Ihnen zu unterhalten. Wie geht es Ihnen?«

Der Arzt sprach leise und bedächtig.

»Guten Tag, Herr Doktor.« Hannemann klang völlig anders als letzte Woche, nicht mehr so gehetzt und wirr. »Mir geht es gut. Ich werde anständig behandelt und das Essen ist überraschend lecker.«

Thomsen begann mit allgemeinem Smalltalk und redete über Gott und die Welt. Hannemann war ein interessanter Gesprächspartner und es entwickelte sich eine abwechslungsreiche Unterhaltung. Als der Doktor schließlich auf sein eigentliches Anliegen zusteuerte, hätte man den Eindruck haben können, die beiden Männer wären schon länger miteinander befreundet.

»Erzählen Sie mir doch etwas über den Tag, an dem Sie den Unfall hatten. Oder fangen wir besser damit an, dass Sie mir berichten, warum Sie an diesem Tag mit dem Lkw unterwegs waren.«

Ruby befürchtete, dass Hannemann wieder in den panischen Zustand von letzter Woche fallen würde, doch sie sah keine Veränderung in seinem Verhalten.

»Der Grund, warum ich mit dem Lastwagen in dieser Straße war und die Frau überfahren habe, ist recht simpel. Ich hatte einen entsprechenden Auftrag und habe ihn befolgt.«

Sein Blick senkte sich auf den Tisch vor ihm und er knabberte an seinen bebenden Lippen. Als er wieder aufschaute, hatte er Tränen in den Augen.

»Und ich hasse mich jeden einzelnen Moment dafür.«

»Sie haben also in der Straße auf Frau Lessing gewartet und sie mit voller Absicht überfahren?«

Hannemann legte den Kopf in seine Hände und schluchzte. Er tat Ruby leid. Deutlich spürte sie seinen Schmerz und wusste, dass er das alles zutiefst bereute.

»Ja, ich habe mit laufendem Motor am Straßenrand gewartet. Als die Frau dann zu ihrem Wagen ging, gab ich Vollgas und habe sie frontal erwischt.« Wieder begann er zu heulen. »Es tut mir so schrecklich leid.«

Dr. Thomsen schaute sein Gegenüber skeptisch an. »Es tut Ihnen leid? Warum haben Sie es getan? Was hat sich geändert? Warum hatten Sie damals keine Skrupel?« Seine Stimme hatte an Härte gewonnen.

»Warum ich keine Skrupel hatte? Weil ich ein abgebranntes, rund um die Uhr vollgesoffenes Arschloch war, das für eine Flasche Schnaps alles getan hätte. Weil ich nicht mehr klar denken konnte. Weil ich Angst vor dem hatte, was mich erwartet hätte, wenn ich es nicht getan hätte.«

Ruby horchte auf. Es klang beinahe so, als wäre er gezwungen worden, sie zu töten. Dann steckte eine andere Person hinter der ganzen Sache. Vielleicht doch jemand, den sie kannte.

»Sie waren also betrunken, als Sie die Tat begingen?« Dr. Thomsen ging erst einmal nicht auf das Thema ein.

Hannemann schnaubte. »Natürlich war ich besoffen. Ich war voll wie eine Haubitze. Seit Wochen war ich nicht mehr so nüchtern wie jetzt. Seitdem ich meinen Job verloren habe, habe ich fortwährend gesoffen.«

»Wo und als was haben Sie denn gearbeitet?«

»Ich war Lkw-Fahrer.«

Der Doktor runzelte die Stirn. »Zufällig in der Hoch- und Tiefbau-Firma, bei der Sie den Lastwagen entwendet haben?«

»Natürlich dort!« Hannemann schaute Thomsen an, als hätte er den Verstand verloren. »Was glauben Sie denn, woher ich wusste, wo die Schlüssel aufbewahrt werden und wie ich ungesehen aufs Gelände komme.«

»Sie sagten, dass Sie den Auftrag hatten, Frau Lessing zu überfahren. Sie erwähnten, dass Sie Angst hatten. Hier bei uns brauchen Sie keine Angst zu haben. Hier sind Sie sicher.«

Hannemann lachte freudlos. »Sicher? Bei Ihnen? Nirgendwo bin ich sicher.«

Thomsen fixierte ihn mit ernstem Blick. »Wer hat Ihnen den Auftrag erteilt? Wer trägt die Hauptschuld am Tod der jungen Frau?«

»Der Teufel!«, zischte Hannemann und seine Augen funkelten wild.

Zum ersten Mal meldete sich Kommissar Huber zu Wort, der sich bislang still im Hintergrund aufgehalten hatte.

»Sehen Sie, Doktor. Der Mann ist wahnsinnig. Vollkommen verrückt.«

»Ich bin nicht wahnsinnig!« Das wilde Funkeln war verschwunden. »Es mag sich für Sie verrückt anhören, aber genauso habe ich es erlebt. Der Teufel kam zu mir und hat mich beauftragt, die Tat zu begehen. Mehr kann ich dazu nicht sagen, weil ich mich an nichts anderes erinnern kann.«

War das möglich? Konnte es sein, dass dies für den Täter die Realität war? Ruby versuchte, nur die Tatsachen zu betrachten und logisch an die Sache heranzugehen. Hannemann war damals wahrscheinlich extrem alkoholisiert gewesen. Derjenige, der ihm den Auftrag erteilt hatte, muss für ihn wie ein Teufel ausgeschaut haben. Entweder hatte die Person selbst so schrecklich ausgesehen oder sie hatte eine Maske getragen. Mit genügend Alkohol im Blut muss ihm das realistisch vorgekommen sein.

»Können Sie uns diesen Teufel vielleicht beschreiben?«, fragte Thomsen.

»Natürlich kann ich das. Ich träume jede Nacht von ihm. Das faltige Gesicht hatte eine grün-braune Farbe. Lange Hörner drehten sich wie Spiralen aus der Stirn heraus. Die riesigen Reißzähne machten mir Angst.«

Huber rieb sich über die Augen. »Hat der Teufel nicht normalerweise ein rotes Gesicht?«

Hannemann fuhr hoch, seine Ketten rasselten. »Es ist mir egal, wie Sie sich den Teufel vorstellen. Er war bräunlich grün. Ich weiß es genau! Ich sehe ihn jede Nacht.«

Damit war Ruby endlich klar, was sie zu tun hatte. So unangenehm ihr der Gedanke auch war, sie würde versuchen, in Hannemanns Traum einzudringen, und sich diesen Teufel aus der Nähe anschauen.

Das Verhör war kurze Zeit später zu Ende. Ruby hatte dem Gespräch nur noch mit halbem Ohr zugehört. Tief in Gedanken versunken war sie im Verhörraum geblieben, als Huber und der Psychologe die Kammer verlassen hatten. Zum Glück war ihr früh genug in den Sinn gekommen, dass sie keine Ahnung hatte, wo Hannemann eingesperrt war. Daher wartete sie ein paar Minuten und folgte dem Polizisten, der den Gefangenen abführte. Sie durchquerten das ganze Gebäude und fuhren dann mit einem Aufzug in den Keller. Hier waren die Untersuchungshäftlinge untergebracht, die regelmäßig verhört wurden. Hannemann wurde in eine Einzelzelle am Ende des Ganges gesperrt. Hier würde Ruby ihn heute Nacht besuchen.

40

Nick war ebenfalls froh, dass der Sonntag vorbei war. Zwar hatte er die Zeit mit den Zwillingen sehr genossen, aber das regnerische Wetter hatte sie dazu verdammt, zu Hause zu bleiben. Lieber wäre er hinausgegangen, um in einer ungewohnten Umgebung die dringend notwendige Ablenkung zu bekommen. Zu viele Gedanken kreisten ihm durch den Kopf. In kurzen Abständen wechselten Ruby, Julia, Stahl und Hannah die Hauptrollen in seinem fortwährenden Kopfkino. Insbesondere an den freien Tagen vermisste er Ruby unbeschreiblich. Immer wieder prasselten Erinnerungen auf ihn ein, die ihm schon mehr als einmal urplötzlich Tränen in die Augen getrieben hatten. Bilder, wie Ruby mit den Kindern spielte oder sich an ihn kuschelte, überspülten ihn wie eine Flutwelle mit Trauer und Verzweiflung. Ohne die Zwillinge und die Arbeit hätte ihn diese Welle schon längst mitgerissen. Noch schlimmer waren die Flashbacks vom Unfall. Ruby, wie sie ihn anlächelte, wie sie vom Lastwagen erfasst wurde, wie sie durch die Luft flog und mit verdrehten Gliedmaßen auf dem Bürgersteig lag.

Gedanken an Julia erfüllten ihn dagegen mit den angenehmen Gefühlen von Freude und Geborgenheit. Sobald er an sie dachte, musste er lächeln, und die Vorfreude auf das nächste Wiedersehen war groß. Gleichzeitig machten ihn diese Empfindungen aber auch nervös. Gegenüber Frauen war er schon immer unsicher und leicht verklemmt gewesen. Vor Ruby hatte er keine ernsthafte Beziehung gehabt, weil er es regelmäßig vermasselt hatte oder einfach zu schüchtern war. Daher hatte er Angst, auch bei Julia einen dummen Fehler zu begehen. Auf keinen Fall wollte er sie verlieren. Ganz im Gegenteil. Sehr gut konnte er sich vorstellen, viel mehr als nur eine berufliche Beziehung mit ihr zu führen. Was er zu Hannah gesagt hatte, entsprach in jeder Hinsicht der Wahrheit. Er hegte starke Gefühle für Julia und hatte sich in sie verliebt.

Hannah tat ihm leid. Bestimmt hatte sie sich mehr von ihrem gemeinsamen Abend erhofft. Hätte er Julia nicht kennengelernt, wäre die Nacht auch sicherlich anders verlaufen. Ihren sexy Körper hatte Nick schon früher bewundert und ihrer dominanten Art hatte er wenig entgegenzusetzen. Zwar war er skeptisch, dass sie jemals ein Liebespaar geworden wären, aber zu Sex wäre es mit Sicherheit gekommen. Stattdessen hatten sie sich die Verfilmung von Percy Jackson angeschaut. Mit gebührendem Abstand auf der Couch sitzend und beide völlig verunsichert nach Hannahs gescheitertem Annäherungsversuch. Der Film war im Verhältnis zum tollen Buch grottenschlecht, doch das passte zum Abend. Seine Nachbarin verabschiedete sich anschließend recht schnell und kühl und ließ ihn allein mit seinen Gedanken zurück.

Und dann war da noch Stahl. Sein Besuch hatte ihn arg mitgenommen. Er war völlig überraschend gekommen und alles hatte eine Wendung angenommen, mit der Nick nie gerechnet hätte. Bislang waren Stahls regelmäßige Stippvisiten stets freundlich und ohne jeglichen Druck vonstattengegangen. Das war zwar ebenfalls ziemlich nervig gewesen, hatte ihn jedoch nicht besonders belastet. Diesmal hingegen hatte der Geschäftsmann sein wahres Gesicht gezeigt. Beängstigend war, dass er über Nicks Finanzen und seine Lage Bescheid wusste. Das waren Dinge, die kein Außenstehender wissen konnte. Wenn er genauer darüber nachdachte, hatte außer ihm niemand diese Kenntnisse. Er allein kümmerte sich um die Buchführung, die Abrechnungen und die Steuern. Es sei denn …

Schnell verwarf er den Gedanken. Heute war Montag und endlich durfte er wieder in den Laden, endlich sah er Julia, endlich bekam er die notwendige Ablenkung. Der Tag hatte schon ausgezeichnet begonnen. Als er die Zwillinge zum Kindergarten gebracht hatte, war Frau Hansen zu ihm gekommen und hatte ihn zur Seite genommen. Die aufflackernde Sorge, dass es wieder einmal Probleme gegeben hatte, war zum Glück unbegründet.

»Ich möchte Ihnen nur einen kurzen Zwischenstand geben, wie Ronja und Lilli hier klarkommen. Ihrer Frau gegenüber hatte ich angedeutet, dass ich die beiden gerne auf zwei Gruppen aufteilen würde. Damals hatte ich den Eindruck, dass die beiden völlig aufeinander fixiert waren. Ich wollte ihnen eine Chance geben, sich auch anderen Kindern zu öffnen.« Zufrieden lächelte sie Nick an. »Das wird nicht mehr nötig sein. Die beiden haben inzwischen viele Freunde und Freundinnen gefunden, gehen auf andere zu und lassen sie an ihren Spielen und Gedanken teilhaben. Ich freue mich sehr für Sie, dass Sie zwei so tolle Mädchen haben, und ich bin froh, die beiden in meiner Gruppe betreuen zu dürfen.«

Nick war unbeschreiblich stolz auf die Zwillinge und startete mit einem großen Glücksgefühl in die Arbeitswoche.

Der Morgen verlief hervorragend und sie verkauften eine Menge Bücher. Mehrere Sammelbestellungen einer benachbarten Schule sorgten für einen guten Umsatz. Nick fühlte sich pudelwohl in Julias Nähe und hatte das Gefühl, dass auch die junge Frau immer häufiger auf Tuchfühlung ging und ›zufälligen‹ Körperkontakt suchte.

Mittags holte er Lilli und Ronja ab und sie aßen zu viert Pizza im Büro. Wie eine kleine Familie verbrachten sie eine sorgenfreie Mittagspause voller Lachen und Freude.

Als die Tür klingelte, sprang Julia auf und lief in den Laden. Kurze Zeit später stand sie jedoch wieder im Büro und zeigte mit dem Daumen in den Verkaufsraum. »Ist für dich!«

Mit gerunzelter Stirn schaute Nick nach, wer denn unbedingt mit ihm reden wollte.

»Hallo Herr Kommissar! Das ist aber eine Überraschung. Wenn Sie sich angekündigt hätten, hätte ich Ihnen auch eine Pizza mitgebracht.«

»Mir reichen Kaffee und Kuchen«, knurrte Huber.

Schmunzelnd schenkte Nick den Kaffee ein und legte ein Stück Zitronenkuchen auf einen Teller. Er musste zugeben, dass ihm der grummelige alte Mann inzwischen recht sympathisch geworden war. Zwar hatte er eine äußerst spezielle Art, schien aber kompetent und hilfsbereit zu sein.

»Was führt Sie in mein Buchstübchen, Herr Kommissar? Gibt es Neuigkeiten vom Unfallfahrer? Wissen Sie, warum er es getan hat?«

Huber verzog das Gesicht. »Ja und nein, Herr Lessing. Wir haben den Mann heute ausführlich verhört und ich glaube, dass er uns alles gesagt hat, was er weiß. Als er Ihre Frau überfahren hat, war er stark alkoholisiert. Er sagt, dass ihm jemand den Auftrag dazu erteilt und ihm Geld dafür geboten hat. Wenn der Verdächtige die Wahrheit sagt, haben wir es also mit einem Auftragsmord zu tun.«

Nicks Knie wurden weich und er setze sich neben den Polizisten. Seine Hände krampften sich in die Polster des Sofas.

»Hat er gesagt, wer ihn beauftragt hat?«, flüsterte er.

Huber biss sich auf die Lippen. »Ja, hat er.«

»Wer war es?«, ungeduldig schaute er den Kommissar an.

Dieser ließ resigniert die Schultern sinken. »Der Teufel.«

»Der Teufel?« Nick glaubte, sich verhört zu haben. Doch als er Hubers Gesicht sah, wusste er, dass er alles richtig verstanden hatte.

»Wir vermuten, dass der Auftraggeber eine Teufelsmaske getragen hat«, fuhr der Kommissar fort. »Grün-braun und mit Hörnern. Der Täter war wahrscheinlich derart betrunken, dass er ihn für den wahrhaftigen Teufel hielt und entsprechende Angst hatte. Ich denke, dass er inzwischen kapiert hat, dass es nicht der echte Teufel war, aber trotzdem hat sich die Erfahrung tief in seinen Kopf gebrannt. Für ihn war die Begegnung real und die Erinnerung daran ist es ebenfalls. Daher werden wir von ihm keine weiteren Informationen bekommen.«

»Was wird nun mit ihm geschehen?«, fragte Nick interessiert. Er hasste den Mann wegen seiner Tat, doch gleichzeitig hatte er Mitleid mit ihm. Unschuldig war er da in etwas hineingezogen worden, das ihn nichts anging, und war nun derjenige, der dafür büßen musste.

»Das kann ich nicht genau sagen. Es wird zu einer Gerichtsverhandlung kommen«, brummte Huber. »Gefängnis, Psychiatrie, Freispruch. Da ist alles möglich.«

Der Kommissar verabschiedete sich und ließ Nick nachdenklich zurück. Dieser berichtete Julia vom Gespräch mit Huber, aber sie wusste auch keinen Rat. Stattdessen nahm sie ihn in den Arm und drückte ihn fest. Ein leichter Hauch von Vanille stieg ihm in die Nase und er schloss die Augen. Julia duftete so wundervoll und am liebsten hätte er sie nicht mehr losgelassen. Leider hatten die Zwillinge keinerlei Sinn für solche besonderen Augenblicke.

»Dürfen wir zum Nachtisch ein Stück Kuchen haben?«, fragte Ronja und Lilli reckte ihm schon ihren Teller entgegen. Julia grinste, Nick seufzte und die Mädchen bekamen ihren Kuchen.

Am Abend erwartete ihn bereits die nächste Überraschung. Hannah saß auf dem Boden vor der Haustüre der Lessings und erhob sich schnell, als Nick den Wagen parkte. Laut jaulend rannten die Zwillinge auf sie zu.

»Kommst du, um mit uns zu spielen?«

»Nein«, entgegnete Hannah. »Ich möchte nur kurz mit eurem Papa sprechen.«

Nick schloss die Tür auf und schickte die Kinder schon mal hinein. Dann wandte er sich an die Nachbarin, die ihn mit zerknirschtem Gesicht ansah.

»Wegen gestern Abend«, begann sie leise. »Es tut mir schrecklich leid. Ich war schon leicht angetrunken und dachte, es sei eine gute Idee. Auf keinen Fall wollte ich dich in eine peinliche Situation bringen. Ich hatte gehofft, ich würde dir gefallen und …« Für ein paar Sekunden verstummte sie. »Das war einfach nur dumm von mir. Jetzt habe ich Angst, dass ich damit unsere Freundschaft kaputt gemacht habe. Das möchte ich nicht. Bitte verzeih mir.«

Nick war sprachlos. Damit hatte er nicht gerechnet. Natürlich war ihm die Situation gestern unangenehm gewesen, aber er hatte nie darüber nachgedacht, Rubys Freundin deshalb zu verdammen. So hatte er Hannah noch nie erlebt.

Entschlossen nahm er ihre Hände in seine und schaute ihr tief in die Augen.

»Ach Hannah, was mache ich nur mit dir? Ich mag dich wirklich gerne. Vor allem in der letzten Zeit bist du mir ans Herz gewachsen und ich habe dich als einen hilfsbereiten Engel kennengelernt. Wenn ich ehrlich bin, ist es mir eine Ehre, von einer so großartigen Frau angebaggert worden zu sein. Es war nur der falsche Moment. Gäbe es Julia nicht, hätte ich dir nicht widerstehen können.«

Kaum hatte er die Worte ausgesprochen, spürte er, wie ihm das Blut in den Kopf schoss. Hoffentlich merkte sie nicht, wie rot sein Gesicht war.

»Du bist jederzeit für mich da und hilfst den Kindern und mir, wo immer du kannst. Glaubst du ernsthaft, das würde ich wegen so deines Annäherungsversuchs wegwerfen? Ich brauche dich und deine Freundschaft und es ist mir eine Ehre, die beste und heißeste Nachbarin auf dem Planeten zu haben.«

Mit Tränen in den Augen beugte sich Hannah zu ihm und gab ihm einen Kuss auf die Wange. »Danke!«, flüsterte sie.

Nachdem Nick sie losgelassen hatte, wischte sie sich mit dem Ärmel über das Gesicht. Sie straffte die Schultern und ihr Blick wurde wieder härter. Herausfordernd schaute sie ihn an.

»Sollte diese Julia aus irgendeinem Grund einen Abgang machen, gehörst du mir!«

Nick grinste. Das war die Hannah, die er kannte.

41

Verkrampft lag er auf seiner Pritsche und starrte an die Decke. Das Licht war vor einer Stunde ausgegangen und nur wenige graue Schemen hoben sich vom Schwarz ab. Er fürchtete sich vor dieser Tageszeit. Tagsüber machte es ihm nichts aus, hier in der Zelle zu sein. Er hatte ein Verbrechen begangen und es war in Ordnung, dass er dafür büßen musste. Natürlich ärgerte er sich, hier sein zu müssen, doch die Schuld lag allein bei ihm. Ohne seine Alkoholsucht wäre das alles nie geschehen. Er hätte weder seinen Job noch seine Frau verloren. Mit jedem Verlust wurde es schlimmer. Rund um die Uhr trank er, wollte seine Traurigkeit und die zerbrochenen Hoffnungen mit Schnaps ertränken. Und dann war dieser verdammte Tag gekommen, an dem ihn der Teufel besucht und er den letzten Rest seines Lebens weggeworfen hatte. Die beiden vorangegangenen Wochen waren die Hölle auf Erden gewesen. Niemals hätte er gedacht, wie süchtig er nach Alkohol im Blut war. Sein Körper wollte ohne diesen verfluchten Fusel nicht mehr leben und so war der erzwungene Entzug ein schwieriger und schmerzhafter Kampf gewesen. Doch er hatte ihn gewonnen. Hatte diesen

Feind aus seinem Körper vertrieben und konnte endlich wieder klar denken. Von Tag zu Tag fühlte er sich besser, sowohl psychisch als auch physisch. Nur in den Nächten kehrte das Grauen zurück. Sobald er schlief, war er dem Vergangenen hilflos ausgeliefert. Nacht für Nacht erlebte er den Horror, den er gerne vergessen würde.

Auch heute traute er sich nicht, die Augen zu schließen, aber er spürte, wie er immer müder wurde. Ihm war klar, dass er diese Schlacht nicht gewinnen konnte, doch trotzdem versuchte er, den Moment so weit wie möglich hinauszuzögern. Wie jede Nacht verlor er den Kampf gegen den übermächtigen Schlaf. Seine Lider senkten sich und sein Atem wurde ruhiger.

Mit einer billigen Flasche Wodka sitzt er vor der alten Lagerhalle. Hier trifft er sich immer mit seinen Saufkumpanen. Dieser Ort ist von den meisten Menschen längst vergessen. Früher war dies das Herz des Industriegebietes, doch seit einigen Jahren hat sich das alles verlagert. Beinahe alle Hallen und Fabriken stehen inzwischen leer. Nur wenige Personen arbeiten noch in diesem Gebiet. Abends trifft man hier nur Typen wie ihn. Menschen, die vergessen wollen. Menschen, die einen Ort brauchen, um ungestört zu saufen, zu singen und herumzuschreien.

Es ist bereits dunkel. Seine Kumpels sind schon nach Hause gezogen. Allein lungert er in der dunklen Gasse, die nur von einer einsamen flackernden Straßenlaterne erhellt wird. Die Luft ist feucht und leichter Bodennebel sorgt für eine mystisch gruselige Stimmung.

Normalerweise wäre er jetzt ebenfalls schon auf dem Weg nach Hause, doch ein fremder Mann hatte ihm den Tipp gegeben, heute länger hier auszuharren. Es käme jemand vorbei, der ihm einen Job anbieten würde.

Geduldig wartet er, fragt sich aber, welche Art von Job das wohl sein kann. Ein anständiger Geschäftsmann würde eine solche Gegend nicht betreten. Letztlich ist es ihm jedoch egal. Er hat keinen Job, benötigt aber dringend Knete für Alkohol. Das bisschen Geld vom Amt reicht hinten und vorn nicht.

Ihm wird kalt. Allmählich könnte jemand kommen. Seine Flasche ist auch schon fast leer.

Plötzlich gibt es einen lauten Knall und vor ihm steigt Rauch auf. Erschrocken springt er auf. Er will zurückweichen, doch hinter ihm befindet sich die Blechwand der Halle. Langsam und bedächtig, doch strotzend vor Selbstbewusstsein tritt eine Gestalt durch den Rauch. Ängstlich kratzen seine Hände über die rostige Wand. Mit großen Augen und voller Entsetzen blickt er auf die Figur, die sich vor ihm aufbaut. Sie trägt einen schwarzen Umhang und in der Hand hält sie einen Stab mit drei metallenen Zacken. Die Handrücken sind furchig und übersät mit Narben, die Haut ist grünlich braun. Doch das Gruseligste ist das Gesicht. Es hat die gleiche widerwärtige Farbe und ist voller tiefer Falten. Große leuchtend gelbe Augen starren ihn an. Reißzähne wie die eines Raubtieres wachsen aus einem leicht geöffneten Maul. Aus der Stirn ragen zwei gebogene Hörner, die erst hinter dem Kopf verschwinden, um sich dann links und rechts neben der schrecklichen Schnauze wieder nach vorn zu winden.

Ein unbeschreibliches Grauen durchdringt ihn und er spürt, wie sich seine Blase entleert.

»Auf die Knie, du erbärmlicher Wurm!«, donnert die Gestalt, und ohne auch nur einen Moment an Widerstand zu denken, folgt er gehorsam der Anweisung des Monsters.

»Du weißt, wer ich bin, Unwürdiger! Ich bin der Herr alles Bösen und du wirst mein Diener sein!«

Die Härte in der Stimme lässt das Blut in seinen Adern gefrieren.

»Ich habe einen Auftrag für dich! Erledigst du ihn zu meiner Zufriedenheit, werde ich dich reich belohnen. Enttäuschst du mich, wird die Strafe grauenvoll sein. Schwörst du mir Gehorsam, mein Diener?«

Wie von Sinnen nickt er. »Ja, Meister!«

»In der Innenstadt gibt es eine Buchhandlung, das Buchstübchen. Die Besitzerin, eine Frau mit Namen Ruby Lessing, hat mich erzürnt.«

Der Teufel hebt seinen Stab und zielt damit auf ihn.

»Und du wirst ihr eine Lehre erteilen! Beschaffe dir einen Lkw und sorge dafür, dass diese Hure den Zusammenprall niemals vergessen wird. Du weißt, was zu tun ist?«

Wieder nickte er eifrig. »Ja Meister, Sie können sich auf mich verlassen.«

»Wenn du den Auftrag erledigt hast, versteck dich! Ich werde dich finden!« Die Gestalt lacht bösartig. »Und solltest du mich enttäuschen, werde ich dich erst recht aufspüren.«

Wieder knallt es laut. Rauch steigt unmittelbar vor seinen Füßen auf und brennt ihm in den Augen. Als er wieder klar sehen kann, ist der Teufel verschwunden.

Normalerweise wechselte der Traum jetzt zur Straße vor dem Buchladen, wo er in seinem Lastwagen auf die Unglückliche wartete. Diesmal jedoch blieb er in der Gasse sitzen …

Langsam verzieht sich der Rauch. Mit eingenässter Hose kniet er schluchzend auf dem harten Boden. Eine Gestalt kommt auf ihn zu, kleiner als der Teufel, zarter. Eine junge Frau tritt zu ihm und hält ihm ihre Hand hin.

»Steh auf! Du musst keine Angst mehr haben.«

Vorsichtig ergreift er die dargebotene Hand und erhebt sich mit wackeligen Knien. Sein Gesicht ist nur noch einen halben Meter von ihrem entfernt und er schaut sie genauer an. Erschrocken zieht er seine Hand zurück. Das kann doch nicht sein.

»Sie … Sie … Sie sind …«, stammelt er voller Furcht.

»Ja, ich bin Ruby, die Frau, die du überfahren hast.«

Panisch schaut er sich um, sein Herzschlag hämmert wie das Stakkato einer Maschinenpistole. Dann beginnt er erbärmlich zu weinen.

»Es tut mir so schrecklich leid! Ich wollte das nicht«, wimmert er.

»Ich weiß«, antwortet die junge Frau ruhig. »Du wurdest manipuliert und benutzt. Wie ich bist auch du ein Opfer. Ich verspreche dir, dass ich den Schuldigen zur Rechenschaft ziehen werde. Ob dir das helfen wird, weiß ich nicht. Aber zumindest sollst du künftig wieder besser schlafen können. Ich verzeihe dir.«

Er will noch etwas sagen, doch das Bild der Frau verblasst bereits. »Danke«, flüstert er.

Im Bett kniend erwachte er. Seine Hose war nass und Tränen liefen ihm über die Wangen. Trotzdem verspürte er eine Leichtigkeit, wie er sie noch nie erlebt hatte.

»Danke«, flüsterte er wieder.

42

Wow, das war krass! Ruby schwebte in der Zelle und fühlte sich noch vollkommen durcheinander. Zwar hatte sie gehofft, recht schnell einen Zugang zu Hannemanns Traum zu finden, doch war sie davon ausgegangen, mehrere Versuche zu benötigen. Stattdessen hatte sie gleich beim ersten Eindringen in seinen Kopf einen Volltreffer gelandet.

Aber brachte sie dieses intensive Erlebnis weiter? Sie wusste jetzt genau, was Hannemann erlebt hatte, doch kam sie dem Auftraggeber damit trotzdem keinen Schritt näher. Immerhin hatte sie die Maske nun mit eigenen Augen gesehen. Es war kein billiges Plastikteil aus dem üblichen Karnevalssortiment, sondern höchstwahrscheinlich ein Unikat, zumindest aber eine teure, nicht besonders verbreitete Designermaske. Auf jeden Fall würde sie die Maske sofort wiedererkennen.

Das Auftreten des Teufels war äußerst selbstbewusst gewesen. Die Person, die sich dahinter verbarg, war mit hoher Wahrscheinlichkeit auch im normalen Leben selbstsicher und wusste mit Worten umzugehen. Leider war die Stimme verzerrt gewesen. Entweder hing das mit Hannemanns Erinnerung zusammen oder aber sie war künstlich verfremdet worden. Jedenfalls konnte Ruby nicht einmal sagen, ob es sich um einen Mann oder eine Frau gehandelt hatte.

Sicher war jedoch, dass die Gestalt eindeutig den Auftrag gegeben hatte, sie zu überfahren. Es war kein Zufall gewesen, sondern volle Absicht. Ihr war allerdings aufgefallen, dass der Teufel nicht davon gesprochen hatte, sie zu töten. Stattdessen sagte er was von ›eine Lehre erteilen‹. War ihr Tod möglicherweise gar nicht das Ziel gewesen? Hatte Hannemann das in seinem Zustand falsch interpretiert?

Im Traum hatte sie deutlich seine Angst gespürt. Sie hatte nicht den Eindruck, dass er ein schlechter Mensch war. Man hatte ihn auf übelste Weise manipuliert und benutzt. Das war auch der Grund, warum sie versucht hatte, ihm zu helfen. Ihre Worte hatten ihm hoffentlich Erleichterung verschafft. Vielleicht hatte sie es sogar hinbekommen, ihn von diesem immer wiederkehrenden Traum zu befreien. Wie es ansonsten mit Hannemann weitergehen würde, war Sache des Richters und der Polizei.

Ruby selbst musste weiter versuchen, Anhaltspunkte zu finden, denen sie nachgehen konnte. Und das war gar nicht so leicht. Zwar hatte sie als Engel hilfreiche Fähigkeiten, doch war sie in anderen Bereichen völlig hilflos. Nicht einmal einen Computer konnte sie bedienen, um im Internet zu recherchieren. Es waren diese selbstverständlichen Dinge, die ihr die Nachforschungen so erschwerten – in Unterlagen blättern oder das Netz nutzen. Was half ihr die Begabung, in einen Traum einzudringen, wenn sie nicht wusste, bei wem sie dies anwenden sollte? Aufgeben kam natürlich nicht infrage. Sie würde weiter aufmerksam zuhören und versuchen, dort zu sein, wo sie die meisten Erkenntnisse erlangte.

Aus diesem Grund entschied sich Ruby, den Tag im Polizeipräsidium und in Hubers Nähe zu verbringen. Der Kommissar hatte sich für heute Morgen mit Dr. Thomsen verabredet. Zu zweit saßen sie in Hubers Büro und diskutierten über das, was sie am Vortag von Hannemann erfahren hatten.

»Ich komme einfach nicht weiter«, beschwerte sich der Kommissar. »Die Aussagen des Verdächtigen sind viel zu allgemein.«

Frustriert warf er seinen Kugelschreiber auf den Schreibtisch. »Glauben Sie, was er über den Auftraggeber gesagt hat? Oder ist das nur ein Versuch, die Schuld auf jemand anderen zu lenken?«

Der Psychologe schloss die Augen und rieb sich mit den Fingern über die Schläfen. Er schien das gestrige Verhör nochmal Revue passieren zu lassen.

»Ich glaube, dass er die Wahrheit sagt. Mir sind keinerlei verdächtige Anzeichen aufgefallen, die auf eine Lüge hindeuten würden. Hannemann hat eindeutig Angst. Allerdings nicht vor uns, einer Verurteilung oder dem Gefängnis.«

Huber seufzte schwer. »Ja, diesen Eindruck hatte ich auch. Mir scheint, dass ihm jemand einen bösartigen Streich gespielt hat. Einer, der ganz genau wusste, mit wem er es zu tun hat, der seine Schwächen kannte und diese gnadenlos ausgenutzt hat.«

Thomsen nickte. »Ich fürchte, dass wir aus Hannemann nicht mehr herausbekommen werden. Er hat uns alles gesagt, was er weiß. Sie müssen sich Ihre Informationen wohl auf die klassische Weise beschaffen. Schnüffeln und tief wühlen.« Er lachte freudlos.

»Das könnte ein unbefriedigendes Unterfangen werden. Der einzige Ansatzpunkt ist diese Teufelsmaske. Leider zeigt das Internet hunderte Treffer bei dem Thema.«

Der Psychologe runzelte die Stirn. »Grünliche Masken sollte es aber nicht ganz so viele geben.«

»Ja, das grenzt das Ganze gewaltig ein. Ich habe die Modelle ausgedruckt und sie Hannemann gezeigt. Leider hat er keine davon wiedererkannt. Diese Spur verläuft anscheinend im Sande.«

Ruby wusste, wie die Maske aussah, konnte den beiden aber nicht helfen. Außerdem schien es kein Modell zu sein, das man im Handel kaufen konnte, sonst hätte der Kommissar es mit Hannemanns Hilfe identifiziert. So ein Mist!

Frustration machte sich in ihr breit und anscheinend ging es den Männern auch so. Zusammengesunken und mit hängenden Schultern saßen sie in ihren Stühlen und schwiegen sich an.

Als es klopfte, fuhren beide erschrocken aus ihrer Lethargie. »Herein!«, knurrte Huber.

Ein junger Polizist steckte seinen Kopf durch den Türspalt.

»Haben Sie kurz Zeit, Herr Kommissar? Ich habe zwar nicht viel gefunden, aber zumindest ein paar Informationen zu Ihrem Inhaftierten.«

»Kommen Sie rein, Krieger. Dr. Thomsen kennen Sie?«

Die Männer nickten sich zu.

»Dann schießen Sie mal los.«

Der junge Mann räusperte sich. »Wie gesagt, viel ist es nicht. Hannemann war bis vor zwei Jahren mit einer Ramona Hannemann, geborene Thaler, verheiratet. Die beiden haben keine Kinder. Nachdem er seinen Job verloren hatte, begann er mit dem Trinken. Die Frau machte das nicht lange mit. Sie verließ ihn und reichte die Scheidung ein. Ohne ihr Einkommen konnte er sich das Haus nicht mehr leisten und zog in die kleine Wohnung, die Sie ja bereits kennen.«

Er blätterte in seinem Block.

»Beschäftigt war er bei Häusling Hoch- und Tiefbau. Zehn Jahre ist er dort Lkw und Bagger gefahren. Hat sich anscheinend mit dem Chef überworfen. Hatten unterschiedliche Ansichten, die Hannemann zu deutlich geäußert hat.«

»Interessant«, brummte der Kommissar. »Wer war denn sein Chef bei Häusling?«

»Hannemanns Ex-Chef heißt Walter Enns. Die Firma selbst gehört aber einem größeren Konzern.«

»Lassen Sie mich raten«, fiel ihm Thomsen ins Wort. »Stahl?«

»Ja, genau«, antwortete der Polizist. »Häusling ist eine der vielen Firmen von Stahl.«

Huber brummte. »Der Kerl hat auch überall seine Finger im Spiel. Wenn der so weitermacht, gehört ihm fast die ganze

Stadt. Na ja, mir soll es egal sein. Wenn nicht er, dann ist es ein anderes selbstgefälliges Arschloch mit einem Keller voller Geld.«

Da war er endlich! Der Hinweis, auf den Ruby gewartet hatte. Ein Name, den sie kannte. Zwar war sie skeptisch, dass es hier eine Verbindung gab, aber mehr hatte sie nicht. In den nächsten Tagen würde sie Stahl einen Besuch abstatten. Jetzt jedoch musste sie bei ihren Lieben nach dem Rechten sehen. Zufrieden über den erfolgreichen Ausflug zur Polizei konzentrierte sich Ruby auf Nick und verschwand.

Teil Fünf

VERZWEIFLUNG

43

»Ihre neue Mitarbeiterin ist bezaubernd!«

Die drei Ms saßen gemütlich in der Sitzgruppe und kauten genüsslich auf dem Nusskuchen mit Kirschen, den Frau Mayer heute Morgen vorbeigebracht hatte.

»Sie erinnert mich an Ihre verstorbene Gattin, Herr Lessing. Sie ist genauso herzlich und voller Begeisterung«, sagte Frau Müller.

»Und sie ist sehr hübsch«, ergänzte Frau Molitor grinsend. Die zwei anderen Damen kicherten.

Nick schaute verträumt zu Julia, die voller Eifer einem älteren Ehepaar einen Vortrag über historische Romane hielt. Noch immer konnte er es kaum fassen, dass sie den Weg zu ihm gefunden hatte. Als Ruby starb, war er sich sicher, den Rest seines Lebens allein zu verbringen. Es war ihm vollkommen klar gewesen, dass nie wieder jemand sein Herz erobern konnte. Zwar hatte er nicht ausschließen wollen, dass er sich mit anderen Frauen traf oder sogar mit ihnen schlief, aber seine Liebe würde für immer nur Ruby gehören. Und dann war Julia gekommen.

Wie groß war die Chance, dass man in seinem Leben auf zwei so wundervolle Frauen traf? Frauen, die sein Innerstes berührten und ihn mit ihrer Herzlichkeit in ihren Bann zogen? Frauen, für die er alles tun würde und bei deren Anblick allein er schon in Verzückung geriet? Doch da hinten stand sie und schenkte ihm immer wieder ein Lächeln.

»Oh, ja«, erwiderte er leise. »Das ist sie. Bezaubernd und hübsch.«

Seit Julia für ihn arbeitete, war es hier im Buchstübchen ein bisschen wie früher. Sie hatte Rubys Rolle übernommen, ohne sie zu verdrängen. Rubys Geist war in jedem Winkel des Ladens zu spüren. Sie hatte so viel Liebe ins Buchstübchen gesteckt, was ihm dieses spezielle Flair gab, das die Kunden so mochten. Julia ergänzte dies perfekt mit ihrem Enthusiasmus und der Freude, die sie verbreitete.

»Warum machen Sie trotzdem einen so zweifelnden Eindruck?«, fragte Frau Müller. »Sie sehen aus, als ob Sie gerne würden, Sie aber irgendetwas zurückhält.«

Nick seufzte. War er so leicht zu durchschauen?

»Es ist wegen Ruby. Ich weiß, dass es für sie okay wäre. Und doch habe ich immer das Gefühl, sie zu betrügen. Mir ist klar, dass das Blödsinn ist.« Nick schnaufte. »Und dann sind da noch die Menschen um mich herum. Was denken die nur, wenn ich bereits so kurz nach Rubys Tod eine neue Frau an meiner Seite habe? Ich sollte trauern und am Boden zerstört sein.«

Frau Mayer schüttelte den Kopf. »Was Sie da sagen, ist ein riesengroßer Blödsinn. Was schert es Sie, was andere darüber denken? Sie müssen das machen, was Ihnen guttut. Warum sollten Sie sich selbst für Dinge quälen, an denen Sie keine Schuld tragen? Ruby ist tot und kommt nicht mehr zurück. Denken Sie nicht, dass Ihre Frau Ihnen ein Leben in Freude und Glück wünschen würde? Sie haben nur dieses eine Leben und es bringt niemandem etwas, wenn Sie das heulend in Ihren vier Wänden verbringen. Und denken Sie an Ihre Mädchen.«

»Richtig!«, stimmte Frau Molitor zu. »Man sollte immer versuchen, glücklich zu sein. Das hat doch keinerlei Einfluss auf Ihre Trauer um Ruby. Jeder, der Sie beide gesehen hat, weiß, wie sehr Sie sie geliebt haben. Eine neue Beziehung ändert nichts daran. Außerdem macht es die Trauer leichter, wenn man eine Schulter hat, an die man sich anlehnen kann. Leben Sie Ihr Leben mit Freude und Zufriedenheit. Dann machen Sie auch Ihre Frau im Himmel glücklich!«

Nick nickte dankbar. »Sie haben ja recht. Niemand hat etwas davon, wenn ich mich trauernd zurückziehe, auch Ruby nicht. Ich danke Ihnen, meine Damen! Darf ich Ihnen noch eine Tasse Kaffee einschenken?«

Warum nur machte er sich immer so viele Gedanken? Wieso nur stellte er seine eigenen Bedürfnisse und sein eigenes Glück immer grundlos hinten an? Er war niemandem Rechenschaft schuldig, zumal er nicht einmal wusste, ob es überhaupt jemanden interessierte, auf welche Art und wie lange er trauerte. Vielleicht schaffte er es nun endlich, sich vollkommen auf Julia einzulassen. Natürlich immer unter der Voraussetzung, dass diese Gefühle auf Gegenseitigkeit beruhten.

Während die drei Ms aufbrachen, kam Julia gerade mit dem Ehepaar zur Kasse. Der Mann trug einen großen Stapel Bücher und die Frau lächelte glücklich. Nick kassierte und packte die Romane in einen Leinenbeutel. Nachdem sich die beiden älteren Herrschaften verabschiedet hatten, drehte er sich zu Julia um, strahlte sie an, nahm sie in den Arm und küsste sie auf die Wange.

»Wofür war das denn?«, fragte sie überrascht und grinste ihn an.

»Das war ein kleines Dankeschön an die weltbeste Buchverkäuferin!«

Ohne zu zögern, zog Julia ihn an sich ran und küsste den völlig überrumpelten Nick auf den Mund. »Ich danke dir, weltbester Chef!«

»Iiiieeehhh … die küssen sich!«, jauchzte Ronja lachend und sprang aus dem Büro.

Lilli folgte kichernd. »Aber jetzt sind wir an der Reihe!«

Und schon gab es ein wildes Geknuddel zu viert, das Nicks Herz erwärmte und ihm feuchte Augen schenkte.

»Allerliebst!« Der höhnische Klang einer kalten Stimme ließ Nick aufschauen. Franz Stahl stand vor der Theke und schaute auf die vier hinab.

»Was wollen Sie denn schon wieder hier?«

»Ich möchte Sie nur nochmal daran erinnern, dass Ihre Zeit abläuft, Herr Lessing«, entgegnete der Geschäftsmann.

»Kommt Kinder, lasst uns ins Büro gehen«, hörte Nick Julias Stimme und war dankbar, dass sie die Zwillinge mitnahm.

»Wollen Sie jetzt täglich vorbeischauen und mir mit Ihren Drohungen den Tag vermiesen?« Trotzig baute er sich vor Stahl auf. Der hatte ihm gerade noch gefehlt. Schon der Gedanke an diesen Verbrecher machte Nick wütend. Zum Glück standen die beiden Männer auf unterschiedlichen Seiten der Theke. Seine Finger krallten sich in die Holzplatte der Abtrennung. Wäre er näher gewesen, hätte er möglicherweise etwas sehr Unkluges getan.

»Ich habe nicht das Gefühl, dass Drohungen notwendig sind.« Der grauhaarige Mann deutete in Richtung Büro. »Sie beschäftigen eine Mitarbeiterin, die Sie sich nicht leisten können, Ihr Laden hat seit dem Tod Ihrer Frau zwanzig Prozent weniger Einnahmen und ohne die Lebensversicherung könnten Sie nicht einmal die Hypothek für Ihr Haus bezahlen.«

Voller Verachtung lachte er. »Sie wissen genauso gut wie ich, dass ich Ihre einzige Chance bin. Bis Ende der Woche erwarte ich eine Entscheidung. Ansonsten werde ich andere Saiten aufziehen.«

Ehe Nick etwas erwidern konnte, war Stahl schon wieder verschwunden. Mit geballten Fäusten und schwer atmend stand er hinter der Theke und schaute zur Tür hinaus, wo sich die schwarze Limousine des Geschäftsmannes gerade in den Verkehr einfädelte. Diesen Menschen hasste er abgrundtief. Seine Versuche, Rubys Andenken in den Schmutz zu ziehen, widerten Nick an. Er war kein großer Kämpfer, niemand, der sich gerne mit anderen anlegte. Streitigkeiten versuchte er aus dem Weg zu gehen und mit dem Strom zu schwimmen. Stahls Drohungen hatten jedoch seinen Widerstand geweckt. Er würde alles in seiner Macht Stehende tun, um das Projekt dieses Geldgeiers zu verhindern.

Eine Sache machte ihm jedoch große Sorgen: Woher hatte Stahl nur all diese Informationen? Abgesehen von ihm wusste niemand, wie sich die Zahlen seit Rubys Tod verändert hatten. Alles war auf seinem Rechner gespeichert und von außen gegen Zugriffe abgesichert.

Es sei denn … Ein ungeheuerlicher Verdacht keimte in ihm auf. War der Einbruch vielleicht nur eine Ablenkung gewesen? Hatten es die Verbrecher in Wirklichkeit auf seinen Rechner abgesehen gehabt?

Eine Hand berührte seinen Rücken. »Kann ich etwas für dich tun?«

Erschrocken fuhr Nick herum. Lange schaute er Julia in die Augen. »Nein, danke, du Liebe!«

44

Dieser Stahl war ein Scheusal! Außerdem hatte er ein wirklich beschissenes Timing! Endlich benahmen sich Nick, Julia und die Kinder wie eine kleine Familie, da musste dieser Arsch reinplatzen und mit seinem fiesen Getue die ganze Stimmung vergiften.

Ruby war stinksauer. Am liebsten hätte sie ein Regal voller Bücher über ihm einstürzen lassen. Sie wollte ihn vergraben unter Ken Follett, J.R.R. Tolkien, John Grisham und Steven King. Wie sie es hasste, wenn jemand gemein zu ihren Lieben war.

Dabei hatte der Nachmittag so gut begonnen. Das Gespräch mit den drei Ms hatte Nick nochmal ein wenig wachgerüttelt. Die Damen hatten den Nagel auf den Kopf getroffen, insbesondere, was Ruby betraf. Ihre Liebe zu ihrem Mann und ihren Kindern war unendlich groß und selbstverständlich wünschte sie ihnen nur das Beste. Nick brauchte eine Frau an seiner Seite. Er war ein toller Mann, war aber rasch überfordert, wenn er dauernd auf sich allein gestellt war. Immer wollte er es allen recht machen und hatte schnell das Gefühl, dass er dazu nicht in der Lage war. Das frustrierte und deprimierte ihn. Dabei war das völlig normal. Aufteilen konnte er sich schließlich nicht. Stattdessen musste er Prioritäten setzen. Das tat er natürlich, war aber trotzdem meist unglücklich damit. Ohne Unterstützung würde er nicht lange durchhalten. Und Julia war ihrer Meinung nach die perfekte Frau für Nick. Sie liebte den Buchladen, brannte förmlich für ihn. Auch Ronja und Lilli hatten sie schnell ins Herz geschlossen und akzeptierten sie in ihrem Leben. Außerdem war sie sympathisch, zeigte keinerlei Arroganz oder Egoismus und schien ein durch und durch guter Mensch zu sein.

Für ihre Töchter war es auch ungemein wichtig, eine weibliche Bezugsperson zu haben. Jemanden, der wie Nick immer für sie da war. Lilli und Ronja sollten nicht als Halbwaisen aufwachsen, sondern in einer intakten Familie, voller Liebe und Zuneigung. Julia mochte die Kinder und die Mädchen mochten sie. Es war eine Freude, die drei miteinander spielen zu sehen. Die junge Frau war perfekt. Ruby konnte sich niemand Besseren vorstellen. Sowohl für Nick als auch für die Zwillinge.

Sie wusste aber auch, dass die Liebe zwischen Nick und Julia ihre eigene Gefühlslage weiter verschlechtern würde. Schon jetzt war es pure Folter, ihre Familie zwar beobachten, aber nicht berühren zu können. Es war ihr größter Wunsch, mit ihnen zu reden, sie zu drücken und zu kuscheln. Stattdessen ahnten die drei nicht einmal, dass sie immer in ihrer Nähe war, und Ruby blieb nur die unbeachtete Beobachterin.

Mit Julia an Nicks Seite würde sich das weiter verstärken. Ein anderer Mensch bekäme dann die Zuneigung und die Aufmerksamkeit, nach der sie sich so sehnte. Täglich würde sie mit ansehen müssen, wie die junge Frau geküsst, umarmt und geliebt wurde. Julia wäre dann Teil der Familie, während sie nur hilflos und tatenlos zuschauen konnte. Schon der Gedanke tat Ruby weh.

Bald musste sie eine Entscheidung treffen, musste sich überlegen, wie es mit ihr weitergehen würde. Ihre Angst vor diesem Moment war groß, doch blieb ihr auf Dauer keine andere Wahl.

Allerdings war dieser Zeitpunkt jetzt noch nicht gekommen. Noch war sie nicht bereit, sich solche Gedanken zu machen. Zuerst einmal gab es dringendere Dinge, die erledigt werden mussten.

Ganz oben auf Rubys Liste stand Stahl. Inzwischen hatte sie schon zwei gute Gründe, diesem Herrn einen Besuch abzustatten. Ob er etwas mit dem Anschlag auf sie zu tun hatte, war ihr immer noch nicht klar. Die Verbindung Hannemanns zu ihm war jedoch das einzige Indiz, das sie hatte. Wenn er dahintersteckte, würde sie es herausfinden.

Letztlich würde das an ihrem Tod natürlich nichts ändern. Ihr Leben bekam sie dadurch nicht zurück.

Viel wichtiger war daher, ihre Familie zu schützen. Wenn dieser gemeine Kerl glaubte, sie würde es zulassen, dass er ihre Lieben ins Unglück stürzte, hatte er sich ordentlich geschnitten. Sie würde nicht ruhen, bis sie etwas gefunden hatte, mit dem sie ihm das Handwerk legen konnte. Zwar wusste sie noch nicht, wie ihr das gelingen würde, aber nichts konnte sie aufhalten, diesen Verbrecher von seinem Plan abzubringen.

Leider hatte Ruby bislang nicht herausgefunden, wie sie sich an einen bestimmten Ort teleportieren konnte. Ihr blieb daher nichts anderes übrig, als sich an Stahls Fersen zu heften und zu hoffen, dass er bald in sein Büro oder sein Haus fahren würde. Ein Blick auf die Uhr verriet ihr, dass seit dem unangenehmen Besuch im Buchstübchen bereits mehr als eine Stunde vergangen war. Wo auch immer Stahl hinwollte, inzwischen musste er dort sein. Also fokussierte sie ihre Gedanken auf den Geschäftsmann und machte sich auf den Weg.

In den letzten Wochen hatte Ruby so häufig den Ort gewechselt, dass ihr diese Reisen keinerlei Probleme mehr bereiteten. Kurz an den Menschen denken, sich darauf konzentrieren, zu ihm zu gelangen, und schon war sie dort. Diesmal jedoch war es anders. Es fühlte sich an, als ob Stahl nicht zu fassen wäre. Immer wieder entwischte er ihr, während sie im

Nichts festhing und durch Zeit und Raum gerissen wurde. Ihr wurde übel. Was war nur los? Konnte er sich vor ihr verbergen? War Stahl etwa genauso wenig Mensch wie sie? Etwas ganz und gar Unheimliches war hier im Gange. Würde sie vielleicht auf ewig ohne Ziel herumschwirren? Angst machte sich in ihr breit und die Übelkeit wurde schlimmer. Was sollte sie nur tun? Krampfhaft versuchte sie, all diese Gedanken zu verdrängen und nur an Stahl zu denken. Endlich wurde es heller und mit einem Mal hatte sie es geschafft.

Die Welt um sie herum wurde wieder bunt und nahm Gestalt an. Stahl saß in einem großen Ledersessel und schaute sich eine Akte an. Ihm gegenüber tippte sein Assistent auf der Tastatur seines Notebooks. Ruby sah sich um. Solch eine ungewöhnliche Umgebung hatte sie nicht erwartet. Das sah weder aus wie ein normales Büro noch wie ein Wohnzimmer. Alles war eng und gedrungen. Die Wände waren gebogen.

»Die Veranstaltung beginnt in gut zwei Stunden«, erklärte der junge Mann und schaute vom Bildschirm auf. »Es sollte Ihnen daher genügend Zeit bleiben, schon im Hotel einzuchecken und sich frisch zu machen.«

Stahl nickte ihm zu. »Außerordentlich lästig, diese gesellschaftlichen Termine. Aber wenn das Bankenkonsortium einlädt, sollte man guten Willen zeigen und sich blicken lassen.«

Endlich hatte Ruby verstanden, wo sie war. Das erklärte auch ihre Probleme, diesen Ort hier zu erreichen. Sie befand sich im Privatflugzeug des Geschäftsmannes.

Verflixt! Dieser Ausflug würde sie nicht weiterbringen. Ihr blieb nichts anderes übrig, als im Laufe des morgigen Tages einen weiteren Versuch zu starten. Die Zeit bis dahin verbrachte sie jedoch lieber mit den Kindern. Sie dachte an Lilli und verschwand.

45

Schon wieder konnte Nick nicht schlafen. Hellwach lag er im Bett und starrte an die dunkle Decke, an der bei genauem Hinschauen die Konturen des Rauchmelders zu sehen waren. Das regelmäßige Aufleuchten der roten Kontrolllampe begleitete ihn nun schon seit mehr als zwei Stunden.

Was war nur mit seinem Leben passiert? Noch vor wenigen Wochen war alles perfekt. Jetzt war er Witwer, seine Kinder Halbwaisen und ein skrupelloses Arschloch trachtete nach seinem Laden. Hilflos fühlte er sich einer höheren Macht ausgeliefert, die ihn als Spielball benutzte. Er hatte sich fest vorgenommen, Stahl zu trotzen und sich nicht von ihm unterkriegen zu lassen. Aber was sollte er gegen einen so mächtigen Mann ausrichten? Der Geschäftsmann hatte ja noch nicht einmal begonnen, mit den Muskeln zu spielen. Wenn er richtig loslegte, würde er Nick in kürzester Zeit auseinandernehmen.

Das heutige Treffen hatte ihm gezeigt, dass Stahl viel mehr über ihn wusste, als er es für möglich gehalten hatte. Die Informationen, die er hatte, gab es nur auf seinem Computer und in seinem Kopf. Da er mit niemandem darüber geredet hatte, blieb nur der Rechner. Doch auch hier war Nick auf

Nummer sicher gegangen. Im Büro gab es zwei PCs. Einer war für Recherchen und Korrespondenzen, der andere für die Buchhaltung. Der zweite Rechner war grundsätzlich nicht mit dem Internet verbunden. Nur wenn er seine Buchhaltungsdaten verschickte, stöpselte er das Netzkabel ein. Das war in den vergangenen drei Wochen nicht geschehen. Es gab nur eine Möglichkeit, an die Daten heranzukommen. Man musste vor Ort den Computer starten und sich korrekt einloggen.

Nick dachte an den Einbruch. Was wäre, wenn es dem Einbrecher gar nicht um den Keller gegangen war? Was wäre, wenn das nur ein Ablenkungsmanöver war und er es in Wirklichkeit auf die Daten auf dem Computer abgesehen hatte? Nick machte sich nichts vor, ein halbwegs guter Hacker sollte in der Lage sein, seine Kennwörter zu knacken. Die Typen schafften es, sich in Hochsicherheitsbehörden und Konzerne zu hacken. Dagegen war er nur eine kleine Nummer. Der Verbrecher konnte also in aller Ruhe die Daten abgesucht und auf einem USB-Stick gespeichert haben. Als er entdeckt wurde, hatte er im Keller Unordnung gemacht und war verschwunden. Niemand war bislang auf die Idee gekommen, einen anderen Hintergrund für die Tat anzunehmen.

Ob er morgen mit dem Kommissar darüber reden sollte? Schaden konnte es nichts. Vielleicht hatte die Polizei Spezialisten, die seinen Rechner auf solche unautorisierten Zugriffe hin prüfen konnten.

Als Nick schließlich in einen unruhigen Schlaf fiel, träumte er von den drei Ms, wie sie nachts ins Buchstübchen schlichen, sich eine nach der anderen in Teufelinnen verwandelten und dann seinen Computer starteten. Die Türglocke bimmelte und Stahl kam lachend dazu.

Die Glocke hörte nicht auf zu läuten. Was war nur los? War sie defekt? Nick nahm sich vor, sie zu reparieren.

Langsam verblassten die Teufel und Stahl. Das Läuten blieb. Verdammt! Das Telefon! Hatte er verschlafen? Wie spät war es? Hektisch sprang er aus dem Bett, lief in den Flur und riss den Hörer aus der Station.

»Lessing«, keuchte er.

»Sie haben aber einen gesunden Schlaf«, kam Hubers brummige Stimme aus dem Telefon.

»Was ist denn los, Herr Kommissar? Wie spät haben wir? Entschuldigen Sie, ich bin noch nicht richtig da.«

War dieses komische Geräusch, das der Kommissar machte, ein Lachen?

»Wir haben noch nicht einmal fünf und eigentlich sollten wir beide zu dieser Zeit schlafen.« Er machte eine kurze Pause. »Es gab einen weiteren Einbruch. Bitte kommen Sie so schnell wie möglich zum Laden. Die neue Alarmanlage hat ihre Sache hervorragend gemacht. Wir haben den Einbrecher.«

Sie hatten den Verbrecher erwischt? Das war eine gute Nachricht. Vielleicht würde das endlich Licht ins Dunkel bringen. Hoffentlich war es keine der alten Damen aus seinem Traum.

Nick atmete tief durch und schaute das Mobilteil an, das er krampfhaft in der Hand hielt. Jetzt kam der schwierigste Teil. Er musste bei Hannah anrufen und sie wieder aus dem Bett holen. Die würde ihm ordentlich die Hölle heiß machen.

Beim zehnten Tuten ging die Nachbarin ans Telefon.

»Hast du Sehnsucht nach mir, Süßer?«, fragte sie mit verschlafener Stimme. »Komm einfach rüber. Ich gehe wieder ins Bett.«

»Hannah, warte!«, rief Nick in den Hörer. »Nicht auflegen! Es tut mir schrecklich leid. Es gab wieder einen Einbruch. Diesmal haben sie den Täter gefasst.«

»Ich bin schon unterwegs«, antwortete sie mürrisch.

»Danke, ich …« Hannah hatte bereits aufgelegt.

Ein paar Minuten später betrat sie das Haus der Lessings. Ohne ein Wort der Begrüßung steuerte sie geradewegs auf Nick zu und bohrte ihm den Zeigefinger in die Brust.

»Vier-Gänge-Menü im Jägerhof!« Ihr Blick ließ keine Widerrede zu.

»Versprochen!«

Dankbar küsste er sie auf die Wange und machte sich auf den Weg.

Huber wartete wieder rauchend auf der Straße.

»Gut, dass Sie bezüglich der Alarmanlage so schnell reagiert haben. Hätte nicht gedacht, dass es so bald zu einem neuen Einbruch kommt. Aber umso besser. Der stille Alarm wurde ausgelöst und wir haben die Täterin auf frischer Tat ertappt.«

»Täterin? Eine Frau?« Nick war überrascht. Seine Gedanken überschlugen sich. Wer konnte es sein? Nicht, dass doch eine der alten Damen ein falsches Spiel mit ihm gespielt hatte. Er schüttelte den Kopf. Solch ein Quatsch!

»Ja, eine gewisse Frau Siebert.« Der Kommissar warf die Kippe auf den Boden und drückte sie mit dem Schuh aus.

»Siebert? Anette Siebert? Ich fasse es nicht! Ich habe vor kurzem noch mit meiner Mitarbeiterin über die Dame gesprochen, sie aber dann wieder vollkommen verdrängt.«

Neugierig schaute Huber ihn an und forderte ihn auf, weiterzureden.

»Diese Frau habe ich kurz vor Rubys Beerdigung bei einer Lesung hier im Buchstübchen kennengelernt. Ein paar Tage danach hat sie sich erneut mit mir getroffen. Schon damals hat sie großes Interesse am Keller gezeigt. Angeblich begeisterten sie alte Gemäuer. Später am Abend hat sie versucht, mich zu verführen.« Nick verzog die Mundwinkel. »Ich habe aber das Gefühl, dass ihre Bemühungen dabei weniger mir als dem Laden und dem Keller galten.«

Der Kommissar schnaubte. »Den Eindruck habe ich auch. Haben Sie inzwischen eine Idee, was sie im Keller will?«

Nick zuckte mit den Schultern. »Nein, ich habe keine Ahnung. Egal, wie oft ich mir die Räume anschaue, ich finde nichts von Wert.«

Die Ladentür öffnete sich und zwei Polizisten führten eine sich wehrende Frau Siebert hinaus. Sie trug dunkle Kleidung und eine schwarze Mütze, unter der ihr feuerrotes Haar wirr hervorschaute. Ihre Hände waren mit Handschellen auf den Rücken gefesselt.

»Die benimmt sich wie eine Furie«, beschwerte sich der eine Polizist.

»Du stehst doch auf so was«, entgegnete der andere lachend. »Aua!«, schrie er. Die Gefangene hatte ihm mit voller Wucht gegen das Schienbein getreten.

»Lasst mich los, ihr Schweine! Ihr seid es nicht wert, mich anzufassen«, wütete sie und versuchte sich loszureißen.

Huber seufzte laut. »Fahrt sie zum Präsidium und sperrt sie in eine Zelle. Sie soll sich erst einmal beruhigen.«

»In eine Zelle? Dass ich nicht lache! Ich werde schneller draußen sein als ihr ›Beschissene Bullenschweine‹ sagen könnt.«

Mit funkelnden Augen schaute sie Nick an. »Und wir sind auch noch nicht fertig! Ich werde bekommen, was mir zusteht!«

»Schafft sie endlich weg!«, brummte Huber und schob Nick sanft zur Ladentür.

»Lassen Sie uns drinnen weiterreden. Ich könnte jetzt einen Kaffee vertragen. Die Kollegen werden mit dieser Teufelin schon fertig.«

Teufelin? Hatte dieses Biest vielleicht auch etwas mit Rubys Tod zu tun? War das möglich? Hing das alles miteinander zusammen? Erst Ruby aus dem Weg räumen, um dann an ihn heranzukommen? Als das nicht funktioniert hatte, versuchte sie es mit den Einbrüchen. Aber wieso das alles?

Schweigend und tief in Gedanken versunken bereitete Nick den Kaffee zu.

Hatte Anette auch eine Verbindung zu Stahl? Seine Grübeleien von heute Nacht kamen wieder hoch. Hatte sie es nur auf den Keller abgesehen oder hatte sie nebenbei auch seinen Computer geknackt?

»Woran denken Sie?«

Hubers Stimme riss Nick aus seinen Gedanken. Sollte er dem Kommissar von seinen Verdächtigungen erzählen? Dann müsste er ihm die ganze Geschichte mit Stahl auftischen. Das war aber seine Sache. Warum sollte er Huber mit noch mehr Problemen belasten?

»Raus damit, Lessing!«, knurrte dieser. »Vielleicht ist es wichtig. Und wenn nicht, habe ich zumindest etwas Unterhaltung, während ich den Kaffee genieße.«

Nick schenkte zwei Tassen ein und setzte sich neben den Kommissar. In aller Ausführlichkeit erzählte er ihm von Stahls Besuchen, seinem Wunsch, das Buchstübchen zu kaufen, und dem großzügigen Angebot. Die Gründe, warum Nick nicht verkaufen wollte, konnte Huber gut nachvollziehen. Zuletzt berichtete er von den Drohungen des Geschäftsmannes und den Informationen, die er über ihn und den Laden hatte.

»Und Sie glauben, dass es sonst keine Möglichkeit gibt, an diese Daten heranzukommen?«

»Nein, Herr Kommissar. Die Zahlen sind so frisch, dass ich sie selbst erst seit ein paar Tagen kenne. Jemand muss an diesem Computer gewesen sein.«

Huber legte die Stirn in Falten. »Die Drohungen sind bereits die zweite Verbindung zwischen Stahl und Ihrem Buchstübchen.«

Nick horchte auf. »Die zweite? Welchen Bezug gibt es denn noch?«

»Eigentlich darf ich Ihnen darüber noch keine Informationen geben. Wir stecken schließlich mitten in den Ermittlungen. Der Fahrer, der Ihre Frau tötete, hat früher für Stahl gearbeitet.«

»Das scheint mir aber ein bisschen weit hergeholt zu sein. Die halbe Stadt gehört Stahl. Wahrscheinlich arbeitet die Hälfte der Bewohner für ihn.«

Huber massierte seine Schläfen. »Ja, ich weiß. Mehr haben wir im Moment leider nicht. Ihren Verdacht lasse ich aber überprüfen. Krieger kann sich die Überwachungsbänder der letzten Tage anschauen. Vielleicht fällt ihm was auf.«

Nach einem kurzen Telefonat mit seiner Dienststelle wandte er sich wieder Nick zu. »Ich muss Sie bitten, mich zum Präsidium zu begleiten. Es sind noch ein paar Formalitäten zu erledigen.«

Nun war es Nick, der sich das Telefon schnappte.

»Julia? Guten Morgen! Kannst du bitte sofort in den Laden kommen?«

»Ist etwas passiert? Was ist los?« Julias Stimme klang aufgeregt.

»Es gab wieder einen Einbruch. Diesmal haben sie die Täterin erwischt. Es war diese Anette Siebert, von der ich dir erzählt habe. Die Tussi, die sich den Keller angeschaut hat. Jedenfalls muss ich den Kommissar ins Präsidium begleiten. Ich weiß aber nicht, wie lange es dauern wird.«

»Kein Problem. Bin schon unterwegs. Ich wollte heute sowieso früher kommen.«

»Danke!« Nick legte auf.

»Wenn es Ihnen nichts ausmacht, komme ich nach, sobald meine Mitarbeiterin hier eingetroffen ist. Sie hat noch keinen Schlüssel.«

Der Kommissar nickte ihm zu und verabschiedete sich.

Nick blieb auf dem Sofa sitzen. In was war er da nur hineingeraten? Sein Leben wurde von Tag zu Tag verrückter. Er war froh, dass er Hannah und Julia hatte.

Apropos Julia. Schnell schaute er an sich herab und stellte erleichtert fest, dass er heute korrekt angezogen war.

46

Diese Hexe! Wenn sie dazu in der Lage gewesen wäre, hätte Ruby ihr links und rechts eine runtergehauen. Es hätte sie nicht gewundert, wenn Nick und die Polizisten in der Luft knisternde Funken gesehen hätten. So wütend war sie schon lange nicht mehr gewesen. Diese Siebert war ihr vom ersten Moment an unsympathisch. Wie sie sich an Nick herangemacht hatte, obwohl dieser noch nicht einmal die Beerdigung hinter sich gebracht hatte. Wie sie ihn betrunken gemacht hatte und ihn in einem Moment verführen wollte, in dem er schwach und wehrlos war. Ruby hasste alles an dieser Kuh, von der erotischen Schnute, die sie zog, über die feuerroten Haare bis zu ihrer widerwärtigen Art, andere auszunutzen.

Gott sei Dank hatte Nick gleich die Alarmanlage installieren lassen. Wer weiß, was sie sonst angerichtet hätte. Welches Ziel die Siebert verfolgte, war Ruby immer noch nicht klar. Im Keller gab es nichts. Sie hatte schon den Gedanken gehabt, dass man durch die Kellerräume des Buchstübchens in andere Gebäudeteile einsteigen konnte, doch auch diese Idee war eine

Sackgasse gewesen. Die Nachbarn ihres Ladens waren eine Metzgerei und eine Privatwohnung, nichts Außergewöhnliches und kein Grund, auf diesem Umweg dort einzusteigen. Sie wusste nicht einmal, ob es da ebenfalls Keller gab.

Dieses Rätsel würde aber wohl vorerst ungelöst bleiben, denn in die Träume dieser Verrückten wollte sie beim besten Willen nicht eintauchen. Ruby konnte sich auch nicht vorstellen, dass Huber hilfreiche Informationen aus der Rothaarigen herausbekommen würde. An ihr würde sich der Kommissar die Zähne ausbeißen. Hoffentlich würde sie verurteilt und für eine lange Zeit weggesperrt.

Eine Bedrohung für Nick war zumindest fürs Erste einmal ausgeschaltet. Allerdings glaubte sie nicht, dass die Siebert in einer Verbindung zu Stahl stand. Die grässliche Frau interessierte sich nur für den Keller und ihre ureigenen Anliegen. Wahrscheinlich hatte sie keine Ahnung, dass der Geschäftsmann hinter dem Laden her war.

Ruby versuchte, ihre Gedanken an diese Hexe zu verdrängen. Mit der Verhaftung wurde das Thema unwichtig. Stahl hingegen hatte weiterhin höchste Priorität.

Ein paar Minuten nachdem der Kommissar verschwunden war, betrat Julia den Laden. Mit ihren noch ganz kleinen Augen sah sie aus, als wäre sie aus dem Bett gefallen und gleich zum Buchstübchen gefahren. Vermutlich war sie das sogar. Ihre Haare standen strubbelig vom Kopf und die Bluse war falsch geknöpft. Auch damit passte sie zu Nick.

Gähnend umarmte sie ihren Chef und ließ sich dann alles genau berichten.

»Die ganze Geschichte ist vollkommen rätselhaft«, antwortete sie und setzte sich mit in Falten gelegter Stirn aufs Sofa. »Warum bloß der Keller?«

»Ich habe keine Ahnung. Vielleicht bekommt Huber ein paar Informationen aus ihr heraus.«

»Falls ich dazu komme, recherchiere ich auch ein wenig. Möglicherweise gibt es im Internet Hinweise zu dieser Frau, die uns weiterbringen.«

Nick lächelte. »Das ist eine gute Idee. Ich mache mich jetzt auf den Weg ins Polizeipräsidium. Das wird hoffentlich nicht zu lange dauern.«

»Mach dir keinen Stress. Ich bin ja hier.« Sie beugte sich vor und küsste ihn zärtlich auf den Mund.

Grinsend verließ Nick das Buchstübchen.

Auch Ruby machte sich auf den Weg. Da Stahl vermutlich noch auf seiner Geschäftsreise war, wollte sie zuerst bei den Kindern vorbeischauen. Doch am Nachmittag würde sie einen neuen Versuch starten.

Den Zwillingen ging es fantastisch. Laut singend tobten sie durchs Haus, während Hannah krampfhaft bemüht war, sich bei dem Lärm auf die Zubereitung des Frühstücks zu konzentrieren. Ihre Freundin sah erschöpft aus. Regelmäßig betonte sie, wie wichtig ihr Schönheitsschlaf sei, und ihr aktueller Zustand bewies diese These. Die aufgedrehten Mädchen hatten ihr vermutlich den Rest gegeben.

So gerne hätte Ruby ihr gezeigt, wie unendlich dankbar sie war. Hannah war jederzeit für Nick und die Kinder da und unterstützte sie, wo sie nur konnte. Das war schon wieder einer dieser hilflosen Engel-Momente. Das beinahe schmerzhafte Verlangen, jemanden in den Arm zu nehmen und fest zu drücken. Wie sie es hasste, zum reinen Zuschauen verdammt zu sein, anstatt anderen die Liebe schenken zu können, die sie empfand. Jedes Mal tat es mehr weh, sich diesen wundervollen Menschen nicht zeigen zu können und gänzlich unbeachtet ihr Dasein unter ihnen zu fristen. Als würde sich all ihre Liebe immer weiter anstauen und nicht abfließen können.

Hannah hatte es endlich geschafft, das Frühstück herzurichten und die Zwillinge unter Kontrolle zu bringen.

»Wo ist Papa?«, fragte Ronja, während sie Müsli in ihren kleinen Mund schaufelte.

»Wenn ich das richtig verstanden habe, waren wieder Einbrecher im Buchladen. Diesmal hat die Polizei sie geschnappt.«

»Wow! Cool!« Lillis Augen leuchteten vor Erregung. »Dürfen wir hin? Ich möchte die Einbrecher sehen! Und die Polizisten.«

»Oh, ja«, fiel Ronja mit ein. »Das ist viel besser als Kindergarten.«

Hannah lachte. »Nichts da, ihr Rabauken. Kleine Mädchen gehören in den Kindergarten und nicht auf Verbrecherjagd. Die Polizisten würden euch bestimmt gleich ins Gefängnis stecken, weil ihr noch keine Zähne geputzt habt!«

Heulend wie Indianer sprangen die beiden vom Tisch auf und rannten ins Badezimmer.

Bis zum Mittag gönnte sich Ruby etwas Ruhe, sie begleitete die Kinder durch ihren Morgen und war glücklich, dass die Zwillinge anscheinend ihren Platz in der Gruppe gefunden hatten. Lilli und Ronja machten einen zufriedenen Eindruck, waren neugierig, freundlich und kamen gut mit der Erzieherin und den anderen Kindern aus.

Hier gab es für Ruby nichts mehr zu tun. Daher konzentrierte sie sich auf Stahl und hoffte, dass sie nicht schon wieder ein Flugzeug entern musste.

Glücklicherweise hatte sie diesmal keinerlei Probleme. Ohne Mühe erschien sie in einem unanständig großen Eckbüro mit zwei riesigen Fensterfronten, von wo aus man die halbe Stadt überblicken konnte. Beeindruckend! Stahl saß in einem seiner üblichen grauen Anzüge an einem Schreibtisch, der nur unwesentlich kleiner war als das Kinderzimmer der Zwillinge. Vornübergebeugt und mit verzerrtem Gesicht sprach er zornig ins Telefon.

»Du wirst weiterhin genau das tun, was ich dir sage! Du weißt, was ansonsten mit deiner Schwester geschieht!«

Ohne ein Abschiedswort knallte er den Hörer auf die Gabel. Über die Gegensprechanlage zitierte er seinen Assistenten herbei und faltete diesen wegen einer Nichtigkeit zusammen.

Ruby war heilfroh, dass sie nie einen solchen Chef gehabt hatte. Stahl war eindeutig ein riesengroßes Arschloch. Zum

Glück verschwand er kurz darauf für eine Besprechung mit dem Vorstand, sodass sie sich in Ruhe im Büro umschauen konnte, ohne sich pausenlos über das Verhalten dieses Kerls aufregen zu müssen.

Obwohl das Büro riesig war, brauchte Ruby nicht lange, um jedes Fleckchen zu inspizieren. Stahl war ein ordentlicher Mensch, der alles penibel weglegte, wenn er es nicht benötigte. In kurzer Zeit hatte sie sich Schubladen und Schränke angesehen, doch nichts Belastendes gefunden. Sogar im Wand-Safe war sie gewesen, jedoch ebenfalls ohne Erfolg.

Im Laufe des Nachmittags musste sie ihr Bild von Stahl teilweise revidieren. Zwar war er auf der einen Seite ein knallhartes Arschloch, das keinerlei Skrupel kannte, doch hatte er auch eine andere Seite. Ruby bekam mit, wie er anonym hunderttausend Euro an das städtische Kinderheim spendete, und Tränen in den Augen hatte, als ihm seine Sekretärin von ihrem kranken Sohn erzählte. Doch nur wenige Momente später war er wieder aufbrausend und ungerecht, als sein Kaffee nicht ausreichend heiß serviert wurde.

Für Ruby war dieser Tag im Büro eines Wirtschaftsbosses ungemein aufregend. Sowohl die Tätigkeiten als auch der Mensch selbst waren spannend, wenn auch oft unerträglich. Sie hatte gehofft, sinnvolle Informationen zu erhalten, musste aber erkennen, dass Stahl mehr um die Ohren hatte als nur das Buchstübchen.

Gegen achtzehn Uhr machte sich der Geschäftsmann auf den Heimweg. Endlich! Vielleicht hatte sie in seinem Haus mehr Erfolg. Nach dem Besuch in diesem pompösen Büro hatte sie schon erwartet, dass Stahl nicht in einer kleinen Doppelhaushälfte leben würde. Doch der Anblick des protzigen Baus, auf den die Limousine zurollte, verschlug Ruby den nicht vorhandenen Atem. Das war keine Villa, das war ein Schloss. Hier würde sie Stunden, wenn nicht sogar Tage mit ihrer Suche verbringen können.

Der Wagen hielt vor der Villa und ein Bediensteter in Uniform eilte herbei, um die Wagentür zu öffnen. Das war ja wie im Film. Ruby folgte Stahl in eine Eingangshalle, in die locker ihr ganzes Haus gepasst hätte. Anstatt sich weiter an den Schlossherrn zu heften, begann sie nun eine kleine Hauserkundung. Rasch erkannte sie, dass es hier unzählige Zimmer gab, die alle mit diversen Dingen vollgestellt waren. Ein Raum mit alten Artefakten, einer, dessen Wände völlig mit gerahmten Fotos bedeckt waren, ein Trophäenzimmer, ein Büro, ein Fitnessraum, unzählige Schlafzimmer, mehrere Wohnzimmer, Bäder und weitere Räume, deren Sinn sie auf die Schnelle nicht erkannte.

Ruby entschied sich, erst einmal zu ihrer Familie zurückzukehren. Morgen würde sie sich mit dem Haus beschäftigen. Für heute hatte sie genug von Stahl. Bevor sie verschwand, suchte sie jedoch noch ein paar Bedienstete auf, sodass sie sich am folgenden Tag zu diesen beamen konnte, ohne auf den Hausherrn selbst angewiesen zu sein. Dann konzentrierte sie sich auf Nick.

47

Das Polizeipräsidium war größer als gedacht. Nick hatte sich am Empfang gemeldet und dort eine Wegbeschreibung zu Hubers Büro erhalten. Nachdem er sich zweimal in den grauen Gängen verlaufen und bei einer Sekretärin der im gleichen Gebäude untergebrachten Staatsanwaltschaft nach dem Weg gefragt hatte, klopfte er endlich an der richtigen Tür.

»Da sind Sie ja«, murrte Huber und deutete auf einen ungemütlich anmutenden Metallstuhl.

»Wie bereits erwähnt, benötige ich ein paar Unterschriften.« Er schob einen Stapel Blätter über den Tisch. »Ist nichts Tragisches, aber unsere Bürokratie will es so.«

Nick überflog die Papiere, ohne viel zu begreifen, und setzte seine Unterschrift an die markierten Stellen.

»Hat die Siebert inzwischen etwas berichtet, was uns weiterbringt?«, fragte er hoffnungsvoll.

Der Kommissar schüttelte den Kopf. »Die ist immer noch auf hundertachtzig, schimpft und pöbelt. Sie tut so, als ob sie mächtige Freunde hat, die sie bald hier herausholen. Ich weiß nicht, ob da was dran ist.« Er schnaufte. »So einfach wie im Fernsehen ist das aber nicht.«

»Ich verstehe das einfach nicht. Der Gedanke, dass sie unbedingt in meinen Keller will und ich nicht ansatzweise erahnen kann warum, macht mich ganz kirre.«

Es war tatsächlich zum Wahnsinnigwerden. Immer wieder musste Nick an den Keller denken, an die Schränke und das Zeug, was dort untergebracht war. Mit Julia hatte er hinter jedes Regal geschaut, aber es gab keine Anzeichen für geheime Türen oder Ähnliches. Wertgegenstände im Keller selbst konnte er ausschließen. Sie hatten alles genau untersucht und definitiv nichts Wertvolles entdeckt. Auch den Polizisten war bei den Untersuchungen nichts aufgefallen. Was also wollte sie da unten?

»Vielleicht beruhigt sich die Dame ja bald. Dann kann unser Psychologe mit ihr reden.«

Der Kommissar nahm einen Kugelschreiber und begann, ihn zwischen den Fingern zu drehen. Sein Blick war nach unten gerichtet. Zweimal hatte Nick das Gefühl, dass er etwas sagen wollte, es sich jedoch gleich wieder anders überlegte. Schweigend wartete er.

Erneut öffnete Huber den Mund, warf den Stift auf den Tisch und schaute auf.

»Ich hatte gestern ein weiteres Gespräch mit dem Unfallfahrer. Leider konnte er mir nichts Neues erzählen. Er bat mich aber, Ihnen auszurichten, dass es ihm unendlich leidtue. Ihm ist klar, dass Sie ihm das niemals verzeihen können. Er sei aber kein böser Mensch und wäre nicht Herr seiner Sinne gewesen. Wenn es einen Weg gäbe, es ungeschehen zu machen, würde er ihn gehen.«

Nick schluckte. Was sollte er dazu sagen? Er kannte den Mann nicht, der seine Frau umgebracht hatte. Was er bislang erfahren hatte, ließ ihn vermuten, dass er selbst ein Opfer war. Doch machte das die Tat weniger schlimm? Seit dem Abend mit Anette konnte er einigermaßen nachvollziehen, wie schnell man manipuliert und verführt werden konnte. Hatte er nicht auch um Verzeihung gebeten? Hatte er nicht ebenfalls ein schlechtes Gewissen gehabt? Dabei war er noch mit einem blauen Auge davongekommen. Wie musste der Unfallfahrer sich fühlen? Unterschiedliche Gefühle kämpften in Nick. Auf der einen Seite hasste er den Mann, weil er ihm das Liebste genommen hatte, das er besaß. Gleichzeitig tat er ihm leid, da er sein restliches Leben damit klarkommen musste, aufgrund seiner Alkoholsucht einen Menschen zu Tode gefahren zu haben.

»Sagen Sie ihm, dass ich ihm nicht verzeihen kann, Ruby getötet zu haben. Durch seine Schwäche hat er sie aus meinem Leben gerissen. Sagen Sie ihm aber auch, dass die Hauptschuld jemand anderes trägt. Ich wünsche ihm, dass er sich selbst eines Tages verzeihen kann und diese erzwungene Tat nicht den Rest seines Lebens bestimmen wird.«

Der Kommissar nickte.

»Wenn Sie noch Zeit haben, können Sie mich zu Krieger begleiten. Er hat sich die Dateien der Überwachungskameras angeschaut. Vielleicht kann er Ihnen zumindest bezüglich Stahl weiterhelfen.«

Die beiden Männer verließen das Büro und betraten ein Zimmer im Nachbargang.

»Haben Sie etwas für Herrn Lessing?«, fragte Huber seinen jungen Kollegen.

Krieger, der bis dahin konzentriert auf seinen Monitor gestarrt hatte, drehte sich zu den beiden um.

»Ich habe mir im Schnelldurchlauf alle vorhandenen Daten der entsprechenden Kamera angeschaut. Das System ist so ausgelegt, dass die alten Dateien nach einer Woche gelöscht, beziehungsweise überschrieben werden. In Ihrem Fall ist das unkritisch, da Sie die Überwachungsanlage erst ein paar Tage haben.

Leider ist mir nichts Außergewöhnliches aufgefallen. Bis auf Sie selbst und Ihre Mitarbeiterin war niemand an diesem Rechner.«

»Meine Mitarbeiterin?«, fragte Nick tonlos.

»Ja, Frau Schiller. Sie arbeitet fast täglich um die Mittagszeit an diesem PC.«

Es war, als hätte ihm jemand den Boden unter den Füßen weggezogen. Ihm wurde schwarz vor Augen und ohne die Hilfe des Kommissars hätte er sich nicht auf den Beinen halten können. Das durfte nicht sein. Nicht Julia!

»Was ist los, Herr Lessing? Geht es Ihnen nicht gut?«

Nick fühlte sich wie in Trance. Es rauschte in seinen Ohren und sein Blick wollte sich nicht aufklären.

»Frau Schiller hat keinen Zugriff auf diesen Computer«, flüsterte er.

Huber gab ihm ein Glas Wasser, und ganz langsam kam er wieder zu sich.

»Können Sie mir Bilder von ihr zeigen?«

Krieger wandte sich wieder seinem Rechner zu und tippte ein paar Befehle ein. Nur wenige Sekunden später baute sich ein überraschend klares Bild auf dem Monitor auf. Die Uhr zeigte fünf nach eins am Mittag. Julia betrat das Büro und setzte sich an den PC. Sie steckte einen USB-Stick in den entsprechenden Port und wartete. Kurze Zeit später begann sie zu tippen und mit der Maus zu klicken. Immer wieder nahm sie einen Notizblock und schrieb eifrig hinein.

»Ich vermute, dass auf dem Stick eine Software zum Hacken des Kennwortes ist«, kommentierte Krieger die Bilder. »Damit keine Kopieraktionen protokolliert werden, überträgt sie die Daten in ihr Notizbuch. Wenn es nicht wichtig ist, Originaldateien zu kopieren, ist das die sicherste Variante.«

Mit hängenden Schultern stand Nick vor dem Bildschirm und schüttelte den Kopf. Für ihn brach eine Welt zusammen.

Sanft legte sich eine Hand auf seinen Arm. »Tut mir leid«, brummte Huber. »Die Menschen, die wir am nächsten an uns heranlassen, können uns auch am meisten verletzen.«

Da hatte der Kommissar verdammt nochmal recht. Wie sehr hatte Nick sich mit dem Gedanken gequält, dass es zu früh sei, um sich neu zu verlieben? Wie viel Überwindung hatte es ihn gekostet, diese Gefühle zuzulassen? Und was war das Ergebnis? Julia hatte ihn ausgenutzt und hintergangen, hatte sein Vertrauen missbraucht, um ihm aus dem Schatten einen Dolch in den Rücken zu bohren.

Der Kommissar reichte ihm eine Tasse Kaffee. »Etwas Härteres haben wir hier leider nicht.«

»Danke«, antwortete er stumpf.

Die Fahrt zurück zum Laden erlebte Nick in einem nebligen Dämmerzustand. Andere Autos huschten wie konturlose Farbkleckse an ihm vorbei. Alles um ihn herum verschwamm zu einem wirren Durcheinander. Auch in ihm drin ging es chaotisch zu. Bilder tauchten wie in einem Kaleidoskop kurz auf, um im nächsten Moment zu verschwinden und durch neue ersetzt zu werden. Es war unmöglich, einen klaren Gedanken zu fassen.

Ohne groß auf seine Umgebung zu achten, parkte er den Wagen vor dem Laden, stieg aus und stapfte wie ein Zombie hinein.

Eilig kam Julia auf ihn zu gestürmt. »Du siehst schrecklich aus. Was ist geschehen?«

»Sag du es mir!«

Mit gerunzelter Stirn schaute sie ihn an. »Was meinst du?«

»Wann wolltest du mir sagen, dass du die Begeisterung für das Buchstübchen nur vortäuschst? Wann wolltest du mir mitteilen, dass deine liebevolle Art den Kindern und mir gegenüber nur eine Maskerade ist? Wann wolltest du damit herausrücken, dass du nur hier bist, um für Stahl zu spionieren?«

Julias Gesicht war kalkweiß geworden. »Aber ich …«

»Jetzt ist mir völlig klar, warum du trotz des geringen Gehalts den ganzen Tag hier verbringen kannst«, unterbrach er sie barsch. »Die paar Euro hier sind nur ein Taschengeld zu deinem eigentlichen Lohn.«

»Bitte hör mir zu!« Die junge Frau begann zu weinen. »Ich wollte nicht …«

»Ich möchte nichts hören!« Nick wurde immer wütender. Die Hände in die Hüften gestemmt stand er vor ihr.

»Noch nie in meinem Leben bin ich derart hintergangen worden. Mir ist es schon immer schwergefallen, mich anderen gegenüber zu öffnen und sie an mich heranzulassen. Nach Ruby warst du der erste Mensch, dem ich diese Chance gegeben habe. Und was tust du? Du missbrauchst dieses Vertrauen aufs schändlichste.«

Inzwischen flossen auch bei Nick die Tränen.

»Wie konntest du mir nur so wehtun?! Ich habe dir mein Herz geschenkt und du hast es nur genommen, um darauf herumzutrampeln.«

»Das stimmt nicht!«, stieß Julia heulend hervor.

»Ich will nichts hören! Bitte geh jetzt. Ich möchte dich nie wiedersehen.«

Ohne darauf zu achten, ob sie wirklich ging, sank Nick zu Boden. Sein Gesicht in den Händen vergraben weinte er bitterlich. In diesem Moment erkannte er, wie stark seine Gefühle für Julia waren. Das war keine kleine Schwärmerei, nein, er hatte sie wirklich geliebt.

Nicht fähig, einen vernünftigen Gedanken zu fassen, hockte er minutenlang auf dem Boden. Wenn er die Augen schloss, sah er Julias Lächeln. Er spürte förmlich ihre Berührungen und erinnerte sich sehnsüchtig an ihren Kuss. Noch vor wenigen Stunden hatte er sich vorstellen können, ein gemeinsames Leben mit ihr zu führen. Ach was … er hatte sich nichts sehnlicher gewünscht. Diese wunderschöne Frau hatte ihn zum Lachen gebracht, hatte seinem Leben wieder mehr Sinn gegeben und in ihm den Wunsch nach einer neuen Familie entfacht.

Doch nichts davon war echt gewesen. Nicht ihr Lächeln, nicht die Zuneigung, die sie ihm und den Kindern entgegengebracht hatte, nicht einmal die Liebe zu den Büchern und dem Buchstübchen. Alles nur Show, und er war darauf hereingefallen.

Wahrscheinlich saß sie gerade bei Stahl und lachte ihn aus. Erzählte ihrem Auftraggeber von seiner Gutgläubigkeit, während er hier auf dem Boden hockte, verzweifelt und voller Sehnsucht nach Nähe und Geborgenheit. Wehmütig dachte er an Ruby, an ihre bedingungslose Verbundenheit, an ihre wahrhaftige Liebe. Gerade jetzt im Moment fehlte sie ihm so sehr.

Der Stress der letzten Wochen, die Kinder und auch seine Gefühle für Julia hatten ihn davon abgehalten, seine Trauer richtig auszuleben. Immer hatte er etwas Wichtiges zu tun oder musste stark sein. Doch jetzt brachen alle Dämme. Laut heulend und schluchzend wälzte er sich auf dem Boden. Die Tränen liefen in Bächen auf die Dielen und er schrie sich seinen ganzen Schmerz von der Seele.

Irgendwann später, während er wimmernd und zusammengerollt auf dem Boden lag, hörte er die Türglocke. Kurz darauf berührte eine Hand seinen Rücken.

»Ist alles in Ordnung mit Ihnen? Soll ich den Notarzt rufen?«, fragte die sanfte Stimme eines Mannes.

Nick drehte seinen Kopf zur Seite und schaute in das Gesicht des Gemeindepfarrers, der gelegentlich vorbeikam, um sich die neuesten Krimis zu besorgen.

»Danke, es geht schon. Im Moment ist es wohl alles zu viel für mich.«

Behutsam half ihm der Pfarrer auf die Beine und führte ihn zum Sofa. Erst nachdem er ihm einen Kaffee gebracht hatte, antwortete er.

»Früher oder später muss das alles aus uns heraus. Insbesondere unsere Trauer müssen wir auf die ein oder andere Art verarbeiten. Wenn dies nicht geschieht, sucht sie sich ihren eigenen Weg.« Aufmunternd klopfte er ihm auf den Rücken.

»Machen Sie den Laden für heute zu und fahren sie zu ihren Kindern. Nichts schenkt uns mehr Trost als die Nähe geliebter Menschen.«

48

Im Buchstübchen hielt er es nicht mehr aus. Nachdem der Pfarrer gegangen war, machte Nick alle Lichter aus, schloss den Laden ab und fuhr aus der Stadt hinaus ins benachbarte Naturschutzgebiet. Leichter Nieselregen fiel vom Himmel und so blieben die meisten Leute zu Hause.

Das war gut so. Er wollte keinen Menschen sehen und mit niemandem reden. Obwohl weder seine Kleidung noch seine Schuhe geeignet waren, um bei diesem Wetter zu wandern, lief Nick vom Parkplatz in den Wald hinein und folgte einem der ausgeschilderten Wege. Den Regen spürte er nicht, den Matsch, durch den er ging, beachtete er nicht. Völlig in sich versunken bekam er von der Umgebung überhaupt nichts mit.

Immer wieder hatte er die Bilder vor Augen, auf denen Julia am Rechner saß und sich Notizen machte. Immer wieder stöhnte er leise auf, weil er das Gefühl hatte, dass jedes Mal eine kleine Welt für ihn zusammenbrach. Immer wieder füllten sich seine Augen mit Tränen, die er dann wütend abwischte. Warum sollte er um diese Verräterin weinen? Wieso sollte er jemandem nachtrauern, der sein Vertrauen derart missbraucht hatte? Weshalb machte ihm das so zu schaffen, obwohl sie ihm alles doch nur vorgespielt hatte?

Natürlich kannte er den Grund dafür. Auch wenn er es sich lange Zeit nicht hatte eingestehen wollen, so hatte er sie ganz eindeutig geliebt. Anders als die Tränen konnte er die Gefühle nicht beiseite wischen.

Immer wieder fragte er sich, ob er Julias Betrug nicht hätte erkennen müssen. Wie hatte er auf dieses Ränkespiel hereinfallen können? Lag es an der Stresssituation durch Rubys Tod? Oder war sie eine so gute Schauspielerin? Dieser Betrug hatte ihm jedenfalls deutlich vor Augen geführt, dass man keinem Menschen trauen konnte. Zukünftig würde er vorsichtiger sein und niemanden mehr so schnell in seine Nähe lassen.

Nähe … So sehr sehnte er sich nach Nähe und Geborgenheit, nach jemandem, der ihn in den Arm nahm und tröstete. Er hatte es satt, allein die Verantwortung tragen zu müssen. Warum konnte er nicht einfach leben, anstatt in jedem einzelnen Moment bedenken zu müssen, welche Auswirkungen sein Handeln hatte? Bislang war er stolz darauf gewesen, ein Kopfmensch zu sein. Jemand, der in jeder Situation cool blieb und die richtigen Entscheidungen treffen konnte. Seitdem jedoch Herz und Gefühle dazugekommen waren, ging alles drunter und drüber.

Vielleicht war es schlichtweg zu viel für ihn. Unendliche Trauer und überraschende Liebe, dazu Sorge um das Wohlergehen der Kinder und um den Fortbestand des Ladens. Druck durch Stahl und die Einbrüche. Vor allem niemand, mit dem er diese Belastung teilen konnte.

Als Kind war er mit seinen Eltern oft in den Bergen gewesen. In den letzten Jahren jedoch hatte er keine Zeit für Urlaub und Reisen. Jetzt sehnte er sich danach, den ganzen Stress hinter sich zu lassen, die Kinder einzupacken und sich für zwei Monate in eine einsame Berghütte zurückzuziehen. Keine Sorgen, keine Verpflichtungen, nur er, die Mädels und die Natur.

Kopfschüttelnd kickte er einen Tannenzapfen vom Weg. Das waren doch nur alberne Gedanken! Was sollte das bringen?

Die Sorgen blieben dieselben. Selbst wenn er sich eine Auszeit nehmen würde, änderte sich nichts. Ganz im Gegenteil. Bei seiner Rückkehr wären seine Probleme nur noch größer.

Überrascht stellte Nick fest, dass er wieder am Parkplatz angekommen war. Vielleicht war das ein Zeichen. Flucht war keine Option. Seinen Sorgen konnte er nur für kurze Momente entkommen. Die einzig sinnvolle Alternative war, sich möglichst schnell seinen Problemen zu stellen und damit den Weg für eine unbeschwerte Zukunft frei zu machen.

Wenn er richtig gezählt hatte, erwartete Stahl am kommenden Montag eine Entscheidung. Also blieben ihm noch wenige Tage, um einen Entschluss zu fassen. Zu Beginn hatte er das Angebot wegen Ruby abgelehnt. Der Laden war ihr Traum und diesen Traum hätte er mit allem, was er hatte, verteidigt. Nach ihrem Tod war es das Andenken an seine große Liebe, das ihn abhielt, das Buchstübchen zu verkaufen. Ganz abgesehen davon, dass er Stahl nicht leiden konnte und der Widerstand zu einem persönlichen Anliegen geworden war. Jetzt jedoch fragte er sich, ob es nicht viel wichtiger wäre, im Sinne der Kinder zu handeln. Die Zwillinge waren das Wundervollste in seinem Leben und er wollte immer für sie da sein und gut für sie sorgen. Aus diesem Blickwinkel war der Verkauf die einzige sinnvolle Alternative. Mit einem Schlag wäre er alle Schulden los und hätte sogar ein gutes finanzielles Polster. In Ruhe könnte er sich einen passenden Job suchen und wieder ein geregeltes Leben führen.

In den nächsten Tagen würde er das genau durchrechnen und Stahl am Montag seine Entscheidung mitteilen. Auch wenn sich alles in ihm sträubte, den Geschäftsmann gewinnen zu lassen, so musste er doch in erster Linie an sich und die Mädchen denken. Der eigene Stolz war zweitrangig.

Zu Hause angekommen, wurde Nick von den Zwillingen und Hannah begrüßt. Erst jetzt wurde ihm bewusst, dass er keinen Gedanken daran verschwendet hatte, Ronja und Lilli aus dem Kindergarten abzuholen.

»Ich dachte mir schon, dass dir der Einbruch keine Zeit lässt. Daher habe ich die Kleinen eingesammelt.«

Voller Dankbarkeit umarmte er die schöne Nachbarin. »Danke«, flüsterte er und genoss die Vertrautheit und die Wärme ihres Körpers. »Was würde ich nur ohne dich machen?«

»Das frage ich mich auch manchmal«, erwiderte sie grinsend.

Den Duft ihrer Haare in der Nase und voller Sehnsucht nach mehr Nähe, schaute er sie ernst an. »Möchtest du den Abend mit mir verbringen?«

Hannahs skeptischer Blick durchbohrte ihn. »Aber nur unter der Bedingung, dass du auf keinen Fall den Film aussuchst.«

Lachend stimmte Nick zu. »Versprochen! Zwanzig Uhr?«

Sie nickte und verabschiedete sich dann von den Zwillingen.

Ronja und Lilli waren froh, ihren Papa ein wenig länger für sich haben zu können. Jedenfalls hatte Nick kaum mehr eine Gelegenheit, an die schlimmen Momente des Tages zu denken. Zu dritt bauten sie Höhlen, spielten Prinzessin und Ritter, backten Pfannkuchen und malten Bilder. Auch ihm tat es gut, unbeschwerte Zeit mit seinen Töchtern zu verbringen. Regelmäßig hatte er das Gefühl, dass er sie vernachlässigte, daher waren solche gemeinsamen Nachmittage für alle drei sehr wichtig.

Nach einer weiteren Portion Pfannkuchen planschten Lilli und Ronja noch ausführlich in der Badewanne und kletterten dann in ihre Betten.

»Hab dich lieb, Papa!«, riefen beide und gaben ihm einen Gute-Nacht-Kuss.

»Ich träume heute Nacht von Mama«, ergänzte Ronja fröhlich.

Lächelnd strich Nick ihr über den Kopf. »Das wünsche ich dir von ganzem Herzen. Gib ihr einen Kuss von mir.«

Pünktlich um acht stand Hannah vor der Haustür. Nick staunte nicht schlecht. Seine Nachbarin trug ein dunkelrotes, recht kurzes Kleid und schwarze High Heels. Ihr meist zu einem Zopf zusammengebundenes langes, brünettes Haar floss in sanften Wellen über ihre nackten Schultern.

Zwar konnte er die Augen nicht von diesem wunderschönen Anblick abwenden, war sich aber auch ohne Blick auf seine eigenen Klamotten bewusst, dass er hochgradig underdressed war.

»Dein Blick verrät mir, dass ich dir gefalle. Gut! Auch wenn du in eine andere verliebt bist, will ich es dir nicht zu einfach machen«, hauchte sie verführerisch, doch gleichzeitig grinsend. »Und eins vorweg: Wenn du auch nur auf die Idee kommst, einen Percy Jackson Film anzuschalten, erwürge ich dich ohne eine weitere Warnung!«

Entgegen seiner Gewohnheit hatte Nick Wein, Bier und sogar eine Flasche Rum bereitgestellt, dazu Knabberzeug und Weintrauben. Heute hatte er nicht vor, einen Film zu schauen. Er brauchte jemanden zum Reden und um sich gemeinsam zu betrinken.

»Was darf ich dir zu trinken anbieten?«, fragte er und deutete auf die Getränke.

Mit gerunzelter Stirn ließ sich Hannah auf dem Sofa nieder.

»Du und Alkohol? Da kann doch etwas nicht stimmen. Was ist los?«

Nicht in der Lage, ihren Blick zu erwidern, begann Nick, ungeschickt die Chipspackung aufzureißen.

»Was soll schon sein? Darf ich nicht auch mal ein Bier trinken, wenn meine Nachbarin zu Besuch kommt?«

Lange ruhten ihre Augen auf ihm. Schließlich zuckte sie mit den Schultern und deutete auf den Wein. »Ich bin für den Roten hier. Der passt gut zu meinem Kleid.«

Unbeholfen öffnete er die Flasche, schenkte ein und sie prosteten sich zu.

»Magst du mir vom Einbruch erzählen?«

Während er zwischendurch immer wieder am Glas nippte, berichtete er ausführlich vom Einbruch, Anettes Verhaftung und seinem Besuch bei der Polizei.

»Und niemand weiß, was die Rothaarige im Keller wollte?«, fragte Hannah ungläubig.

Nick schüttelte den Kopf. »Nein, ich habe keine Ahnung und die Polizei hat bislang auch nichts herausgefunden. Das ist alles sehr mistü… mysti… mysteriös.« Er hatte noch kein ganzes Glas Wein getrunken und schon fing er an zu lallen. Unglaublich.

»Das ist wirklich sonderbar und auch ein bisschen unheimlich. Aber lass uns lieber über etwas Positives reden. Erzähl mir von deiner neuen Flamme!« Sie nahm die Flasche und füllte die Gläser erneut.

Mit einem Schlag war Nick wieder nüchtern. Julia! Über sie wollte er nicht reden. Am Nachmittag hatte er es geschafft, die Gedanken an seine ehemalige Mitarbeiterin zu verdrängen. Jetzt stürzte es wieder wie ein Wasserfall auf ihn ein.

Mit schiefem Kopf sah Hannah ihn eindringlich an. »Ist wirklich alles okay bei dir?«

Schnell nickte er. »Ja, alles gut.« Seine belegte Stimme strafte die Worte Lügen.

»Blödsinn!«, erwiderte Hannah scharf. »Nichts ist in Ordnung! Raus mit der Sprache.«

»Ich … sie … ich habe sie hinausgeworfen.« Die paar Worte kamen noch über seine Lippen, dann liefen die Tränen. Zwei Hände umschlossen seinen Kopf und zogen ihn sanft an Hannahs Schulter. Hemmungslos weinend ließ er seiner Enttäuschung freien Lauf.

Als er sich wieder beruhigt hatte, erzählte er Hannah von den Drohungen Stahls und Julias Verrat.

»Ich habe ihr vertraut«, schluchzte er. »Ich habe ihr mein Herz geschenkt. Sie war genau das, was ich gebraucht habe. Aber nichts davon war echt.«

Sanft streichelte die schöne Nachbarin seine Wange.

»Das tut mir unendlich leid. Ich habe so sehr gehofft, dass sie dich wieder glücklicher macht. Vielleicht wäre sie das gewesen, was du brauchst. Aber ich weiß, was du jetzt in diesem Augenblick brauchst.«

Mit diesen Worten streifte sie sich die Heels von den Füßen und schwang sich anmutig auf Nicks Schoß. Der Blick ihrer dunkelbraunen Augen schien tief bis in seine Seele zu schauen. Dann legte sie eine Hand in seinen Nacken und zog ihn heran. Zärtlich berührten sich ihre Lippen.

Ja, sie wusste tatsächlich, was er brauchte. Diesmal wehrte er sich nicht und erwiderte ihren Kuss. Darauf schien Hannah nur gewartet zu haben, denn sie drückte ihn energisch in die Kissen und küsste ihn nun gieriger. Ihre Zunge erkundete seinen Mund, während ihre Hände unter seinem T-Shirt verschwanden und fest über seine Brust strichen.

Nicks Finger wanderten an Hannahs Rücken hinab zu ihrem süßen Hintern. Hastig schob er ihr Kleid zur Seite und berührte nackte Haut. Die rassige Schönheit trug kein Höschen. Sie löste seine Hände und rutschte ein kleines Stück zurück. Sofort beschäftigte sie sich mit seinem Gürtel und seiner Jeans, die sie in wenigen Sekunden geschickt geöffnet hatte. Ohne zu zögern, griff sie ihm zwischen die Beine.

»Der gehört heute Nacht mir«, hauchte sie mit rauchiger Stimme.

Nick schloss die Augen und überließ ihr die Führung. Leise stöhnend setzte sie sich auf ihn und begann sanft ihr Becken zu wiegen. Dabei küsste sie ihn und kratzte zärtlich über seine Brust. Bald wurden ihre Bewegungen schneller, die Küsse wilder und die Kratzspuren tiefer. Voller Gier rutschte nun auch Nick enger an Hannah heran. Wieder umfasste er ihren Hintern und zog sie zu sich. Geschmeidig schlang sie die Beine um seinen Oberkörper. Immer lauter stöhnte er, während sich ihre Fingernägel schmerzhaft in seinen Rücken bohrten. Lange hatte er nicht mehr eine solche Lust verspürt. Nicht nur die Sehnsucht nach Nähe und Zuneigung hatten sich in ihm angestaut. Der Alkohol und der süßlich fruchtige Duft Hannahs brachten ihn zum Schweben. Wie in Trance passte er seine Bewegungen denen seiner heißen Nachbarin an. Auch ihr Stöhnen wurde lauter, ihr Rhythmus schneller. Endlich spürte Nick, wie es in ihm rumorte. Seine Hände verkrampften sich, er hielt den Atem an und im nächsten Moment explodierte er förmlich. Auch Hannahs Körper versteifte sich, sie schrie und krallte sich in seinen Rücken. Japsend brach sie auf ihm zusammen.

Völlig außer Atem lehnte er sich zurück, ihr Kopf lag auf seiner Brust und sie lächelte ihn zufrieden an.

»Trag mich ins Schlafzimmer, Süßer! Ich habe noch viel vor mit dir!«

Mitten in der Nacht lag Nick im Bett und starrte an die Decke. Hannah hatte ein Bein und einen Arm über ihn gelegt und schlief mit dem Kopf an seine Brust gekuschelt. Die letzten Stunden waren die erregendsten seines Lebens gewesen. Die heiße Brünette hatte Dinge mit ihm angestellt, die er sich nicht einmal in seinen unanständigsten Fantasien erträumt hatte.

Trotzdem lag er hier und dachte an Julia. Er konnte ihr Gesicht nicht verdrängen. Sobald er die Augen schloss, schaute sie ihn lächelnd an.

Leise stöhnend regte sich die junge Frau auf ihm. Langsam hob sie den Kopf und sah ihn lange an.

Als Nick schon nicht mehr damit rechnete, sprach sie flüsternd: »Du liebst sie noch.«

Wieder bewunderte er Hannahs Gespür. Immer schien sie zu wissen, was in ihm vorging. Diesmal wusste sie sogar mehr als er. Hatte sie recht? Liebte er sie noch immer? War das der Grund, weshalb sie ihm nicht aus dem Kopf ging? Warum er an sie dachte, während er mit dieser wunderschönen Frau im Bett lag, die ihm gerade beinahe den Verstand aus dem Körper gevögelt hatte?

»Kann das sein?«

Liebevoll streichelte Hannah über seine Brust, dann küsste sie ihn zärtlich. »Das kann nicht nur sein. Das ist definitiv so.« Wieder küsste sie ihn. »Ich wünsche dir von ganzem Herzen, dass ihr noch eine Chance bekommt. Und wenn nicht …« Grinsend zuckte sie mit den Schultern. »Du weißt ja, wo du mich findest.« Langsam küsste sie sich von Nicks Brust Stück für Stück nach unten.

»Ich bin immer für dich da. Als Babysitterin, als Freundin oder aber auch als abgrundtief versaute Geliebte.«

49

Wenn sie so friedlich schliefen, sahen sie aus wie kleine Engel. Ruby betrachtete ihre beiden Lieblinge voller Zuneigung und Liebe. Endlich hatte sie Gelegenheit, diesen ereignisreichen Tag Revue passieren zu lassen.

Ihr Besuch bei Stahl war leider nicht so erfolgreich gewesen, wie sie es sich gewünscht hatte. Sie hatte gehofft, dass der Geschäftsmann diese besondere Maske in seinem Büro ausstellen würde. Es ärgerte sie, dass sie den halben Tag verschwendet hatte und erst am späten Nachmittag in Stahls Haus hineinkonnte. Morgen würde sie sich die einzelnen Räume dort vornehmen. Jetzt, wo sie seine Bediensteten gesehen hatte, konnte sie sich direkt zu einem von diesen beamen und musste nicht darauf hoffen, dass der Hausherr anwesend war.

Als sie sich schließlich wieder auf Nick konzentriert hatte, war sie eigentlich davon ausgegangen, im Laden zu erscheinen. Die Überraschung war groß, als sie ihn mit den Zwillingen spielend auf dem Wohnzimmerboden vorgefunden hatte. Gleich auf den ersten Blick hatte sie erkannt, dass etwas nicht stimmte. Sein Gesicht war verkniffen und sein Mund fest zusammengepresst. Obwohl er mit den Kindern spielte, waren seine Gedanken woanders. Außerdem war es nicht seine Art, das Buchstübchen frühzeitig zu schließen, sofern es keine Probleme mit den Zwillingen gab.

Zum Glück war sie im Raum geblieben, als Nick ihrer Freundin Hannah von den Geschehnissen im Laden erzählt hatte. Julia eine Spionin? Ruby konnte es nicht glauben. Fassungslos fragte sie sich, warum sie nichts davon gemerkt hatte. Die junge Frau war ihr so ehrlich und aufrichtig vorgekommen. Stets war sie mit ganzem Herzen bei der Sache. Das konnte man nicht vortäuschen. Dachte sie jedenfalls bis zu Nicks Bericht. Aber anscheinend hatte Julia sie alle hinters Licht geführt.

Verständlich, dass es ihrem Mann beschissen ging. Selbst ein Blinder hätte erkannt, dass er sich in seine Mitarbeiterin verliebt hatte. Womöglich hatte er sich bereits eine fantastische gemeinsame Zukunft ausgemalt. Die beiden hätten einfach perfekt zueinander gepasst. Möglicherweise zu perfekt, um wahr zu sein.

Ruby war stinksauer … auf Julia, aber auch auf sich selbst. Wie hieß es so schön? Vertrauen ist gut, Kontrolle ist besser. Dies galt wohl auch für Schutzengel. Wie konnte sie ihre Lieben beschützen, wenn sie so vertrauensselig war? Sie hätte Julia überprüfen und ihren Hintergrund abchecken müssen. Stattdessen hatte sie sich wie alle anderen täuschen lassen. Das ärgerte sie ungemein.

Allerdings war sie gar nicht dazu gekommen, sich richtig in ihre Wut hineinzusteigern. Dafür hatten Nick und Hannah gesorgt. Zu ihrer Erleichterung gab es für Ruby außer im Traum keine Möglichkeit, sichtbar zu werden. Sonst hätten sich die beiden bestimmt über das rote Licht gewundert, dass sie abgestrahlt hätte. Unfassbar, was Hannah mit Nick angestellt hatte. Ruby hielt sich nicht für prüde, aber die eben erlebten Szenen hätten ihr die Schamröte ins Gesicht getrieben. Niemals hatte sie für möglich gehalten, welch versautes Weibsstück ihre Freundin war.

Sehr bald hatte sie sich ins Zimmer der Zwillinge zurückgezogen. Selbst als Schutzengel musste man nicht alles wissen. Hier schwebte sie nun zwischen den Betten der beiden und trug einen inneren Kampf mit sich aus. Voller Freude hatte sie beim Zubettgehen der Kleinen vernommen, wie Ronja sich gewünscht hatte, von ihr zu träumen. Einerseits wollte sie den Wunsch ihrer Tochter unbedingt erfüllen, andererseits hatte sie Angst vor den möglichen Auswirkungen. Was wäre, wenn sie Ronja dadurch in Gefahr brachte? Der Wächter hatte sie gewarnt, dass es psychische Folgen für den Lebenden haben könnte. Bei Nick hatte sie es trotzdem getan, und zum Glück war es gut gegangen. Bei Hannemann hatte sie weniger Skrupel gehabt. Die Folgen waren ihr egal gewesen, aber auch hier hatte sie dafür Sorge getragen, dass ihr Eingriff für ihn eine Erleichterung war. Sollte sie sich trauen, in die Träume ihrer Zwillinge einzudringen? Waren Kinder in dieser Hinsicht anfälliger oder vielleicht sogar robuster als Erwachsene?

Was sollte sie nur tun? Auf keinen Fall wollte sie ihre Süßen gefährden, doch andererseits sehnte sie sich unendlich nach ihrer Nähe, den Berührungen ihrer Finger und einem Kuss auf ihre Wange. Wenn sie die Kinder beobachtete, war sie überwältigt von Liebe und Zuneigung, aber auch von einer immer heftigeren Traurigkeit. Einerseits war sie ihnen so nah wie nie, gleichzeitig jedoch unbeschreiblich weit entfernt. Es machte sie wahnsinnig, nur wie Luft um sie herumschweben zu können. Selbst wenn sie durch die beiden hindurch flog, spürte sie nichts.

Letztlich war es diese Verzweiflung, die ihr die Entscheidung abnahm. Vielleicht war es selbstsüchtig, aber sie musste ihre Töchter in die Arme schließen, sie drücken und küssen. Weiterhin nur hier zu schweben und zu schauen, wäre reine Folter. Das würde sie nicht länger ertragen.

Ruby begann mit einer Meditation, um alle Gedanken aus ihrem Bewusstsein zu verbannen. Dann drang sie behutsam in Ronjas Kopf ein. Vorsichtig schaute sie sich um. Ihre Tochter war gerade in einem kunterbunten Traum. Sie hüpfte durch einen Wald, doch statt Blättern hingen Luftballons in allen Farben an den Bäumen und bedeckten die Erde. Ausgelassen sprang sie hindurch, wirbelte die Ballons auf und ließ sich immer wieder mitten hineinfallen. Dabei jauchzte und sang sie fröhlich. Ja, das war typisch Ronja, stets gut gelaunt, bunt und positiv.

Während sie ihre Tochter beobachtete, hielt sich Ruby hinter den Bäumen versteckt. Nervös kaute sie an ihren Lippen, denn sie wollte etwas versuchen, was sie bislang noch nie gemacht hatte. In Nicks Traum hatte sie Julia erscheinen lassen, um ihm zu sagen, dass die Verbindung zwischen den beiden in Ordnung war. Doch Julia war nur ein Bild gewesen. Diesmal wollte sie versuchen, Lilli in Ronjas Traum zu rufen. So sehr sehnte sie sich danach, beide in den Arm zu nehmen.

Langsam schloss sie die Lider. Das Bild von Ronjas Traum vor Augen, konzentrierte sie sich fest auf ihre zweite Tochter. Mit all ihren Gedanken stellte sie sich vor, wie Lilli hinter einem Baum hervortrat und auf ihre Schwester zulief. Nur wenige Sekunden später hörte sie bereits glückliches Kinderlachen.

»Lilli!«

»Ronja!«

Vorsichtig lugte sie aus ihrem Versteck und sah tatsächlich beide Zwillinge durch die Luftballons tollen. Obwohl sie nichts sehnlicher wollte, als ihre Kinder zu umarmen, zögerte sie. Warum war sie nur so aufgeregt? Mehrfach atmete sie tief durch. Dann nahm sie allen Mut zusammen, drückte die Brust heraus und trat hinter dem Baum hervor. Schon nach wenigen Schritten entdeckte Ronja sie.

»Mama?« Mit großen Augen starrte sie Ruby an.

Lilli wirbelte herum. Langsam öffnete sie ihren Mund. Ihre Lippen schlossen sich wieder und fingen an zu zittern. »Mama«, schluchzte sie und im nächsten Moment stürzten sich beide Kinder in Rubys Arme.

Kaum befand sie sich in einer innigen Umarmung mit ihren Töchtern, flossen auch bei ihr die Tränen in Strömen.

Wie sehr hatte sie diese Nähe vermisst. Heulend vergrub sie das Gesicht in den Haaren ihrer Kinder. Ihre Hände krallten sich in die Pullis der beiden. Nie wieder wollte sie sie loslassen.

»Was machst du hier?«, wimmerte Lilli, die schon immer die Ruhigere und Nachdenklichere der Zwillinge gewesen war. »Ist das echt oder ist das ein Traum?«

Ruby musste grinsen. Das erinnerte sie an eine Szene des letzten Harry-Potter-Buches. Eine fast identische Frage stellte Harry dem toten Dumbledore, als sie sich trafen. »Das ist ein Traum, meine liebe Lilli. Aber es ist auch real. Ich bin immer in eurer Nähe.«

Behutsam schob sie die Zwillinge von sich weg und legte jeder der beiden eine Hand auf die Brust. »Ganz egal, was sein wird, ich werde immer in euren Herzen sein.« Wieder liefen ihr Tränen über die Wangen. »Ich liebe euch so sehr!«

Noch einmal nahm sie die beiden fest in die Arme. »Versprecht mir, dass ihr immer füreinander und für euren Papa da sein werdet. Gemeinsam werdet ihr alles schaffen.«

Zärtlich küsste sie ihre Töchter auf die Stirn. »Und jetzt lasst uns durch diesen wunderschönen Luftballon-Wald toben!«

Glücklich und zufrieden tanzten sie wie drei Elfen durch die bunte Pracht, spielten Fangen, machten Ballonengel, kuschelten und sangen.

Ruby wusste jedoch, dass sie bald gehen musste. Je länger sie blieb, desto schwieriger würde es, diesen Traum zu verlassen. Außer Atem vom Toben kniete sie sich vor die beiden Mäuse und nahm ihre Hände. »Leider muss ich jetzt gehen. Da ist noch eine Sache, die ich für euren Papa erledigen muss. Denkt immer an das, was ich euch gesagt habe. Ihr seid die wunderbarsten Mädchen, die sich eine Mutter nur wünschen kann. Vergesst mich nicht, und ich werde immer bei euch sein.«

Weinend nahm sie erst Ronja in den Arm und küsste sie. »Ich hab dich lieb!«

»Ich hab dich auch lieb, Mama!«

Dann war Lilli an der Reihe.

Mit einem gequälten Lächeln ließ sie beide los. »Spielt noch ein bisschen, bevor Papa euch weckt.«

»Bis bald, Mama!«, rief Lilli und winkte ihr zu.

Ruby wischte sich die Tränen von der Wange und winkte zurück. Leise flüsterte sie: »Lebt wohl!«

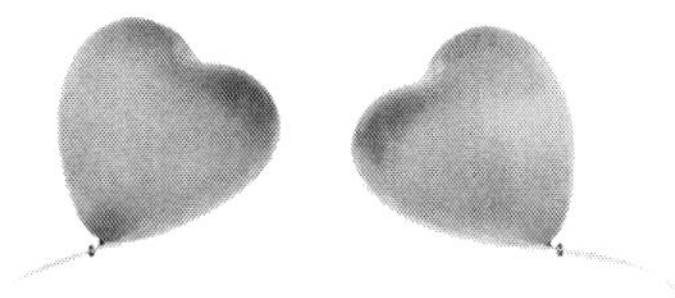

50

»Papi, Papi!«

Nick erwachte, als zwei kleine Mädchen mit Anlauf auf die Matratze sprangen. Kurz musste er sich orientieren, dann erkannte er, dass er sich in seinem Bett befand und die Sonne durch die Vorhänge schien. Hektisch schaute er zur Seite. Hannah war weg. Erleichtert atmete er aus. Wie hätte er dies den beiden erklären sollen? Anscheinend war er wohl doch noch eingeschlafen, sodass er nicht mitbekommen hatte, als sie in der Frühe das Bett verlassen hatte. Dafür war er ihr sehr dankbar.

»Papi, Papi! Mami war heute Nacht im Traum bei uns!« Ronjas Augen leuchteten vor Aufregung.

»Ja, und wir haben getanzt und geknuddelt!«, ergänzte Lilli aufgekratzt.

»Ihr wilden Mäuse, lasst mich doch erst mal aufwachen. Ich kann ja noch gar nicht richtig denken.« Lachend schnappte sich Nick die Zwillinge und rollte mit ihnen übers Bett.

»Na gut, dann erzählt mal. Ihr habt also heute Nacht beide von Mami geträumt?«

»Aber nicht jeder einzeln«, erklärte Ronja mit erhobenem Zeigefinger. »Wir waren zusammen im Traum und dann kam Mami.«

Bis vor wenigen Tagen hätte Nick dies für eine typische Fantasie der Zwillinge gehalten. Seitdem er jedoch zwei so reale Begegnungen mit Ruby in seinen eigenen Träumen hatte, konnte er dies nicht als Hirngespinste abtun.

»Was hat sie euch denn gesagt? Sie hat doch mit euch gesprochen, oder nicht?«

»Jaaaa«, riefen beide gleichzeitig.

»Sie hat gesagt, dass sie uns liebhat«, berichtete Lilli mit einem glücklichen Lächeln.

»Und dass wir auf dich aufpassen sollen«, ergänzte Ronja ernst.

»Und dass sie immer in unseren Herzen ist.«

Jetzt war es Nick, der lächelte. »Ja, das ist sie.«

Im Laden merkte er schnell, dass er mit den Gedanken nicht bei der Sache war. Immer wieder sah er Julia vor sich. Wenn die Türklingel läutete, erwartete er, dass sie eintrat. Sobald er zu den Bücherregalen schaute, freute er sich auf ein Lächeln von ihr. Doch natürlich war sie nicht da. Schließlich hatte er sie hinausgeworfen. Und das aus gutem Grund. Sie war eine Spionin des Feindes, eine Verräterin. Ganz gleich wie viel Zuneigung sie ihm gegenüber gezeigt hatte, das war alles nur Heuchelei. In Wahrheit konnte sie ihn nicht leiden, denn sonst hätte sie sich nicht für ein solch mieses Unterfangen hergegeben. Es war richtig, sie zu feuern, und es war das Beste, sie nie wiederzusehen.

Und trotzdem sehnte er sich nach ihr. Wie war das nur möglich? Er sollte sie hassen, doch stattdessen sehnte er sich nach ihrem Lächeln. Er sollte versuchen, sie aus seinen Gedanken zu verbannen, doch stattdessen füllte sie sein ganzes Denken.

Hatte Hannah recht? Liebte er Julia? War das nach ihrem Verrat überhaupt möglich? Und wenn ja … Wie sollte er das bloß überstehen? Einen Menschen zu lieben, der einen nicht mag und den man hassen müsste? Was war nur los? Nach Rubys Tod hatte er gedacht, dass es nicht schlimmer werden könnte. Stattdessen ging es immer weiter abwärts.

Die Nacht mit Hannah kam ihm in den Sinn. Für ein paar Stunden hatte sie es geschafft, ihn von seinen Problemen abzulenken. Aber nur kurz. Kaum hatte er Zeit zum Nachdenken, stürzte alles wieder auf ihn ein. Hannah war wundervoll, doch sie war nicht die Lösung für ihn, um aus diesem Loch herauszukommen.

Heute hatten selbst die Zwillinge zu seiner Verwirrung beigetragen. Ihr Bericht über das nächtliche Treffen mit Ruby war ihm so real vorgekommen. Seine eigenen Träume mit seiner Frau hatten sich ebenfalls anders angefühlt als die Abenteuer, die er normalerweise nachts erlebte. Erklären konnte er es nicht, aber er hatte den Eindruck gehabt, dass Ruby tatsächlich bei ihm gewesen war, ihn angeschaut und berührt hatte. Doch das war unmöglich. Oder nicht? Ronja und Lilli waren sich jedenfalls völlig sicher, dass ihre Mama heute Nacht bei ihnen war. Und er glaubte seinen Mädchen. Auf irgendeine Art und Weise war Ruby immer noch bei ihnen, und das nicht nur in ihren Herzen.

Dieser Gedanke beruhigte ihn ein wenig. Vielleicht war er doch nicht allein. Möglicherweise bekam er Unterstützung von ganz unerwarteter Seite. Auf keinen Fall würde er die Hoffnung aufgeben. Er würde kämpfen bis zum Schluss. Für Ruby, für die Zwillinge und für jeden, der an ihn glaubte und für ihn da war!

51

Die Begegnung mit ihren Töchtern hatte Ruby viel Kraft gegeben, allerdings auch für heftige Gefühlsausbrüche gesorgt. Nachdem sie den Traum der beiden verlassen hatte, war sie erst einmal in den Garten geflohen. Wellen von Liebe, Traurigkeit, Zuneigung und Verzweiflung waren über sie hinweggespült. Ihre Mädchen endlich wieder berühren zu können, hatte ihr unendlich gutgetan, gleichzeitig die Sehnsucht nach einem normalen Leben weiter angefacht. Ihr war bewusst, dass das alles ein Ende haben musste, sonst würde sie in Dunkelheit und Trübsal vergehen.

Als es ihr wieder besser ging, hatte sie beobachtet, wie die Zwillinge Nick geweckt hatten. Wie es schien, hatte ihr nächtlicher Besuch sie positiv bestärkt und nicht verunsichert. Erleichtert machte sie sich auf den Weg zu Stahls Villa. Heute würde sie das Haus auf den Kopf stellen und nicht ruhen, bis sie etwas Verwertbares gefunden hatte. Sie durfte sich nicht länger von ihren Gefühlen und ihrer Sehnsucht ablenken lassen. Es wurde Zeit, ihren Job als Schutzengel ernst zu nehmen und ihrer Familie aus dieser Notsituation zu helfen.

Der Start ihrer Suche verlief jedoch nicht gerade verheißungsvoll. Da er ihr am besten in Erinnerung geblieben war, konzentrierte sich Ruby auf den alten Hausdiener. Dummerweise erschien sie in einem schäbigen Bad, wo der gebrechliche Mann gerade dabei war, sein Geschäft zu verrichten. Mit einem Bild vor Augen, das sie rasch wieder vergessen wollte, flog sie hastig durch die Tür in einen dunklen Flur. Der Seitentrakt, in dem sie sich befand, schien von den Bediensteten bewohnt zu werden. Hier würde Stahl wohl kaum eine wertvolle Maske aufbewahren. Daher schwebte sie zum Haupthaus, um dort systematisch einen Raum nach dem anderen zu untersuchen.

Den Morgen verbrachte sie im Erdgeschoss. Unfassbar, wie riesig dieses Gebäude war. Die große Küche hatte sie recht schnell erledigt, doch das gigantische Wohnzimmer und die atemberaubende Bibliothek kosteten sie mehr als zwei Stunden. Hier gab es unzählige Nischen und Schränke. Ruby ließ sich viel Zeit und arbeitete gründlich. Auf keinen Fall wollte sie etwas übersehen, weil sie zu hektisch war. Zeit hatte sie zur Genüge, auf eine Stunde mehr oder weniger kam es nicht an.

Stahl schien ein passionierter Kunstsammler zu sein. Unzählige Gemälde bekannter Maler zierten die Wände des Wohnzimmers. Ob es sich um Originale handelte, konnte Ruby nicht sagen. Zwar mochte sie schöne Bilder, hatte aber keine Ahnung davon. Jedoch fiel ihr auf, dass alle Kunstwerke eines gemeinsam hatten … die gemalten Szenen waren allesamt düster und grausam. Auf einem Gemälde waren zwei Fregatten zu sehen, die mit einer Sturmflut kämpften. Ein Schiff war kurz davor, gegen ein Riff zu prallen. Ein weiteres Bild zeigte einen brennenden Palast mit fliehenden Menschen. Das nächste kämpfende Soldaten, die sich gegenseitig verstümmelten. Der Anblick ließ sie schaudern, passte aber zum gesamten Stil des Raumes. So gab es okkulte Gegenstände von afrikanischen Eingeborenenstämmen, kleine Götzenbilder und Waffen. An einer Wand hing sogar eine kunstvoll verzierte Maske. Diese hatte jedoch keinerlei Ähnlichkeit mit einem

Teufel. Sie war nicht grün, sondern schwarz und weiß. Stahl schien auf fiese Fratzen und gruselige Kunstwerke zu stehen. Ruby fand das alles sehr beängstigend.

Die Bibliothek war enttäuschend. So gewaltig die Begeisterung des Hausbesitzers für Kunst auch sein mochte, so klein war sie bezüglich Literatur. Zwar war der Raum riesig groß und die Anzahl der Bücher lag mit Sicherheit in den tausenden, doch fand Ruby keinerlei reizvolle Werke. Es sah beinahe so aus, als wäre das alles nur anhand schöner, edel aussehender Buchrücken zusammengestellt worden. Auch kam es ihr vor, dass der Raum selten benutzt wurde. Wahrscheinlich gab es die Bibliothek nur, um andere mit ihrer Optik zu beeindrucken. Bis auf weitere Gemälde fand sie hier nichts Interessantes.

Zwar gab es hier unten noch ein paar andere Räume, doch schienen diese ebenfalls kaum genutzt zu werden. Nach einer groben Inspektion wandte sich Ruby dem Obergeschoss zu. Von ihrem gestrigen Besuch wusste sie, dass es hier mehrere Schlafzimmer und Bäder gab. Dazu ein Trophäenzimmer mit unzähligen Auszeichnungen und das Zimmer mit den Fotos. Am vielversprechendsten fand sie einen Raum, der mit allerlei alten Artefakten vollgestellt war. Die Sammlung ähnelte der im Wohnzimmer, jedoch schienen die Ausstellungsstücke hier nicht so edel zu sein. Im Gegensatz zu den auf Hochglanz polierten Gegenständen unten sahen diese hier aus, als wären sie in einem weniger guten Zustand. Es gab unzählige Waffen, Foltergeräte und Masken, sogar ein paar Schrumpfköpfe. Stahl schien in seiner Freizeit jede Minute mit diesem makabren Hobby zu verbringen.

Ruby blieb nichts anderes übrig, als sich alles genau anzuschauen. Wenn es etwas zu finden gab, dann hier.

Die Suche in diesem Gruselkabinett war allerdings der reinste Horror. Kaum ein Gegenstand, der ihr keine Angst einjagte. Insbesondere die Schrumpfköpfe und Masken waren furchteinflößend. Trotzdem suchte sie sorgfältig in jedem Winkel, jedem Regal und jeder Schublade. Als sie schließlich alles doppelt inspiziert hatte, war sie der Verzweiflung nahe.

Nichts, auch hier gab es keine Teufelsmaske. Ruby war sich so sicher gewesen, Stahl überführen zu können. Für sie gab es keinerlei Zweifel, dass er sich hinter dieser Maske verborgen hatte. Aber wo konnte sie nur sein? Hatte sie sich doch geirrt?

Enttäuscht verließ sie das Zimmer und flog nach nebenan. Dies war der Raum mit den Fotografien. Unzufrieden schaute sie sich um. Hier gab es keine Verstecke, ja nicht einmal Möbel. Nur Fotos. Sie warf einen Blick auf die Bilder vor ihr. Stahl beim Angeln, Stahl mit einem grinsenden Chinesen, Stahl bei einem Golfturnier. Zwischen den Fotos hingen eingerahmte Zeitungsausschnitte. Meist ging es um ein großes Bauprojekt. Mal war er mit einer Schaufel zu sehen, mal schüttelte er die Hände von wichtigen Persönlichkeiten.

Gerade als sie den Raum verlassen wollte, sah sie aus den Augenwinkeln ein Bild, das nicht so recht zu den anderen passte. Es war ein Zeitungsartikel mit der Überschrift »Kostümfest im Rathaus«. Auf dem Foto waren ein Mann im Clownskostüm, eine als Marienkäfer verkleidete Dame und ein Teufel zu sehen. Würde Ruby Sauerstoff benötigen, hätte ihr der Atem gestockt. Der Teufel trug eine kunstvoll ausgearbeitete, aber fiese grüne Maske. Hörner wuchsen aus der Stirn nach hinten und bogen sich in Höhe der riesigen Stoßzähne wieder nach vorn. Diese Teufelsmaske war ein Kunstwerk und passte gut zu den Ausstellungsstücken, die sie im Wohnzimmer und im Gruselkabinett gesehen hatte. Die Bildunterschrift lautete »v.l.n.r. Bürgermeister Korden, Beigeordnete Gieß und Bauunternehmer Stahl«.

Endlich! Hier war der Hinweis, nach dem sie so lange gesucht hatte. Sicherheitshalber überprüfte sie auch alle anderen Fotos in diesem Raum, aber die Teufelsmaske tauchte nirgendwo auf. Froh darüber, die Bestätigung ihres Verdachts erhalten zu haben, starrte sie minutenlang auf das Bild mit dem verkleideten Stahl. Jede noch so kleine Kontur prägte sie sich ein. Gleichzeitig überlegte sie, wie sie diese Information Nick und Kommissar Huber zukommen lassen konnte. Das Schutzengeldasein war manchmal überaus umständlich.

Nachdem sie auch die übrigen Räume grob durchsucht hatte, machte sie sich auf den Weg zu Nick.

Ruby war entsetzt, wie schlecht er aussah. Der Verlust seiner geliebten Mitarbeiterin setzte ihm anscheinend noch viel mehr zu, als sie es erwartet hatte. Wie ein Roboter erledigte er seine Arbeit. Nur die Zwillinge brachten ihn zum Lächeln. Es schmerzte, ihn so leidend zu sehen. Was musste der Arme denn noch alles ertragen, bevor sich das Blatt zu seinen Gunsten wendete? Wie gerne hätte ihn Ruby jetzt in den Arm genommen, ihm Trost gespendet und versucht, ihm Zuversicht zu schenken. Wieder fühlte sie sich unbeschreiblich hilflos.

Am Abend brachte Nick die Kinder ins Bett und setzte sich dann mit seinem Buch auf den Sessel. Ruby merkte schnell, dass er mit seinen Gedanken woanders war. Nach zwanzig Minuten hatte er nicht einmal umgeblättert. Bald schon warf er das Buch auf den Tisch und ging ebenfalls ins Bett.

Ungeduldig wartete Ruby darauf, dass er endlich einschlafen würde. Doch wie so häufig in der letzten Zeit wälzte er sich nur von einer Seite zu anderen oder starrte an die Decke. Es war schon weit nach Mitternacht, als sich sein Atem beruhigte und er einschlief.

Sicherheitshalber wartete sie noch ein paar Minuten, bevor sie kurz meditierte und dann in seinen Kopf eindrang. Dummerweise träumte Nick bereits und Ruby musste versuchen, diesen völlig chaotischen Traum in geregelte Bahnen zu lenken, um später in Erscheinung treten zu können.

Verwirrt starrte sie auf das Durcheinander, was sich vor ihr ausbreitete. Große Quadrate, Kreise, Dreiecke und sonstige Formen in allerlei dunklen Farben beherrschten die Szenerie. Alles war in Bewegung und drohte einen zu zermalmen. Hohe Säulen schossen wie Blitze vom Himmel hinab und bohrten sich in die Erde. Die gesamte Umgebung wirkte bedrohlich und wild. Nick wanderte mit angespanntem Gesichtsausdruck durch dieses Chaos. Verbissen versuchte er, sich nicht zerquetschen oder erschlagen zu lassen.

All ihre Konzentration war von Nöten, um ein wenig Ordnung zu schaffen. Zuerst kümmerte sie sich um die herabstoßenden Säulen. Sie hielt die Bewegungen an und beseitigte nach und nach all diese sinnlosen Gegenstände. Da sie sich selbst noch nicht zeigte, stand Nick nun in einem unendlich weiten, strahlend weißen Raum und schaute sich mit zusammengekniffenen Augen um. Ruby ließ eine alte Eiche erscheinen und darunter eine Bank. Dann endlich trat sie ins Bild. Sanft fasste sie ihren überraschten Mann an der Hand und ging mit ihm zur Bank. Mit verschränkten Fingern setzten sie sich und blickten sich liebevoll an.

»Ruby! Es tut so gut, dich zu sehen.« Nicks Augen leuchteten. »Nachdem mir die Kinder von deinem Besuch erzählt hatten, habe ich so sehr gehofft, dass du auch bei mir vorbeischaust.«

Ruby lächelte. »Mein Geliebter, bitte hör mir gut zu. Es ist außerordentlich wichtig, dass du dir alles merkst, was ich dir jetzt zeigen werde. Ich will versuchen, dir Bilder zu zeigen, die ich gesehen habe. Du wirst schnell begreifen, wie alles zusammenhängt.«

»Aber Ruby, ich möchte dir so viel sagen. Ich muss …«

Bestimmt legte sie ihm den Zeigefinger auf die Lippen. »Du musst mir nichts sagen. Ich weiß, dass du mich liebst, und ich liebe dich auch. Ich kenne deine Gefühle, deine Traurigkeit, deine Sehnsüchte und auch das Leid, dass dir zu schaffen macht. Bitte vertrau mir! Es ist wichtig. Konzentriere dich bitte nur auf die Bilder. Schließ die Augen!«

Nick biss sich auf die Lippe. Dann nickte er.

Langsam schloss auch Ruby ihre Augen. Ihr war bewusst, dass die nächsten Minuten nicht einfach würden, weder für sie noch für ihn. Trotzdem konzentrierte sie sich auf den Tag, an dem sie gestorben war. Nick würde jetzt genau das sehen, was sie erlebt hatte.

Voller Schrecken erinnerte sie sich an den Anschlag, ihren schreienden Mann, das Gesicht ihres Mörders. Nicks Hand verkrampfte sich.

Die Szene wechselte. Nun war sie wieder in Hannemanns Traum. Der Teufel mit der Maske gab ihm den Auftrag, Ruby anzufahren. Nick wimmerte.

Zu guter Letzt zeigte sie ihm die Villa des Geschäftsmannes und den Zeitungsausschnitt mit dem Bild von Stahl.

»Dieses Schwein!«, stöhnte Nick. Seine Hände zitterten und mit großen Augen starrte er Ruby an.

»Du musst versuchen, mehr über das Bild herauszufinden. Vielleicht gibt es im Internet oder in einer Zeitungsredaktion Informationen über diese Teufelsmaske im Zusammenhang mit Stahl. Er muss aufgehalten werden. Wir dürfen auf keinen Fall zulassen, dass er unser Buchstübchen bekommt. Dieser Verbrecher darf nicht gewinnen!«

Zärtlich streichelte Nick über ihre Wange. »Ich werde ihn aufhalten! Versprochen! Danke, mein Engel.«

Ruby sah, wie sich Tränen in seinen Augen sammelten, dann beugte er sich vor und ihre Lippen berührten sich. Wie Stromschläge durchzuckten sie seine Küsse. Stöhnend schlang sie ihre Arme um seinen Nacken. Immer wieder küsste sie ihn voller Leidenschaft. Sie wusste, dass sie es bereuen würde. Sie wusste, dass schon bald Sehnsucht und Verzweiflung umso größer würden, doch es war ihr egal.

Als sie sich schließlich voneinander lösten, waren beide außer Atem.

»Ich liebe dich, Ruby!«

»Und ich liebe dich!«, erwiderte sie flüsternd. »Und vergiss eines nicht. Egal, was du tust, egal, wofür oder für wen du dich entscheidest: Wenn dein Herz Ja sagt, tue ich es auch.«

Teil Sechs
ENTSCHEIDUNG

52

Mit wild klopfendem Herzen schreckte Nick aus dem Schlaf auf. Seine Gefühle fuhren Kettenkarussell. Die grenzenlose Liebe zwischen Ruby und ihm erwärmte sein Innerstes. Die Traurigkeit, seine geliebte Frau für immer verloren zu haben, schnürte ihm die Brust zusammen. Der Hass auf Stahl und was er getan hatte, ließen seine Adern pulsieren.

Er konnte es nicht fassen. Das widerwärtige Schwein hatte diesen Hannemann beauftragt, seine Ruby über den Haufen zu fahren. Doch damit würde er nicht durchkommen. Alles in seiner Macht Stehende würde er tun, um Stahl zur Rechenschaft zu ziehen.

Aber wie? Zwar wusste er, dass alles der Wahrheit entsprach, doch letztlich war es nur ein Traum. Wer würde ihm glauben? Zu Huber zu gehen und ihm zu sagen, dass er geträumt hätte, Stahl sei ein Krimineller, war vermutlich nicht der beste Weg. Der Kommissar würde ihm zwar recht geben, aber dann auch nur mit den Schultern zucken. Einen Durchsuchungsbefehl für das Anwesen des Geschäftsmannes würde er aufgrund dieser Behauptungen niemals erhalten.

Ein Einbruch in die Villa war ebenfalls keine gute Idee. Damit machte er sich nur selbst strafbar. Außerdem käme er da nie und nimmer rein. Seine Erfahrungen in diesen Dingen waren gleich null.

Nick sah nur eine einzige Möglichkeit, um an glaubwürdigere Informationen heranzukommen. Allerdings sträubte sich alles in ihm, diese Variante in Anspruch zu nehmen. Diesen Anruf konnte er unmöglich tätigen. Schon bei dem Gedanken zitterten seine Hände. Was sollte er auch sagen? »Du bist zwar eine Verräterin und ich will nie wieder etwas mit dir zu tun haben, aber dein Chef ist ein böser Mensch. Also hilf mir!« Das wäre verrückt! Es musste einen anderen Weg geben.

Den ganzen Morgen grübelte Nick vor sich hin. Da heute Sonntag war, hatte er keinerlei Verpflichtungen. Die Zwillinge spielten Memory und hörten sich dabei laut Benjamin Blümchen Hörspiele an. Er war dankbar, dass sie ihn in Ruhe ließen. Leider kam er bei seinen Überlegungen nicht voran. Und die Zeit lief ihm davon. Morgen wollte Stahl eine Entscheidung. Wer weiß, was er anstellte, wenn Nick das Angebot ablehnen würde.

Egal, wie er es auch drehte und wendete, es gab nur eine mögliche Lösung. Nervös atmete er mehrmals tief ein und aus, dann schnappte er sich das Telefon und wählte Julias Nummer. Das Freizeichen erklang … einmal, zweimal. Der Anruf wurde abgelehnt. Das gibt es doch nicht! Dieses Biest! Blockierte sie ihn jetzt? Bevor er sich weiter aufregen konnte, klingelte es an der Tür. Wütend riss er sie auf und erstarrte.

»Julia!«

Wie ein Häufchen Elend stand seine ehemalige Mitarbeiterin vor ihm. »Nick, bitte, ich …«, begann sie, während Tränen über ihre Wangen liefen.

»Ähm, ich wollte …«, fing Nick gleichzeitig an.

Beide brachen ab und schauten sich hilflos an. Schließlich trat er zur Seite und bat sie herein.

»Julia, ich …«

»Nein!«, unterbrach ihn die junge Frau energisch. Mit dem Ärmel wischte sie sich die Tränen aus dem Gesicht. »Nein, bitte, lass mich zuerst reden. Ich weiß, dass du nichts mehr mit mir zu tun haben möchtest. Mir ist klar, dass du mich für eine Verräterin hältst. Doch bevor du mich rauswirfst, möchte ich dir alles erklären.« Sie schniefte. »Ja, ich gebe zu, dass ich für Stahl spioniert habe. Er gab mir den Auftrag, alles über dich herauszufinden. Ich habe versucht, ihn hinzuhalten, habe versucht, wichtige Informationen zurückzuhalten, aber er hat mich zu sehr unter Druck gesetzt. Bestimmt fragst du dich, warum ich seine Anweisungen befolgt habe.« Julias Blick wanderte Richtung Boden. »Franz Stahl ist mein Onkel. Seitdem meine Eltern tot sind, hat er meine Schwester Emmi und mich unter seine Fittiche genommen. Du musst wissen, dass meine Schwester seit ihrer Geburt behindert ist. Sie ist ein Pflegefall und benötigt eine spezielle Betreuung. Die bekommt sie in diesem spezialisierten Pflegeheim, in dem sie lebt. Das kostet, und allein kann ich mir das nicht leisten. Onkel Franz übernimmt all diese Kosten. Er hat mir gedroht, die Zahlungen einzustellen, wenn ich ihm nicht gehorche. Dann muss Emmi das Heim verlassen und stattdessen in eine günstige Standard-Betreuung. Er hat mir die Pistole auf die Brust gesetzt. Ich konnte Emmi doch nicht im Stich lassen.« Wieder begann sie zu weinen.

Nick starrte sie an, unfähig, sich zu bewegen. Gerne hätte er sie in den Arm genommen, doch das fühlte sich falsch an.

»Ich vergesse niemals den Moment, als ich das Buchstübchen betreten habe. Es war wie ein Zauber, der mich gepackt hat. Du hast mich so lieb aufgenommen, die Arbeit hat mir einen Riesenspaß gemacht. Zum ersten Mal in meinem Leben hatte ich Freude an meinem Job. Alles wäre perfekt gewesen, wenn nur Onkel Franz nicht gewesen wäre. Es tut mir unendlich leid. Ich habe versucht, mich zu weigern, doch er hat es nicht zugelassen. Dich zu hintergehen, war das Schmerzvollste, was ich je getan habe. Mir ist klar, dass ich das nicht wiedergutmachen kann. Ich kann verstehen, wenn du mir nicht verzeihst, aber ich möchte, dass du eines weißt: Die Zeit im Buchstübchen, mit den Kunden, mit den Kindern und vor allem mit dir war das Wundervollste, was ich in meinem bisherigen Leben erfahren durfte. Ich liebe den Laden, ich liebe die Kinder und ganz besonders liebe ich dich!«

Die letzten Worte schluchzte sie mehr, als sie sie sprach. Jämmerlich heulend warf sie sich an Nicks Brust. Völlig überrumpelt legte er vorsichtig seine Arme um Julia. Wärme durchflutete ihn und trotz dieser unangenehmen Geschichte musste er lächeln. Sie liebte ihn!

Natürlich war da eine kleine zweifelnde Stimme in ihm. Schließlich hatte sie ihn schon einmal verraten. Aber warum hätte sie zurückkommen sollen? Ihren Auftrag hatte sie ja bereits erfüllt. Es gab keinen hinterhältigen Grund, voller Reue zu ihm zurückzukehren und ihm ihre Liebe zu gestehen. Er war sich sicher, dass sie nicht log. Wenn er ehrlich war, wollte er nichts sehnlicher, als dass dies die Wahrheit war.

Zärtlich küsste er ihre Stirn. »Ich liebe dich auch!«

Als sie sich nach einer gefühlten Ewigkeit voneinander lösten, nahm Nick Julia am Arm und führte sie zum Sofa. Ihre Hände zitterten, doch er glaubte, ein kleines Lächeln auf ihren Lippen zu sehen.

»Ich denke, es gibt eine Möglichkeit, wie du das alles wiedergutmachen kannst.«

Ein hoffnungsvolles Leuchten glomm in ihren Augen.

Nick wusste nicht, wie er beginnen sollte. Auf keinen Fall wollte er wie ein Verrückter erscheinen, indem er gleich von Rubys Besuch in seinem Traum erzählte.

»Ähm …«, stammelte er verlegen. »Hast du bei deinem Onkel eine gruselige grüne Teufelsmaske gesehen?«

Verwirrt schaute sie ihn an. »Mein Onkel sammelt leidenschaftlich solch schaurigen Dinge. Er besitzt unzählige Masken. Aber ich denke, ich weiß, von welcher Maske du redest. Vor Jahren hat er eine ungewöhnliche Teufelsmaske erworben, die er regelmäßig bei Kostümfesten trägt. Das Ding ist scheußlich. Aber was hat das mit mir oder dem Laden zu tun?«

Aufgeregt nahm Nick ihre Hände. Jetzt hatte er einen Ansatzpunkt. Wenn Julia ihm helfen würde, war die Hoffnung noch nicht verloren. Ausführlich berichtete er von Rubys Tod, ihrem Unfallfahrer Hannemann und dessen Bericht über den Teufel. Unsicher erzählte er von seinem Traum und dem Bild, dass Ruby ihm in diesem Traum gezeigt hatte.

»Ich weiß, das ist vollkommen verrückt, und ich kann verstehen, wenn du mir nicht glaubst.«

Julia wirkte nachdenklich. »Ein wenig seltsam klingt das schon, aber dieses Bild hängt tatsächlich in Onkel Franz' Zimmer. Ich frage mich nur, wie ich dir helfen kann.«

»Ich muss diesem Hannemann die Maske präsentieren. Wenn er sie erkennt, ist das ein Anzeichen, dass Stahl damit zu tun hat.« Nick spielte nervös mit seinen Fingern. »Es fällt mir schwer, dich darum zu bitten, schließlich ist er dein Onkel. Aber wenn du ein Foto von der Maske besorgen könntest, wäre das sehr hilfreich.«

Ernst schaute Julia ihn an. »Ja, er ist mein Onkel und ich bin ihm einiges schuldig, insbesondere für Emmi. Aber wenn alles stimmt, was du sagst, dann hat er deine Frau auf dem Gewissen. Solch ein Verbrechen kann und will ich nicht decken. Falls er wirklich etwas damit zu tun hat, werde ich dich so gut wie möglich unterstützen. Und für meine Schwester wird mir schon was einfallen.« Betrübt blickte sie zum Boden.

Nick legte sanft seinen Zeigefinger unter ihr Kinn und hob ihren Kopf ein Stückchen an, bis sie sich in die Augen schauten. »Wenn du mir hilfst, werde ich tun, was ich kann, damit es deiner Schwester gut geht. Versprochen.«

Der Hauch eines Lächelns huschte über Julias Gesicht. »Danke«, flüsterte sie.

»Aber wie willst du an ein Foto herankommen? Weißt du, wo die Maske ist? Wie willst du das deinem Onkel denn erklären?«

Jetzt grinste die junge Frau. »Ich weiß tatsächlich, wo sich das scheußliche Ding befindet. Es liegt zusammen mit dem passenden Kostüm in seinem Wagen. Allerdings benötigen wir nichts davon, um an ein Foto heranzukommen. Hast du hier einen Computer?«

Schnell holte er ihr sein Notebook und innerhalb weniger Sekunden hatte Julia ein Foto der Maske gefunden. »Das ist keine billige Karnevalsmaske, sondern ein begehrtes Sammlerstück.«

Nachdem sie das Bild ausgedruckt hatten, telefonierte Nick mit Huber. Obwohl Sonntag war, stand der Kommissar keine halbe Stunde später bei den beiden im Wohnzimmer. Skeptisch lauschte er Nicks Bericht über die Teufelsmaske und seinen Traum.

»Wenn ich Sie inzwischen nicht so gut kennengelernt hätte, würde ich sie jetzt einen fantasierenden Irren nennen«, brummte er anschließend. »Da ich aber leider keinerlei Ideen mehr habe, wie ich in diesem Fall vorwärtskommen soll, greife ich nach jedem Strohhalm. Das Bild nehme ich mit und zeige es Hannemann. Ich melde mich!« Ein knappes Nicken und schon war er wieder unterwegs.

Auch Julia machte Anstalten zu gehen. An der Haustür drehte sie sich noch einmal um. Verlegen schaute sie auf ihre Füße.

»Darf ich morgen in den Laden kommen?«

Nick lächelte. »Das würde mich sehr freuen.«

53

Reglos lag er auf seinem Bett und starrte an die graue Decke. Hier in der Zelle wurde es nie richtig dunkel. Die Straßenlaterne vor dem vergitterten Fenster brannte die ganze Nacht. Ihm war es recht, denn seine Gedanken waren schon unendlich düster. Ein wenig Licht konnte nicht schaden.

Trotz der Dunkelheit in seinem Kopf fühlte er heute eine innere Ruhe, wie er sie schon seit Jahren nicht mehr erlebt hatte. In den letzten Tagen waren viele offene Enden zu einem Abschluss gekommen und die Hoffnung, bald frei zu sein, ließ ihn lächeln.

Der Besuch der Frau, dieser Ruby, in seinem Traum hatte ihm Erleichterung geschenkt. Die Schuldgefühle, die ihn in jeder Sekunde gequält hatten, waren seitdem erträglicher geworden. In dieser Nacht hatte sie ihn noch einmal besucht. Vor nicht mal dreißig Minuten hatten sie geredet. Auf seine vielen Fragen hatte er Antworten erhalten, die ihn in seinem Entschluss bestätigten.

Er war dankbar, dass auch ihr Mann ihm keine großen Vorwürfe mehr machte. Natürlich verstand er, dass er ihm nicht völlig verzeihen konnte. Schließlich hatte er ihm seine Frau gestohlen, seine große Liebe aus dem Leben gerissen. Nicht nur ihn, auch seine Kinder hatte er in ein tiefes Unglück gestürzt. Ihm reichte es jedoch, zu wissen, dass Herr Lessing keinen Groll mehr gegen ihn hegte, da er selbst nur ein Opfer in diesem Ränkespiel war.

Gestern waren der Kommissar und der Psychiater bei ihm gewesen. Huber hatte ein paar Blätter mitgebracht und ihm, ohne ein Wort zu sagen, eines davon hingehalten. Es war eine Karnevalsmaske, ein Teufel. Er hatte nur mit den Schultern gezuckt und der Kommissar hatte ihm nacheinander mehrere Masken gezeigt. Im ersten Moment hatte er nicht verstanden, was die beiden damit bezwecken wollten. Dann jedoch fiel sein Blick auf ein weiteres Blatt und alles in ihm verkrampfte sich. Der Teufel persönlich starrte ihn an und gab ihm das Gefühl, als würde er tief in seine schwarze Seele schauen. Reflexartig hatte er den Kopf zur Seite gedreht, die Hände vor die Augen gelegt und geweint. Nein, diesen Anblick wollte er nie wieder erleben müssen.

Huber hatte sich neben ihn aufs Bett gesetzt und ihm die Hand auf die Schulter gelegt. Dann hatte er ihm versichert, dass sie den Auftraggeber schnappen würden. »Wir werden ihn kriegen. Das verspreche ich Ihnen!«

Dies war das letzte Puzzleteil gewesen, keine losen Enden mehr. Jetzt endlich konnte er frei sein. Erfüllt von Ruhe und Frieden setzte er sich auf.

54

Am kommenden Morgen würde sich alles entscheiden. Ruby war sehr zufrieden mit dem vergangenen Tag. Nick hatte es geschafft, sich nach dem Traum auf das Wesentliche zu konzentrieren, und war taktisch geschickt vorgegangen. Zunächst hatte sie befürchtet, dass er sich nicht überwinden könnte, Julia mit ins Boot zu holen. Ohne sie wäre es jedoch viel schwieriger, Stahl ans Messer zu liefern. Glücklicherweise war diese Sorge unbegründet.

Als die junge Frau von ihrer Schwester erzählt hatte, war Ruby allerdings kurzzeitig besorgt und zweifelte, dass Julia ihrem Mann helfen würde. Sie hätte verstanden, wenn sie sich, um ihre Schwester zu beschützen, geweigert hätte. Umso beeindruckter war sie von Julias Entscheidung, Nick gegen die Machenschaften ihres Onkels zu unterstützen.

Das nächste Hindernis war der Kommissar. Huber machte für sie nicht den Anschein, dass er an Engel oder Traumbotschaften glaubte. Glücklicherweise war der Polizist so verzweifelt, dass er inzwischen jeglicher Information nachging. Diesen Fall wollte er unbedingt lösen, und so klammerte er sich an jede noch so kleine Spur. Hannemanns Reaktion war eindeutig gewesen.

Ruby war abends noch einmal zu dem inhaftierten Mann zurückgekehrt. Sie konnte nicht erklären, warum, doch hatte sie das Gefühl, von ihm herbeigerufen worden zu sein. Wieder war sie in seinen Traum eingedrungen und hatte ihn auf einer Bank wartend vorgefunden. Diesmal hatten sie sich ausführlich unterhalten und zum Abschluss hatte er die für ihn alles entscheidende Frage gestellt. »Tut es weh?«

Jetzt schwebte sie in Stahls Schlafzimmer. Der Geschäftsmann schlief friedlich und sein Lächeln ließ vermuten, dass er gerade davon träumte, unbescholtene Mitmenschen zu hintergehen, zu betrügen und unter Druck zu setzen.

Morgen würde er einen weiteren lieben Menschen besuchen und erwarten, dass dieser seinen Forderungen nachkam. Ja, morgen war der große Tag, der Showdown. Stahl oder Nick? Wer würde als Sieger vom Platz gehen? Der eigentliche Kampf war Nicks Sache, aber Ruby hatte sich vorgenommen, alles in ihrer Macht Stehende zu tun, damit es ein gutes Ende für ihre Familie gab.

Ihr Blick fiel wieder auf Stahl. Wie abgrundtief sie diesen Mann hasste. Aus reiner Profitgier hatte er ihr alles genommen und nun war er auch noch dabei, Nick und den Kindern alles zu nehmen. Heute hatte sie keine Skrupel, in den Kopf eines Schlafenden einzudringen. Heute ging es nicht darum, geliebte Menschen in den Arm zu nehmen oder Informationen zu beschaffen. Heute würde sie etwas tun, was sie noch nie gemacht hatte. Heute war sie kein Schutzengel, sondern ein Racheengel.

Voller Konzentration drang sie in Stahls Gehirn ein. Wieder hielt sie sich zuerst einmal im Hintergrund, um die Lage zu sondieren. Was sie sah, ließ sie den Kopf schütteln. Entspannt lag er unter Palmen an einem wunderschönen Strand, während ihm langbeinige Schönheiten Getränke servierten. Sie hatte gehofft, dass Menschen, die sich tagtäglich mit solch krummen Dingen beschäftigten, von Albträumen geplagt werden. Anscheinend war aber das genaue Gegenteil der Fall.

Sie schienen sich in ihren Verbrechen zu sonnen und wurden nachts auch noch belohnt. Heute Nacht würde sich das für Stahl jedoch ändern.

Ruby fokussierte sich auf die Umgebung. Als Erstes sorgte sie dafür, dass die Damen verschwanden. Dunkle Wolken verhüllten die Sonne und die Temperatur sank deutlich. Der gemütliche Liegestuhl löste sich in Luft auf, doch Stahl fiel nicht in den weichen Sand, sondern auf das harte Pflaster einer dunklen Gasse. Links und rechts von ihm erschienen die schmutzigen Wände alter Lagerhallen. Mit erschrockenem Gesichtsausdruck schaute er sich um.

Nun trat Ruby in Erscheinung. Verhüllt in einen dunklen Mantel mit Kapuze bewegte sie sich langsam auf den verängstigten Mann zu. Jeder ihrer Schritte hallte laut von den Wänden wider. Stahl saß immer noch auf dem Boden. Verzweifelt versuchte er, rückwärts davon zu krabbeln, doch hinter ihm befand sich nun ein großes, mit Vorhängeschlössern verriegeltes Stahltor, das kein Durchkommen ermöglichte. Sackgasse!

»W-w-wer bist du?«, krächzte er stotternd.

Ruby trat noch näher heran. Ohne ein Wort zu sagen, schob sie die Kapuze vom Kopf. Stahl keuchte auf. Mit weit aufgerissenen Augen starrte er auf die Teufelsmaske, die grausam auf ihn herabblickte.

»W-w-was willst du?«, flüsterte er.

»Ich bin der Abgesandte all der Opfer, die du auf deinem Weg hinter dir gelassen hast«, hallte Rubys Stimme tief und rau durch die Gasse. »Von nun an ist es vorbei mit Träumen von hübschen Mädchen unter Palmen. Ab heute werde ich dein ständiger Begleiter sein. Jede Nacht werde ich dich heimsuchen und quälen.« Ihr boshaftes Lachen wurde von den Wänden der Hallen hundertfach zurückgeworfen und verstärkt.

Mit Genugtuung stellte sie fest, dass Stahl sich eingenässt hatte.

»Was kann ich dagegen tun?«, schrie er panisch.

Ruby trat ganz nah an ihn heran und beugte sich hinab, bis sich ihr Gesicht nur noch wenige Zentimeter vor seinem befand.

»Bereue!«, zischte sie.

Im nächsten Moment zog sie sich aus Stahls Kopf zurück und überließ ihn der Dunkelheit.

55

Diesmal klingelte das Telefon um vier Uhr. Aus dem Tiefschlaf gerissen, taumelte Nick in den Flur. Er sollte sich angewöhnen, das Mobilteil neben sein Bett zu legen.

»Lessing«, brummte er verschlafen in den Hörer.

»Glauben Sie eigentlich, dass ich nichts anderes zu tun habe, als mich um Ihren Laden zu kümmern?«

»Sind Sie das, Herr Kommissar?«

»Natürlich bin ich das!«, polterte Hubers Stimme durch die Leitung. »Kommen Sie sofort zum Buchstübchen!«

Bevor Nick fragen konnte, was los war, hatte der Kommissar bereits aufgelegt. Gab es wieder einen Einbruch? Aber Anette war doch im Gefängnis? Verdammt!

Unglücklich wählte er Hannahs Nummer. Ihm war nicht wohl dabei, seine arme Nachbarin schon wieder aus dem Schlaf zu reißen. Nach dem achten Klingeln ging sie endlich ans Telefon. Ohne Begrüßung sagte sie nur »Ich komme rüber« und legte auf. Fünf Minuten später öffnete Nick die Tür und Hannah schlich wortlos an ihm vorbei und verschwand im Schlafzimmer.

Das würde ihn vermutlich teuer zu stehen kommen. Dankbar lächelnd zuckte er mit den Schultern und machte sich auf den Weg.

Mehrere Polizeiwagen standen vor dem Laden. Entsetzt starrte er auf die Ladenfront. Die große Scheibe war zersplittert und Bücher lagen auf der Straße. Mit einer Kippe im Mund kam Huber auf ihn zu.

»Irgendwelche Rowdys haben mit ein paar Steinen das Schaufenster eingeworfen und dann ihre Wut an den Regalen und der Einrichtung ausgelassen. Eine Nachbarin hat den Radau bemerkt und uns gerufen. Aus ihrer Wohnung heraus konnte sie drei vermummte Gestalten erkennen. Die wussten genau, was sie taten. Nach weniger als fünf Minuten waren sie schon wieder verschwunden.« Seufzend legte er die Hand auf Nicks Schulter. »Tut mir leid.«

Nick betrat hinter Huber den Laden und schaute sich das ganze Ausmaß der Zerstörung an. Kopfschüttelnd und mit Tränen in den Augen starrte er auf das, was bis vor kurzem sein Buchstübchen war. Die Randalierer hatten Regale und Schränke zerschlagen, die Polster der Sitzmöbel aufgerissen und Bücher zerfetzt. Die Kasse lag zerschmettert auf dem Boden und die Ständer mit den Kalendern waren vollständig verbogen.

»Nach allem, was Sie mir in den vergangenen Tagen erzählt haben, bekomme ich den Eindruck, dass hier jemand seinen Forderungen einen gewissen Nachdruck verleihen will. Ich glaube nicht, dass das hier ein Zufall war.«

Nick schnaufte, sagte aber weiter keinen Ton. Immer noch war er wie vor den Kopf gestoßen, konnte nicht begreifen, was hier passierte. Wie war er nur in all das hineingeraten? Er hatte doch nur mit Ruby glücklich sein wollen, hatte ihren Traum leben und den Menschen eine kleine Oase bieten wollen. Warum nur wurde das alles kaputt gemacht?

Als Julia kam, saß Nick vorgebeugt auf den Stufen vor der Ladentür und hatte die Hände vor das Gesicht geschlagen. Er spürte, wie sie sich neben ihn setzte, ihren Arm um ihn legte und ihn zu sich zog. »Es tut mir so leid«, flüsterte sie.

Julias Nähe schenkte ihm Trost. Ihre Umarmung tat ihm gut und er spürte die Aufrichtigkeit in ihren Worten. Am liebsten hätte er sich nicht mehr bewegt und wäre den ganzen Tag hier sitzen geblieben, doch die junge Frau stieß ihn leicht mit dem Ellenbogen in die Rippen.

»Na los, steh auf! Wir haben eine Mission! Daran hat sich nichts geändert. Mein Onkel wird in Kürze hier sein und du solltest ihm aufrecht und kampfbereit entgegentreten!«

Natürlich hatte Julia recht. Durch diese neuen Komplikationen durfte er sich nicht aus der Ruhe bringen lassen. Gemeinsam betraten sie den Laden und begannen, das Chaos zu beseitigen. Nick rief den Glaser an, der im Laufe des Tages vorbeischauen wollte. Trotz der Umstände brachte Frau Müller einen Pfirsich-Schmand-Kuchen vorbei und klopfte ihm aufmunternd auf die Schulter. »Sie schaffen das schon!«

Punkt halb neun hielt eine große schwarze Limousine vor dem zerstörten Fenster. Stahl ließ sich von seinem Assistenten die Wagentür öffnen und betrat kopfschüttelnd den Laden.

»Eine Schande, eine Schande. Es ist nicht zu glauben, was alles passieren kann.« Langsam drehte er sich einmal im Kreis und begutachtete die Verwüstungen. »Umso tragischer, dass Ihre Versicherungspolice Schäden durch Vandalismus nicht abdeckt. Das tut einem in der Seele weh.«

Stahls Blick fiel auf Julia und einen kurzen Moment kam er aus dem Konzept. Doch schnell fing er sich wieder.

»Was machst du hier, meine liebe Nichte? Möchtest du deinem Spionageopfer den Todesstoß versetzen?« Er lachte.

Dann jedoch wandte er sich an Nick und sein Blick wurde hart. »Ich habe Sie gewarnt, Lessing! Sie hätten mein großzügiges Angebot annehmen sollen. Das hier ist meine Stadt und hier wird nach meinen Regeln gespielt.«

Nick ballte die Hände zu Fäusten, zwang sich aber, ruhig zu bleiben. Bei all dem ging es nur darum, ihn zu reizen, doch das durfte er nicht zulassen.

»Ich dachte, dass Sie ein ehrenwerter und fairer Geschäftsmann sind«, presste er mit zusammengebissenen Zähnen hervor. »Aber seitdem Sie den Auftrag gegeben haben, meine Frau zu töten, weiß ich, dass Sie ein ganz mieses Schwein sind.«

Nur einen kurzen Moment entgleisten Stahls Gesichtszüge. Doch rasch hatte er sich wieder unter Kontrolle.

»Wie kommen Sie denn auf diese absurde Idee?«

Nick gab ihm das Foto mit der Teufelsmaske. Voller Genugtuung spürte er, wie Stahls Überheblichkeit mehr und mehr Risse bekam und er ihn mit jeder Aussage zunehmend verunsicherte.

»Was soll das denn beweisen? Das ist eine traditionelle Teufelsmaske, die sich seit Jahren in meinem Besitz befindet. Was hat sie mit Ihrer Frau zu tun?« Unwirsch wedelte er mit dem Foto herum und ließ es dann fallen.

Nick sah ihm tief in die Augen. Schon nach wenigen Sekunden schaute Stahl in eine andere Richtung. Jetzt oder nie, sagte er sich.

»Hannemann hat Sie erkannt, als Sie ihm den Auftrag gaben!«

»Blödsinn!«, rief der Geschäftsmann. »Hannemann war viel zu betrunken! Außerdem war es schon du…«

Ein Lächeln erschien auf Nicks Lippen, während Stahl vor Entsetzen Mund und Augen aufriss. »Ja, es war schon dunkel, als Sie dem betrunkenen Hannemann befahlen, meine Frau zu töten.«

»Du bist ein Mörder, Onkel Franz!« Julia spie ihm die Worte entgegen. Mit eiskalten Augen starrte sie ihn an.

Wie bei einem in die Enge getriebenen Tier huschte der Blick des Geschäftsmanns hektisch von Nick zu Julia und zurück. Seine Hände zitterten und sein Atem ging stoßweise.

»Ich, ich …« Schluchzend brach Stahl zusammen. Geschlagen plumpste er auf das zerstörte Sofa und weinte bitterlich. »Ich … ich hatte nie vor, sie töten zu lassen. Dieser Trunkenbold sollte sie erschrecken, vielleicht leicht verletzen, sollte Ihnen Angst machen.«

»Du bist widerlich, Onkel Franz. Ich schäme mich dafür, dir geholfen zu haben. Und das alles nur, um ein weiteres deiner hässlichen Einkaufszentren zu bauen.«

Stahl schaute nicht auf, als er weitersprach. »Dies sollte die Krönung meiner Karriere werden. Ein funkelnder Palast als Zentrum der Stadt.« Seine Stimme brach.

Hinter einem der noch unversehrten Regale trat Kommissar Huber mit drei Kollegen hervor. »Nehmen Sie den Mann fest. Er hat zwei Menschen auf dem Gewissen.«

Stahl riss den Kopf nach oben. »Zwei, warum zwei?«

»Hannemann hat sich heute Nacht das Leben genommen. Auch dafür sind Sie verantwortlich.«

Wieder begann er zu weinen. Die Polizisten führten einen gebrochenen Mann hinaus.

Huber klopfte Nick auf die Schulter, dann gab er ihm die Hand. »Herzlichen Dank für Ihre Unterstützung!« Mit dem Kopf deutete er auf das Chaos. »Sagen Sie Bescheid, wenn bei Ihnen wieder Ruhe eingekehrt ist. Dann komme ich auf ein Stück Kuchen vorbei.«

Jeder in seine eigenen Gedanken versunken, saßen Nick und Julia auf dem Boden und lehnten sich an die Verkaufstheke. Seit Minuten hatten beide kein Wort gesprochen. Wie sollte es nur weitergehen? Der Laden lag in Trümmern, kein Geld für die Renovierung. Stahl hatte recht gehabt, Vandalismus war nicht mitversichert.

»Nick?« Julias leise Stimme riss ihn aus seinen Überlegungen. »Ich kann verstehen, wenn du nichts mehr mit mir zu tun haben willst. Ich bin die Nichte des Mannes, der deine Frau getötet hat, ich habe dich hintergangen und ausgenutzt. Aber ich …«

»Ich liebe dich, Julia!«, unterbrach er sie. »Du kannst nichts für deinen Onkel und du hast das nur getan, um deine Schwester zu schützen. Im ersten Moment war es mir unbegreiflich, wie du mir so etwas antun konntest. Dann habe ich an meine Kinder und an Ruby gedacht. Um meine Familie zu beschützen, hätte ich das Gleiche getan, hätte jeden Menschen belogen und verraten.« Inzwischen hatte er sich zu ihr gedreht, sich vor sie gekniet und ihre Hände genommen. »Die Stunden, nachdem ich dich rausgeschmissen und fortgeschickt habe, waren unerträglich. Jede Sekunde habe ich an dich gedacht, an dein Lächeln, dein liebevolles Wesen und dein hübsches Gesicht. Wahrscheinlich wird es ein wenig Zeit brauchen, um das verlorene Vertrauen vollständig zurückzugewinnen, aber mir ist klar geworden, dass ich nicht ohne dich sein kann. Ich möchte, dass du bei mir bleibst. Als meine Mitarbeiterin, als meine Freundin und hoffentlich auch als die Frau, mit der ich den Rest meines Lebens verbringen werde.«

Julias Augen leuchteten auf, ganz langsam breitete sich ein Lächeln in ihrem Gesicht aus, das zu einem hellen Strahlen wurde. Dann stürzte sie sich auf ihn und küsste ihn ungestüm.

Wenig später lagen sie beide auf dem Rücken zwischen verstreuten Büchern, hielten sich an der Hand und schauten an die Decke.

Nick seufzte. »Ist es nicht grotesk? Ich bin pleite, mein Laden liegt in Trümmern und ich liege hier, lächle glücklich und genieße es, dich bei mir zu haben. Leider habe ich keine Ahnung, wie es weitergehen soll. Weder habe ich eine reiche Erbtante in Amerika, noch spiele ich Lotto. Einen Schatz werde ich wohl auch nie finden.«

Wie von der Tarantel gestochen setzte sich Julia auf. Augenrollend schlug sie sich die flache Hand an die Stirn. »Ein Schatz! Ich dumme Kuh!«

Wovon redete sie? Ahnungslos schaute Nick sie an.

»Erinnerst du dich, dass ich mir vorgenommen hatte, Nachforschungen über diese Frau Siebert anzustellen? Darüber wollte ich dir berichten, als ich gestern bei dir geklingelt habe. Ich habe es in der Aufregung aber vollkommen vergessen.«

Ihre Augen sprühten Funken und sie zupfte aufgeregt an ihrer Bluse. »Anette Siebert ist eine professionelle Schatzjägerin. In ganz Europa jagt sie verlorenen Reichtümern hinterher. Ihr Fachgebiet ist der Nationalsozialismus.«

»Und was hat das mit dem Buchstübchen zu tun?« Nick hatte keine Idee, auf was sie hinauswollte.

»Mit diesen Informationen habe ich weiter recherchiert. Ich war im Stadtarchiv und habe mir alte Zeitungsberichte angeschaut. Anscheinend wurde dieses Gebäude gegen Ende des Zweiten Weltkrieges als Kommandoposten der SS benutzt. Es gab Gerüchte, wonach hier irgendwelche geraubten Schätze gelagert wurden. Einige Sachen konnten durch die Alliierten sichergestellt werden, andere verschwanden auf geheimnisvolle Weise.«

Endlich verstand er. »Und die Siebert glaubt, das verschwundene Zeug in meinem Keller zu finden? Ich lache mich kaputt!« Ungläubig schüttelte er den Kopf. »Das ist inzwischen mehr als siebzig Jahre her. Der Keller wurde von unzähligen Menschen benutzt. Dachte sie, die Bewohner hätten Schatzkisten mit Gold übersehen?«

»Wohl kaum, du Schlaumeier!« Julia sah ihn an wie einen dummen Schüler. »Im Stadtarchiv gibt es Baupläne von den älteren Bauwerken hier in der Innenstadt. Ich habe Karten gefunden, die bei der Errichtung dieses Gebäudes erstellt wurden. Und dann habe ich sie mit Plänen aus den Fünfzigerjahren verglichen.« Herausfordernd grinste sie ihn an.

»Und weiter? Was hast du Interessantes entdeckt?«, fragte Nick ungeduldig.

Julia bereitete ihr Auftritt anscheinend großes Vergnügen, denn sie lächelte zufrieden. »Der hintere Kellerraum ist seit seiner Erbauung um einen guten Meter geschrumpft. Da das Gebäude nur teilweise unterkellert ist und es daher keine Abmessungen für die andere Seite der Wand gab, ist das nie aufgefallen. Vermutlich wurde es als Fehler auf den ursprünglichen Plänen angesehen und nicht weiter beachtet.«

»Und du glaubst, dass sich hinter der Wand ein Hohlraum befindet?« Endlich hatte er kapiert, was ihre Entdeckung bedeuten könnte.

»Es gibt nur einen Weg, das herauszufinden! Ich sage nur Bohrhammer und Vorschlaghammer!« Mit vor Erregung funkelnden Augen grinse sie ihn an. »Was hältst du davon, wenn ich den Laden bewache und du zum Baumarkt fährst?«

Nick fühlte sich seltsam, als er durch die Werkzeugabteilung lief und sich fragte, was er alles besorgen musste. Warum nur kam es ihm vor, als ob ihm jeder an der Nasenspitze ansehen würde, dass er einen Schatz suchen wollte? Er traute sich nicht einmal einen Mitarbeiter zu fragen. Daher kaufte er sicherheitshalber alles, was ihnen seiner Meinung nach helfen konnte.

Julia lachte, als er Bohrhammer, Brecheisen, Stemmeisen, Schaufel, Spitzhacke, Hämmer in unterschiedlichen Größen und zwei schwere Taschenlampen aus dem Auto räumte. »Du siehst aus, als ob du einen Tunnel bis zur nächsten Bank graben willst.«

Gemeinsam schleppten sie die Werkzeuge in den Keller. Als sie kurze Zeit später vor der verdächtigen Wand standen, war Nicks Zuversicht verflogen. Was tat er hier? Er war nicht Indiana Jones und der olle Keller war kein Tempel. Warum sollte gerade hinter dieser Wand ein großer Schatz versteckt sein? Wahrscheinlich war der erste Bauplan falsch gewesen und sie würden gleich eine tragende Wand einreißen.

Unschlüssig schaute er zu Julia, die ihn hoffnungsvoll anlächelte. Angestachelt von ihrer Zuversicht zuckte er mit den Schultern. Was hatte er zu verlieren? Ohne weiter darüber nachzudenken, schaltete er den Bohrhammer ein. Ungeschickt presste er den Bohrer gegen die Wand und gab Gas. Zweimal rutschte er ab, doch dann fraß sich der Stahl zügig durch den Putz. Als er auf Stein traf, ging es langsamer voran. Mit einem Mal, viel schneller als erwartet, ließ der Widerstand nach und der Bohrer rutschte tief in die Wand. Sie waren durchgebrochen. Das war eindeutig kein tragender Gebäudeteil.

»Das sind nicht mal zehn Zentimeter«, rief er überrascht.

Julia hatte ihre Hände zu Fäusten geballt und hielt sie nervös vor den Mund. »Sei vorsichtig!«

Nick war vorsichtig. Obwohl er wahnsinnig neugierig war, was sich hinter der Wand befand, bohrte er im ersten Schritt mehrere Löcher, bis er es schaffte, einen einzelnen Stein aus der Mauer zu lösen. Bald hatte er eine kopfgroße Öffnung geschaffen und leuchtete mit einer Taschenlampe hindurch.

»Da ist etwas! Sieht aus wie eine Kiste«, rief er aufgeregt. »Und ich glaube, hier links steht noch eine.«

Mit Hilfe des Vorschlaghammers vergrößerte er behutsam das Loch. Bald klaffte ein Durchgang in der Wand. Ungeduldig warteten sie, bis sich der Staub gelegt hatte. Dann endlich betraten sie den winzigen Raum, der so geschickt verborgen war. Die Kisten waren mit einfachen und dazu auch noch verrosteten Schlössern gesichert. Ein leichter Schlag mit dem Hammer und das erste zerfiel in seine Bestandteile.

»Na los, mach schon auf!« Julia stupste ihm in die Seite. Die Taschenlampe hatte sie auf die Kiste gerichtet.

Laut schnaufend atmete Nick aus. Was würden sie finden? Edelsteine, Geld, Gold? Bedächtig legte er die Hände auf den Deckel und hob ihn an. Zuerst klemmten die altersschwachen Scharniere, doch bald gab das Metall quietschend nach.

»Was ist denn das? Alte Landkarten?« Enttäuscht ließ er die Arme sinken. Statt funkelnder Kostbarkeiten enthielt die Kiste lediglich verschiedengroße Pappen, die fein säuberlich mit Packpapier voneinander getrennt wurden.

»Das sind keine Landkarten!« Julia zog einen der Pappbögen hervor und leuchtete ihn an. Die bunten Farben einer südlich anmutenden Landschaft funkelten ihnen entgegen. »Das sind Gemälde.« Aufgeregt drehte sie sich zu ihm und strahlte ihn an. »Nick, das sind möglicherweise von den Nazis erbeutete Kunstwerke! Weißt du, was das bedeutet?«

Nick genoss die Nähe zu dieser wundervoll aufgedrehten Frau. Er liebte diesen Enthusiasmus, den sie bei allem zeigte. Ohne zu antworten, nahm er ihr Gesicht in seine Hände und küsste sie. »Was bedeutet es denn? Erzähl es mir!«

Julia leckte sich über die Lippen. »Das bedeutet, dass die Bilder wahrscheinlich sehr wertvoll sind und du einen guten Finderlohn bekommen könntest. Da hast du deinen Schatz!«

Wieder küsste er sie. »Meinen Schatz habe ich doch schon gefunden.«

56

Wie friedlich die süßen Mäuse aussahen, wenn sie schliefen. Ronja und Lilli waren schon immer zwei fröhliche Kinder gewesen und man sah selten Anzeichen von Anspannung in ihren Gesichtern. Im Schlaf jedoch machten sie den Eindruck, dass sie die zufriedensten Menschen auf dem Erdball wären.

Seit zwei Stunden schwebte Ruby im Zimmer der beiden. In ihren Gedanken durchlebte sie unzählige, atemberaubend schöne Erinnerungen mit den Mädchen. Die Geburt und den Moment, als sie Ronja und Lilli zum ersten Mal im Arm halten durfte. Innerlich lächelnd erinnerte sie sich an ihre ersten Worte, die ersten Schritte, gemeinsame Ausflüge und Feste. Sie sah ihr Lachen und die unbändige Begeisterung für Dinge, die ihnen am Herzen lagen. Die Zwillinge waren ihr so ähnlich, und doch hatten beide ihre eigene Persönlichkeit.

Sie konnte sich nicht sattsehen an ihren Mädels. Niemals hatte sie gedacht, dass sie zu solcher Liebe fähig wäre. Ihre Begegnung mit Nick war purer Zufall gewesen. Vorher hatte sie sich nicht vorstellen können, ihr Herz jemandem zu schenken.

Für sie gab es nur Bücher, Geschichten und Gedichte. Als sie sich aber Hals über Kopf in ihn verliebte, merkte sie schnell, dass diese Gefühle keineswegs die Liebe zu ihren Büchern schmälerte oder ersetzte. Ganz im Gegenteil, sie war eine Bereicherung und machte ihre Welt perfekt. Das dachte sie zumindest. Wer hätte erwartet, dass es eine weitere Steigerung dazu gab? Doch dann kamen die Zwillinge zur Welt und Ruby erkannte, dass die beiden ihr Leben noch großartiger machten, als es bereits war.

Als Engel jedoch war es genau diese Liebe, die ihr das Dasein zur Hölle machte. Natürlich war sie dankbar, zurückgekommen zu sein und die beiden wiedersehen zu dürfen, aber das, was sie hier führte, war eben kein Leben. Sie war da und war es doch nicht. Zwar konnte sie die Gefühle ihrer Lieben spüren, sie jedoch nicht erwidern. Es brachte sie um den Verstand, sie nicht in den Arm nehmen zu können.

Wieder schaute sie in die Gesichter ihrer Prinzessinnen. Was hatte der Wächter im Himmel gesagt? Auf dem Weg ins Jenseits würde man vergessen? Niemals. Und auch die Mädels würden sie ewig in ihrer Erinnerung behalten. Ihr Blick fiel auf das Stoff-Fotoalbum, das die beiden zum ersten Geburtstag bekommen hatten. Es stand aufgeschlagen im Schrank und zeigte ein Bild von ihr. Ruby hatte gar nicht mehr gewusst, dass die Zwillinge das Album noch hatten. Doch die beiden hatten es gefunden und in der Mitte des Schrankes aufgebaut, zusammen mit Bildern, die sie von ihr gemalt hatten. Wie ein kleiner Altar zur Erinnerung an ihre Mama. Rührung, Wärme und Traurigkeit überfluteten Ruby. Wenn sie gekonnt hätte, wäre sie in Tränen ausgebrochen.

»Lebt wohl, ihr beiden.«

Wehmütig verließ sie das Zimmer und schwebte zu Nick. Auch er hatte einen entspannten und friedlichen Ausdruck im Gesicht. Den hatte er sich verdient. Nie hätte sie gedacht, dass der heutige Tag so erfolgreich verlaufen würde. Ihre Erwartungen wurden bei Weitem übertroffen. Natürlich war die Zerstörung des Ladens ein Schock gewesen. Doch anschließend war alles perfekt gelaufen. Die Überführung von Stahl war viel einfacher gewesen als vermutet. Dass Nick und Julia zusammenfinden würden, hatte sie sich so sehr gewünscht. Trotzdem hatte es wehgetan, als sie sich küssten. Aber auch damit hatte sie gerechnet. Doch jetzt war nur wichtig, dass Nick glücklich war.

Die Krönung des Tages war der Fund der geraubten Gemälde. Nachdem sie erst sprachlos ihren Schatz angeschaut hatten, waren die beiden völlig außer sich durch den Keller getanzt. Anschließend hatten sie Kommissar Huber angerufen, der sich um alles gekümmert hatte. Er war mit mehreren Spezialisten bei ihnen eingefallen. Verwaltungsbeamte, Historiker und Kunstexperten hatten den Schatz in Augenschein genommen und waren regelrecht in Verzückung geraten. Die Kunstwerke wurden fachgerecht verpackt und dann abtransportiert. Nick stand ein Finderlohn zu, den er nach einer genauen Untersuchung und Schätzung der Gemälde erhalten würde. Zwar konnte noch niemand sagen, wie viel es sein würde, aber die Experten waren sich einig, dass es locker für die Renovierung des Buchstübchens ausreichte.

Ruby war überglücklich und auch sehr erleichtert. Ihre Aufgabe war erfüllt, jegliche Last, die sie in den vergangenen Wochen gespürt hatte, war von ihr genommen. Jetzt gab es nur noch eine Sache zu tun.

Ein bisschen ängstlich tauchte sie in Nicks Traum. Hier war kunterbuntes Chaos angesagt. Glitzernde Scherben, Konfetti, tanzende Bücher und farbenfrohe Gemälde. Bevor sie in Erscheinung trat, musste sie erst einmal wieder für Ordnung sorgen. Bald schon hatte sich die Szenerie komplett verändert. Nervös setzte sie sich an den kleinen Tisch und wartete auf Nick. Dieser schaute sich noch um und versuchte zu begreifen, wo er war. Endlich entdeckte er Ruby und kam zu ihr. Lächelnd nahm er ihr gegenüber Platz.

»Hier sind wir uns zum ersten Mal begegnet«, sagte er mit belegter Stimme. Traurig schaute er sie an und eine Träne bahnte sich ihren Weg aus seinem Auge. Er hatte begriffen.

»Mein lieber Schatz.« Ihre Stimme war leise, aber klar und fest. »Meine Zeit ist nun endgültig gekommen. Ich bin mir sicher, dass du von jetzt an zurechtkommen wirst.« Sie schluckte. »Ach verdammt!«, schluchzte Ruby, warf beim Aufspringen den Stuhl um und fiel Nick um den Hals. »Ich habe mir so viele Dinge überlegt, die ich dir sagen wollte. Doch jetzt ist alles weg und ich will dich nur festhalten.« Die Tränen kullerten über ihre Wangen. »Ich liebe dich! Bitte vergiss mich nicht!«

»Niemals!«, wimmerte Nick. »Ich liebe dich, mein Engel!«

Eine gefühlte Ewigkeit standen sie eng umschlungen in dem kleinen Café. Als sie sich schließlich voneinander lösten, lächelte Nick sie mit feuchten Augen an. Zärtlich legte er ihre rechte Hand auf seine Brust über sein Herz und sagte leise: »Immer in meinem Herzen. Wir sehen uns, irgendwann, irgendwo!«

»Ich werde auf dich warten!«

57

Ruby war hin- und hergerissen. Der Abschied von Nick, Ronja und Lilli war das Schwierigste und Schmerzhafteste, was sie jemals tun musste. Gleichzeitig aber freute sie sich darauf, endlich loslassen zu können, Ruhe zu finden und Schmerzen und Sorgen hinter sich zu lassen.

Sie hatte getan, was sie konnte, und war stolz darauf, das Leben ihrer Lieben in gutes Fahrwasser gelenkt zu haben. Künftig mussten sie allein klarkommen. Sorgen darüber machte sie sich keine, sie würden das schaffen. Ruby jedoch musste jetzt an sich denken. Niemals hätte sie gedacht, dass sich die Rückkehr zu ihrer Familie als eine so große psychische Belastung erweisen würde. Die fehlenden Berührungen und Unterhaltungen, die nicht vorhandene echte Nähe hatten ihr viel mehr zugesetzt, als sie es erwartet hatte. Doch jetzt würde sie das alles hinter sich lassen.

Wie sie den Weg ins Jenseits finden würde, wusste sie nicht, aber sie kannte jemanden, der ihr helfen konnte. Mit einem letzten Blick auf den schlafenden Nick konzentrierte sie sich auf die Stimme, die ihr nach ihrem Tod die Richtung gewiesen hatte. Die Umgebung verschwamm, wie damals wurde es hell und nebliges Weiß hüllte sie ein.

»Willkommen zurück«, donnerte die imposante Stimme des Wächters in ihrem Inneren. »Ich habe dich erwartet.«

»Erwartet? Woher hast du gewusst, dass ich zurückkommen würde?«, antwortete Ruby überrascht.

Der Wächter lachte. »Früher oder später kommen fast alle zurück. Ich habe dich beobachtet und muss sagen, dass du deine Aufgabe hervorragend erfüllt hast.«

»Danke!« Hätte Ruby einen Kopf gehabt, wäre dieser rot geworden. »Ich bin froh, dass ich meiner Familie helfen konnte, die größten Hindernisse aus dem Weg zu räumen. Aber …«, sie zögerte. Es fiel ihr schwer, ihre Gedanken auszusprechen. »Es war schön, meine Lieben wiederzusehen, ihnen zuzuschauen und ihnen zu helfen, aber es war ganz anders als das Leben, das ich bisher kannte. Ich war bei ihnen, gleichzeitig aber auch nicht. Als dann …« Wieder verstummte sie. »Ist es egoistisch, dass ich Ruhe finden will?«

Wieder lachte der Wächter, diesmal jedoch voller Wärme. »Nein, meine Liebe. Das ist alles andere als egoistisch. Es ist sogar ganz normal. Die Seele eines Verstorbenen sehnt sich nach Frieden und Glückseligkeit. Allerdings ist es bei den Toten wie bei den Lebenden. Gibt es unerledigte Angelegenheiten und Sorgen, die uns belasten, kommt man nicht zur Ruhe. Erst jetzt bist du bereit, den letzten Schritt zu gehen.«

Das kam Ruby einleuchtend vor. Auch als Mensch fand man keine Ruhe, wenn sich die Sorgen vor einem auftürmten. Warum sollte es als Toter anders sein? Aber war sie wirklich bereit? Eine Sache beschäftigte sie noch. »Bei meinem ersten Besuch hier hast du davon gesprochen, dass ich auf dem Weg ins Jenseits vergessen werde. Ich möchte aber nicht vergessen. Es gibt so viele wundervolle Augenblicke mit meinen Liebsten, an die ich mich erinnern möchte.«

»Mach dir keine Sorgen. Jede glückliche Sekunde, jedes liebe Wort, jedes angenehme Gefühl und alle berührenden Momente werden dich ins Jenseits begleiten. Ja, du wirst vergessen, aber trotzdem erfüllt sein von der Glückseligkeit, die du in deinem Leben erfahren durftest. All das ist ein Teil von dir und wird es auf ewig bleiben.«

Ruby dachte ein letztes Mal an Nick, Ronja und Lilli und ihr Herz krampfte sich zusammen. »Ihr seid immer bei mir«, flüsterte sie. Und mit fester Stimme fügte sie hinzu: »Was muss ich tun?«

Im nächsten Moment spürte sie eine angenehme, warme Brise, die sanft an ihr zog.

»Du bist bereit«, hörte sie die Stimme des Wächters. »Lass einfach los und gib dich der Strömung hin.«

Innerlich lächelnd ließ Ruby sich fallen. Ein nie dagewesenes Gefühl von Freude und Zufriedenheit erfüllte sie und zog sie mit in die Unendlichkeit.

Epilog 1

Zwei Monate nach Rubys Abschied

»Was ist denn bei der Gerichtsverhandlung herausgekommen?«, fragte Frau Müller voller Neugier.

»Ich hoffe, sie haben den Verbrecher für immer weggeschlossen«, ergänzte Frau Mayer und wedelte drohend mit ihrem Zeigefinger durch die Luft.

Die drei Ms saßen zusammen mit Nick auf ein paar alten, knarzenden Stühlen um einen kleinen Tisch herum. Die Donauwelle schmeckte köstlich und der Duft des Kaffees erfüllte das Buchstübchen.

Nick zuckte mit den Schultern. »Ich muss zugeben, dass ich nicht bis zum Ende dabei war. Das ging mir zu sehr an die Substanz. Da Stahl aber alles gestanden hat, gehe ich davon aus, dass er wohl ein paar Jährchen hinter Gittern verbringen wird.«

»Bekommen Sie denn eine Entschädigung?«, fragte Frau Molitor. »Schließlich sind Sie einer der Hauptleidtragenden bei seinen krummen Geschäften gewesen.«

In den letzten Wochen hatte Nick mehrere Tage im Gericht verbracht. Es war schrecklich gewesen, alles nochmal aufzuarbeiten. Insbesondere der Tag, an dem es um Ruby ging, hatte ihm zugesetzt.

»Am liebsten hätte ich die ganze Verhandlung ausgeblendet und auf alles verzichtet. Aber schauen Sie sich um.« Er deutete auf ein paar schäbige Tische, auf denen Bücher gestapelt waren. »So kann es ja nicht weitergehen. Hier sieht es aus, wie auf einem Trödelmarkt. Ohne Geld kann ich jedoch nichts machen. Jedenfalls bekomme ich eine Entschädigung für den entstandenen Schaden und zusätzlich Schmerzensgeld. Endlich kann ich neue Regale besorgen und das Buchstübchen wieder auf Vordermann bringen.«

Die Randalierer hatten ganze Arbeit geleistet und fast alle Regale zerstört. Glücklicherweise war der Glaser noch am selben Tag gekommen und hatte schnell für neue Scheiben gesorgt. Beinahe eine Woche hatten sie benötigt, um dem Chaos im Laden Herr zu werden. Alle Bücher mussten auf Schäden überprüft werden und wurden dann in drei Kategorien eingeteilt: Neuwertig, Mängelexemplar und Altpapier. Mit den Mängelexemplaren hatten sie in der Folgewoche einen Bücherflohmarkt veranstaltet und viele davon verkauft.

Für neue Regale hatte der Erlös aber bei Weitem nicht gereicht, daher war Nick froh, dass der Richter die Zahlungen an ihn angeordnet hatte.

Von ihrem Gemäldefund hatten sie nichts weiter gehört. Seitdem die Experten mit den Kunstwerken verschwunden waren, hatte sich niemand mehr gemeldet. Kommissar Huber hatte sie einmal im Laden besucht und angemerkt, dass sie Geduld haben müssten. »Sie wissen doch, wie langsam die bürokratischen Mühlen mahlen.«

Gegen Mittag klingelte die Eingangstür und wildes Geschrei erfüllte das Buchstübchen.

»Papi! Wir haben Nudeln mitgebracht!« Ronja und Lilli stürmten durch den Laden und fielen Nick um den Hals.

Julia balancierte vier dampfende Aluschachteln auf einem winzigen Tablett und schob sich grinsend durch die Büchertische. »Dann sparen wir uns heute Abend das Kochen.«

Nick küsste sie zärtlich auf den Mund. »Mehr Zeit für uns!«

Julia war ihm in den vergangenen Wochen eine große Hilfe gewesen. Nicht nur im Laden, auch mit den Mädchen. Sie tat ihm gut und wie es schien, beruhte das auf Gegenseitigkeit. In den ersten Tagen nach Stahls Verhaftung war ihr Miteinander noch ein bisschen holprig. Die Unsicherheit, die ihr Verrat hervorgerufen hatte, war überall spürbar gewesen. Auch Julia war gehemmt. Ihr schlechtes Gewissen war allgegenwärtig und sie schien immer noch Angst zu haben, dass Nick sie zum Teufel jagte.

Ausführlich hatten sie über ihre Rolle in Stahls Spiel gesprochen und er hatte schnell gespürt, dass sein Misstrauen schwand. Was blieb, war das Gefühl, so kurz nach dem Tod seiner Frau nicht eine solche Zuneigung für Julia empfinden zu dürfen. Immer wieder fragte er sich, was andere dazu sagen würden. Dann jedoch half ihm der Ratschlag, den Frau Mayer ihm vor ein paar Wochen gegeben hatte. »Sie müssen das tun, was Ihnen guttut.« Und Julia tat ihm gut, ihm und auch den Zwillingen. Und so waren sie sich immer nähergekommen.

»Wie geht es dir? Wie war der Besuch bei deinem Onkel?«

Julia war heute im Gefängnis gewesen und hatte mit Stahl gesprochen. Der Geschäftsmann hatte sie gebeten, vorbeizukommen, um wichtige Angelegenheiten mit ihr zu klären.

Julia seufzte. »Zum Glück nicht so schlimm wie befürchtet. Ich habe den Eindruck, dass er unter seinen Taten leidet und versucht, alles wiedergutzumachen. So hat er mir verkündet, dass er einen Fond für meine Schwester eingerichtet hat, sodass die Betreuung ihr Leben lang gesichert ist.«

Das war eine gute Nachricht. Lächelnd legte Nick ihr die Hand auf den Arm.

»Außerdem hat er mir angeboten, dass ich mich während seiner Haft um seine Geschäfte kümmere und seine Nachfolgerin werde.«

Nicks Lächeln verschwand. Damit hatte er nicht gerechnet. Er war felsenfest davon ausgegangen, dass Julia mit ihm im

Buchstübchen blieb. Der Gedanke, dass sie Stahls Konzern übernehmen könnte, erschreckte ihn zutiefst. Mit offenem Mund starrte er sie an. »Er will … du hast … ich … du …«, stammelte er vor sich hin.

Julia grinste. Dann schob sie ihm ihre Hände in den Nacken, zog ihn zu sich heran und küsste ihn. »Ich habe ihm gesagt, dass ich mit seiner Firma nichts zu tun haben will.« Mit leuchtenden Augen sah sie ihn an. »Ich fühle mich hier unendlich wohl und kann mir keinen schöneren Ort vorstellen, um mit dir zusammen zu sein.«

Der Stein, der Nick vom Herzen fiel, hatte bestimmt ein kleines Erdbeben ausgelöst. Voller Erleichterung küsste er Julia.

»Hey, wir haben Hunger!«, plärrte Lilli!

Und Ronja ergänzte: »Nicht immer knutschen!«

Lachend verteilten sie die Nudeln und verzehrten vergnügt ihr Mittagessen.

Am Nachmittag betrat ein unsicher wirkender älterer Herr den Laden. Er trug einen schlecht sitzenden Anzug, hatte eine schäbige Aktentasche fest unter den Arm geklemmt und die Augen hinter seiner Brille schienen nicht stillzustehen.

»Kann ich Ihnen helfen?«, fragte Nick freundlich.

Der Mann räusperte sich. »Mein Name ist Hesse, Doktor Hesse. Ich würde gerne mit Herrn Lessing sprechen.«

Argwöhnisch reichte ihm Nick die Hand. »Guten Tag, Herr Dr. Hesse. Ich bin Nick Lessing. Was kann ich für Sie tun?«

Dr. Hesse schüttelte ihm die Hand und kicherte nervös. »Sie können nichts für mich tun, Herr Lessing. Ich kann etwas für Sie tun. Ich komme vom Ministerium für Kultur und Wissenschaft und habe gute Neuigkeiten für Sie.« Er schaute sich um. »Können wir uns setzen?«

Nick führte Dr. Hesse zu einem der alten Tische und rückte ihm einen Stuhl zurecht. Der Beamte vom Ministerium kramte in seiner Aktentasche und zog einen schmalen Ordner hervor, in dem er dann vor sich hin murmelnd herumblätterte.

Als Nick schon dachte, er wäre bei der Lektüre eingeschlafen, hob Dr. Hesse plötzlich den Kopf und lächelte fröhlich. »Wie Sie sich bereits denken können, geht es um die Gemälde, die Sie in Ihrem Keller gefunden haben. Bitte entschuldigen Sie, dass Sie so lange nichts von uns gehört haben. Wir haben die Kunstwerke in der Zwischenzeit gesichtet, überprüft und, soweit es möglich war, ihren rechtmäßigen Eigentümern zurückgegeben. Die übrigen Werke werden an verschiedene Museen verteilt. Ihnen als Entdecker steht ein Finderlohn zu, den sowohl das Land als auch die privaten Besitzer gerne zahlen.« Er schob Nick ein Formular und einen Stift zu. »Wenn Sie hier bitte Ihre Kontodaten eintragen würden, kann ich mich noch heute um die Überweisung des Betrages kümmern.«

»Darf ich fragen, um wie viel Geld es sich handelt?« Nervös ließ Nick den Kugelschreiber zwischen seinen Fingern kreisen.

»Habe ich das noch nicht erwähnt? Ihr Finderlohn beläuft sich auf ziemlich genau 750 000 Euro.«

Ein spitzer Schrei gefolgt von einem lauten Poltern ließen Nick und Dr. Hesse herumfahren. Julia stand stocksteif vor dem Tresen und hatte den Mund aufgerissen. Mehrere Bücher lagen vor ihr auf dem Boden. Ungläubig starrte sie Nick an.

Er selbst brauchte ein paar Sekunden länger, um die Information des Beamten zu verarbeiten. Dann verzog sich sein Mund zu einem Lächeln, das sich in Julias Gesicht spiegelte.

Kaum hatte der Herr vom Ministerium den Laden verlassen, tanzten Nick, Julia und die Kinder ausgelassen jubelnd zwischen den Büchertischen.

»Jetzt haben wir genügend Geld, um den ganzen Laden zu renovieren«, rief Nick begeistert. Glücklich umarmte und küsste er seine Töchter und Julia.

Epilog 2

Sechs Monate nach Rubys Abschied

»Wie spät ist es?«, fragte Julia nervös, während sie zum dritten Mal die Sektgläser zurechtrückte. »Wann kommen die Gäste?«

Lachend nahm Nick sie in den Arm und küsste sie. »Es ist genau halb zwölf und unsere Gäste kommen in einer halben Stunde. Alles ist perfekt und du musst dir keine Sorgen machen.«

Ronja und Lilli kamen um die Ecke gerannt und umarmten die Beine der beiden. »Dürfen wir schon was essen? Wir haben Hunger!«

Langsam löste sich Julia von Nick und nahm die Zwillinge an die Hand. »Lasst uns noch einmal das Buffet kontrollieren. Vielleicht finden wir ja etwas Leckeres, bei dem ihr unbedingt eine letzte Qualitätskontrolle durchführen müsst.«

Lächelnd schaute er den dreien hinterher. Dann ließ er sich in das neue gemütliche Sofa fallen und schloss die Augen.

Die letzten Wochen waren zwar anstrengend, aber wunderschön gewesen. In Momenten der Ruhe hatte er viel nachgedacht. Auch wenn das für einen rational denkenden Menschen wie ihn unglaubwürdig und fantastisch anmutete, war er sich vollkommen sicher, dass Ruby in der Zeit nach ihrem Tod bei ihm gewesen war und ihm mit Stahl geholfen hatte. Genauso sicher war er sich, dass sie jetzt im Himmel war und ihn nur noch von oben beobachtete. Er hatte keinerlei Zweifel, dass es ihr gut ging und er sich keine Sorgen machen musste. Ruby war für immer in seinem Herzen und nichts konnte etwas daran ändern.

Zufrieden öffnete er die Augen und sah sich um. Das Buchstübchen war zu alter Pracht zurückgekehrt und präsentierte sich vielleicht noch behaglicher und schöner als vorher. Heute sollte die große Wiedereröffnung sein und seine Freude, bald wieder Bücher verkaufen zu können, war riesengroß.

Bereits einen Tag nach dem Besuch von Dr. Hesse war das Geld auf Nicks Konto angekommen. Eine solche Zahl auf dem eigenen Kontoauszug zu sehen, war völlig irreal. Auch jetzt konnte er beim Gedanken daran immer noch nur den Kopf schütteln. Den Geldsegen hatten sie zum Anlass genommen, das Buchstübchen großzügig zu erweitern. Nick hatte die kleine Wohnung über dem Laden gekauft und dort eine große Kinderbuchabteilung mit geräumiger Spielecke bauen lassen. Über eine neue Treppe kam man aus dem bisherigen Ladenraum direkt hinauf in diese Erweiterung. Hier oben hatte sich Julia verwirklicht und ein wahres Kinderparadies gezaubert.

Julia und er waren jetzt ein Paar. Nick liebte diese Frau von ganzem Herzen. Es waren nicht die gleichen Gefühle, die er für Ruby empfunden hatte, aber sie waren genauso stark. Mit ihr fühlte er sich unendlich wohl und jeden Moment an ihrer Seite empfand er als großes Glück. Auch die Zwillinge waren begeistert und fragten mindestens einmal am Tag, wann er Julia heiraten würde. Selbst Hannah hatte sich inzwischen mit der neuen Frau an seiner Seite angefreundet. Anfangs war ihr Verhältnis schwierig gewesen. Hannah hatte sehr großes Misstrauen gezeigt und Nick gegenüber immer wieder Julias Rolle bei Stahls Kampf ums Buchstübchen erwähnt. Doch schon bald hatte sie gemerkt, dass Julia ein liebevoller und aufrichtiger Mensch war, und ihr eine Chance gegeben. Bei einem ausführlichen Mädelsabend hatten sie ihr Kriegsbeil begraben und waren seitdem ein Herz und eine Seele.

Die Unterstützung dieser beiden wundervollen Frauen hatte Nick die Gelegenheit gegeben, sich endlich mit seiner Trauer um Ruby auseinanderzusetzen. Viel zu lange hatte er dies aufgeschoben. In den Wochen, in denen im Laden gebaut wurde, hatte er sich einige Auszeiten genommen. Auf ausführlichen Spaziergängen hatte er sich in Erinnerungen versenkt. Außerdem hatte er Orte besucht, die eine besondere Bedeutung für ihn und Ruby hatten. Oft waren ihm die Tränen gekommen, doch diesmal hatte er sich seiner Traurigkeit hingegeben. Er hatte geweint, geflucht und den Himmel nach dem »Warum« gefragt. Diese Zeit allein hatte ihm gutgetan und er hatte seinen Frieden mit Rubys Tod gemacht. Nun war er bereit für einen neuen Lebensabschnitt.

»Hey, du Träumer! Ich glaube, wir sollten mal vor die Tür gehen.«

Nick schreckte aus seinen Gedanken auf. War es schon so weit? Julia hatte sich anscheinend eine Überraschung für ihn ausgedacht. Seit zwei Wochen war der Schriftzug »Buchstübchen« vor dem Laden verhüllt. Zwar wollte er es nicht zugeben, aber dies machte ihm einige Sorgen. Hoffentlich hatte sie keine dieser hässlichen Leuchtschriften installieren lassen. Und vor allem hoffte er, dass sie nicht auf die Idee gekommen war, das Buchstübchen umzubenennen. Der Laden war Rubys Vermächtnis und sie hatte diesen Namen ausgewählt.

Ihm war mulmig zumute, als sie vor die Tür traten, wo sie von einer großen Menschenmenge empfangen wurden. Nick erkannte die drei Ms, Kommissar Huber und natürlich Hannah. Dazu viele weitere Kunden, Freunde und Bekannte. Nervös lächelte er in die Menge und räusperte sich.

»Meine lieben Freundinnen und Freunde, herzlich willkommen zur Neueröffnung des Buchstübchens. Mit diesem kleinen Fest wollen wir euch allen für eure Unterstützung in den vergangenen Monaten danken. Ohne euch hätte ich die schwere Zeit nach dem Tod meiner Frau nicht überstanden.

Ihr habt mir Kraft gegeben und wart immer für mich da. Ich danke euch von ganzem Herzen.«

Die Menge applaudierte und Nick wollte sie gerade hereinbitten, als Julia neben ihn trat.

»Einen Moment noch, bitte. Ich möchte auch eine Kleinigkeit sagen.« Ihr bezauberndes Lächeln ließ Nicks Knie wie üblich weich werden.

»Wie ihr wisst, habe ich erst nach Rubys Tod hier im Buchstübchen angefangen, aber in der kurzen Zeit bereits viele turbulente Momente erlebt. Vom ersten Augenblick an haben mich der Laden und auch der Inhaber verzaubert. Nie in meinem Leben habe ich mich so willkommen und wohlgefühlt. Ich danke euch und am meisten danke ich dir, lieber Nick. Es ist mir bewusst, dass für dich in jeder Ecke des Buchstübchens die Erinnerung an Ruby allgegenwärtig ist. Das ist hoffentlich auch nach unserer Renovierung noch so. Trotzdem habe ich eine Überraschung für dich. Ich hoffe, dass dir diese kleine Änderung gefällt.«

Ihr Blick wanderte zu den Zwillingen. »Würdet ihr bitte die Schrift enthüllen?«

Schüchtern grinsend nickten Ronja und Lilli und machten sich an einer Schnur zu schaffen. Sie zogen daran und im nächsten Moment fiel die Abdeckung von der Wand. Nick starrte auf die Buchstaben, die nur wenige Augenblicke später durch die Tränen vor seinen Augen verschwammen. Julia umarmte und küsste ihn. »Willkommen in ›Rubys Buchstübchen‹!«

Nick war unendlich gerührt. »Ich liebe dich!«, flüsterte er.

Schniefend wischte er sich die feuchten Augen und schluckte. Zweimal atmete er tief durch. Wann, wenn nicht jetzt? Behutsam löste er sich aus der Umarmung und nahm Julias Hände.

»Liebe Julia, du weißt, dass ich kein Mann großer Worte bin. Niemals hätte ich gedacht, dass ich mich nach Rubys Tod noch einmal verlieben könnte. Doch du hast gleich am ersten Tag mein Herz geraubt und ich wünsche mir nichts sehnlicher, als dass du es nie mehr hergibst.«

Langsam ging er vor ihr auf die Knie.
»Willst du mich heiraten?«

NACHWORT

Liebe Leserin, lieber Leser,

der Tod begleitet uns und unsere Lieben ein Leben lang. Er ist allgegenwärtig und schlägt oftmals dann zu, wenn man es am wenigsten erwartet.

Dieses Buch war für mich eine Art Trauerverarbeitung. An dem Tag, als ich das Kapitel mit Rubys Tod geschrieben habe, ist nur wenige Stunden später meine Mutter an ihrem Krebsleiden gestorben. Zwar kam dies nicht so überraschend wie bei Ruby, doch ändert das nichts an der Tatsache, dass man einen geliebten Menschen verloren hat und von einem Moment auf den anderen ein wichtiger Teil von einem selbst fehlt. Wie Nick habe ich mich verloren gefühlt, wollte trauern, doch hatte gleichzeitig das Gefühl, für alle anderen da sein zu müssen, stark sein zu müssen.

Die Geschichte von Ruby und Nick hat mir geholfen, einigermaßen mit dieser Trauer klarzukommen. Den Gedanken, dass geliebte Menschen als Schutzengel zu uns kommen und uns zur Seite stehen, empfinde ich als tröstlich. Auch die Vorstellung, dass sie im Jenseits in einem Zustand von Zufriedenheit und Glück existieren, gefällt mir gut. Ich wünsche es mir jedenfalls sehr.

Was ich jedoch mit Sicherheit weiß, ist, dass das Leben für die Hinterbliebenen weitergeht. Natürlich muss man trauern, man darf weinen und schreien, doch dann muss man wieder nach vorn blicken. Das Leben hat so viel zu bieten und man sollte versuchen, möglichst viele schöne Momente zu sammeln.

Und wie Nick es gleich mehrfach gesagt hat: Geliebte Menschen bleiben immer in unseren Herzen. Du bleibst immer in meinem Herzen, Mama!

Alles Liebe

Gerd

DANKE

Es ist ein großes Geschenk, mit Menschen zusammenzuarbeiten, denen man vertraut und auf die man sich verlassen kann. War für mich bei *Frag nach Mario* noch alles neu, so konnte ich mich diesmal auf bewährte Strukturen verlassen. Dafür möchte ich von ganzem Herzen Danke sagen!

Steffi, du hast die Geschichte von Ruby und Nick als Erste gelesen, hast den zeitlichen Ablauf auseinandergenommen, Logikfehler aufgedeckt und mir einiges an Arbeit bereitet. Vor allem aber hast du die Geschichte dadurch ein riesiges Stück vorangebracht. Ich danke dir für deine Unterstützung, dein Engagement und deine bedingungslose Freundschaft.

Als nächstes durftest du, liebe Donata, dich mit der Geschichte beschäftigen. Obwohl du bei diesem Buch *nur* als Schwester und nicht als Lektorin und Korrektorin beteiligt warst, bist du mit einem anderen Augenmerk an die Geschichte herangegangen und hast weitere Ungereimtheiten und Fehler eliminiert. Ich danke dir von Herzen, dass du meine Texte so viel besser machst.

Wenn die Lektorin kaum etwas zu meckern hat, hat man vorher vieles richtig gemacht. Trotzdem habe ich voller Aufregung deine Anmerkungen erwartet, liebe Ela Marwich. Dein Urteil war für mich wie ein Ritterschlag und ich danke dir für die unkomplizierte, angenehme und konstruktive Zusammenarbeit.

Auch wenn schon so viele Menschen den Text gelesen haben, finden sich doch immer wieder kleine Fehler und Unzulänglichkeiten. An dieser Stelle kommst du, liebe Sabine Hägele, ins Spiel. Du liebst die deutsche Sprache und kitzelst aus einem Text, den ich für perfekt halte, trotzdem noch mehr heraus. Vielen Dank dafür!

Zu einem Buch gehört mehr als eine gute Story. Erst das richtige Cover und ein liebevoll aufbereiteter Buchsatz machen die Geschichte zu einem besonderen Leseerlebnis. Herzlichen Dank für deine Kreativität und deinen Ehrgeiz, auch das Letzte aus jeder Textzeile herausholen zu wollen, lieber Helmy.

Als Verlegerin ist es nicht einfach, das harte Buchgeschäft und gleichzeitig die Eigenheiten und Empfindlichkeiten der Autoren unter einen Hut zu bringen. Für mich bist du die weltbeste Verlegerin, liebe Silke. Du bist stets für uns Autoren da, stehst immer hinter uns und unterstützt uns, wo du nur kannst. Ich danke dir für dein Vertrauen, dein Einfühlungsvermögen und deine Leidenschaft. Unsere abendliche Titelfindungsorgie im Pinguletta Headquarter zusammen mit Helmy wird mir stets in guter Erinnerung bleiben. Ich sage nur »Der kleine Buchladen am Rande der Welt hinter den Dünen im Sternenfunkeln«.

Wir sind ein tolles Team und ich freue mich schon auf das nächste Projekt!

GERD SCHÄFER

HALLO.
Wir sind pinguletta.

pinguletta Verlag
Durlacher Str. 32
75210 Keltern
Deutschland
Tel. 07231 932471
verlag@pinguletta.de
www.pinguletta.de

A01_F01_2023 V2023-03-24